I0631926

НИКОЛАЙ БРЕДИХИН

БАГИРА

ТОМ 1

ePressario Publishing
Монреаль, 2016 г.

БАГИРА

том 1

БАГИРА, роман

Николай Бредихин

© 2016 Николай Бредихин

Web: http://www.bredikhin.net/

© 2016 Кирилл Бредихин, обложка

© 2016 ePressario Publishing, издание

Монреаль, Канада

E-mail: info@epressario.com

Web: http://www.epressario.com/

ISBN: 978-0-9919778-9-5

БАГИРА

роман

ПАНТЕРА

Черна, как копь, где солнце, где алмаз.

Брезгливый взгляд полузакрытых глаз

Томится, пьян, мерцает то угрозой,

То роковой и неотступной грёзой.

Томят, пьянят короткие круги,

Размеренно-неслышные шаги, -

Вот в царственном презрении ложится

И вновь в себя, в свой жаркий сон глядится.

Сощуривши, глаза отводит прочь,

Как бы слепит их этот сон и ночь,

Где чёрных копей знойное горнило,

Где жгучих солнц алмазная могила.

Иван Бунин

ЧАСТЬ ПЕРВАЯ. АЛЕКСАНДР, АЛЕКСАНДРА

Они были дети. И детской была их любовь

ГЛАВА 1

Вадим тупо смотрел на женщину, сидевшую напротив, не в силах сосредоточиться, оправиться от шока, вызванного её появлением. Ясно было одно – необходимо сделать всё, чтобы как можно скорее выпроводить эту настырную особу из офиса. Однако как именно? Наверное, он просто её недооценил. Уж лучше бы переоценил.

– Ирина Алексеевна! – «Особе» надоело ждать, и она протянула Вадиму через стол маленькую суховатую ладошку, предварительно что-то невнятно пробормотав про барана и новые ворота. – Я вам представлялась по телефону, но, может, вы забыли моё имя?

– Нет, не забыл. – Упоминание о баране подействовало, Скорочкин, наконец, вышел из ступора и осторожно огляделся по сторонам.

Несколько слишком любопытных взглядов не в счёт. Марины Гордеевой, его единственного явного врага (тайных не перечесть), стервы из стерв, нигде видно не было, так что в целом процесс носил пока вполне управляемый характер. – Я в том смысле, что вы слишком часто и упорно мне звонили, чтобы я мог вас забыть.

«Ирина Алексеевна» пожала плечами:

– Что делать? Я просила о встрече…

– Хорошо, – без тени эмоций на лице признал своё поражение Вадим, он пока ещё в силах был сдерживаться, – будем считать, что вы добились своего. Но я не могу разговаривать с вами здесь, на работе. У нас не принято отвлекаться на что-то постороннее, за этим строго следят.

Однако «особу» трудно было чем-либо смутить.

– Нет проблем. Можно встретиться после окончания рабочего дня. Скажите только где, и я тут же исчезну.

Просто образец выдержки: ни злорадства, ни даже малейших следов ехидства в глазах. По телефону она вела себя совсем по-другому, но, может, он сам спровоцировал её?

— На стоянке у универсама, я буду ждать вас в машине.

— Универсам – тот, что напротив? – уточнила Ирина.

— Вообще-то, у нас поблизости только один универсам, – не удержался от некоторой доли сарказма в голосе Скорочкин.

— Я в том смысле, что там написано: «гипермаркет».

Хорошая шпилька, да и вообще достойный ответ. На его маленькую провокацию. Что ж, поделом, действительно сам напросился.

— Какая разница! – О, это уже грубость. Вадим неожиданно почувствовал, что он на пределе. Что ещё оставалось? Брызгать слюной и топать ногами?

Когда нежданная визитёрша ушла, Скорочкин вздохнул с облегчением, хотя по всему было видно, что его неприятности только начинались. Да и облегчение носило временный характер, он до конца дня так и не смог сосредоточиться на текущих делах, все свои усилия сконцентрировав лишь на том, чтобы его раздрай не был слишком заметен для окружающих.

Тёмный, в светлую полоску костюм, чёрные колготки и туфли на высоком каблуке. Кем она могла быть по профессии, учитывая то, как она представилась (официально, по имени-отчеству!) и то, как была одета (дресс-код)? Чиновница? Учительница?

Представилась...

– Алло! Простите, с кем я говорю?

– А с кем бы вы хотели поговорить?

– Мне нужен Вадим Геннадьевич.

– Я у телефона.

– Очень хорошо. Здравствуйте, Вадим Геннадьевич! Это Ирина Алексеевна.

– Не понимаю. Какая Ирина Алексеевна? Может, вы ошиблись номером и вам нужен другой Вадим? Точнее, Вадим Геннадьевич.

– Нет, не думаю. Вадим – не настолько распространённое имя. Во всяком случае, не так, как Ирина. Тем более, я знаю вашу фамилию – Скорочкин. Моя фамилия – Кулемзина. Да, да, я фамилию не меняла. Считаю, так удобнее. Уже горячее? Самое главное – не вешайте трубку, мне нужно сосредоточиться. Не знаю, как бы вам получше объяснить… Если вы, конечно, ещё сами не поняли. Скажем, я бывшая жена вашей жены. Устроит вас такой вариант?

Да, ничего не скажешь, на редкость остроумный ответ! Вадим и тогда сдался уже в начале разговора: помолчал некоторое время в поисках чего-нибудь удачного, достойного или хотя бы затасканно язвительного, затем нажал на кнопку «отбой».

Он делал это постоянно несколько дней подряд, но вышло только хуже. Конечно, в итоге «таинственная незнакомка» нарвалась в своих бесконечных перезвонах на всё ту же вездесущую Гордееву. Из всех мыслимых вариантов этот был самый, что ни на есть, нежелательный, но кого ему кроме самого себя было винить? Просто надо знать Марину: она поймала его в кабинете у шефа, просунула свою мышиную мордочку в приоткрытую дверь и крикнула так, чтобы на весь офис было слышно:

– Вадим Геннадьевич! Вас к телефону! – Не забыв расшифровать при этом самое, по её мнению, главное. – Женский голос! Но не жена.

Однако он ещё долго продолжал сопротивляться…

— Встреча? Какая встреча? У меня нет никакого желания встречаться с вами, нам не о чем говорить.

— Ну почему же? Как раз наоборот. Думаю, у нас столько неотложнейших, буквально огнедышащих, тем накопилось! Теперь-то вы, надеюсь, убедились: вы – тот Вадим, а я, стало быть, та Ирина.

— Ну и что же вы хотите, «та» Ирина? Чтобы я вернул вам вашего бывшего мужа? Сколько вы уже в разводе? Три, а может, четыре, года? Спешу вас заверить, разлучником меня никак нельзя назвать: мы познакомились, когда ваш ненаглядный был уже свободен, как ветер. То есть, я его у вас не отбивал.

— Я знаю. У меня и в мыслях не было в чём-то вас обвинять. Но всё равно мы должны встретиться.

— Я так не считаю.

Но она звонила и звонила. Теперь вот явилась. Что ему оставалось? Только пожинать плоды своего ослиного упрямства.

«Ирина Алексеевна» не смогла удержаться от скептической гримаски, увидев «Жигули пятерку» Вадима, но потом, уже без комплексов, уселась рядом на переднее сиденье, пристегнулась ремнём безопасности.

«Интересно, что у неё самой за машина? – с некоторой обидой, вызванной пренебрежением к его «железному коню», подумал Вадим. – Какой-нибудь навороченный «джип»?»

– Куда поедем? – спросила Ирина. – Может, поужинаем где-нибудь? Я знаю одно очаровательное местечко.

Вадим скривился.

– Ничего не скажешь, заманчивое предложение, давненько ничего подобного не слышал в свой адрес. И тем не менее, вынужден отказаться. Вы должны понять меня правильно. У Саши слишком большой круг знакомых «доброжелателей», мне бы не хотелось, чтобы каким-то образом ей стало известно о нашей встрече. Тем паче, как я понимаю, это наш первый и последний разговор.

Ирина пожала плечами, но не стала возражать. Вадим припарковался в одном из бесчисленных московских двориков, далее они некоторое время молчали. Видимо, Ирине никак не удавалось перестроиться: она представляла себе их «задушевную» беседу совсем в другом интерьере.

Наконец, Скорочкин не выдержал:

— Вы так долго добивались встречи со мной. Не кажется ли вам, что мы попусту теряем драгоценное время? Может, начнём всё-таки? Наш великосветский разговор.

Ирина снова наморщила носик.

— Я думала, что вы главный или хотя бы заместитель главного, а вы просто бухгалтер?

— Да, просто бухгалтер, даже не старший, самый что ни на есть рядовой, — спокойно ответил Скорочкин. — Очень рад, если разочаровал вас. Не понимаю только, какое это в данном случае имеет значение?

— Ну как, — Ирина всё-таки опять не удержалась от ехидцы. — Машина паршивенькая, зарплата не ахти какая, а работы столько, что приходится часть брать на дом, в основное время наверняка не справляетесь...

— Бывает. Бывает, и не укладываюсь к сроку, — как можно миролюбивей согласился Вадим. — Но что делать? Вы даже представить себе не можете, сколько существует на свете людей, которые не ценят чужое время. Отвлекают... Вот вы, к примеру, так и не объяснили, в чём суть ваших инициатив? Выходит, я вас правильно в прошлый раз понял – имеете претензии ко мне по поводу сбежавшего мужа?

– Ага, боитесь! – радостно сверкнула глазами Ирина, но тут же отвела взгляд в сторону, хотя наверняка ей было интересно как можно подробнее развить столь кстати обнажившуюся и весьма интриговавшую её тему. – Успокойтесь, у меня и в мыслях никогда ничего подобного не было. Во-первых, этот сукин сын ухитрился так когти урвать, что вернуть его при всём желании невозможно. Просто не достать. А во-вторых, есть у меня в характере такой штришок: предателей не прощаю. Причина, почему я решила встретиться с вами? Хочу понять. И… помочь, если удастся.

– Как? Материально? – в свою очередь опять не удержался от сарказма Вадим.

– Могу и материально, – пожала плечами Ирина. – Как-никак, я всё-таки «лицо фирмы». Но вы не спешите, не ощетинивайтесь, как дикобраз. Саше и в самом деле нужна помощь.

– Мы ни в чём не нуждаемся, – сухо ответил Вадим. Как можно было не ощетиниться? Он почувствовал, как в нём вновь начинает закипать столь долго сдерживаемая ярость. – Вам не кажется, что вы себя немного переоцениваете?

Ирина вздохнула, повела вокруг взглядом.

– Ох уж этот антураж! Я понимаю, ваша зарплата… но неужели вы такой жмот, что не в состоянии пригласить даму в какую-нибудь кафешку? В конце концов, я могла бы и сама заплатить. «Бухгалтер, милый мой бухгалтер, такой простой…». Можно поехать ко мне домой, например. У сына своя комната, нам никто не будет мешать.

«Ох, до чего мне надоела эта сука! – Мысли Вадима вот-вот готовы были прорваться наружу. – К счастью, она здесь ненадолго. Терпи, Вадик, терпи».

Он с трудом погасил в зародыше взрыв эмоций и ответил, стараясь казаться совершенно безразличным:

– Я уже говорил на эту тему, но, как видно, придётся напомнить: жаль, что мы продолжаем попусту терять время. Сомневаюсь, что и у вас оно в преизбытке. Кстати, у меня вполне приличная зарплата. У нас достаточно солидная и удачливая фирма.

Ирина помрачнела.

«Слава богу, – удовлетворённо подумал он, –

наконец-то удалось пробить это пошлое, наигранное ёрничанье, будем надеяться, что «кобра» теперь настроится на серьёзный лад!»

— Хорошо, пусть будет по-вашему, время так время, — действительно прогнала ухмылку с лица Ирина. — Начнём с того, что мне совершенно наплевать как на вас, так и на ваши отношения с Сашей. Но я как-то должна объяснить сыну, когда придёт время, да неплохо бы и сейчас, пусть даже в меру его небольшого пока ещё жизненного опыта, кто его отец, почему мы развелись, где и, главное, с кем он с тех пор обитает. Проблема? Да, проблема! Он ничего не говорил вам о нашем ребёнке?

— Нет, — неохотно признался Вадим. — Я ничего не знаю о Сашиной прежней жизни. Да и не имею никакого желания знать. Кстати, мы тоже планируем завести ребёнка. Не из детдома, суррогатная мать.

Он спохватился. Не мог понять, зачем он пошёл на такое признание. «Бывшая жена жены» — последний человек, которого о подобных секретах можно ставить в известность.

Однако Ирину его информация нисколько не удивила.

– Тем более, – сказала она. – Значит, вам тоже понадобятся объяснения. Что касается меня, то, в отличие от вас, я не имею привычки зарывать, как страус, голову в песок – наоборот, очень сожалею, что знаю о новой жизни Саши так мало. Есть моменты, по которым информации для размышлений мне явно не хватает. А вот вас в данном случае я совсем не понимаю: мне почему-то кажется, что если вам не интересно Сашино прошлое, то вы совершенно не в состоянии его, самого близкого для вас, по вашим уверениям, человека, понять в настоящем. А это понимание необходимо. Боюсь, что Саша сейчас совсем запутался. И вывести его из этого – не тупика, нет, нет, пока ещё лабиринта – только вы, вы один, в состоянии. Вот только возможно ли вам здесь обойтись без моей помощи? Совершенно нереально. Для любого конструктивного анализа нужны в достаточной степени достоверные исходные данные, а у вас их нет. Причём вы даже кичитесь тем, что ими не обладаете.

Вадим покраснел, уже не в первый раз, но только сейчас Ирина заострила на этом внимание.

– Боже, какой румянец! – восхитилась она. – Ну,

просто кисейная барышня! Интересно, кто у вас кто в семье? Вы постоянно употребляете слово «она» в отношении моего бывшего мужа, но на «главу» вы точно не похожи. Такой застенчивый, мягкий. Получается… две жены?

Вадим снял массивные очки с толстыми стёклами, тщательно протёр их специальной тряпочкой с антистатиком, обнаружив, действительно, не по-мужски красивые глаза с густыми длинными ресницами и беспомощным, в силу большой близорукости, взглядом.

«Вот это реснички! Мне бы такие!» – мысленно восхитилась Ирина.

– Я не краснею, – как можно сдержаннее попытался объяснить Скорочкин. Такие насмешки, по всей видимости, ему были не внове. – Врач сказал, что у меня просто кожа очень тонкая на лице.

– Ах, вы даже к врачу по этому поводу обращались!

Он вдруг догадался, осознал её линию поведения, и сразу успокоился.

– Провоцируете меня? Зачем? Хотите унизить? Или разозлить?

Ирина развела руками.

— Ну, я думала, что у нас будет всё, как у людей, то есть, как в таких случаях обычно принято: сцепимся, пособачимся, за волосы друг друга потаскаем, а потом, глядишь, и лучшими друзьями-подругами станем. С вами почему-то так не получается. Кстати, и давно вы?..

— Что именно? — не понял Вадим.

— Ну... мужчин предпочитаете?

— Вы ошиблись, — холодно ответил Вадим, — я убежденный гетеросексуал.

— Как это? — удивилась Ирина, но видя, что зашла слишком далеко в своих шуточках, пошла на абордаж — чисто по-женски поспешила обвинить собеседника в своих же собственных грехах. — Кстати, провокатор не я, а вы. Да ещё какой! Всё терпите, всё прощаете, хочется пробить вашу толстую, буквально носорожью, кожу — врач вам соврал — ну и проваливаешься, теряешь чувство меры. Тем более что вы, как и ваш доктор (повторюсь) — отъявленный лгун. А я терпеть не могу, когда мне вот так, как говорит в подобных случаях мой сынуля, «вешают на уши лапшу».

— Вы опять ошибаетесь, — терпеливо восстановил скомканную, запутанную «бывшей женой жены» нить разговора Вадим. — Я не лгун. И вообще, повторяю, вы зря пытаетесь спровоцировать меня. Ничего не выйдет, я все ваши женские штучки назубок знаю.

— Ага, суду всё ясно. Так сразу бы и сказали, — с некоторым даже разочарованием протянула Ирина. — Если вместо того, чтобы выругаться, воспользоваться, наоборот, высокопарным слогом, «печальный опыт неудавшегося супружества» вас стороной не обошёл?

— А что, у вас с Сашей по-другому было? — попытался вопросом на вопрос ответить Вадим.

— Вам не понять, — тихо ответила Ирина. Чувствовалось, что она тоже вот-вот готова взорваться.

— Да куда уж нам! — безжалостно усмехнулся Вадим, торжествуя хоть временную и небольшую, но всё-таки победу. — Как говорится, где уж нам уж выйти замуж, мы уж так уж как-нибудь. Кстати, вы обозвали меня лгуном, это серьёзное обвинение. Нельзя ли расшифровать его поконкретнее?

— Ради бога! Вы, в самом деле, не знали, что у Саши есть сын? Ни за что не поверю. А как же знакомые «доброжелатели»? Что, сорока на хвосте не принесла, по пути где-нибудь обронила?

Вадим смутился, опять зарделся.

– Я не в том смысле. Просто Саша не любит распространяться на эту тему. При её любви к детям… Может, ваш ребёнок… вовсе не от неё?

Ирину передёрнуло.

– Я что, по-вашему, похожа на шлюху?

– Нет, я не в том смысле, – поспешил оправдаться Вадим, – а в том, что, может, это не первый ваш брак?

Ирина вздохнула.

– Вот и второе «Уличение во лжи» – картина для какого-нибудь художника, работающего в бытовом жанре. «При её любви к детям»! Так и быть, раскрою вам глаза: у Саши напрочь отсутствует чувство отцовства (не знаю, как с материнством). Он (или, если вам так удобнее называть, «она») совершенно равнодушен (равнодушна) к «цветам жизни» – своим ли, чужим. «Суррогатная мать»! Насмешили! Господи, надо же придумать такое! Хотите знать, чем в результате ваши поползновения на этом направлении закончатся? Вы сами, вроде меня, только наоборот, так и останетесь потом «суррогатным отцом», а дитятко ваше – в лучшем случае с мачехой. И дай бог, чтобы она потом, как почти во всех детских сказках, не оказалась злыдней. Кстати, как, интересно, вы это намерены осуществить?

Вадим пожал плечами.

– Ну, сейчас многие так делают. Можно, конечно, взять ребёнка в детдоме, зачатого какими-нибудь алкашами или наркоманами, с кучей проблем и букетом болезней на генетическом уровне, которые проявятся или не проявятся в будущем – наша любимая «русская рулетка», а можно завести себе девчонку или пацана, которые один к одному ваши и ничьи больше. И не нужно быть Иоганном Генрихом Песталоцци – гениальным швейцарским педагогом, чтобы из них потом нормальных людей вырастить.

Ирина перебила его:

– Простите, но я не о том вас спрашивала. Меня интересует чисто техническая сторона вопроса.

Вадим нахмурился, поскучнел.

– Ах, это, ну тут как раз всё предельно просто. Спрос, как известно, не может не родить предложение – тут бесплодия не бывает, так что этот процесс давно уже поставлен на поток. Достаточно обратиться в соответствующую юридическую фирму, там вам и кандидатку здоровую, не дебилку, подберут, и договор грамотный составят, и за медицинским обслуживанием будущей мамаши проследят. Кстати, претенденток, как ни странно, вагон и маленькая тележка, конкурс, как на космонавтку. Дело только за деньгами осталось, немного не хватает. Ну а девушке эти деньги помогут получить потом хорошее образование, мы уже обо всём договорились. Главное, что тут никто не проигрывает. А если выгода обоюдная, проблем обычно не бывает.

Ирина скептически поджала губы.

— А вы уверены, что она не откажется: не оставит потом ребёнка себе, а вас с носом?

— Ну, так если только в кино случается, — рассмеялся Вадим. — Вы что, любительница телесериалов?

— Нет, — покачала головой Ирина. — Просто я представляю, как я сама поступила бы на её месте. Оставила бы себе ребёнка, а вам припаяла алименты, вы ведь сами только что хвастались, что неплохо зарабатываете. Конкретную сумму своей зарплаты вы не назвали, но, думаю, знаменитых двадцати пяти процентов в данном случае, если ещё к тому же ребёнка сплавить бабушке с дедушкой, на институт вполне должно было бы хватить.

Вадим развёл руками.

– Господи, какое счастье, что не все женщины в России такие подкованные да продвинутые. Но в данном случае должен вас разочаровать, ваши представления о современном, «стремительно изменяющемся», мире безнадёжно устарели. Я же сказал вам: под договор, даже полового контакта не требуется – всё врачи делают. Причём на высшем, европейском, уровне.

Ирина больше не стала упоминать о румянце, она понемногу привыкала к странной особенности своего собеседника, но от любопытства всё-таки не удержалась.

– Кстати, насчёт России. Мы уже настолько цивилизованная страна, что у нас разрешены подобные браки? Ну как у вас с Сашей?

Вадим кивнул.

– Да, уже. Но мы пока не спешим. Брак без детей, знаете ли… Хотим, чтобы семья была полноценной.

– С ума сойти! – Ирина надолго замолчала, ожидая

хоть какой-то реакции со стороны своего собеседника, который неожиданно полностью потерял к их разговору всякий интерес и ушёл в глухую защиту. Наконец она не выдержала, всё-таки озвучила мысль, которая её уже несколько минут мучила:

— Боже, вот это реснички! И зачем вы их за какими-то стариковскими окулярами прячете? Есть ведь контактные линзы, да и оправу можно было бы подобрать фирменную. Опять сквалыжничаете? Жаль!

Однако ей так и не удалось расшевелить его. В конце концов, Ирина сдалась, проговорила со вздохом:

— Ладно, я чувствую в вас непонятное, но очень сильное предубеждение против меня, буквально реакцию отторжения, многоуважаемый Вадим Геннадьевич, и понимаю: наш дальнейший разговор, как он и раньше проходил, совершенно бесполезен. Но вы зря считаете меня какой-то невротичкой-истеричкой. Да, действительно, я, быть может, слишком настойчиво добивалась встречи с вами. Но как бы то ни было, она состоялась, и теперь ваше право решать, объединим ли мы свои усилия в деле спасения Саши (да, да, именно спасения, я не оговорилась) или нет. Потому что речь в данном случае идёт не только о праве, но и об ответственности тоже. Ответственности, которая ляжет потом только на вас. Повторяю: к сожалению, я лишена возможности помочь Саше напрямую, на это есть ряд причин, о которых говорить вам сейчас с моей стороны было бы преждевременно. Во всех случаях, обещаю, что больше не буду досаждать вам своими звонками. Однако была бы очень рада услышать подобный звонок от вас. На тот случай, если вы уже успели стереть мой номер в определителе, а вы наверняка это сделали, вот вам моя визитка. И ещё… – Она достала из сумочки файл, начинённый какими-то, скопированными на ксероксе, листами и протянула его Вадиму. – Вот вам материал для размышления. Собственно, лишь малая его толика. Возвращать не обязательно. Главное, чтобы он ни при каких обстоятельствах не попался Саше на глаза. Ну а уж совсем напоследок… «а напоследок вам скажу», хочу предупредить – вы не оставляете мне выбора. Не спорю, конечно, без вас мне будет гораздо труднее в сложившейся ситуации разобраться, но видеть, что человек в двух шагах от гибели и отступиться от него – такое не в моих правилах. Теперь я во всём буду действовать без согласования с вами, сама.

Она посидела ещё некоторое время, так и не дождавшись ответа от своего «собеседника», затем уточнила. Именно уточнила, чисто информативно, даже оттенка просьбы не было в её голосе:

– Довезёте меня до ближайшего метро? Или мне такси поймать, либо вообще на своих двоих добираться?

ГЛАВА 2

Оставшись один, Вадим вздохнул с облегчением. «Змея! Настоящая змея!» Хотя, признаться, он ожидал худшего. Нет, нет, конечно, он ни в малой мере не обольщался данными его «сопернице» обещаниями, что она больше никогда ему не позвонит, что она предоставляет право ему самому решать, продолжится ли их контакт или нет. Женщины вообще очень легко дают обещания, которые совсем не собираются впоследствии выполнять, а уж по этой стервозине было видно невооружённым взглядом, что она, как дятел, будет бить и бить в одну точку, пока не добьётся своего. Просто разговор проходил достаточно сдержанно, корректно, и на том спасибо.

Скорочкин повертел в руках визитку. Не угадал: ни учительница, ни чиновница, типичная бизнес-леди. Топ-менеджер и даже, действительно, «лицо» какой-то фирмы по производству и установке пластиковых окон.

Раздражение продолжало бушевать в нём. «Была бы рада услышать звонок от вас». Ага! Держи карман шире! Нашла идиота! Знаем мы вас! Стоит только пойти на поводу у такой крокодилицы, и она вмиг сожрёт с потрохами не только его самого, но и с таким трудом выстроенное им счастье. «Нет, не дождёшься, с чем пришла, с тем и уберёшься из моей жизни». Чем-то эта «Ирина Алексеевна» напоминала Вадиму его бывшую жену. Такая же железная хватка и омерзительнейший эгоизм.

Он посмотрел на файл с компьютерной распечаткой, переснятой на ксероксе. «Информация к размышлению!» Если разорвать её сейчас и развеять клочки по ветру, уничтожит ли он проблему в зародыше или, наоборот, доведёт до того, что она разрастётся до немыслимых размеров и станет в какой-то определённый момент совершенно неуправляемой? Господи, до чего же он всё-таки слабохарактерный человек! И как она быстро раскусила его, эта змея-искусительница, ядовитейшая змея!

Прошлое, перед ним лежало сейчас прошлое. Которого он так боялся, так старательно от себя отодвигал. Но оно всё равно его настигло, и, быть может, настал момент не убегать от него без оглядки, а остановиться, повернуться к нему лицом? Прошлое... Настолько ли сильны его чувства, чтобы противостоять тому, чтобы оно могло повлиять на его настоящее и даже разрушить будущее?

«Ладно, не будем принимать скоропалительных решений».

Сначала Вадим хотел засунуть файл с распечаткой в бардачок, затем, вспомнив предостережение Ирины, свернул его в трубочку и отправил во внутренний карман пиджака. В конце концов, остановился на папке со служебными документами. Уж там-то точно на него никто не наткнётся.

Он долго бесцельно гонял по городу, попусту сжигая бензин, но «дом, милый дом», куда от него было деться?

Его терпеливо ждали с ужином. Было уютно, размеренно, всё, как обычно.

– Ты извини, я немного задержался.

Короткий, но не формальный, а наполненный чувством, поцелуй в губы. И плевать – есть ли кто-нибудь рядом или они наедине. Традиция.

– Да ничего, просто я уже опаздываю на работу. Сегодня надо быть пораньше. Не мешало бы кое-что дополнительно отшлифовать. Кстати, ты что, не поедешь со мной? Или, может, ты забыл? Мы же столько времени этого ждали! У нас сегодня тракт – последний прогон.

Вадим смутился.

– Нет-нет, я помню, конечно. Наша мечта, давно жду, с нетерпением. Но потерплю до пятницы, до премьеры. Иначе будет не так интересно, да и всё может растянуться надолго, а мне, как ты знаешь, утром рано вставать. Если опоздаю, эта стерва

Гордеева сразу меня продаст.

— Слушай, а чего она, собственно, к тебе прицепилась? Мымра из мымр. Может, не ровно дышит?

— Ровно, не ровно — мне от этого не легче.

В другое время этот бесхитростный разговор доставил бы Скорочкину истинное наслаждение — всё дело было как раз не в содержании, а в полутонах, но сейчас он никак не мог сконцентрироваться. Впервые он оказался перед необходимостью что-то скрывать, даже лгать любимому, очень дорогому для него, человеку. Ну что ж, Марина так Марина, главное — не молчать.

— Конечно, не ровно. Причём, что интересно, эта дура до наших с тобой отношений на меня и внимания не обращала, наверное, привыкла достаточно самокритично относиться к своей внешности, а тут как с цепи сорвалась. Видимо, по её мнению, с некоторых пор я тоже не бог весть какой товар, как раз её ценовой категории. Вот тут и началась вакханалия. Причём, не исключено, что она и в самом деле искренне влюблена в меня, желает добра. А на деле такой дурдом получается! Сама знаешь, я ведь и без того у нас в фирме на волоске вишу. Дружба дружбой, а ведь и Неволин в любой момент может презреть память о школьных годах, и тогда – работе каюк.

Александра помолчала немного, нервно кусая губы, затем пробормотала со вздохом:

– Прости, Вадим, но тебе не кажется, что мы выбрали не самый подходящий момент, чтобы говорить о какой-то чепухе? Зачем мы делаем это? Опять пытаемся уйти от неожиданно возникшей между нами скользкой темы? Мы с тобой уже столько времени вместе, и впервые я вижу, что ты не веришь в… не мой, а именно наш успех. Может, ты вообще разуверился в моих способностях? Или тоже считаешь, как тут поговаривают некоторые, что мы «слишком высоко замахнулись»?

Ну вот, прорвался нарыв, а он совершенно не в форме, выбит из колеи. Вадим не знал, что ответить на неожиданный крик души любимого человека. Одно дело – любовь, и другое – мечта, на которую они всё, что у них было за душой, поставили. Нужные слова уже две недели как не находились, откуда им вдруг сейчас, в две минуты, прийти?

— Саша, ты, конечно, можешь сколько и как угодно оскорблять меня в столь ответственный для наших отношений момент, я всё равно не обижусь. Беда только в том, что ситуация от этого не изменится ни на грош. Разговор, на который ты столь настойчиво пытаешься меня сейчас вызвать, явно не ко времени, а оттого совершенно бессмысленный. Тем более что твои упреки абсолютно беспочвенны. Я ни в чём не разуверился: ни в тебе, ни в нашей мечте, ни, уж тем более, в нашем успехе. Вот только путь здесь не столь короток и прост, как тебе хотелось бы его видеть, и мы лишь в самом его начале. Мы ведь уже говорили с тобой на эту тему: ты сейчас в ослеплении, но после премьеры сама всё поймёшь. Ладно, тебе, действительно, пора. И ждать я тебя сегодня не буду, хотя уверен, что после тракта появится много моментов, которые нам совсем не лишне было бы обсудить, но давай начистоту, ты ведь не станешь отрицать – когда ты вернёшься домой, я уже давно буду на работе.

Лишь оставшись один, Вадим смог расслабиться и не спеша переварить недавно полученную информацию.

С чего начать? С того, что совесть его чиста, он противился до последнего встрече с «прекрасной незнакомкой».

Кстати, ничего в ней нет прекрасного, и что только Сашу в своё время в ней привлекло? Ведь не могли же они просто так соединиться, должно было, по крайней мере, хотя бы поначалу, присутствовать какое-то чувство?

Неистощимая стервозность, мужское начало во всём: от манеры одеваться до стремления всё на свете подмять под свой каблук. И ещё самовлюблённость, уверенность в своей правоте, доходящая порой до патологии.

«Боже, вот это реснички!» Одними ресничками здесь не обойтись. «Лицо фирмы!» Господи! Какое «лицо»? Разница между тем, что было изображено на визитке, и тем, чем он только что своими глазами имел честь «любоваться», была слишком велика. Просто компьютерщики высококлассные попались, а так… «оконная харя», иначе не назовёшь! Не нос, а рубильник, волосы жёсткие, прямые, такие не просто в порядок привести. Да и вообще всё не в меру:

слишком тонкие губы, выдающиеся скулы, непропорционально маленький подбородок, не ушки, а уш-ши, да ещё оттопыренные. Остаётся добавить сюда безвкусно наложенный макияж.

Если спуститься ниже: короткая шея, грудей вообще нет – в принципе, очень удобно, можно даже не пользоваться лифчиком; никакой классической «гитары» в фигуре, да ещё явно обозначившийся животик, в таком-то возрасте!

А эта манера общения? Да ну её к чёрту, сколько можно ещё о ней говорить? Что называется, ни кожи ни рожи. Кстати, кожа, отдельная тема – совсем неухоженная. Кожа-беспризорница, кожа-гаврош. Наверное, всю жизнь водой из-под крана умывается, верит россказням о безвредности хлора.

Не говоря уже о характере – вообще полный улёт! Что называется, боже упаси! Саше памятник за её долготерпение нужно поставить. Столько издёвки, язвительности ухитриться запихнуть в крошечный, в общем-то, по времени разговор с абсолютно незнакомым до того человеком – талант надо иметь, да какой!

«Самой понять», «сыну объяснить». Самой не

понять, для этого нужно взглянуть на себя объективно, как бы со стороны, а сыну объяснять бесполезно: после такой мамаши он от женщин за версту всю жизнь потом будет шарахаться.

«Предпочитаете мужчин», та же напраслина – всё из той же оперы.

«Печальный опыт неудавшегося супружества». В прошлом, в прошлом «печальный опыт», вот только никак Вадим не мог вообразить себе раньше – сколько в мире завистников, с какой ненавистью люди воспринимают чужое счастье, сколько усилий готовы приложить, чтобы не просто его разрушить, а растоптать, обгадить, в клочья разнести.

Марина Гордеева, никто ведь на работе не знал о его необычном браке, именно она и только она всё раскопала и тут же растрезвонила. Теперь добавилась ещё вот эта стерва! Впрочем, если бы добавилась… Фактор здесь не количественный, а именно качественный, с появлением «топ-менеджерши», и в самом деле, всё усложнялось в разы. Марина! Эх, если бы только Марина! Марина – котёнок в сравнении с ней! Тут враг пострашнее: он уже не снаружи, а внутри. Преодолел все препятствия: рвы, стены. И готов теперь крушить всё подряд, до основания.

Да и вообще, как его быстро распотрошили! Неужели он и в самом деле так выглядит со стороны: сквалыгой, бездарью, жалким безликим типом… мягким, аморфным, не умеющим за себя постоять? То есть, полным ничтожеством. Однако, опять же, не в этом было самое страшное, а в том, что на какой-то момент он поддался, сам в ответ стал насмехаться, язвить. Некрасиво. И совершенно на него не похоже.

Вадим попытался отвлечься, включил телевизор, но в голову ничего не лезло, пролетало мимо ушей. Ладно, надо признать – он сдался, его размазали по стене. Что там ещё было?

Слава богу, присутствовали и положительные моменты. Например, предостережения насчёт суррогатной матери. Надо бы потщательнее обдумать этот вопрос.

Что еще? Упреки в том, что он не знает и не желает знать Сашино прошлое? Пожалуй, здесь самое важное. Действительно, не знает. Вот только с «не желает», пожалуй, следует распрощаться.

Как он прежде считал и, казалось, навсегда твёрдо

усвоил себе? Это прошлое (в любом его варианте) чрезвычайно опасно, оно может не только разрушить в их, и так весьма непростых, отношениях настоящее, но даже и лишить их будущего. Так что лучше всего ничего не знать о нём. Хорошая формула, но в какой-то момент она перестала действовать. Почему сегодня он не рассказал Саше о своей встрече с её «бывшей женой»? Почему не вынес на обсуждение содержание их разговора? Почему, в конце концов, не показал файл, которые ему так любезно «подарила» Ирина? Господи, да всё очень просто: было бы некрасиво, глупо, бестактно портить человеку настроение перед выступлением. Да ещё в такой ответственный вечер.

Ой ли? Расскажет ли он обо всём этом завтра? Вряд ли. Червь сомнения. Вадим боялся признаться себе, но в чём-то он даже обрадовался появлению Ирины. Перст судьбы. Она не могла появиться сама по себе.

Почему так получается в жизни, в любви, что столько, даже чересчур, много в ней хрупкого, ненадёжного?

Почему так быстро миновал безоблачный период в их отношениях с Сашей?

Почему любимый человек в последнее время стал вдруг так часто замыкаться в себе, всё больше отдаляться от него? Причём именно сейчас, когда в их совместной жизни наконец-то постепенно стало всё нормализоваться? Сколько им пришлось вместе вытерпеть насмешек, осуждения, неприятия! С каким трудом он удержался тогда на работе!

И мечта о ребёнке, самая невероятная их мечта, как никогда близкая сейчас к осуществлению.

Почему бы им наконец-то не выбрать время и спокойно на эту тему не поговорить? Время догадок прошло, материала теперь имеется более чем достаточно для обсуждения.

Если только… проблемы и в самом деле пришли из прошлого. Хуже, если из настоящего. Другой мужчина, например. Что может быть хуже? Особенно, если учесть тот нелицеприятный разбор его личности, который учинила ему сегодня Ирина.

Вадим со вздохом достал из кейса файл со злополучными ксерокопиями, примостился на диване с ногами, как он любил, и углубился в чтение.

«Любовь…

Откуда она приходит к человеку? Из книг, фильмов, сериалов глупеньких?

Ты слышишь это слово буквально с первых минут, как только начинаешь входить в разум: какая-то песенка застревает в детском сознании и почему-то нравится; родители о чём-то тихо и нежно шепчутся между собой, наклоня голову друг к другу; парень с девушкой идут вместе, держась за руки, и как бы светятся изнутри...

Что ты ощущаешь поначалу, пропуская безотчетно в своё сознание подобные наблюдения?

Иногда интерес, иногда раздражение, чаще всего равнодушие. Практически ничего.

Потому что первое твоё впечатление о любви – восприятие её в широком смысле слова.

Как великое таинство. Как нечто, что всё вокруг объемлет или наоборот – скрепляет, поддерживает собой изнутри весь мир. А может, и то и другое вместе.

Мать, которая тебя обожает, холит, выхаживает, даже бранит и то нежно...

Кошка, тыкающаяся мокрым носом в твою щёку и слегка пробующая на тебе свои коготки.

Когда всё меняется? Точнее, добавляется.

Потому что великое великим так и остаётся, оно неизменно, ты всего только начинаешь глубже проникать в него.

И всё-таки, когда именно?

Когда гормоны в тебе созревают и требуют выхода?

Процесс этот не может не сопровождаться у нормального человека природным чувством стыдливости.

У тебя ведь не должно быть, как у животных, всё должно освящаться чувством.

И однажды оно вдруг возникает, это чувство.

Казалось бы, ни с того ни с сего, поглощая тебя целиком, причиняя тебе невероятную боль или, наоборот, одаряя неслыханным счастьем, в зависимости от обстоятельств. А чаще: сочетая в себе и то и другое – неразделимый коктейль.

Первое чувство... оно почти всегда наполовину чужое, а может, и вообще целиком привнесённое, навеянное книгами, фильмами, всё теми же песенками.

Как бы то ни было, ты слишком захвачен им, чуть ли не парализован и поневоле начинаешь анализировать, что же всё-таки с тобой происходит, пока с удивлением не обнаруживаешь, что разум твой бессилен постигнуть подобную загадку, потому что любовь появляется из сердца, а не из головы.

Нельзя приказать себе: этого человека я люблю, а этого – никогда и ни за что любить не буду. Есть что-то вне твоего разумения, бросающее тебя в беспросветность, в бездонную пучину, и ты бессилен противиться этому.

Через какое-то время туман рассеивается, и ты с ужасом и сожалением пытаешься осознать, что же ты успел за период своего ослепления натворить, обнаруживая повсюду вокруг себя лишь обломки того, что некогда составляло собой казавшееся неразделимым целое.

Потом потихоньку зализываешь раны и начинаешь выстраивать всё заново.

Однако гораздо хуже бывает, когда отрезвления подобного не происходит, ты с трудом, но всё-таки выплываешь на поверхность, однако болтаешься потом, как щепка по волнам, иногда всю оставшуюся твою жизнь.

Так что же такое любовь?

Великое оправдание похоти?

Властная жажда собственности, чтобы всегда, при любых обстоятельствах иметь право сказать: «моё!»?

Лучшее из того, что тебе доступно, что украшает твою жизнь?

Когда долго блуждаешь в потёмках, неизбежно возникает желание разобраться.

Любовь...

Ты не скот, и не животное, ты хочешь, чтобы сердце твоё было во всём согласно с твоим разумом.

Ты не желаешь быть во власти похоти, ты

хочешь большего, не ведая изначально, но подсознательно всё больше понимая, что, не обременённая мыслями, чувствами, похоть убивает.

И всё-таки, что же такое любовь?»

ГЛАВА 3

— Уроки сделал? — Ирина пытливо заглянула в глаза сыну.

— Бабушка помогла, — важно проговорил тот. Для своих семи лет Павел был на редкость рассудителен, оттого большинство родных и знакомых преимущественно называли его полным именем.

— Ладно, сейчас ванну приму и сварганю что-нибудь поужинать.

— Можешь не торопиться, — всё так же степенно ответствовал Павел. — Бабушка уже приготовила всё, что нужно.

— И что конкретно? — не удержалась от любопытства Ирина.

— Макароны по-флотски — я попросил. И кисель клубничный. Уж не обессудь.

— Годится, — обрадованно кивнула Ирина. — Годится: макароны по-флотски и кисель. Я думала, запеканкой придётся ограничиться.

— Не придётся, — по-прежнему без тени эмоций констатировал Павел. — Запеканку я уже доел. Я на компьютере поиграю ещё немного, можно?

— Поиграешь, — согласилась Ирина. — Тетради только положи на стол. Проверять буду.

Павел пожал плечами, затем поплёлся в свою комнату за ранцем.

Ирина залезла в ванну и только там успокоилась. Хотелось отмыться от всей этой грязи. Застенчивый гомик – «муж» её бывшего мужа; настойчивость, с которой она встречи с ним добивалась – совершенно, кстати, ей не присуще; унижение, испытанное при разговоре с этим кафкианским насекомым. А ещё… суррогатные матери; дети, которых заранее, ещё не родившимися, продают, как на базаре.

Господи, зачем она вообще ввязалась в эту историю? Какое ей дело до тихого счастья двух «голубых»? Понять? Что тут понимать, собственно? Помочь? Чем здесь можно помочь? Скажем так, на неё нашло какое-то временное умопомрачение. И ладушки! Бог с ними, с этими придурочными педрилами!

Выбравшись из ванны, она позвонила матери.

— Привет, мамуля! Спасибо за помощь. Я уже с полчаса как на месте, даже ванну успела принять.

— Привет, доча! Как там клиент, уговорила?

— Клиент, как клиент, — немного смущённо пробормотала Ирина. — Деньги даром не даются.

Мать усмехнулась.

— Я в том смысле, что, может, нам Пашутку на дачу взять в выходные?

Ирина вздохнула:

— А меня ты уже не приглашаешь?

— Да какие для дочери нужны приглашения?

— Вот и жди, вместе приедем.

Ирина взялась было за проверку тетрадей сына, потом голод пересилил, и она принялась разогревать макароны.

Уложив Павла, «счастливая и сытая мама» долго тупо сидела перед телевизором и, наконец, решила: всё, осада закончена, первой она, действительно, ни за какие коврижки больше этому жуку навозному не позвонит.

Да и нужно ли? Сегодня она получила столько материала для размышлений, надолго должно хватить.

Ирина поняла уже, что заснуть ей сегодня не скоро удастся – она была слишком взбудоражена, так чего же время даром терять?

Тайник в ящике письменного стола был защищён лишь простым стандартным внутренним замком, подобрать ключ к которому даже для Павла, в его возрасте, не составило бы особого труда. Но Ирина хорошо знала характер своего сына – пока для него было достаточно такой, чисто условной, преграды, чтобы не любопытствовать. Пока. Когда придёт время, полетят все преграды, просто бесполезно будет их ставить. Но она успеет. «Не торопись, Пашук, дай мне сначала самой разобраться, я от тебя не утаю ни граммулечки правды, всё по полочкам разложу».

С чего начать? Конечно, с тех злополучных писем, иначе мозаика никак не сложится.

Ирина вздохнула, вынула диск из ноутбука и убрала его на прежнее место. Ничего не получилось. Она слишком хорошо всё помнила. Да и чего она ожидала? Вновь испытать тот шок, в который её повергло известие, что она не любима?

И никогда не была любима?

И что с этим человеком, которому она всегда безоговорочно верила, не будет любимой, счастливой никогда?

Пусть это станет шоком для Вадима, за четыре года она уже успела примириться со многим. Хотя, видит бог, тогда ей было очень нелегко.

Спать по-прежнему не хотелось. Ирина вставила другой диск, надела наушники…

Консультация была бесплатной, поэтому Ирина мало надеялась тогда на то, что «психолог по вопросам брака и семьи» станет слишком глубоко вникать в её проблемы, но, тем не менее, решила записать их разговор на, хоть и примитивный по тем временам, но всё же диктофон.

Начать с того, что письма, принесённые ей, как таковые консультанта практически не заинтересовали, он лишь мельком пробежал их глазами. Для него был важен исключительно только сам факт измены.

— Как я понял, вы пришли ко мне посоветоваться

по поводу неверности вашего мужа?

Ирина кивнула. Психолог сделал пометку в специальной анкетке. В которую он, предварительно, занес биографические данные клиентки.

— Вы уверены, что эти письма были написаны после заключения вашего брака?

— Да, уверена. До и после.

Консультант задумался, помусолил во рту дужку очков.

— Но здесь ничего не говорится об измене? У вас есть другие... материалы?

— Есть. Но разве это не измена?

— Как вам сказать? Сложный вопрос. Мне нужно знать причину, по которой вы пришли ко мне. Вы хотите просто поговорить или сохранить семью?

— Конечно, сохранить семью. У нас ведь ребёнок.

— Тогда я посоветовал бы вам забыть обо всём этом. Да, конечно, факт любви к другой женщине бесспорен, его уже в памяти не сотрёшь. Но что можно в такой ситуации сделать? Попробовать объясниться с мужем? Очень рискованный шаг. Он может спровоцировать вашего супруга на решительные действия, на которые он, судя по всему, пока не настроен. Что ещё? Время. Лучший доктор. Я понимаю, у вас такой характер: вам во всём нужна полная ясность, точнее даже – определённость. Устранить все препятствия, дойти во всём до конца. Сейчас такое невозможно, но рано или поздно время придёт. Тогда можете попробовать. Пока же – наберитесь терпения. Терпение вообще, как вы знаете, основа житейской мудрости. А здесь лишь в ней одной дело, стоит только эмоциям перехлестнуть через край, они моментально всё разметут.

– Но это же пытка! Причём невыносимая. Сколько это может продлиться?

Психолог вновь задумался. Но так и не пришёл в мыслях к чему-то определённому.

– Ну, здесь вопрос проще, хотя запутан не меньше. Если исходить из тех текстов, что вы мне показали, там нет и речи о каком-либо подобии взаимности. А значит, теоретически, это может длиться вечно, но в такой – вяло текущей форме. Если исходить из практики – мужская гордость, необходимость чётких жизненных целей, вообще смысла жизни, в течение двух-трёх лет должны мобилизоваться и устранить эту преграду. Однако всё очень индивидуально.

Иному и полгода будет достаточно, чтобы понять всю глупость, несостоятельность своего упрямства. Другому человеку – гораздо больший срок. Пожалуй, это всё, что я могу сказать на сегодня. Если вы мне предоставите какие-нибудь другие исходные данные, можно будет порассуждать дальше, уже более конкретно.

– Как бы вы сами поступили на моём месте? Последний вопрос.

Врач усмехнулся:

– Мой вариант на путь истинный вас не наставит. Говорите точнее – как бы я поступил, если бы был вами? Поймите меня правильно: моя работа здесь состоит не в том, чтобы помогать людям решать их духовные, или, если точнее выразиться – душевные, проблемы, это епархия психотерапевта, консультация которого, кстати, вам жизненно необходима. Мне платят за то, чтобы я любой ценой сохранял, находящиеся на грани распада, семьи. Что я и стараюсь, по мере своих сил и возможностей, делать.

Долгое молчание. Ирина была в растерянности, она понимала, что находится буквально в двух шагах от крайне важного для неё и, пусть не абсолютно, но достаточно точного ответа. Но как его из сидящего напротив человека выцарапать? Деньги? Нет. Она только всё испортит таким решением. Что ещё? Женские чары? Он и так в них купается. А значит, только одно — тщеславие. Возможность продемонстрировать свой талант, знания. Она потупила взгляд и пробормотала умоляюще:

— Помогите мне! Я вас очень прошу. Обещаю: я сохраню в тайне то, что вы мне сейчас скажете, и никогда вас больше не побеспокою. От вас, и только от вас, зависит сейчас вся моя дальнейшая жизнь. Я и так достаточно настрадалась, а теперь вообще могу уйти в неверном направлении. Умоляю!

Психолог помолчал какое-то время, затем всё-таки решил пойти Ирине навстречу.

— Хорошо. Я попробую. Но давайте условимся — мои слова не панацея. Так вот: отбросим в сторону те дополнительные материалы, которые наверняка есть у вас (уж кого-кого, а меня в таких вопросах не провести), но вы их почему-то мне не предоставляете. Не станем также углубляться в личность вашего мужа, что было бы очень желательно, но опять же спотыкается о ваше нежелание касаться больной темы. Отбросим вообще в сторону всю специфику той ситуации, в которой вы очутились: случайна ли она или неизбежна, разрешима или, наоборот, сакральна. Будем исходить только из вашей личности, которую вы ломать, как я понимаю, ни в коем случае не собираетесь. И стало быть, ответ напрашивается сам собой: при вашем характере только одно решение возможно – разрушить то, что у вас на данный момент имеется и попытаться выстроить свою жизнь заново. Есть ли у вас шансы на успех? Безусловно. Начнём с того, что у вас появился опыт, которого раньше не было. Кроме того – вы достойны любви, в которой, давая согласие на брак, не сомневались, однако были жестоко обмануты. Тоже большой стимул. Ну и главное, как итог: вы никогда, ни при каких условиях не сможете полюбить человека, который не любит вас.

– И значит?..

– Значит… «развод и девичья фамилия», хотя фамилию менять я вам не посоветовал бы. По практике гораздо лучше, когда у мамы и её ребёнка одинаковые фамилии, но дело не только в этом: я уверен – одиночество ваше долго не продлится.

Найдётся человек, который полюбит вас, и которого полюбите вы. Тогда и возьмёте его фамилию. А может, он и паренька вашего усыновит.

— Что-то не верится. Такое возможно? Или один случай на миллион?

— Ну, если вы имеете в виду статистику, то не просто возможно, а более чем вероятно. Поймите, с возрастом психология, мировоззрение, как у женщин, так и у мужчин, меняются. Ну давайте поразмышляем, какие могут быть варианты у потенциального жениха, скажем, лет тридцати? Взять совсем молодую, сопливую девчонку? Очень натужно. Старую деву — извините за выражение, залежавшийся, непременно с какой-нибудь гнильцой, товар? Вот женщина с ребёнком — другое дело. Если у него тоже есть ребёнок, то кто ещё может так войти в его положение: и необходимость платить алименты, и вполне естественное желание хоть иногда видеться со своим чадом? Я уже не говорю о каком-никаком, но всё-таки опыте воспитания, сознании ответственности не только за жену, но и того, кто с ней неразделим. Ну а если ребёнка своего нет, то о чём ещё можно мечтать? Тут он вообще приходит на готовенькое. Ни пелёночек-распашоночек-памперсов, ни бессонных ночей с только что явившимся на свет божий горлодёриком. Ну а дальше всё зависит от вас: способны ли вы такого мужчину разглядеть, понять, оценить? Ему ведь тоже хочется счастья, а не просто чужую, за какого-то там «бычка-производителя», лямку тянуть. Вот только не увлекитесь: с двумя детьми замуж выйти уже очень сложно, практически невозможно – придётся такие скидки делать будущему «женишку», что небо с овчинку может потом показаться.

Опять молчание, и в этот раз с её стороны.

Ирина откинулась на спинку кресла. Можно было остановить диск, она и так хорошо помнила, как, затаив дыхание, робко, буквально трепетно, спросила:

– Ясно. Речь идёт о Принце. Что ж, я понимаю, конечно – моё нахальство достигло предела. Я нарушаю все обещания, которые вам только что давала. Но что я могу? Никто и никогда не говорил со мной так откровенно. Я буквально умираю от любопытства. Вам не нужна рабыня? Но только на неделю, максимум. Все ваши желания…. Всё только за то, чтобы вы сказали мне два-три слова конкретнее о человеке, с которым я могла бы быть счастлива. Как я поняла, он не где-то там, вдалеке, за семью морями, а совсем рядом? Как бы мне его не пропустить? Иначе мне не жить. Вы же сами укоряли меня за мой реактивный характер!

Психолог рассмеялся.

– Заманчивое предложение, но, к сожалению, лично я вынужден от него отказаться. Ситуация проще некуда: когда уже есть всё, что нужно, зачем желать большего? Непонятно? Ну, знаете, наверное, как в таких случаях о деньгах говорят: очень трудно их накопить, но куда сложнее – сохранить. Так и во всём. Тем более что я не скажу вам ничего необыкновенного: только два критерия – этот человек не должен подавлять вас собой ни при каких обстоятельствах, и в то же время быть личностью, до которой вам нужно будет тянуться и тянуться практически всю вашу жизнь.

Ирина нажала на кнопку «стоп» и долго сидела в неподвижности, укрыв ноги пледом. Что она узнала тогда нового? Что не все психологи бездари, а мужики – сволочи? Что добавила в то, что она с такой тщательностью сейчас оживляла в памяти, встреча с Вадимом, которой она так долго и настойчиво добивалась? Ожидая в ней, по меньшей мере, каких-то новых речений-логий Иисуса Христа. Ничего. Что она вообще вынесла из разговора с этим слизняком-очкариком? Только омерзение. Тут её мнение, сколько ни размышляй, нисколько не переменилось.

Так, ну и что дальше? Да бросить всё к чёрту! Понять, помочь... Что у неё, своих проблем мало?

Нет, не получится. Неверное решение. Дурацкие привычки, от них так просто не избавишься. Одна из них – пожалуй, самая ненавистная: во всём доходить до конца. Господи, ну почему нельзя хотя бы раз на полпути остановиться? Видно ведь невооружённым взглядом, что впереди тупик, нет там, и ничего не может быть другого. Как же, обязательно нужно упереться лбом в какую-нибудь обшарпанную стену. Такой уж она родилась, точнее: уродилась, уро-ди-на несчастная!

ГЛАВА 4

«Хорошо. Опять Ваша взяла. Я согласен на

встречу. *Когда и где угодно. Только сейчас немедленно уйдите. Очень Вас прошу. Вадим».*

Ирина с досадой огляделась по сторонам. Так и есть: здесь он, голубчик! Где же ему ещё быть?

«Господи, неужели он, в самом деле, думает, что я из-за него сюда притащилась?»

СМС-ка была неожиданной, явно не ко времени, но Ирина всё-таки сдержала себя, ответила, насколько могла, вежливо.

«Вы переоцениваете себя, мне совершенно ни к чему Ваш разговор. Да и вообще, беседы закончились. Очень прошу, не мешайте! Вы здесь за здорово живёшь, а я за бешеные деньги!», – наспех набрала она текст.

Ирина с неприязнью ещё раз взглянула на Вадима. В своих нелепых очках… ну полная жаба. Да ко всему прочему, оказывается, если как следует присмотреться, ещё и лысоват.

Она закрыла глаза, глубоко вздохнула, затем, стараясь делать это как можно медленнее, выдохнула распиравший лёгкие воздух. Релаксация.

«Ну что, расслабилась? – спросила она себя, наконец. – Теперь, золотко, смирись и получай удовольствие».

А удовольствие, действительно, стоило того. Увидеть своего бывшего мужа раскрашенного, напомаженного, в женском платье. В чёрных колготках, туфлях на высоком каблуке. Господи, до чего может дойти человек! Нет, не зря она добивалась встречи с тем плюгавеньким, не зря сюда явилась, нужно сделать всё возможное, чтобы Павел никогда, ни при каких обстоятельствах, подобную гадость не увидел. Расстреливать нужно таких подонков, уродов! Топить в реке сразу при рождении, как котят.

«Я заплачу Вам вдвое, вдесятеро, только пересядьте хотя бы. Вы что, думаете, если Саша узнает, что Вы здесь, ей приятно будет Вас лицезреть? Она и так на пределе. Это ведь работа, поймите!».

«Ну что ещё можно сказать этому плешивенькому? *«И так на пределе»*, *«работа»*, *«поймите»*... Плевать я хотела на вас обоих. Дойти до такого! – Ирина отключила смартфон и убрала его вглубь сумочки. – Действительно, слизняк слизняком. Я что, должна ещё перед ним оправдываться?»

– Муж? Жених? – насмешливо спросила соседка

по столику, совсем молодая девица невзрачной наружности с конопушками по всему лицу. – Ревнует, наверное? Знал бы он на самом деле, где вы сейчас находитесь – ей-богу, задушил бы, как Отелло. Вы уж извините меня, я специально к вам подсела. Вы одна, а сюда обычно компаниями ходят.

– Ну а вас-то как сюда занесло? – удивилась Ирина так, как будто с ней заговорило, по меньшей мере, соломенное чучело, а про себя подумала: «И, что самое интересное, где деньги взяла?»

– Я? Я здесь не одна. Просто мой парень не хочет афишировать наши отношения. Он классный! Я бы вам показала его, но не могу.

«Да, мир тесен! – ошеломленно подумала Ирина. – *«Только пересядьте хотя бы»*… Поздно, Вадим Геннадьевич! Судьба-индейка! Крепко же я вас держу теперь за одно, весьма, просто на редкость, чувствительное место. Как бы мне такую удачу не упустить, раскрутить?»

– Ну и как вам представление, нравится? – продолжила, между тем, поддерживать разговор девица. – Кстати, меня Женей зовут. Я из Озёр. Не слышали про нас? Город невест, только совсем маленький. Не такой знаменитый, как, к примеру, Иваново. Приехала в театральный институт поступать, в трёх местах провалилась: Щука, ГИТИС и ВГИК. Говорят, таланта ни на грош. Наверное, они правы. Я бы сейчас на любой ВУЗ согласилась, но год надо где-то перекантоваться. Домой ехать – перед подругами позориться. Да и родители будут нудить. Оно мне надо? Вот и перебиваюсь кое-как да как-нибудь. Сюда, между прочим, уже в третий раз прихожу. У моего парня друг здесь в шоу выступает. Тут вообще всё суперски здоровско! Народ ломится! Сегодня особенно трудно было попасть, я уж и не надеялась: у них премьера, новая программа.

Ирина хотела было вызвать девушку на откровенность, затем передумала. Ясно и так, что перед ней будущая суррогатная мать. Вадим – честный человек, надо отдать ему должное, предпочёл ничего не замалчивать, больше того – показать будущей «родственнице» с изнанки их весьма и весьма необычную семейку.

– А вы, как я вижу, здесь в первый раз? – не сдавалась, всё ещё пыталась раскрутить соседку на разговор Женя.

— И в последний! — со вздохом ответила Ирина.

Навязалась тоже ещё одна малахольная на её голову! Откуда хоть такие берутся. Ах да, из Озёр! Выныривают. Кстати, где это?

— Странный клуб какой-то, — пробормотала она. — На сцене женщины, в зале тоже, за, опять же, весьма редким исключением, представительницы нашего, прекрасного, пола. Лесбийский притон, что ли?

— Нет, вы не правы. Как раз, наоборот, здесь больше мужчин. На сцене вообще сплошь, ну и в зале половина, не меньше. Весь фокус в том, как они одеты. Иностранцев много. Кстати, вы не обижаетесь на меня за настырность? Просто здесь можно завязать какие-нибудь полезные связи, в моём положении это очень важно. Я вам свой номер мобильного телефона могу дать. Вдруг найдётся для меня какая-нибудь работёнка — с ребёнком посидеть, собаку выгулять, квартиру убрать.

Ирина нехотя взяла листок бумаги с нацарапанными на нём каракулями, затем решила пойти ва-банк:

— Кстати, вашего парня, случайно, не Вадимом зовут?

Женя насторожилась, при всей её простоватости житейская жилка в ней определённо присутствовала.

— Предположим, а что, вы его знаете?

— Да кто ж его не знает, — со вздохом ответила Ирина. — Ну и как он в постели?

Женя понимала, что ей пора уйти, но что-то её удерживало.

— Понятия не имею. У нас с ним чисто дружеские отношения, других просто не может быть, по определению. Когда я говорила о его «друге», я имела в виду его жену, Багиру. У них любовь. Вадим с неё буквально пылинки сдувает. Вон там, на сцене, в самом центре, вся в чёрном, с кошачьими повадками, видите? Она здесь, пантерва эта, суперзвезда. Многие только из-за неё сюда и ходят.

— Понятно, тогда вы, значит, будущая «сурмама»? — неожиданно перевела разговор в совсем иную плоскость Ирина.

Женя поняла, что сама того не желая, угодила в ловушку, поднялась со стула и стала неуклюже прощаться.

— Вы ошиблись. Но всё равно с вами было очень интересно. Пожалуй, мне пора исчезнуть, как какому-то там, не помню уж в точности имени, привидению.

Ирина удержала девушку за рукав.

– Кентервильскому.

– Что, что, простите?

– Кентервильскому привидению. Вы его имели в виду? Ладно, не торопитесь. Я вас не укушу. Просто вы вляпались, сами того не желая. «Багира» – мой бывший муж. Так что мне можно доверять, я в курсе. А помочь вам я, действительно, вполне в состоянии. К примеру, с работой. Так что, поговорим?

Женя поколебалось какое-то время, затем всё-таки решила рискнуть, кивнула:

– Ну, собственно, а зачем я иначе сюда хожу? Не извращенцами же всякими любоваться. С жиру бесятся, коты зажравшиеся, мне бы их заботы!

Ирина рассеянно кивнула.

– Начнём с названия – «Красная косынка». В принципе, тут всё ясно – стилизация под русскую культуру первых десятилетий XX века: супрематизм, футуризм, авангардизм, всяческие объединения типа «Бубновый валет», «Ослиный хвост», вот только всё переиначено под определённым, довольно явственно обозначенным, углом. Малиновый квадрат вместо чёрного, белого, красного, как у Казимира Малевича, «ТрансВолга» вместо «Девушек на Волге» Кузьмы Петрова-Водкина. Ещё стилизации под Павла Филонова, Наталью Гончарову, этот её знаменитый «Автопортрет с тигровыми лилиями» так преподнесён, что только руками можно развести. Ясно ведь, что переодетый мужик, и в то же время завораживает. Александр Блок, Маяковский, даже Серёжа Есенин, все почему-то в женских тряпках, эти уже вживую, читающие свои, тоже изрядно переиначенные, стихи.

Женя удручённо покачала головой.

— Простите, я даже до сих пор не знаю вашего имени. Меня зовут Женя, вы не забыли?

— Нет, не забыла, хотя забыла представиться, точно. Досадное упущение, обычно я более внимательна. Я Ирина, Ирина Алексеевна. Кстати, вот вам моя визитная карточка, там все мои координаты.

Девушка даже не стала рассматривать неожиданный подарок, поспешила убрать подальше крохотный кусочек картона, чтобы не отняли. Затем вздохнула смущённо:

— Ей-богу, я очень рада, что вы так сходу моё имя

запомнили…

Ирина небрежно махнула рукой:

– Тут нет ничего удивительного, профессиональная привычка.

Женя опять смущённо продолжила:

– И вы не забыли, что я из Озёр?

– Нет, конечно. Вот только один неясный момент: у вас там так можно нырнуть, чтобы сразу в Москве всплыть?

– Да нет, нырять совсем не обязательно. Хотя, в принципе, и по воде можно добраться. Но только долго. Проще на автобусе или, если с пересадкой, на электричке. Больше четырёх часов поездочка не займёт. Но я всё равно уже с полгода как туда не езжу. Только звоню регулярно, ну… я вам объясняла. Про свой город я к тому напоминаю, что не могли бы вы со мной говорить по-русски, я в китайском языке совсем ни бум-бум.

Ирина сначала нахмурилась, затем расхохоталась.

– Да, точно, опростоволосилась я. Причём второй раз уже. А ещё хвасталась своими профессиональными способностями. Однако мы можем взаимно обогатить друг друга. Я не имею в виду китайский язык, я в нём тоже ни в зуб коленом, но что означает, к примеру, название «Каминг-аут» под той картиной, где женщина просто прогуливается, как чеховская «Дама с собачкой»?

Женя вздохнула с облегчением:

– А, ну здесь я как раз в курсе. Каминг-аут – это то, о чём мечтает каждый кроссдрессер.

– Кто-кто? – недоумённо переспросила Ирина. – А ещё уверяли, что не говорите по-китайски.

– Ну, кроссдрессер, – уныло поморщилась Женя, всем своим видом выражая полное недоумение: вроде как – умная женщина, а туда же – совсем тундра, – человек, которому нравится переодеваться в одежду противоположного пола. Помните, наверное: «Тутси», «В джазе только девушки»… Кстати, всё это культовые фильмы, «наши», я имею в виду мои новые знакомые, их пересматривают по многу раз. Примочки, словечки из них постоянно употребляют в разговоре. Так вот, первое испытание, которое должен выдержать каждый уважающий себя кроссдрессер – пройтись в женском наряде по улице. Есть люди, которые ни разу в жизни так и не смогли решиться на подобный поступок.

– А, ну понятно, – со скукой протянула Ирина, внезапно потеряв к их разговору всякий интерес.

Женя мгновенно уловила эту перемену и с надеждой в голосе спросила:

– Так мне можно будет вам о себе напомнить?

– Разумеется, – пожала плечами Ирина. – Да я и сама могу вам позвонить, как только что-нибудь для вас подвернётся. У вас есть мобильный?

– Конечно, я ведь только что давала вам свои координаты, – с некоторым даже испугом вытащила из сумочки допотопный сотовый телефон «озёрная» девушка, почти русалка. – Как можно вообще жить в Москве без мобильника? Знаете, а вдруг вы ту мою бумажку уже потеряли или ещё потеряете? Зачем рисковать? Может, лучше я сейчас вам свой номер наберу, а вы его закрепите в меню и моё имя поставите? Годится?

– Годится. Только мне надо смартфон включить – ваш друг был слишком настойчив. Догадались теперь, кто мне СМС-ки скидывал? Кстати, большие деньги предлагал, чтобы я как можно скорее отсюда умотала.

Женя трясущимися руками торопливо набрала цифры с визитки и облегчённо вздохнула, услышав звонок в руке Ирины. Та не удержалась от усмешки: «Эх, бедная девочка, сколько же раз тебя обманывали! И визитки не свои, чужие, небрежно в руку совали, да и позвонить забывали. Что же ты хотела? Москва есть Москва! Не каждому здесь фортуна личико своё показывает, всё больше задом повернуться норовит».

— Крутой смартик! — восхищённо сказала Женя, когда Ирина поиграла кнопками, чтобы вставить в меню её номер. — Может, у вас и тачка под стать?

— А как же! — Ирина зевнула, едва успев прикрыть рот ладошкой. — При моей работе да без крутой тачки! Кто ж со мной после этого дело будет иметь? Кстати, мне здесь всё уже осточертело, пора, как говорится, и честь знать, так что могу подвезти, если вы не слишком далеко обитаете.

У Жени даже глаза округлились от ужаса.

— Нет, не могу. Я же говорила — сегодня премьера. Пропустить такое — я потом себе до конца дней своих не прощу. Смотрите, кстати, они уже начинают.

Ирина взглянула на Евгению с кислой миной, затем решилась:

— Ладно, пусть будет по-вашему. Премьера так

премьера. Но предупреждаю: если станет скучно, я тут же уйду. Не демонстративно, но всё равно весьма наглядно может получиться. Объясняйтесь сами потом за меня со своим Вадимом.

ГЛАВА 5

– Вы были настолько уверены, что я вам позвоню? – насмешливо поинтересовался Скорочкин.

Ирина на этот раз была одета совсем по-другому, она позволила себе немного расслабиться: джинсы, кораллового цвета кофточка с кружевами, да и косметики было гораздо больше на лице.

Вадиму никак нельзя было терять контроль над собой, с сомнениями было покончено. Он тщательно всё продумал: уже с первых минут их прошлой встречи он твёрдо знал, что перед ним враг, который хочет разрушить его счастье, и лучшее, что он может сделать – сократить, если уж совсем нельзя избежать, их общение до минимума. Именно исходя из этого, он и предположил, причём вслух, что в первый раз Ирина была одета так официально только для того, чтобы его не спугнуть.

— Да, конечно, иначе бы я не сделала столь длинным поводок. Сами посудите: столько сил было потрачено на то, чтобы добиться встречи с вами, заинтересовать вас, расположить к себе, а потом, в результате – бац! – вдруг столь бездарно расстаться, – весело рассмеялась Ирина. – Вы параноик, ей-богу! Вам никто этого не говорил? Да я о вас забыла уже! Кто вы такой, собственно, чтобы вами заморачиваться? Что, приехали сегодня опять мне нотации читать? Если так, то только один вопрос осталось разрешить: кто из нас оплачивает счёт? Думаю я, поскольку перспектива остаться без обеда меня совершенно не прельщает. Так что привет психиатричке! Пока!

Вадим пропустил мимо ушей оскорбление. Он медленно проговорил, как бы размышляя вслух:

— Мне только одно в вас нравится – вы со мной предельно откровенны. Конечно, играете, как всякая женщина, но играете в открытую. Или это просто такой стиль игры? Маскирующий, наоборот, редкостную кровожадность?

— Кровожадность? Нет, просто я пытаюсь говорить с вами по-мужски, профессия такая – без знания людской, и в частности, мужской, психологии я и неделю не продержалась бы на своей работе. Во всех случаях можете быть спокойны: вы, как человек, а уж тем более, как потенциальный клиент, я не говорю уже – как мужчина, совершенно меня не интересуете. Вам ведь не нужны пластиковые окна, верно? Думаю, они уже давно у вас есть. По виду вы человек хозяйственный, предусмотрительный, не могли же вы такое упустить? Что ещё? Вы подозреваете, что я сплю и вижу скушать вас с потрохами? Но зачем? Мы ведь уже всё выяснили: Саша не уходил от меня к вам, он ушёл в неизвестность. Однако, опять же, не в этом главное. Главное в том, что того человека, с которым я прожила и была счастлива шесть лет, и от которого родила очаровательного сынулю, давно уже нет. Да и был ли он вообще когда-нибудь? Поэтому ни о какой жажде мести, даже просто неприязни, речь не идёт. Скажем так, я уже этим переболела. Хотя было. Конечно, было, не спорю. Но я быстро во всём разобралась. Сейчас меня по большому счёту только одно бесит: почему такое произошло именно со мной? Я ведь никогда не была неудачницей, с самого далёкого детства, сколько себя помню, пыталась сама вершить свою судьбу. И вдруг на тебе! Шесть лет, вычеркнутых из жизни! За что такая кара? Причём самое главное – это ведь может повториться. В какой-нибудь другой, менее или, наоборот, даже более, извращённой форме. Скажите, когда вы читали эти блоги, у вас не возникало ощущение, что они написаны мне?

Вадим кивнул.

– Да, был такой момент, но потом я понял…

– Что я не та женщина, которая может вызвать к себе подобные чувства?

Скорочкин замялся, вновь, в который раз уже, принялся протирать тряпочкой свои очки. Затем посмотрел в сторону Ирины, видя, по всей вероятности, лишь расплывчатый силуэт.

– Просто это не ваш портрет.

– Понятно, во мне слишком мало женственности, я слишком логично мыслю, слишком решительно действую, а не пора ли вам, мадам, в активные лесбиянки?

Он холодно поинтересовался.

– У вас есть знакомые лесбиянки?

Она вздохнула.

– Нет, конечно. Откуда? Я вполне нормальная баба. Без отклонений.

Скорочкин кивнул.

– Вот именно. Поверьте, в вас нет ничего мужского. Просто женщина с сильным характером. Активная? Да. Может быть, даже реактивная. Но кто сказал, что это недостаток? Просто индивидуальные особенности. Собственно, то, чем один человек отличается от другого, в данном случае одна женщина от другой.

– И вы могли бы в меня влюбиться?

– Нет. Исключено. Совершенно.

Ирина всплеснула руками:

– Господи, но вы же сами себе сейчас противоречите.

– Нисколько. Я мог бы влюбиться в такую женщину. Во всяком случае, меня бы это в ней не оттолкнуло, но есть много других факторов. Любовь – сложное чувство. Мне повезло, я такого, своего любимого, человечка уже встретил. Думаю, и вам повезёт.

Ирина помрачнела.

– И вас не смущает даже то, что ваша любовь не

взаимна? – осторожно спросила она.

Вадим поджал губы, углубился в изучение меню. Затем махнул рукой, видимо, он всё-таки был выбит из колеи.

– Я здесь впервые, закажите сами что-нибудь, на свой вкус. Будет даже интересно, угадаете ли вы, что мне нравится из съестного? Что касается писем…

– Ну, это не письма. Скорее, блоги. В данном случае – невыложенные блоги. Весь Интернет забит подобными вещами. Скажите, если бы вы увидели их выложенными, то есть, наткнулись на них в Сети, вы обратили бы на них внимание?

– Да, безусловно. Чувства выражены слишком сильно, чтобы мимо них равнодушно пройти.

– Я не зря вас перебила. Вы опять хотели сказать, что вас не интересует прошлое – то, что было до вас. Но это не прошлое, в этом как раз всё дело, и… наша с вами беда.

Вадим опять вспыхнул.

– Здорово! – в который раз не удержалась Ирина. – Красивое зрелище! Скажите, в вашей жизни были женщины, которых это возбуждало? Или… я первая? Молчите? Ладно, вы уже мне отлуп дали. Но, может, у вас есть брат или друг, который вот так же, как вы, краснеет и не чурается решительных, сильных женщин? Нет? Жаль! Но, по крайней мере, благодаря вам, я знаю теперь, что мне нужно. Так вот, если отбросить в сторону лирические отступления и вернуться к основной, крайне важной для нас с вами, теме, получается: то, что вы прочитали, это не только прошлое, это – настоящее, и даже будущее. Это навсегда!

Вадим сжал зубы, поиграл желваками на скулах.

– А вы знаете, я, наконец, понял сейчас вашу сущность. Кто вы по жизни. Тореадор, точнее, тореадорша. Долго наблюдать, дразнить, выбирать момент, а потом – один удар, и всё кончено. Пока, господа зрители, можете расходиться!

Ирина горько усмехнулась.

– Если бы! Если бы я была тореадоршей! Но, к сожалению, не могу похвастать этим. Я – не тореадорша, как раз наоборот – вечная жертва. В отличие от вас. Когда я случайно наткнулась в ноутбуке мужа…

– Ну, предположим, не случайно…

– Да, не случайно. Ещё скажите, что все мы,

женщины, одинаковы. Так вот, я была такая дура, что до последнего думала, что это обо мне, для меня. А потом как раз и последовал тот удар. Решающий момент – так, кажется, это у них, матадоров, называется? Кстати, может, вы просветите меня: тореадор и матадор – это ведь не одно и то же?

– Признаться, я не очень в этом разбираюсь. Но если следовать логике, то вроде как тореадор просто участвует в корриде, а матадор убивает. Но если нет матадора, тогда кто-то ведь должен завершить бой?

– Ясно. По крайней мере, вы не назвали меня убийцей. Что ж, и на том спасибо. Да, и ещё одно: интересно, это из-за вас меня не пустили во второй раз в «Красную косынку?»

– Я-то тут при чём? Я ведь не хозяин этого заведения, – недоумённо фыркнул Вадим.

Ирина вспылила.

– Ага! Вот и пойми вас: когда врёте, не краснеете, когда правду говорите – пунцовеете, как маков цвет. А вот Женя мне совсем другое сказала, точнее, высказала предположение: что вы меня «сфоткали на мобильник», как она выразилась, а потом охране передали мою «физию» на фейс-контроль. Ну а там, вроде как, по большей части, бывшие менты, память у них о-ё-ёй какая: комар не проскочит.

Вадим лишь холодно пожал плечами:

— Думайте что угодно, мне без разницы, я уже привык к оскорблениям с вашей стороны. Но я вас очень прошу: отставьте, пожалуйста, Женю в покое. Совсем не обязательно вмешивать наивную, неиспорченную девчонку в ваши грязные игры.

Ирина взъярилась.

— Не дождётесь! И вообще, я тоже вас, и тоже очень, прошу, остерегайтесь на будущее давать мне какие-либо «мудрые» советы. Я такого с собой не терплю. Я вам уже говорила, но вы не поняли, попробую ещё раз, только обойдусь теперь без эвфемизмов: я держала, и буду держать вас за яйца столько, сколько мне понадобится. Я вижу вас насквозь и в состоянии просчитать заранее любой ваш шаг. Так что со мной вам лучше не ссориться.

Официантка совсем уже было подошла к их столику, но, услышав крепкое словцо, остановилась в нерешительности. Так что Ирине пришлось сделать властный приглашающий жест рукой. Сделав заказ, обстоятельно, уточнив все подробности, она продолжила сразу, не дожидаясь, когда официантка отойдёт.

— Я не злая. Если меня не злить. А у вас, почему-то, это на редкость хорошо получается. В грязные игры не я, а вы с Женей играете. Насчёт наивной, неиспорченной — нисколько не спорю. Вы ведь настолько дотошны, что ухитрились подыскать на столь неблаговидную роль девственницу. И до того жадны, что даже не сняли ей самую убогую комнатёнку или угол у какой-нибудь старушенции — девчонка скитается по общежитиям.

— Мы ей предлагали жить у нас, — попытался оправдаться Вадим. — Но она не согласилась.

— Конечно, а кто бы согласился? Наблюдать каждодневно ваш гнусный разврат?

— Это не разврат. Вы просто ничего в подобных отношениях не понимаете. — Губы Вадима тряслись от ярости, он вскочил со стула, собираясь уйти.

Но Ирину было не угомонить.

— Уходите? Ах, что же вы? Здесь так вкусно кормят! Это несправедливо. К хозяину заведения, к поварам. Учтите, я ведь обещала, что буду бить теперь по всем вашим слабым местам. Так вот, я передумала. Извольте расплатиться. Пригласили даму, доставайте кошелёк. Я сначала хотела предложить складчину, вроде как деловой разговор у нас, но коли такого разговора не получилось, так уматывайте, исполнив предварительно свой мужской долг. Только зарубите себе на носу, что впредь с вами встречаться я больше не собираюсь. Моё время дорого стоит, и я не считаю себя вправе тратить его столь бездарно. Не договорились высокие стороны, значит, не договорились. Война? Ну что ж, стало быть, война!

Вадим вздохнул, отодвинул в сторону стул.

– Если не возражаете, я отлучусь на минуточку. «Носик припудрить».

– Понятно, – пробормотала Ирина. – Хотите взять тайм-аут? Нет проблем!

Вернулся Вадим совершенно другим человеком.

– Я поразмышлял немного насчёт войны… – задумчиво проговорил он, покончив с первым и начав заниматься эскалопом. – Кстати, неплохая хрюшка когда-то бегала, со знанием дела выращивали. И вы точно теперь знаете, что я не мусульманин. Одним словом, я предпочитаю мир. Не так, чтобы во всём мире, а исключительно между нами. То есть, если говорить конкретно, предлагаю начать всё сызнова. Признаюсь, я погорячился, понервничал, прошу принять мои извинения. Мы враги, тут не может быть никаких сомнений, и это навсегда, естественно, но как раз врагам проще – при желании они могут легко обо всём договориться. Я всегда был такого мнения, что хороший враг лучше плохого друга.

– Разумеется, – процедила сквозь зубы Ирина. – Так же, как хороший враг лучше плохого врага. Так будем же хорошими врагами. Вы это имели в виду?

– Не имеет значения, – небрежно отмахнулся Вадим. – Лишь бы прийти к каким-то определённым соглашениям и впредь неукоснительно их соблюдать. Так как, вы согласны?

– Безусловно, – кивнула Ирина.

– Прекрасно, – обрадовался столь успешному началу переговоров Вадим. – Начнём тогда с самого главного: теперь, когда вы знаете о нас с Сашей пусть не всё, но более чем достаточно, чего же вы хотите?

Ирина пожала плечами.

– Вы зря надеетесь услышать от меня что-то новое. Я с самого начала сказала: понять.

Вадим помолчал некоторое время, собираясь с мыслями. Орешек был ему явно не по зубам.

– Ладно, – кивнул он, наконец. – Ничего, если я начну издалека, да и вообще буду непоследователен в своих объяснениях? У вас достаточно времени?

– Не горит, совершенно, – спокойно парировала его сарказм Ирина. – День, неделю, месяц – сколько понадобится. Как говорится, важнее всего результат.

Вадим поковырялся ещё с эскалопом, затем, вроде как в изнеможении, откинулся на спинку стула.

– Вкусно. На редкость вкусно. Есть такая басня: «Кот и повар». Здесь сказка другая – повар и свинья. Но повар тут явно не свинья, он знает толк в апельсинах. Прекрасная кухня, надо бы непременно побывать здесь ещё раз.

– И даже не один, – в тон ему отозвалась Ирина. – Хотя, в принципе, я знаю кухни и получше. Только там дороже. Я имею в виду ещё дороже.

– Не любите готовить? – поинтересовался Вадим, решив вновь вернуться к эскалопу.

– Ну почему же? – легко отразила и этот пинг-понговский мячик Ирина. – Люблю, но только времени нет вникать – так что не умею. Ну а насчёт ресторана или кафе… Просто работа такая. Клиента же домой не пригласишь! А расположить человека надо. Ну помните, наверное, ту затасканную фразу насчёт мужчины и его желудка?

– А что, клиенты у вас все – мужчины? – глубокомысленно поддержал разговор Вадим, хотя его такие подробности совершенно не интересовали.

– Преимущественно, – вежливо ответила Ирина, жеманно орудуя ножом и вилкой. – Женщин я вожу по бутикам. Если заказ большой, частенько приходится раскошеливаться на какой-нибудь подарок. И, козе понятно, так дёшево уже не отделаешься.

– Вы не угадали, – неожиданно переменил тему, задумчиво глядя в сторону, куда-то в пустоту, Вадим.

– В смысле? – всполошилась, пропустив удар Ирина.

– Я имею в виду, со свининой, – ответил Вадим, довольный своим маленьким успехом. – Мы с Сашей – сторонники здорового образа жизни и, в частности, диетического питания. Из мяса только курицу и то, лишь в малых дозах употребляем.

Ирину их пустопорожний разговор уже начал

раздражать.

— А, ну такие рестораны, со всяческими там гастрономическими, экологическими изысками, нам точно не по карману, — ядовито ухмыльнулась она. — Но предложение посетить мою обитель по-прежнему остаётся в силе. Обещаю, что там будет всё в точности так, как вы пожелаете. Однако хочу вам сделать маленький «комплимент» — клиент вы на редкость привередливый. Обычно все берут, что дают. Особенно, если это «на дармовщинку». Ну, так что, приступим? Я имею в виду — к переговорам. Не к прелюдии, она уже сыграна, а к тем, что на высшем уровне. То есть, почти в раю.

— Хорошо, я готов, — кивнул Вадим, стараясь выглядеть запредельным симпатягой и скромнягой. — Если разрешите, я первым начну.

— О, ради бога! — сморщила носик Ирина, констатировав, что проиграла ещё одно очко. А проигрывать, даже в мелочах, она очень не любила.

Однако следующую подачу она тоже пропустила.

— Не сердитесь на Женю, что она в прошлый раз не смогла удовлетворить ваше любопытство. Девочка из провинции, институтов не кончала, да и житейский опыт небольшой. Постараюсь, как могу, восполнить за неё образовавшийся пробел. Больше всего вас в прошлый раз поразили цены, я правильно понял?

— Да уж, — постаралась как можно скорее переключиться на другую, предложенную ей тему Ирина. — Я, конечно, не специалист по ночным клубам, но ваша «Косыночка», на мой взгляд, просто обнаглела. Может оставить без последних штанов.

— Цены вполне реальные, — пожал плечами Вадим. — Политика такая: не делается ставки на постоянных клиентов, как это обычно бывает в других заведениях. Наоборот, завсегдатаи, по возможности, сразу отсекаются. Я вас не «фоткал» и не скидывал вашу «физию» на фейс-контроль. Просто, как говорят в таких случаях: «хорошего — понемножку», сподобились один раз, и хватит. В подобных заведениях программа обновляется не столь часто, как хотелось бы. Слишком дорогое удовольствие. Поэтому наши владельцы-«косыночники» нацелены преимущественно на иностранцев, либо на так называемых «гостей столицы». Во всех случаях у нас определённо не клуб. Те завсегдатаи, которые всё-таки имеются (а как без них? при всём желании не получится) – это совсем сдвинутые фанаты, и к нашим ценам они относятся с пониманием – им тоже надо чем-то от плебса, гумуса отгородиться. Да, верно, из тех картин, что вы видели, ни одну за бешеные деньги на аукционах типа Сотбис не продашь. Но там нет и ни одной копии. Только работы, написанные исключительно на заказ прекрасными русскими художниками, которых хорошо знают в Париже, в Нью-Йорке, Берлине, но в России они известны не многим: знатокам, специалистам. Вот скажем, у всех на слуху имена Юдашкина, Зайцева, однако фамилия Игоря Сажонкина наверняка вам ни о чём не говорит, а ведь он не просто известен, а даже знаменит, возглавляет Дом моды во Франции. И у нас все травести-шоу исключительно в его костюмах, которые ко всему прочему постоянно обновляются. Я уже не говорю о Багире, вашем бывшем муже, если вы посетите другие подобные представления – вы найдёте полный примитив. На пластику нигде упор не делается, главное – переодевание. Да и зачем хорошей танцовщице выступать у нас? Она может найти местечко и получше. Однако ваш бывший – особый случай, другие места для Саши заказаны. Поэтому под неё волей-неволей приходится формировать профессиональный, причём не просто профессиональный, а ещё и с нетрадиционной – нет-нет, не ориентацией, а именно с нетрадиционной психологической гендерностью, кордебалет. А это, поверьте, далеко не дешёвое удовольствие. Я вам не наскучил?

– Нисколько, прекрасная лекция. Вот только не слишком ли мы далеко в сторону от основного вопроса отвлеклись? – Ирина сникла, никак ей было не зацепиться, ничего не оставалось, как записать на свой счёт ещё одно, очередное, потерянное очко.

– Как скажете, – кивнул Вадим. – Но этот разговор крайне важен, и рано или поздно нам всё равно придётся к нему вернуться. Тем не менее, будем считать, что первый раунд завершён, и теперь ваша очередь высказаться в наших переговорах.

– Что ж, вы правы, – вздохнула Ирина, – действительно, пора. Вы меня так доблестно атаковали, что я не могла даже слова вставить. Однако теперь и в самом деле моя очередь. И переговариваться, то бишь, сражаться, мы будем уже на моём поле.

Она помолчала некоторое время, но вовсе не для того, чтобы сделать эффектную паузу, а просто, чтобы собраться с мыслями. Затем достала из кейса ещё несколько файлов.

– Да, кстати, как вам первый блок? Вы всё-таки его прочитали?

Скорочкин пожал плечами:

– Разумеется. И очень вам благодарен, что вы буквально заставили меня с ним ознакомиться. Человек решил разобраться, что за чувство – любовь, вполне естественное желание, во всяком случае, явно не преступление.

И, что потрясает, многого достиг. Начнём с цитат, они просто великолепны. Взять хотя бы вот эти:

«Любовь – проклятая Богом страна, где ни один поезд не приходит по расписанию и начальники станций в красных шапках – все сумасшедшие или идиоты. Но здесь и сторожа сошли с ума от крушений! Опаздывают все признания и поцелуи, всегда слишком ранние для одного и слишком поздние для другого, лгут все часы и встречи, и, как хоровод пьяных призраков, одни бегут по кругу, другие догоняют, хватая воздух протянутыми руками. Всё в мире приходит слишком поздно, но только любовь умеет минуту запоздания превратить в бездонную вечность вечной разлуки!» Леонид Андреев.

«Любовь! В ней всё тайна: как она приходит, как развивается, как исчезает. То является она вдруг, несомненная, радостная, как день; то долго тлеет, как огонь под золой, и пробивается пламенем в душе, когда уже всё разрушено; то вползает она в сердце, как змея, то вдруг выскользнет из него вон...» Иван Тургенев.

Я привык считать себя достаточно образованным, начитанным человеком, но, к стыду своему, должен признаться, что ни одно из этих рассуждений мне не знакомо. Далее следуют уже собственные Сашины мысли.

«Самое главное в этом мире – Чувство, из всех чувств важнейшее – Любовь. Нет любви в человеке –

ничто не привязывает его к жизни, она теряет для него всякий смысл. Из любви к Богу, любви к Жизни рождается и любовь к женщине (мужчине), семье, детям, а тогда мужчина (женщина) горы может свернуть. Любовь – чувство, от которого пылают сразу душа, сердце и тело. Без него недоступно для человека счастье».

Или вот ещё одно, совсем потрясающее:

«Если принять официальную трактовку Христа не как человека, а как богочеловека, то мы должны найти в себе мужество признать, что женскую часть его сущности с креста никто до сих пор не удосужился снять. Так она и висит там распятой. Никогда не забывайте об этом».

Однако это была лишь подготовка, дальше идёт чистейшей воды беллетристика. То, что вы назвали «блогами», на самом деле даже к эссе не имеет никакого отношения. Просто жанр есть такой, довольно редкий – стихотворения в прозе. Написано, кстати, вполне на уровне Ивана Тургенева и его знаменитого сборника «Senilia» («Старческое»). Ну, помните, наверное, из школьной программы: «Как хороши, как свежи были розы!» Такие строки не забываются. Кстати, один маленький шедевр Саши: «Любовь», был даже опубликован в популярном глянцевом журнале и имел там успех. Так что Саша не только великолепно танцует, у неё, ко всему прочему, незаурядные литературные способности, вы не знали об этом?

Ирина вздохнула:

– Вадим Геннадьевич, мне жаль вас прерывать, но я вынуждена ещё раз вам напомнить, что мы слишком далеко в сторону отвлеклись от нашего разговора. Так что не стану тянуть кота за хвост, зачем мне вас мучить? Раскрою лучше все карты сразу. Иван Сергеевич Тургенев тут совершенно ни при чём.

Здесь, как вы догадываетесь уже, наверное, новые блоги. Или письма, назовите их, как хотите. Любовные. Достаточно красноречивые. Саши к его сестре. Её, кстати, тоже звали Александрой. Вот эти были написаны, скорее всего, после её замужества. А эти, уже точно, а не наверное, после её гибели в автокатастрофе.

Вадим сидел бледный, сражённый тем, что на него вдруг навалилось. Он долго молчал, затем тихо проговорил:

– Я не возьму эту пакость. Меня она совершенно не интересует.

Ирина кивнула, только сейчас она поняла, насколько изощрённа была её тактика: отступать, проигрывать, отвлекая, завлекая противника, затем вдруг бац! – контратака и… решающий удар.

– Хорошо, я объясню вам в двух словах. И поведенческая линия страуса, при малейшей жизненной каверзе зарывающего голову в песок, а голый зад всегда почему-то оставляющего при этом вызывающе открытым, тут не пройдёт. Извините, что повторяюсь.

Ирина сделала паузу, как бы собираясь с духом, чтобы нырнуть очередной раз в ненавистный, но ставший для неё уже столь хорошо обжитым, омут, затем нехотя продолжила:

– Так вот, если интересно, слушайте. Они были дети. И детской была их любовь. Брат и сестра – не столь уж частый, но всё-таки встречающийся сюжет. В какой-то момент началось взросление, сестра поняла первой, что происходит и попыталась избавиться от платонического (скорее всего, однако не факт), но всё же наваждения. Брат остаётся верным этой любви до сих пор. Была ли смерть сестры несчастным случаем или она покончила жизнь самоубийством, так и не найдя выхода из тупика – спорить на эту тему можно до бесконечности, но точно об этом никто уже не узнает, никогда. Здесь, – Ирина указала на письма, – размышлений на эту тему великое множество. *«Зачем ты ушла?»*, *«Мир померк без тебя»*. Как я поняла своим скудным умишком, именно в неизвестности вся трагедия. Точнее, безысходность. Что ещё? По всем канонам эта безысходность должна была завершиться самоубийством Саши, вашей дражайшей супруги, моего бывшего мужа. Что сейчас с ним происходит, я осознать не в силах. Так же, как и весь ваш мир, он слишком загадочен для меня. Что мне нужно? Продолжение вот этих блогов. Вы без труда найдёте их в Сашином ноутбуке. После того, как я их получу, обещаю, я исчезну навсегда из вашего поля зрения. Но, на мой взгляд, если вы любите Сашу и хотите добиться взаимности в своей любви, без меня и без опытного психиатра, именно психиатра из самой настоящей психлечебницы, я не оговорилась, вам не обойтись. Вроде бы я всё сказала, что теперь скажете мне в ответ вы?

– Нет, – тихо, но твёрдо ответил Вадим. – По всем пунктам: нет. Нужно комментировать?

Ирина покачала головой.

– Нет. Тоже нет. Совершенно не обязательно. Мне просто интересно, как вы будете потом жить. То, что будете жить, я не сомневаюсь. Как-нибудь свою совесть заморочите, свалите вину на меня. Придумаете что-нибудь, вы неглупый человек. У меня так не получится при всём желании, так что я буду продолжать борьбу. Если вы, конечно, не передумаете, и не согласитесь на мои предложения. И ещё одно: при всех вариантах забудьте о Жене, подберите себе другую жертву, другую дурочку: просто Женя мне доверилась, она мне понравилась, и я теперь её в обиду не дам.

Вадим кивнул.

– Ну, это мы ещё посмотрим. Файлы свои заберите.

Ирина вынула из сумочки деньги, положила их на

стол, чуть прижала тарелкой. Затем встала.

— Расплачиваемся вскладчину, думаю, это оптимальный вариант. Что касается файлов, то сами решайте их судьбу, можете оставить их на столе, хорошенькое будет для местной обслуги развлечение.

Она вскинула сумочку на плечо и, не оборачиваясь, вышла из кафе. Еле удерживаясь от того, чтобы не разреветься. Она победила, однако, по сути, была не просто повержена, но даже разбита в пух и прах.

Ей удалось проехать не больше ста метров, Ирина свернула к обочине, заглушила мотор и тут уже, не таясь, в полную силу разрыдалась. «Победа, какая уж там победа? Разве такого носорога проклятого можно победить?»

ГЛАВА 6

— Ирина Алексеевна, Ирина Алексеевна, что с вами?

Ирина оглянулась, остановилась, дождалась, когда Женя приблизилась к ней.

— Здравствуйте, Женечка! Зачем же так кричать? Здесь слишком много людей знает меня. И вообще, с чего вы вдруг взяли, что со мной что-то не в порядке?

Женя перешла на шёпот.

— Ирина Алексеевна, вы ужасно выглядите, на вас совершенно не похоже.

Ирина помялась в нерешительности, затем спросила, всё ещё с сомнением в голосе:

— И что, это и в самом деле так заметно?

— Просто кошмар!! — всё так же шепотом подтвердила Женя.

Ирина тут же сориентировалась и аршинными шагами направилась к женскому туалету. Женя бежала за ней чуть ли не вприпрыжку.

— Ирина Алексеевна, я всё не решалась вам позвонить, но я вам так благодарна. Такая работа, просто супер! Со мной тут даже мальчики заигрывают, в кино приглашают. А вообще делать совершенно нечего: разноси почту по этажам. Зарплата нормальная. А меня не обманут с ней? А то пробегаю целый месяц и останусь в итоге с носом. Чай, кофе бесплатно. Если с собой батон прихватить, можно наесться и напиться до отвала. Мне пропуск дали, я теперь мимо охранника важной персоной прохожу. И вообще они все удивились тут: я только два дня стажировалась, и сразу во всём разобралась. А большинство, что до меня были, постоянно всё путали. А я ни разу не перепутала. Мне даже обещали подработку дать: после работы грузы на вокзал отвозить, с проводниками договариваться. И получать тоже. Да и вообще, вариантов море.

Ирина добралась, наконец, до зеркала в туалете и, действительно, пришла в ужас. Особой красотой она вообще никогда не блистала, а тут – просто пугало огородное. Слава богу, проблемы только с лицом. Припухшие веки, порушенный макияж, бледная, как поганка. Взгляд, как после культпохода на фильм про вампиров или оживших мертвецов. Главное ведь, прежде чем выйти из машины, смотрелась на себя в зеркальце, приводила «фейс» в порядок. Куда глядела? Что видела?

Нет, одним только макияжем тут не спасёшься, нужно отвлечься, постепенно прийти в себя. О чём эта балаболка ей говорила? Что называется, семь вёрст до небес и все лесом. Надо вспомнить. Память у неё не просто профессиональная – тренированная. Самый момент это показать.

— Ну что ж, я рада, Женечка, что работа вам нравится. Хотя нагрузка при таких грошах лошадиная. Вы как потом дома, сразу в постель, наверное, валитесь?

— Да нет, я и не устаю совсем, — недоумённо проборматала Женя. — От чего тут уставать? С подругами общаюсь, хотя и не подруги они мне — так, просто знакомые. Вот они устают: кто на стройке, кто за швейной машинкой, кто с метлой неразлучной в дворничихах. А тут — интеллигентные люди.

— Ладно, это хорошо, что вы справляетесь, — вздохнула Ирина. — Несколько советов, которым можно следовать, а можно сразу забыть. Так, информация к размышлению, если есть чем размышлять. Во-первых, мальчики. Они «кадрят» тут всех подряд, какая-нибудь дура да и заглотнёт крючок. У них просто спорт такой, они делают это годами. Отсюда уходят — в метро та же канитель продолжается, и на улице, соответственно, как иначе? Ещё по мобильнику постоянно прикалываются. Это нормально. Девчонки тоже своё дело знают: зацепить какого-нибудь «карася», «толстенный кошелёк», ну и раскрутить мужичка, чтобы хорошенько выставился. А там, глядишь, кто-нибудь поведётся на пустышку, даст бог, и серьёзные отношения вдруг завяжутся. На чай, кофе, вообще на всякую «халяву», не покупайтесь, помните твёрдо старую как мир истину насчёт бесплатного сыра и мышеловки. Благодаря этим чаю да кофе из вас выкачивают энергию по максимуму, сами не замечаете как. Не говоря уже о каких-либо свиданьицах, приглашениях. Заканчиваются они все одним и тем же: ребёночком в подоле, которого вы потом из Москвы домой в итоге повезёте. И уж тогда никаких суррогатов, всё по полной программе: ноль прибытков, уйма убытков, да ещё слава шлюшная в родном городе. Вся жизнь наперекос пойдёт.

— Что-то вы не в духе сегодня, — пробормотала Женя, ничуть не обескураженная прочитанной ей лекцией. — Мне нравится, когда вы добрая, весёлая. И не считаете других круглыми дурами или дураками. Может, я с виду такая – страшненькая да убогая, но я своё личное счастье устрою, об этом можете не беспокоиться. Я ведь в барыни не рвусь, можно и без бриллиантов прожить, зато в любви да согласии.

Как ни странно, глупый трёп пошёл Ирине на пользу. Она довольно быстро привела себя в порядок, глянула на часы и ахнула: время обеда, полдня как корова языком слизнула.

— Ладно, пойду в кафешку, до работы я так и не добралась. Потом наверстаю. Приглашаю, плачу, как вы на это смотрите?

— Ну, положительно, конечно. Если следовать вашим советам, то с вами можно, от вас-то я никак не «залечу».

Обе дружно расхохотались.

— Вот только... — Женя показала на папку, которую она всё время разговора прижимала к груди.

— После обеда разнесёте, — махнула рукой Ирина. — В такое время лучше людей не беспокоить, даже если они и на месте. Что, кстати, под большим вопросом. Прогуляетесь зря, а нужно беречь копытца-то. Ну а расплата — попробуете ответить на один вопрос: почему мне не везёт в жизни, и как с этим можно побороться? Я бы тоже, как вы, хотела: «без бриллиантов, но зато в согласии и любви». Скоро Пашка вопросики начнёт всякие каверзные задавать насчёт секса, страсти нежной и прочих вкусностях, а мужика в семье, чтобы на них отвечать, даже на горизонте не просматривается.

– Годится, – с радостной улыбкой ответила Женя. – А Пашка – кто? Сын? Сын Багиры?

Ирина помрачнела.

– А вот о таких вещах – молчок. Иначе конец нашей дружбе. Навечно. Трепачей не люблю.

– Да кто ж их любит? – фыркнула «озёрная» девушка. – А что, у нас, в самом деле, дружба?

– Это уже только от вас зависит, – весело прощебетала Ирина, посмотревшись ещё раз в зеркало и ощутив себя помолодевшей, по меньшей мере, на десять лет. – Я дружить умею.

Женя в ответ хитро улыбнулась.

– Понятно. И много у вас подруг?

За обедом Ирина полностью пришла в себя. Конечно, за талией нужно следить, однако в такие экстремальные дни можно что-то себе и позволить. Ведь говорят же: лучшее средство против стресса – что-нибудь сладенькое съесть. Настроение, действительно, стремительно взмыло вверх. Собственно, с чего бы она вдруг так раскисла? Когда-то всё, связанное с её ненаглядным, обожаемым мужем, и в самом деле было сюрпризом, стрессом, а сейчас давно в прошлом, просто неприятные воспоминания, не более того.

Ирина задумалась. А может, не прошлое? И во всём виноват её проклятый максимализм? Ну, то, что она не умеет что-то долго таить в себе, обязательно нужно выплеснуть наружу, ещё полбеды. Ведь когда она завела в столь памятный день разговор о письмах, была бурная сцена, однако, в конце-то концов, они помирились с Александром, и даже вернулись к прежним отношениям. Действительно, к чему было ревновать? К прошлому? К кому конкретно? К покойнице? И главное – измены-то, собственно, не было (как уверял Александр), чисто платонические ахи-вздохи. Муж изменял ей сердцем? Разумеется, для неё это было куда важнее, но со стороны ведь никто не поймёт, хотя, опять же, никому и не доверишься.

Но то, что она увидела месяцем позже, она уже не смогла перенести, просто не захотела вникать в подробности. Нечто похожее на анекдот из серии «Жена неожиданно вернулась пораньше домой с работы». Вот только там героини обычно застают мужа с любовницей, а здесь, опять же, никакой любовницы не было, всего только её Саша, один, но почему-то в женском платье, сосредоточенно подмалёвывавший перед зеркалом в ванной губы помадой…

А ведь, по сути, и это можно было простить. По крайней мере, если бы он попросил прощения. Но он не попросил. Да и не простила бы она его. Даже сейчас, после всех этих разговоров с Вадимом, с Женей не простила бы. Нет, такое лучше не вспоминать, иначе она так разревётся, что уже никакими средствами макияж в порядок не приведёшь.

Ирина предпочла переключиться на свою новую знакомую.

– Ну, слава богу! – с облегчением вздохнула Женя. – Всё-таки спустились с небес на грешную землю. А я уж думала, вы так навсегда там и останетесь. Вообще-то я тут чуть со скуки не умерла, едва удерживалась, чтобы вам не помешать в ваших высоких думах.

– Знаешь что, – сказала вдруг Ирина, – давай на «ты» перейдём, иначе какие мы подруги? Но только наедине, в неофициальной обстановке. На людях, на работе прежний официоз. Как тебе такое предложение? Катит?

– Катит-то, катит, да ещё как, – смущённо промямлила Евгения. – Вот только не знаю, смогу ли я? Слишком большая разница: в возрасте, в положении.

Ирина слушала Женин скулёж вполуха. Она вдруг сосредоточила своё внимание на том, как Женя ест: совсем не так, как в прошлый раз в ночном клубе – изредка поклёвывая то, что наверняка хотелось умять одним махом. Здесь Женя не стеснялась, но и не демонстрировала обжорство, а смаковала простейшие блюда с таким наслаждением, с каким это может делать только никогда не наедающийся досыта человек. Да и то не всякий.

– Слушай, а у тебя есть будущее, – вырвалась у Ирины неожиданно пришедшая ей на ум мысль.

– С какой это стати вы вдруг так решили? – спросила Евгения с застывшей вилкой у рта. – Вы что, гадалка? Ну, в смысле, ты?

– Нет, просто наблюдательность. – Ирина вдруг весело рассмеялась. – Привычка, которая стала второй натурой. Слушай, а давай ты будешь моей племянницей? Ну, из Озёр. Надо тебе где-то пристраиваться – учиться, например, вот ты и вынырнула. Иначе мы так и будем странно смотреться со стороны. Как сейчас, например. Не пара, ты права, точно не пара. Ещё запишут, не дай Бог, в лесбиянки. Как, ты не против?

Женя картинно потупила взгляд, изображая из себя простушку-пастушку.

– В смысле лесбийской любви?

Они посмотрели друг на друга и зашлись от сдавленного хохота. Минут пять потом то и дело срывались, никак не могли остановиться. Наконец, Ирина отряхнула слёзы и осторожно огляделась по сторонам.

– Да, теперь мне точно хана. Придётся принять твоё предложение. Всё равно никто не поверит, что у нас просто дружба. Кстати, ты теперь у нас специалист: как ты считаешь – чужая душа потёмки – между подругами закадычными, наверное, не редкость подобные отношения?

Женя поморщилась, покачала головой.

– На мой взгляд, дружба и любовь – вещи

совершенно несовместимые. У женщин, во всяком случае. Таких ровных, доверительных отношений уже не может быть, а без них какая дружба? Баловство – другое дело, такое бывает, наверное, но женщины обычно сдвинуты на любви, так что выбор, в конце концов, сам собой возникнет: или-или.

– Ладно, не бойся, – великодушно махнула ладошкой, как кошка лапкой, Ирина. – Что-либо подобное тебе со мной не грозит, я убеждённая гетеросексуалка, вот только с мужиками что-то не везёт, не западают они на меня почему-то. Ну а ты как относишься к подобным вещам?

Женя пожала плечами равнодушно.

– Мне это вообще до Луны, но, если честно, чтобы уж навсегда закрыть подобную, неожиданно возникшую, тему, вам бы, то есть, в смысле тебе, я бы не смогла отказать. Конечно, если бы вопрос встал ребром, то есть, либо дружим с этим, либо не дружим совсем.

Ирина посерьёзнела.

– Ты знаешь, я тебя правильно поняла. То, что ты на самом деле хотела сказать. Такое признание дорогого стоит.

Женя притворно пригорюнилась.

– Кстати, а чего уж там – племянница, почему бы вам меня не удочерить?

Ирина сделала вид, что производит в уме какие-то сложные вычисления, затем отрицательно покачала головой:

– Нет, не вытанцовывается. Что ж, получается – я тебя в десять лет должна была зачать? В комиссиях по удочерениям тоже не дуры сидят, сразу нас расшифруют. И вообще, есть такая игра, – тут она сложила ладони горсткой, – называется: «Сунь пальчик, там зайчик!» Так вот со мной такой фокус не пройдёт, но ты не переживай: людей разных полно, глядишь, с кем-нибудь да обломится. Что до меня, то жаль, конечно, но даже уплемянничать тебя я не смогу, такой услуги в нашем законодательстве пока ещё не предусмотрено.

– Ладно, – вроде как донельзя расстроенная, шмыгнула носом Евгения. – Но попытка не пытка. А вдруг повезло бы? Кстати, тебе не кажется, что мы слишком далеко от ещё одной, столь заинтересовавшей меня темы ушли! Нельзя ли конкретнее: как там всё-таки насчёт моего будущего?

Разговор и в самом деле ушёл настолько далеко, что Ирина лишь с большим трудом смогла восстановить его прерванную нить.

– Ах да, моя наблюдательность! Вообще-то я не люблю свои секреты раскрывать. Неблагодарное это занятие. Конечный вывод ошеломляет, а если по полочкам разложить, вроде и ничего удивительного нет совсем. Это как фокус объяснять. Но тебе, как подруге, не могу не рассказать. Иначе к чему дружба? Дружить надо душами, и чтобы они непременно были нараспашку. Так вот, я просто наблюдала за тобой. Как ты говоришь (практически без сленга, хоть и из провинции). Как ешь. Как держишь себя в общении. Откуда это? Речь не идёт о воспитанности, откуда там, в Озёрах, в рабочей семье, ей было взяться? Наверняка мат-перемат с утра до вечера. Я бы назвала это мимикрией, ну, если с английского перевести – подражательностью. То есть, всё, о чём я только что говорила, все комплименты, которые тебе делала – не к приобретённому, а к врождённому относится, то бишь, к умению приспосабливаться к любым условиям и обстоятельствам. Попала бы в тюрьму – и там бы не пропала. Но вот попала в Москву – и здесь тоже не пропадёшь.

– В тюрьму бы я не попала, – сухо уточнила Женя.

– Конечно, не попала бы, – охотно согласилась Ирина. – А почему? В тебе стержень есть. По статистике большинство девчонок в России трахаться начинают с одиннадцати-тринадцати лет, и уж дальше без остановки, а вот ты – девственница. А ведь наверняка влюблялась, да и интерес был.

– Почему же был? – усмехнулась Евгения. – Я думаю, в моём возрасте рано ещё говорить вообще о чём бы то ни было в прошедшем времени.

Ирина вздохнула.

– Ладно, главное, что ты меня поняла. Особенно хочу отметить, как быстро ты освоилась в своём «розово-голубом» мире. Вот я в нём до сих пор ничего не понимаю. На мой взгляд, это просто раковая опухоль, которую нужно безжалостно удалить. Но нам с тобой давно пора на работу, мы и так заболтались. У меня к тебе предложение: чёрт с ней, с этой «Косынкой», а нельзя нам куда-нибудь ещё завалиться? Вдвоём. Ты будешь при мне как гид, экскурсовод. А то я там ещё, по своей всегдашней привычке, вляпаюсь во что-нибудь, или увяжется за мной какой-нибудь грязный типчик, неправильно поймёт.

– Не вопрос, – без колебаний согласилась Евгения. – Хоть сегодня. Самые удачные дни в таких заведениях – пятница и суббота, но зато гораздо сложнее туда попасть.

Ирина оживилась.

– Вот сегодня как раз самый подходящий вечер. Я свободна. Ну просто как птица. Ворона, конечно, больше не с кем сравнить. Надеюсь, ты ничего не имеешь против ворон?

– Абсолютно, – с готовностью подхватила подачу Женя. – Я и сама не голубица. Главное – не быть белой вороной, а когда ты в стае – всё в полном ажуре.

– Хороший ответ, – одобрительно покачала головой Ирина. – Не устаю делать тебе комплименты. Ну так как всё-таки насчёт сегодня?

– Я же сказала – без проблем, – Евгения была на седьмом небе от счастья, что столь высоко оценили её таланты. – Сразу, как только вернёмся в офис, позвоню в пару-троечку мест, кое-какие знакомства подключу. Думаю, дело выгорит.

— Ну и ладушки, — обрадовалась Ирина. — Естественно, я тебя приглашаю. Естественно, постараюсь тебя приодеть, у нас ведь с тобой фигуры похожие, ты только чуть-чуть полней. Давай сразу после работы и встретимся. Найдёшь мою машину на стоянке, если я тебе на салфетке номер сейчас черкну? Заедем куда-нибудь в универсам, потом ко мне домой, там разберёмся. Ну как, годится такой вариант?

— Супер! — с готовностью отозвалась Женя. — О чём ещё накануне уик-энда можно мечтать?

«— Вадим Геннадьевич, мне жаль вас прерывать, но я вынуждена ещё раз вам напомнить, что мы слишком далеко в сторону отвлеклись от нашего разговора. Так что не стану тянуть кота за хвост, зачем мне вас мучить? Раскрою лучше все карты сразу. Иван Сергеевич Тургенев тут совершенно ни при чем.

Здесь, как вы догадываетесь уже, наверное, новые блоги. Или письма, назовите их, как хотите. Любовные. Достаточно красноречивые. Саши к его сестре. Её, кстати, тоже звали Александрой. Вот эти

110

были написаны, скорее всего, после её замужества. А эти, уже точно, а не наверное, после её гибели в автокатастрофе».

Вадим до бесконечности прокручивал в голове этот монолог, но смысл его так и не мог дойти до него. Тем более не было никакой возможности постигнуть смысл другой, ещё более бескомпромиссной констатации, здесь вообще было не дотянуться.

«– Так вот, если интересно, слушайте. Они были дети. И детской была их любовь. Брат и сестра – не столь уж частый, но всё-таки встречающийся сюжет. В какой-то момент началось взросление, сестра поняла первой, что происходит и попыталась избавиться от платонического (скорее всего, однако не факт), но всё же наваждения. Брат остаётся верным этой любви до сих пор. Была ли смерть сестры несчастным случаем или она покончила жизнь самоубийством, так и не найдя выхода из тупика – спорить на эту тему можно до бесконечности, но точно об этом никто уже не узнает, никогда».

Лишь через несколько часов бессмысленной гонки на своих «Жигулях» по Москве, Скорочкин вдруг понял, что для начала, для того, чтобы войти в лабиринт, надо просто поменять эти две фразы местами.

«Они были дети. И детской была их любовь».

Что ж, такое можно понять, можно простить. Хотя кто его молит о прощении? Они родились с этим, эти двое. Они были постоянно вместе волею судьбы. Знали друг о друге всё. Собственно, что тут вообще странного? Так часто бывает, точнее, должно быть. На практике же, сплошь и рядом, нет больших врагов, чем близкие родственники. Кстати, почему так происходит? Быть может, им есть что делить? А при дележке – закон джунглей – всё отбрасывается в сторону: стыд, доброта, даже элементарный здравый смысл? Тем более, когда досконально знаешь самые потаённые, слабые стороны друг друга... Бывает больно, невыносимо больно. Сначала это борьба за внимание родителей, их любовь, затем какие-нибудь денежные, имущественные споры.

Эти двое просто заигрались. По своим качествам, скорее всего, они превосходили своих сверстников, а значит, поневоле тянулись друг к другу, потому что вдвоём, вместе, им было куда интереснее, чем с кем бы то ни было врозь.

«В какой-то момент началось взросление, сестра поняла первой, что происходит и попыталась избавиться от платонического (скорее всего, однако не факт), но всё же наваждения. Брат остаётся верным этой любви до сих пор».

«Брат и сестра – не столь уж частый, но всё-таки встречающийся сюжет».

Они не переступили эту чёрту, да если бы и переступили? Наверное, это лучше было бы, чем уходить в безысходность? Чем уходить из жизни вообще. Всё ли тайное становится явным? Быть может, это не такой уж редкий случай, однако люди выходят, в конце концов, из большинства патовых ситуаций. Но эти двое, ко всему прочему, были ещё и бунтарями.

«Вот эти были написаны, скорее всего, после её замужества».

Нет, тут не его, Вадима, трагедия. Тут трагедия Ирины. Александр дрался до последнего и сделал всё, что мог. Кто знает, может быть, мир так ничего бы и не узнал об этой истории, но сестра погибла.

«Была ли смерть сестры несчастным случаем, или она покончила жизнь самоубийством, так и не найдя выхода из тупика – спорить на эту тему можно до бесконечности, но точно об этом никто уже не узнает, никогда».

«Брат остаётся верным этой любви до сих пор».

Вот здесь как раз не вход, а выход. Да, трагедия, несомненно. И новая попытка. Но что она означает в реалии? То, что у него, Вадима, нет, и никогда не было соперницы. Он пришёл, когда её уже не было. И что лучший доктор всё-таки Время. Придёт час, и затянется рана, лишь бы никто её не бередил.

Вадим убрал новые файлы всё в тот же кейс и решил, что знакомиться ему с ними ещё не пришло время. Пока выход найден, не нужно даже объяснения с Сашей, для этого тоже нужен свой час. Лишь бы только никто не вмешался в их и без того сложные отношения и не стал вести себя, как слон в посудной лавке.

Скорочкин не жалел о том, что он узнал в последнее время, однако Ирину ненавидел всеми фибрами своей души. Пока что, при всём желании, ей так и не удалось разрушить его счастье, будем надеяться, что и дальше ему повезёт. Одного ей не удастся, этой стерве, он никогда не будет копаться в Сашином ноутбуке, а уж тем более за его спиной передавать ей распечатки его «блогов».

Вадим вдруг принял неожиданное решение и, поискав в ближайших дворах мусорный контейнер, тщательно сжёг возле него все бумаги, которые он получил от Ирины. Однако проблем от этого меньше не стало. Он не мог, просто не мог сейчас вернуться домой. Надо обязательно дождаться, пока Саша уедет на работу.

Кому из них двоих раньше пришла в голову эта губительная мысль? Саше, естественно, когда она нежданно-негаданно вдруг увлеклась этим новым, необычайно привлекательным для неё жанром – мюзиклом, по многу раз пересматривая все диски, которые только могла достать. Но оформилась, сорвалась с языка, отвоевав себе, таким образом, неотъемлемое право на жизнь...

– Господи, открой тайну, скажи: в чём так провинились перед тобой мои родители? И в чём я сам виноват, что ты пустил меня на свет таким идиотом?

Как Вадим ни прокручивал столь памятный вечер в голове, не было ни одного человека на всём белом свете, с которым он мог бы своими размышлениями поделиться. Кроме, разве что, этой уродливой назойливой сучки. Но с ней... Нет, только не с ней. Ни за какие коврижки!

ГЛАВА 7

Ирина придирчиво оглядела Женю, когда они

вышли из машины, и показала ей большой палец: «Отлично!» Они легко прошли сквозь охранный кордон — Женя сдержала своё слово, хотя очередь перед входом была немаленькая. Однако войдя внутрь, Ирина не удержалась от того, чтобы не высказать своё разочарование.

— Да это же просто дыра. Никакого сравнения с тем, что было в прошлый раз. Зачем ты меня сюда притащила?

— Ну, во-первых, не надо строить из себя миллионершу, — спокойно возразила Евгения, — цены — тоже немаловажный фактор, а они здесь вполне приемлемые. Во-вторых, «Косынка» — не показатель, она для элиты. Так что если ты настроена просто отдохнуть, без всякого выпендрёжа, лучше места нам сегодня не найти.

Ирина поколебалась некоторое время, затем махнула рукой, достала кошелёк из сумочки и вручила его своей новой подруге.

— Ладно, — проговорила она с тоской в голосе. — Командуй. Так и быть, посидим здесь с полчасика. Но, как я уже чувствую, наш сегодняшний вечер безнадёжно испорчен.

Женя между тем уверенным шагом подошла к метрдотелю, тот подвёл их к вполне сносно расположенному столику и снял табличку «Зарезервировано». Ирина взяла в руки меню. Кухня была не ахти какая, если судить по названиям, а напитки можно оценить только, когда их попробуешь. Именно попробуешь, а не распробуешь, потому что тогда уже претензии можно предъявлять только к самой себе, но не к бармену. Причём напитки нужно было брать самим, у стойки, что Ирина и не преминула сделать.

– Господи, и зачем столько цветов? – Ирина, сколько ни пыталась, так и не смогла сменить гнев на милость, всё вокруг её раздражало.

– Ну, у каждого подобного заведения должно быть своё лицо, – терпеливо начала объяснять Женя, – а чтобы оно было, нужна какая-нибудь фишка. Ты же видела при входе название: «Флора и фауна»? Простейшее, но на редкость удачное, решение – пригласили очень дорогого, известного флориста, и вот результат – мы сидим здесь, как в ботаническом саду. А может, рай так выглядит, не знаю, я туда не спешу.

— Понятно, — не переставала ворчать Ирина. — Ну, флору я вижу, а где же фауна? Что, всё впереди? Могло быть в меню, но меню здесь совершенно дохлое. Что ещё можно предположить? В какой-то момент, как гвоздь программы, пробежится по залу весь Птичий рынок?

Женю непонятливость Ирины, казалось, должна была бы раздражать, но, как говорится, кто платит, тот и заказывает музыку, поэтому она была само терпение.

— Конечно, если через полчаса уйти, мы и в самом деле так ничего интересного и не увидим. Фауна ближе к вечеру появится. Особенно много будет кабанов и свиней. Может, тебе это покажется циничным, но под фауной здесь подразумеваются сами посетители. Как мне объясняли, вся соль в том, что людям здесь разрешено вести себя... несколько более раскованно, чем подобное дозволяется обычно в других заведениях. Ну, проще говоря, иногда и по-скотски. А ещё здесь самая разнообразная публика. Любой может зайти. Здесь и гетеросексуалы, и свингеры, гомосексуалисты, лесбиянки, трансвеститы, транссексуалы. Даже «джи-джи» вроде нас с тобой.

То есть, тут людей не разделяют по ориентации. Просто флора и… фауна. Причём, если ты хороший человек, но тебе вдруг захотелось покуролесить, ради бога, никаких проблем. Разумеется, если чувство меры вдруг тебе изменило, вмешивается охрана, но услугами милиции обычно не пользуются, просто выставляют тебя вон. Причём, если придёшь в себя, посмирнеешь, можешь даже вернуться обратно. Никаких претензий. Ну а если претензии всё-таки есть, их всегда можно решить за деньги.

— Извините, что вклиниваюсь в вашу милую беседу, девушки! — обратился к ним неожиданно метрдотель. — Вы не будете возражать, если я немного разобью вашу компанию? Пятница, всё забито, а один очень хороший человек просится. Или, может, у вас какой-нибудь чрезвычайно важный разговор?

— Будем, будем возражать, — хмуро ответила Женя. — Мы всю неделю мечтали о том, чтобы побыть где-нибудь наедине, вместе.

— Стоп! — оборвала её Ирина. Она неожиданно быстро захмелела, не от напитков даже, а от той развинченной атмосферы, которая царила вокруг. — Хороший человек… он мужчина? В смысле —

нормальный, без отклонений?

Метрдотель немного смутился.

– Ну как такое можно утверждать? У нас здесь свой контингент, весьма специфический, трудно за кого-то на сто процентов поручиться. Но на вид человек вполне приличный, иначе бы я за него не попросил.

– Что, и одет не в платье? В пиджаке, в брюках?

Метр кивнул, хотя и немного поморщился.

– Одет нормально. Но это ещё не значит, что он не транс.

– Годится! – махнула рукой Ирина. – Годится приличный мужчина. В пиджаке и в брюках.

Женя буквально взвилась от возмущения. Она с трудом дождалась, когда метрдотель удалился.

– Ты что, не понимаешь, – шёпотом прошипела она. – Нас приняли за проституток. Просто так в подобных местах никого не подсаживают.

– Да? – сделала вид, что испугалась, Ирина. – А почему же он один? Он что, нас двоих сразу будет… ублажать? Точнее, мы его.

– Кто их знает, здесь сплошь извращенцы, – Женя была явно не в духе. Она пыталась взять себя в руки, даже отвернулась к оркестру. Но у неё так и не получилось, как совсем недавно у Ирины, успокоиться.

Ирина между тем, наоборот, уже вполне освоилась на новом месте и бросилась в другую крайность: никак не могла остановиться, намеренно продолжала ёрничать.

– Ну вот, здрасьте! И зачем же ты, спрашивается, тогда меня сюда привела?

Мужчина, действительно, оказался вполне приличным, не респектабельным, но вполне соответствующим подобному заведению. Хотя что-то женоподобное в нём всё-таки присутствовало. В жестах, походке, манере говорить.

– Девчата, нет слов. Думал, так и придётся домой вернуться, после напряжённой трудовой недели весь вечер перед телевизором куковать. Хоть вы прониклись моим положением. Не беспокойтесь, вообще даже не обращайте на меня никакого внимания, я вас не стесню. Только один вопрос, точнее, даже консультация: о кухне не спрашиваю, легко можно догадаться, а как здесь с напитками?

– Напитков море! – сокрушённо покачала головой Ирина. – Но очень коварные. Что уж они туда подмешивают, не знаю, но крыша периодически отъезжает. Хорошо хоть осадков не передавали. Я в смысле крыши. Пришлось бы спать под дождём. Если вас не пугает подобная перспектива, милости просим к нашему шалашу. Я, к примеру, уже изрядно наклюкалась. И вообще, мне здесь всё больше начинает нравиться. «Флора и фауна», вы, кстати, осведомлены про название?

– Да, разумеется, – охотно ответил Улыбчивый, как мысленно его уже успела окрестить Ирина. – Я давно мечтал сюда попасть, но как-то не получалось. Кстати, не хотите потанцевать?

– Почему бы и нет? – Ирина и не думала возражать. Флора так флора, фауна так фауна.

На танцполе уже царили и оживлённость, и непринуждённость, но по всему чувствовалось, что это только начало, предварительный разогрев.

– А что ваша подруга? У неё такой мрачный вид! У вас, быть может, особые отношения? Осмелюсь предположить: она ревнует вас ко мне? И, получается, я зря пригласил вас на танец? – поинтересовался

Улыбчивый.

Ирина расхохоталась. Может быть, даже несколько громче, чем положено. Но никто за шумом не обратил на неё внимание.

– Вы подумали, что я лесбиянка? А Женя вроде как мой кавалер, то есть, «активная»? Нет, я упёртая консерваторка. Тьфу, в смысле консерваторша. Евгения употребила о нас обеих такое слово: «джи-джи», не знаю, правда, что оно означает, но, может, подходит? Вы, кстати, не ориентируетесь в подобных заведениях? А то тут сплошь и рядом можно попасть впросак с непривычки.

Мужчина рассмеялся.

– Ну, мои познания не столь уж и глубоки, но такие элементарные вещи мне, разумеется, ведомы. «Джи-джи» означает всего только *genetic girl* – то есть, нормальную, традиционно ориентированную, девушку, женщину. Ну, как все, без отклонений. Таких здесь немного, но они есть. Кто-то забежал просто ради интереса, экзотики, кто-то присматривается, не примерить ли на себя какой-нибудь новый стандарт. Ведь для того, чтобы знать, что вас что-то, действительно, совершенно не привлекает, надо сначала это попробовать, вы так не считаете?

Ирина брезгливо поморщилась. Она передёрнула головой, пытаясь хоть немного вытряхнуть хмель из неё.

– Лукавое утверждение. И слишком примитивное. Таким можно соблазнить только разве что какую-нибудь наивную малолетку. Или совсем уж круглую идиотку. Что до меня, то я вам сразу скажу – я не люблю экспериментов. Тем более в такой тонкой, деликатной области, как интим. В частности, случайных связей вообще не признаю. Как можно заниматься подобными вещами с совершенно незнакомым или мало знакомым человеком? Тут ведь типичная «тарзанка», хотя какая «тарзанка», скорее уж – «русская рулетка». Столько грязи вокруг, неизлечимых болезней. Как они-то хоть не боятся? Трахаются с кем ни попадя. Я даже по своим коллегам на работе сужу. Вроде нормальные люди, не алкаши и не наркоманы, вполне способны контролировать своё поведение, но как праздник какой, или корпоративная вечеринка, просто ужас что творится. Вы, я вижу, надо мной посмеиваетесь.

Наверное, я кажусь вам ужасно старомодной? Что ж, может, я и в самом деле безнадёжно отстала. Кстати, вы-то хоть нормальный? Как это говорится о мужчинах? Если женщина, то «джи-джи», а если мужчина, то «джи-мен»?

— Нет-нет, — расхохотался Улыбчивый. — Тут вас совершенно в другую сторону занесло. Никогда не суйтесь в воду, не зная брода. Я не слишком силён в английском, но это выражение мне знакомо. «Джи-мен» в переводе означает «агент ФБР», буквально government men — человек, работающий на правительство. Как вы сами понимаете, на правительство американское. Я что, похож на шпиона? Откуда мне известны такие подробности? Ну, есть такой старый-престарый фильм, «G» men», с Джеймсом Кэгни в главной роли. А он начинал, в частности, с того, что играл женские роли в музыкальных постановках. Значит, наш человек, и фильмы с ним занимают почётное место в моей коллекции.

— Ну, такие тонкости в английском мне и в самом деле неведомы, — смущённо ответила Ирина. — А мои пластиковые окна вряд ли когда-нибудь в обозримом будущем заинтересуют ЦРУ или ФБР. Да и вообще, на шпиона вы никак не смахиваете, хотя зубы заговаривать большой мастер. На мой вопрос вы ведь так и не ответили.

– Я, правда, не знаю. Наверное, просто гетеросексуал или, как я назвал бы его: «примерный мальчик». *Good boy* или *genetic boy* – «джи-би». Кстати, «консерваторка» – тоже слово из лексикона трансов, так, если вы помните, дразнили двух главных героинь их коллеги-девчонки в фильме «Некоторые любят погорячее».

– Не знаю, не смотрела.

– Простите, виноват, в нашем прокате он назывался «В джазе только девушки». Удивите меня, я ещё не встречал ни одного человека, который бы этот фильм не видел.

– О, этот я помню, конечно. Даже заключительный диалог: «Но я же мужчина, в конце концов!» «Ничего, у каждого свои недостатки». Или что-то в этом роде. Это что, один из самых культовых фильмов у здешней публики?

– Да, тут вы угадали. Кстати, ещё раз попытаюсь вас удивить – это ремейк, хоть и очень удачный. Мне лично ничуть не меньше нравится его прототип: немецкий фильм Курта Хоффмана «Фанфары любви» (1951 год), только его почему-то мало кто знает. Хотя он тоже списан с одноимённого французского оригинала (аж 1935 года) режиссёра Ришара Поттье.

Улыбчивый вдруг спохватился:

– Послушайте, мы с вами за разговорами не заметили, как протанцевали три танца подряд, ваша подруга уже на сносях: просто рвёт и мечет. У меня предложение – хотите, я пройду на минутку к выходу и посмотрю, нет ли там, в очереди, кого-нибудь из моих знакомых, или просто хорошего парня можно ей пригласить. Могла бы составиться неплохая компания на один вечер, вы обе потом в любое время можете уйти, наше случайное знакомство вас ни к чему не обязывает.

Ирина на какой-то момент вдруг почувствовала себя перегруженной информацией и попыталась вернуть себе, хоть и затуманенную алкоголем, но столь присущую ей, способность логически рассуждать.

– Стоп! Давайте по порядку. Разложим по полочкам. Как я привыкла. Во-первых, такой вариант, к сожалению, совершенно исключён. Женя девственница и не свободна. Она просто любезно вызвалась меня сопровождать.

– Ага! – ничуть не расстроился Улыбчивый. – И ладушки! Мне вообще-то начхать на Женю, и её девственность, соответственно. Я просто хотел ей немного помочь. Но я выяснил главное: вы – не девственница, и вы – свободны.

Ирина смутилась столь стремительному наскоку, но тут же нашла в нём лазейку, чтобы выкрутиться.

– В принципе, вы угадали: раз у меня ребёнок, значит, я точно не Дева Мария, ну а муж… бросил, что о нём говорить? Однако я человек последовательный, так что давайте лучше вернёмся обратно к нашему разговору. Вы ловко вывернулись, точнее, попытались, однако со мной такие фокусы не проходят. Итак, во-вторых: вы не ответили на мой вопрос.

Мужчина поскучнел.

– Знаете, в двух словах на такой вопрос не ответишь. Вы вряд ли в состоянии что-либо подобное понять.

Ирина решительно кивнула.

– Не беда, я готова слушать вас сколько угодно. Хотя, думаю, ещё пару танцев вам вполне хватит, я ведь не совсем тупая. Заранее предупреждаю два ваших недоумения: во-первых, я оплачиваю наше сегодняшнее развлечение, так что Евгения будет ждать нас столько, сколько нужно, на её суждения и осуждения в мой адрес мне, как вы выразились, абсолютно начхать. Ещё, во-вторых уже: вас, несомненно, озадачивает – с какой стати с подобными моими замшелыми взглядами и, можно даже сказать, агрессивной нравственностью я здесь очутилась? Вы пока ещё не спросили, но спросите обязательно. Прямо или в завуалированной форме. Хочу сразу облегчить вам задачу: я здесь как раз для того, чтобы понять. Зачем мне это нужно? Вот это вам знать совершенно не обязательно. Договорились? Устраивают вас такие условия?

– Вполне, – кивнул Улыбчивый. – Кстати, нам давно пора познакомиться. Меня Герой зовут. В том смысле, что не герой, а просто Герман. Ну, тот, что «три карты, три карты, три карты». Хотя в картишках я определённо не спец и уж тем более – не пою в Большом театре. А как ваше имя?

— Ирина Алексеевна, — церемонно протянула ладошку Ирина. — Надеюсь, выгляжу я не в пример моложе Старухи из «Пиковой дамы», ну а в карты я играю только в «подкидного дурачка».

— И как, часто выигрываете? — попытался снова выбить её из колеи «Гера-Герой».

— Нет, — ответила Ира. — Если уж я играю, то только с сыном, а он у меня в этом деле, как и во всём другом, вундеркинд.

— А вы, стало быть, вундермать, точнее — вундермутер, — иронически уточнил Герман. — Что ж, я потрясён такой встречей, снимаю шляпу.

Ирина скривила губки, нарочито глубоко вздохнула.

— Увы, придётся снять что-нибудь другое, шляпы-то у вас нет.

Герман поднял вверх руки, как бы, или на самом деле, признавая своё полное поражение.

— Что ж, сдаюсь на милость победительницы, надо отдать вам должное, за словом в карман вы не лезете, вас не переговорить.

Ирина холодно кивнула.

— Так что, «последнее слово партизана», или мы и

дальше будем друг другу пудрить мозги?

— Нет-нет, — поспешно откликнулся Герман. — «Нихьт партизанен. Нихьт партизанен. Яволь, гнедиге Фрау».

— Фу! Боже, где вы учили немецкий язык? «Да, милостивая госпожа! Я не есть партизан! Я не есть партизан!» Я бы тоже так хотела. К примеру, как вам мой вариант: «ми есть здесь все гроссе швайне»? Ну, или, по крайней мере, станем, многоуважаемый герр Герман, пребольшущими свиньями-швайнами через часок-другой.

— Хотелось бы посмотреть! — умильно захлопал глазками Улыбчивый. — Но почему так официально — Ирина Алексеевна?

— Работа такая, — Ирина приблизила своё лицо к лицу «гер-геристого» кавалера. — Долго ещё мы будем вокруг да около ходить? Вы не забыли? У вас есть соперник. Меня ждёт не дождётся моя лучшая, даже единственная, подруга.

— «Нихьт шиссен, нихьт шиссен!» Не стреляйте! Просто трудно ответить на ваш вопрос, фрау Ирина Алексеевна, даже герру Герману (нихьт Геринг!). Я, действительно, вполне нормальный, и в то же время…

транс. Такое уж заведение вы сподобились посетить. Говоря названиями фильмов: «Чужие здесь не ходят». Ладно, не буду вас дольше мучить. Я не «голубой», не шимейл, не транссексуал, а обыкновенный трансвестит, то есть мужчина, которому иногда нравится переодеваться, нет, скорее даже, перевоплощаться, в женщину. И возбуждают меня только женщины. Причём настоящие, не мужеподобные, представительницы вашего, прекрасного, пола. Я бизнесмен, у меня двое детей, которые знают обо мне всё и принимают меня таким, как я есть, ну а ещё – бывшая жена, которая, в противоположность детям, считает меня почему-то, наоборот, выродком, гнездилищем всех земных пороков.

– Понятно, – вздохнула Ирина.

– Понятно? Что вам понятно? – неожиданно вспылил Герман, затем вдруг осёкся: – Ага, начинаю догадываться: вы «в теме», как говорят блатные. И ваш муж…

Ирина пробормотала смущённо:

– Не знаю, что вам и ответить. Я просто застала его однажды в женском платье у зеркала в ванной, с губной помадой в руке. Наверное, сейчас я прореагировала бы по-другому…

Герман помолчал немного.

— И сколько, интересно, с тех пор прошло времени?

— Четыре года.

— Четыре года! Странно, и вы только сейчас спохватились? В смысле, надумали что-то понять? Не поздновато ли? Наверняка его уже подцепила другая, куда менее требовательная и щепетильная, женщина.

Ирина, как бы не слыша вопрос Улыбчивого, медленно проговорила:

— Что меня больше всего потрясло тогда — ничего из того, что он использовал в своих… играх, не было моим, включая помаду. Всё было куплено специально. Причём, каждая вещица отобрана, продумана. Наверное, не один месяц деньги заначивал, копил. Честно говоря, если бы не этот наш сегодняшний разговор, я бы так и считала, что все вы не просто извращенцы, но обязательно «голубые». А, видит бог, я бы и с женщиной никогда бы не согласилась мужа делить, а уж с мужчиной!

— Мне искренне жаль! — только и нашёл, что

ответить Герман.

Танцевать дальше ни у него, ни у неё уже не было желания, и они вернулись за столик. Слава богу, Женя к тому времени немного перегорела, но накал ещё был достаточно велик. Ирину не надо было учить «тактике ближнего боя», она давно прочно усвоила: лучшая защита – это нападение.

– О, Господи! – возмутилась она.– Какая же из тебя русалка, Женя? У вас там, в озере, точнее, Озёрах, что, все такие? Трезвая, как стёклышко, ни с кем не танцевала, хотя и приглашали не раз – да, да, я всё видела. Откуда такой невероятный «облико морале»? Или, может, «облако морали». Ангел мой! Извини! У меня не только в животе, но и в голове сплошной «ёрш». Я ничегошеньки не соображаю. Ну ни на грош. Зато я разгадала, в чём секрет их умопомрачительных коктейлей. А просто никаких коктейлей нет и в помине, мешают всё подряд. Впрочем, не всё, к каждому клиенту свой, сугубо индивидуальный, подход. Поэтому и отпускают напитки только в баре. Такие там два простецких на вид, но о-о-чень хитромудрых мальчиша-плохиша вдоль стойки шастают, и у того, и у другого «глазки, как алмазки», просвечивают твою черепушку будто рентгеном.

— Ты с ума сошла! — Женя была совершенно ошеломлена словами Ирины, когда они выходили из туалетной комнаты, где «приводили свои личики в порядок». — Кто он такой, этот Герман? Тебе же о нём совершенно ничего не известно. Подожди хотя бы день, я справки наведу, все трансы знают друг друга, а уж с таким редким именем и подавно не скрыться в тени. Тогда уж и сумасбродствуй. Кстати, куда ты едешь сейчас? Он что, тебя к себе домой пригласил.

Ирина шутливо пошевелила пальчиком.

— Нет, не угадала, это я его пригласила. Просто не хотела рисковать, вдруг он постесняется сделать мне «неприличное предложение».

Женя была ещё больше ошеломлена.

— Час от часу не легче! — сказала она. — А как же Павел?

Ирина едва держалась на ногах, но продолжала куражиться.

— Ну как раз с этим всё в порядке — Павел на даче у родителей. Ты не представляешь, какой это подарок для бабушки и дедушки. Да он и сам в них души не чает.

Евгения все ещё надеялась Ирину отговорить.

— И всё-таки, подожди, Ира! Можешь ты подождать? В этом мире столько мошенников, проходимцев вертится. Обчистят квартиру, могут даже убить.

— Ладно, проехали! — уже сердито ответила Ирина. — Я же тебе говорила, в людях я достаточно разбираюсь, такая у меня работа. Тебе просто не понять, а я даже не помню, когда я была с мужчиной. Так нельзя. Можно и умом тронуться, или опухоль какую-нибудь заработать в одном интересном месте, не при таких солидных людях будет сказано. Сексом нужно заниматься регулярно, я же не старая дева. Ну, внешность моя никого не привлекает, знаю, так зачем же мне упускать подобный счастливый шанс?

Женя взорвалась.

— Да не чисто тут, всё не чисто. Всё неспроста. И подсел он к нам не случайно, какую-то выгоду ищет или мыслишку грязную затаил. Одумайся, Ирунчик, прошу тебя. Добром это во всех случаях не кончится.

Ирина отмахнулась от Жени, как от назойливой

мухи.

– Цыц, Евгеша, отстань! Я уже всё решила, меня не переубедить. Вот только машина, не знаю, как с ней поступить. Может, так сделаем – я тебе денег дам, а ты найдёшь человека, который согласится перегнать её к моему дому? Может, охраннику какому-нибудь будет по пути, или, знаешь, я вспомнила, есть такая услуга в такси по вызову.

– Не надо, – холодно ответила Евгения. – У меня есть права, машину я сама перегоню.

Ирина остолбенела от удивления, затем глупо хихикнула.

– У тебя есть права? Женя! Зачем они тебе?

Евгения пожала плечами.

– Так, на всякий случай. Как видишь, вполне к месту пришлись.

– Ну ладно! Так я пошла? – смиренно проговорила Ирина. – Надеюсь, ты не очень сердишься на бедную изголодавшуюся девочку? Ик!

– Что ж, надеюсь, ты знаешь, что делаешь! – мрачно вздохнула Евгения и не удержалась всё-таки от того, чтобы напоследок не съязвить: поклонилась подруге чуть ли не в пояс, как госпоже: – Приятного времяпровождения вам, Ирина свет Алексеевна, барыня вы моя ненаглядная! И аппетита, как же без него?

ЧАСТЬ ВТОРАЯ. ВАДИМ

MtM (male-to-male): из мужчины в мужчину

ГЛАВА 1

Ирина с трудом подняла голову от подушки и долгое время не могла понять, куда бежать, откуда звонок. Затем, наконец, сообразила: домофон.

– Это я, Женя. Я на минутку, платье принесла.

– Да, да, понятно, – сонно пробормотала Ирина, нажала кнопку над рисунком, изображавшим ключ, повесила трубку и только потом от души выругалась.

– Господи, бывают же такие идиотки! И чего им в выходные-то не спится? – наконец, смогла она уже на литературном русском выразить свою мысль.

Ещё несколько секунд подремать, прислоняясь к стене, ожидая, когда эта дура поднимется на лифте. Открыть ей дверь. А потом с облегчением опять бегом к сладкой постельке и накрыться с головой одеялом.

Вроде как ещё на полминутки, чтобы прийти в себя и не обрушить гнев на незваную гостью, а на самом деле вырубилась ещё почти на час.

Евгения не стала будить «прожигательницу жизни» и, чтобы не терять времени даром, убралась быстренько в квартире, приготовила завтрак. Только после этого тронула Ирину за плечо.

— Завтрак в постель, мадам! Как вам это понравится?

— Совсем не нравится, — лицо Ирины передёрнула гримаса отвращения. — Не хочу ничего. И вообще, утро ещё, чего так рано-то? Платье! Да мало что ли у меня этих платьев? Зачем такая срочность? Могла бы и на работу принести.

— «Кто ходит в гости по утрам, тот поступает мудро!» — бодро процитировала Женя мультяшку про Винни-пуха. — Ну а платье… платьев много не бывает. Кто знает, может, как раз вот именно это, оно одно, и нужно будет, когда приспичит вновь куда-нибудь отправиться. И кто знает, когда именно припрёт? Может быть, сегодня же вечером. А то и днём. Такая у нас, женщин, логика. А что касается утра, то давно ли моя госпожа на часы глядела? Я не знаю, как там, в Париже сейчас или в Лос-Анджелесе, ну а в Москве уже далеко за полдень. Порядочные

141

люди обедают, а вот которые в другом смысле голодные, ещё и не завтракали.

Ирина вдруг осмыслила давно уже распространявшиеся по квартире запахи и сглотнула слюну.

– Ой, оладушки! Да ещё со сметаной! Куда вам до меня, господа волки! Вам бы мой аппетит!

Женя усмехнулась.

– Ну, при твоей «любви» к готовке, подруга, аппетит у тебя не волчий предполагается, а даже крокодильский. Ладно, рассказывай, солнышко. Колись, как ночку провела?

Ирина, пройдя на кухню, от одного только аромата кофе потихоньку начала приходить в себя.

– Хочу в Париж, если там ещё только утро, – тем не менее, капризно захныкала она, делая вид, что никак не может удержаться на стуле, вот-вот сползёт вниз.

– А если вечер? Мы с тобой совсем ничего не знаем о Париже. Ну ладно, я, тундра, а вот тебе непростительно.

– Матери-одиночке, – махнула рукой Ирина, – простительно всё. Если там вечер, то пусть это будет вечер вчерашнего дня.

— Мать-одиночка – женщина, которая нагуляла ребёнка без мужа, – уточнила Евгения.

— Вот-вот, – продолжила дурачиться Ирина, уплетая за обе щёки «оладушки». – Это про меня. Мой муж оказывается, совсем и не муж, он пантера. Ну, или пантер, если мужского рода. В остальном, зря ты пришла, Евгеша, радость моя, подробностей не услышишь. Совращение девственниц – это, наверное, даже больший грех, чем совращение малолетних. Боженька не простит. Одно только слово, так и быть, считай, ты его из меня выбила – «последнее слово партизана»: «Вос-хи-ти-тель-но! Было восхитительно!» Бывают же мужики! Раньше я не верила, теперь точно знаю: бы-ва-ют.

— Да, – пробормотала Евгения, – с первым встречным-поперечным. И никакого раскаяния! Может, ты прикидывалась только – невинной овечкой-то, Ируля?

Ирину внезапно охватил гнев. Что она себе позволяет, эта пигалица? Но настроение себе с утра портить не хотелось.

— Цыц, мелкота! Яйца курицу не учат! Господи, о

143

чём это я? – глупо захихикала она.

– Про то, что учат, да ещё как учат, – продолжила дерзить Женя. – Чем ещё курицу учить?

Ирина и тут сдержалась.

– Завидно! Некоторым просто завидно, – расхохоталась она. – Больше ни слова не скажу. Ты, наверное, только за этими подробностями и притащилась сюда ко мне через всю Москву.

Евгения помрачнела.

– Да нет, просто кто-то вчера меня на дачу приглашал, с сыном обещал познакомить. Ну а ещё: вот ключи от машины. Я не знала, куда ты её ставишь: на платную стоянку или в гараж, поэтому поставила её у твоего подъезда, в ней и ночевала. Только заскочила к себе в общагу взять, во что переодеться, заодно и платье твоё в прачечной самообслуживания постирала и погладила. Так что оно как новенькое, госпожа, не извольте беспокоиться.

Ирина, наконец, оставила легкомысленный тон.

– Эх, а ещё подруга, называется, поделом мне, – покаянно проговорила она. – И всё равно, умеешь же ты испортить настроение человеку! Так сколько, ты говоришь, сейчас времени?

– Половина второго. В Москве. Ну а на даче, на даче не знаю, может, она где-нибудь в Майями находится?

– Да, – вздохнула Ирина. Настроение у нее всё-таки не удержалось, стремительно поползло вниз. – Ты права. Драть нужно такую мать. Как сидорову козу.

– Так уже драли, – не унималась, гнула своё Женя.

– Ладно, ты перегнула палку, вот только не надо, не надо и это слово обыгрывать, – всё ещё пыталась хоть чуть-чуть удержать что-нибудь из вчерашнего в памяти, Ирина. – Я слово держу. Полёт в Майями, действительно, состоится, вот только переносится… на завтра. В смысле, я сегодня поеду, почву подготовлю, ну, там – площадку для гольфа, или во что ты играешь, в лапту? Так что придётся тебе с утречка да на электричке. К платформе я уже на машине подъеду, тебя встречу. Надо только расписание в Интернете посмотреть, согласовать. А сейчас – с глаз долой, из сердца вон. Достала ты меня уже своим «облаком морали». Просто знай: нравится тебе или не нравится это, но я ни о чём из вчерашнего не сожалею, и обязательно, при первой же возможности, всё, что мне особенно, ну просто до дрожи в коленях, до холодка по позвоночнику, понравилось, повторю.

После ухода «подруги» Ирина хотела ещё немного поваляться в постели, но настроение было явно испорчено, отдых кончился, пора было возвращаться к повседневной обыденности. Она приняла душ, оделась, косметикой особо не стала увлекаться – родным это ни к чему, а больше кто её увидит, кроме мужиков-автомобилистов? Ну а тем и вовсе подобные тонкости ни к чему, пусть больше на дорогу смотрят.

Она уже взяла в руки смартфон, чтобы позвонить матери и спросить, что в первую очередь прихватить по дороге в универсаме, где она обычно запасалась продуктами, но телефон неожиданно зазвонил сам. Ничего себе! Да ещё незнакомый номер. Логичнее всего, конечно, на незнакомые номера не отвечать, но зачем тогда направо и налево раздавать свои визитки? Работа есть работа. Вдруг клиент?

– Ирина Алексеевна? – послышался в трубке женский голос.

Так и есть, клиентка, упало у Ирины сердце. Пропал выходной.

– Да, это я. Слушаю вас, – отозвалась она, стараясь казаться как можно любезнее.

– Начну с того, что вы меня не знаете, так что очень прошу извинить за столь неожиданный звонок. Это Марина Гордеева, сотрудница Вадима Геннадьевича, вашего нового знакомого. Я как-то случайно слышала, как вы звонили ему по телефону, потом видела вас, когда вы приходили к нам на работу, а тут была в «Красной косынке», затащили подруги, и там вновь вы. С удивлением узнала, что вы, оказывается, знаменитость – бывшая жена Багиры. И мне очень захотелось с вами встретиться. Не поймите превратно, но у нас с Вадимом завязывались серьёзные отношения, и вдруг одна огромная чёрная кошка перебежала нам дорогу. Вы уже догадались, кого я имею в виду? И я до сих пор не могу прийти в себя от шока, хотя с тех пор уже довольно прилично времени прошло. Вы не хотели бы встретиться, поговорить со мной на эту животрепещущую тему?

« – Нет, конечно, за каким, собственно, богом?

Или чёртом. Дался мне ваш Вадим! А особенно его огромная чёрная кошка! Да и вообще весь ваш «косыночный» зоопарк», – судорожно подбирала Ирина варианты ответа, но нашла единственное:

– Разумеется, почему бы и нет?

Ясно ведь, всё равно не отстанет. Зачем тогда наживать лишнего врага? И потом, разве не этого она хотела – информации, самого важного в её положении? Что ещё? Женская солидарность? Ещё один человек, который хочет понять, почему от него шарахаются, отказываются с ним встретиться, она же сама совсем недавно отстаивала для себя это право? Да, всё верно. Ну а сверх того – обыкновенное женское любопытство. Увидеть невесту Вадима, оценить в ней соперницу, узнать что-то дополнительно о нём самом.

Ирина продолжала перебирать в голове причины, по которым она так легко согласилась на предложение о встрече с совершенно незнакомым ей человеком. А вдруг таинственной незнакомке нужно застеклить или переостеклить лоджию или балкон? Просто окна в квартире? Или кто-то из знакомых, родных, подруг жаждут это сделать?

— Я на машине. Могу хоть сейчас подъехать, скажите только куда. Разговор ведь на пять минут, не больше. Ручаюсь, он вас не затруднит.

«Всё равно не отстанет». «Зачем наживать лишнего врага?». Ну и так далее, то же самое, не обязательно строго по порядку. Собственно, чего тянуть? «Пять минут, пять минут» — песенка когда-то в моде была такая, которую, особенно под Новый год, любила мурлыкать себе под нос её мама.

— Да, конечно. Я, правда, на дачу к родителям собралась, но пока дома. Записывайте адрес. Если это далековато, встретимся в другой раз. Но обязательно встретимся. Огромная чёрная кошка, буквально пантера, или пантер, не знаю уж как точнее, это и в самом деле мой бывший муж.

Ладно, если уж пошло что-то кувырком, то это надолго. Тем более — неплохо бы загодя что-нибудь приготовить вкусненького себе и Павлу, уж если не на вечер в воскресенье, то, по крайней мере, на понедельник. Конечно, можно было бы что-то и готовым перехватить у матери, но как ей объяснить, что за такое количество времени она ничего не успела сделать сама? Столько клиентов, да ещё в выходные? Такое только если на Тверской, у «девочек с крылышками», бывает.

Однако едва Ирина разложилась с кастрюлями, послышался звонок домофона. Быстро, настолько быстро, что у Ирины где-то в глубине зародилось подозрение, что нежданная гостья звонила совсем рядом от её дома. Что ж, стоит ли удивляться? Сейчас нетрудно вычислить адрес по номеру мобильного телефона, достаточно только вставить в компьютер какой-нибудь диск с пиратскими базами данных. Всё-таки, двадцать первый век на дворе.

Сотрудница Вадима оказалась безнадёжной дурнушкой, довольно безвкусно одетой, да ещё росточком не вышла, так что «гордиться» ей особо было нечем, говорящей фамилии не получилось. В остальном простая русская баба. Что дальше?

Ирина любезно предложила гостье остатки кофе, сваренного Евгенией, быстро соорудила несколько бутербродов к нему. Марина, видимо, успела не только позавтракать, но даже и пообедать, не то, что некоторые, но сочла разговор на кухне более приватным, подходящим к той теме, которую она намеревалась обсудить, поэтому от угощения не отказалась.

«Нет, тут пятью минутами не обойдёшься», – думала Ирина, с тоской слушая исповедь «старой девушки», которая училась-училась, да и выучилась, вот только кроме работы и диплома больше ничего не получила за своё рвение. А тут человек интересный на работе (Вадим), и, слово за слово, вдруг отношения между ними какие-то стали складываться (скорее всего, в воображении «девушки», а может, и просто чистое, намеренное враньё). И вдруг эта огромная чёрная кошка, «пантер» проклятый.

– Я понимаю, я, конечно, сама виновата, – на полном серьёзе рассуждала «старушка», что-то надкусив, что-то пригубив и в сторону отставив – таких людей Ирина больше всего не любила. Не хочешь, не ешь, никто ведь не заставляет, зачем переводить добро? – Но, знаете, девушка, стыдливость естественная, не шлюха же какая-нибудь, чтобы на мужика сразу набрасываться, брать на абордаж. Обычно мужчина должен сам проявить инициативу, да только мужики сейчас пошли – сплошь мямли да рохли.

Ирина понимала, что в этом месте она должна хотя бы поддакнуть, ну, к примеру, о мужиках она и сама была не лучшего мнения, но при всём желании она так и не смогла ничего выдавить из себя, только ограничилась сочувственным кивком.

Но Марине и этого было достаточно, такая мелочь буквально окрылила её.

— И вдруг я узнаю, что он женился. Что мне оставалось делать? Только руками развести. Какая-то сучка, пока я круги вокруг своего ненаглядного нарезала, сразу его мёртвой хваткой взяла. Ну, знаете, из тех, что готовы на всё в первый же вечер, просто нечего терять. И только потом, когда я уже успокоилась — упустила, так упустила, не разбивать же семью, это святое, вдруг узнала, что это, оказывается, за «семья». Вы-то отчего развелись? Не верю, чтобы тут была ваша инициатива.

Ирина пожала плечами.

— Ну, мужики не только рохли да мямли, они ухитряются столько негативных качеств, самых разных, каким-то образом в себе сочетать, что порой диву даёшься. Просто увидела своего ненаглядного вдруг в женском платье... Наверное, не надо было так рубить с плеча, я ждала, что он устыдится, покается, хотя бы в шутку попытается всё обратить, а он, как видно, только и ждал удобного повода. Может, и любовничек уже какой-нибудь был или потом дорвался, от души порезвился. С Вадимом они ведь не сразу друг друга нашли.

Марина покачала головой.

— Вадим никогда не был «голубым». Не знаю даже, что на него нашло. Женщин у него всегда полно было. Они от его глаз буквально с ума сходили, да и до сих пор так. Как я понимаю, это у него приёмчик такой излюбленный: снимет вдруг свои стариковские окуляры, тряпочкой их начнёт протирать, и вдруг так на вас глянет, не знаю ни одну бабу, которая могла бы против такого устоять. Ресницы эти его, беспомощность, как у ребёнка, и будто душа открывается, совершенно необыкновенная, ну просто цветок кактуса. Я вообще-то долгое время его кобелём считала, презирала, соответственно, а потом вдруг меня осенило: дело в другом вовсе, человек просто ищет, поставил на мечту, и сам не рад. Ну, совсем как я, вот только я, дура, не ищу, а жду. С этого момента я поняла: чудо свершилось, и Господь послал мне моего долгожданного принца. А потом… эту сказку в мгновение ока скомкал, растоптал какой-то, (Господи, прости!), педрила. И тогда я решила: надо человека спасать. Это он от отчаяния, точно. Если бы я вовремя решилась, с ним поговорила, открылась ему в своих чувствах, всё сейчас по-другому было бы. Хотела сотрудников подключить для острастки, но начальник наш его друг, и не просто друг, друг детства, вместе за одной партой в школе сидели. Он, как узнал, так сразу наложил на эту тему табу. Ну, я и заткнулась, так ведь и работу потерять недолго. А тут вдруг увидела их, любовничков, вместе в машине, счастливых, улыбающихся, довольных друг другом, и решила сходить в тот ночной клуб, где ваш муж выступает. У подруги одной девичник был перед свадьбой, ну я и сподобилась разок изменить своим принципам. Конечно, цены безумные там, да и стыдоба страшная, но потом я поняла, что не зря туда ходила, что намерения мои не фантазёрские, а вполне осуществимые, вот только зайти надо с другого конца.

Ирина при всём желании не могла ни слова

вставить в неожиданную исповедь, просто какой-то «поток сознания», своей новой знакомой, а когда вдруг такая возможность появилась, на некоторое время замерла в нерешительности.

– Так, и что же от меня-то требуется, помощь какая-нибудь? – наконец, спросила она.

Марина решительно тряхнула бигудёвыми кудряшками.

– Я считаю, нам имеет полный смысл объединиться.

– Объединиться? Для чего? – попыталась прикинуться дурочкой Ирина. Однако Марина даже не заметила иронии в её голосе.

– Всё для того же, о чём я говорила: понять, спасти. Разве с вашим мужем по-другому? Кстати, вы простили бы его, если бы он вдруг раскаялся и решил вернуться в лоно семьи?

– Нет, – решительно отмела в сторону подобное предположение Ирина. – Предателей не прощаю. Считайте это моим самым большим недостатком.

– Эх, мне бы так, – вздохнула Марина, – но я свою фамилию не оправдываю. Я бы не просто простила, никогда бы в жизни потом ни единым словом не попрекнула. Просто похоронила бы в памяти всё, что до меня было. Вот если бы потом, со мной уже, он попробовал что-либо подобное выкинуть, тогда другое дело.

«Понять», «спасти», не о том же ли самом ещё недавно Ирина с Вадимом говорила? Её позиция. Так почему бы и в самом деле не объединиться? Казалось бы, сам Бог повелел.

— Не знаю, не знаю. «Понять», «спасти» — вы словно прочитали мои мысли, но как, интересно, вы себе это конкретно представляете?

Марина пожала плечами.

— Ну, вникнуть, узнать побольше. Согласитесь, что мы, собственно, пока что ни уха ни рыла не смыслим в тех вещах, которые сейчас столь решительно осуждаем. Да, разврат, да, гнусь, но ведь они, наши любимые, уже там. Поневоле придётся, если мы хотим им помочь, за ними в это дерьмо окунуться. Так как, моё предложение вас не заинтересовало?

Ирина чуть было не съязвила: «Насчёт дерьма?», но вовремя удержалась от своего излюбленного чёрного юмора.

— Я думаю, идея неплохая, но вы всё же конкретно

так и не сказали, как вы её собираетесь осуществить? Как я сама думаю? Начать, естественно, нужно с первой части: «понять». Я как раз усиленно сейчас этим занимаюсь. Но вместе нам пока нет смысла куда-то нырять, тем более туда, куда вы только что меня пригласили. Моё предложение: действовать сначала поодиночке, а потом встретиться и поделиться друг с другом тем, что удалось накопать. А там уже будем смотреть по обстановке. Как вам такое?

Марина обрадовалась.

– Идёт!

И тут же откланялась, боясь спугнуть неожиданное, буквально с неба свалившееся, партнёрство.

Ирина почему-то никакой радости ни от этой неожиданной встречи, ни от того, что она, наконец, завершилась, так и не испытала. Наоборот, настроение её, уже изрядно подгаженное Евгенией, теперь испортилось окончательно. Она позвонила матери и спросила: ничего, если она приедет завтра утром, сегодня она совсем без сил. Быть может, у матери и возникли какие-то подозрения насчёт какого-нибудь кавалера на горизонте, но она была бы только рада такому варианту. Дочь она хорошо понимала и ревности из-за внука никакой не испытывала, просто желала ей счастья, хотя давно уже отчаялась, хорошо понимая причины: невзрачная внешность, неласковость, отвратительный характер её возлюбленного чада.

Ирина вздохнула. К счастью, родители ничего не знали о загадочных переменах, происшедших в их зяте, и дочь за их развод втихомолку, а порой и открыто, осуждали. Да и, слава богу, зачем им вся эта грязь? Сами они поженились ещё в институте и прожили почти сорок лет душа в душу. Бывает же такое!

Что ещё? Пожалуй, надо «русалке» позвонить. Хоть и стерва она, крови ей сегодня утром попила изрядно, но зачем заставлять человека зря на электричке трястись. Пусть приедет утром, вместе на машине и отправятся.

Впрочем, остался ещё один момент, застрявший в её памяти: «Senilia» («Старческое»). «Понять», «спасти», что-то она в этом своём намерении определённо упустила.

Ирина взяла с полки нужный том собрания сочинений Ивана Тургенева. Большинство книг из их с Александром обширной библиотеки она на дачу отвезла, однако всё, что могло хоть как-то касаться школьной программы, хранила в квартире свято, для Павла.

Обращение «К ЧИТАТЕЛЮ» в самом начале сборника: (*Добрый мой читатель, не пробегай этих стихотворений сподряд: тебе, вероятно, скучно станет – и книга вывалится у тебя из рук. Но читай их враздробь: сегодня одно, завтра другое, – и которое-нибудь из них, может быть, заронит тебе что-нибудь в душу*), Ирина, конечно, пробежала глазами, однако последовать ему не смогла: тут же проглотила всё сразу. Уже после непродолжительного размышления ей ничего не оставалось, как только признать, что первый блок «невыложенных блогов», особенно, эссе о любви, был и в самом деле чистейшей воды беллетристикой. Хотя Саша ни в чём не повторил своего великого предшественника, был даже ближе к Шарлю Бодлеру.

Но Иван Сергеевич… ах, Иван Сергеевич! Ирину

особенно поразили три вещи:

ПУТЬ К ЛЮБВИ

Все чувства могут привести к любви, к страсти, все: ненависть, сожаление, равнодушие, благоговение, дружба, страх, – даже презрение.

Да, все чувства… исключая одного: благодарности.

Благодарность – долг; всякий честный человек плотит свои долги… но любовь – не деньги.

«Любовь – не деньги», «благодарность не может привести к любви»…

Что дальше?

ЛЮБОВЬ

Все говорят: любовь – самое высокое, самое неземное чувство. Чужое я внедрилось в твоё, ты расширен – и ты нарушен; ты только теперь зажил (?) и твоё я умерщвлено. Но человека с плотью и кровью возмущает даже такая смерть… Воскресают одни бессмертные боги…

И тут есть над чем поразмышлять… «Узнать». Вот первое открытие. Очень неожиданное. Как мало, оказывается, знала она, Ирина, о своём бывшем муже. «Чужое я внедрилось в твоё; ты расширен – и ты нарушен; ты только теперь зажил (?) и твоё я умерщвлено». Не произошло. « Чужое я» уже жило в Александре на момент их встречи, но ни попытаться заместить его, а уж тем более оживить «умерщвленное я» своего бывшего мужа, ей даже в голову не пришло. В их параллельном существовании она жила одними чувствами, а он другими, и кто в этом виноват? Чья вина?

ЧЬЯ ВИНА?

Она протянула мне свою нежную, бледную руку… а я с суровой грубостью оттолкнул её.

Недоумение выразилось на молодом, милом лице; молодые добрые глаза глядят на меня с укором; не понимает меня молодая, чистая душа.

– Какая моя вина? – шепчут её губы.

– Твоя вина? Самый светлый ангел в самой лучезарной глубине небес скорее может провиниться, нежели ты.

И всё-таки велика твоя вина передо мною.

Хочешь ты её узнать, эту тяжкую вину, которую ты не можешь понять, которую я растолковать тебе не в силах?

Вот она: ты – молодость; я – старость.

Ирина задумалась. Казалось бы, что тут общего? Они с Сашей были практически одногодками, но вот беда: их представления о любви, семье находились на совершенно разных уровнях. Саша был лишь в самом начале пути, и того, что она вправе была желать от него, как от мужчины – чтобы он был более зрел, опытен, и её по жизни вел, а не наоборот, не было и в помине. «Эта тяжкая вина» была не его, а её, надо было всего только взять Сашу за руку, и к себе самой привести…

Да, материала для размышлении только с трёх крохотных вещиц набралось уже выше головы, и всё-таки, пожалуй, никак нельзя здесь обойтись без четвёртой жемчужинки.

ЖИТЕЙСКОЕ ПРАВИЛО

Хочешь быть спокойным? Знайся с людьми, но живи один, не предпринимая ничего и не жалей ни о чём.

Хочешь быть счастливым? Выучись сперва страдать.

Да, много нового она сегодня узнала, хотя открытия её были не утешительны. Любовь невозможно заслужить, её нужно выстрадать. И страдания её, по всей видимости, только начались.

ГЛАВА 2

– Господи, чёрт, пробки ещё эти дурацкие, – в отчаянии тряхнула головой Ирина. – Я сейчас точно засну. Причём навеки. Зря ты согласилась ехать со мной.

Евгения больше не язвила, как вчера, понимая, что нежданная дружба может разрушиться, ввиду своей недолговечности, в один момент.

– Ты уж кого-нибудь одного бы упоминала, – всё-таки проворчала она. – Нельзя же так сразу: и бога и чёрта вместе. Тебе не кажется, что это перебор? Как я понимаю, вчера был очередной загул?

— Да, — неохотно призналась Ирина. — В гости ходила. День такой был неудачный, совсем не дачный. Это Павел, сынуля мой, так острит. Для него любой выходной, проведённый не на даче, не дачный, а значит, не-у-дачный, день. В принципе, понять его можно: там бабушка, дедушка, восхищаются каждым его словом, души в нём не чают. А мама кто? Жандарм в юбке.

— В гости к кому, — больше из вежливости спросила Женя, хотя и так было ясно. — К Герману, что ли?

— А к кому ещё? Не к Старухе же из «Пиковой дамы»? Просто такая тоска навалилась, когда я поняла, что в субботний вечер буду дома одна куковать, хотела уже тебе опять позвонить, и вдруг объявился наш вчерашний знакомый. Знаешь, он так готовит! Никакой ресторан не сравнится. И рецепты просто необыкновенные: можно съесть сколько угодно, ни капли веса лишнего не наберёшь. Кстати, мы всё там взяли по списку в супермаркете или ещё осталось что-нибудь?

— Всё, я проверяла, — со вздохом ответила Женя. — Ладно, хочешь, я за руль сяду, а ты поспишь хоть чуть-чуть. Конечно, когда с Кольцевой съедем. Как там с ГИБДДэшниками, поменьше, чем в Москве?

— О, эти ребята везде успевают. Буквально из-под асфальта вырастают в самый неподходящий момент, — мрачно проговорила Ирина, медленно соображая, принять ей или не принять предложение подруги. — Вообще-то, раз уж нам так повезло, и у тебя есть права (почти, как в американских фильмах, можно с гордостью заявить: «У меня есть права». А у нас, в России, пока только одни права — автомобильные, да и то далеко не у каждого, особенно у женщин), надо доверенность на тебя оформить, тогда можно никаких инспекторов не бояться. Но это только в понедельник, то есть завтра, а сегодня что делать? Рискнём?

И сама же себе ответила:

— Рискнём! А ты водить-то хоть хорошо умеешь?

— А чего тут уметь? — ухмыльнулась «Евгеша». — Рули себе да рули. У меня брат шофёр, да и батя, дай бог каждому, на своей инвалидке закручивает. А раньше вообще, «Жигулёнок» практически мой был. Старенький, правда.

— Понятно, — зевнула Ирина. — И права здесь, в сумочке, дома не забыла?

— Ну а где же им ещё быть? — удивилась Евгения. — Паспорт, аттестат — всё моё таскаю с собой, не в общаге же оставлять?

Ирина тут же свернула к обочине.

— Чёрт, а вдруг всё-таки патруль привяжется? — с сомнением пробормотала она.

— Думай, тебе решать, — спокойно ответила Женя.

— Ладно, рискну, — махнула рукой Ирина. — Но ведь иномарка — Фольксваген, это тебе не «Жигули», точно справишься?

— Да мне без разницы, хоть коляска детская.

Когда они съехали с МКАД, Ирина свернулась калачиком на заднем сиденье, и с наслаждением приготовилась отдаться в объятия Морфея. Однако не тут-то было, сон совершенно ушёл.

— Слушай, ты не расскажешь, что там в этой дурацкой «Флоре» перед нашим уходом было? Как я себя вела? Надеюсь, удалось остаться в рамках приличий?

— Разумеется, как иначе? — хладнокровно ответила Женя. — Ну, напилась в стельку, но там таких «весёленьких» больше половины зала было. Ещё обычно полно разных конкурсов, аттракционов бывает, принцип такой: посетители сами себя развлекают, а профессионалы только им подыгрывают, направляют. Тебе из них почему-то больше всего тот, что на фирменный календарь клуба, понравился. Причём из всех зверушек ты выбрала змею. Соответственно, стриптиз, сначала с шестом, потом без, имела бешеный успех.

— Разделась догола? — сглотнув слюну, действительно, как змея подняла голову над передним сиденьем Ирина («поза кобры»).

Женя с любопытством посмотрела на неё в зеркало.

— Нет, не успела, — поспешила она успокоить подругу.

— Слава богу, — плюхнулась обратно на место Ирина.

— Осталась только татуировка по всему телу, изображавшая змеиную кожу. Очень красиво, кстати, тебя расписали.

Ирина с ужасом оттянула край блузки и взглянула на свою грудь, затем вздохнула с облегчением:

– Шутишь? Куда же она тогда подевалась?

– Я думаю, смылась в душе. Она ведь рисованной была, на настоящую просто времени бы не хватило.

– Понятно, – Ирину разобрала злость. – Так ведь недолго и инфаркт получить, от такого юмора. Слушай, а почему я змею-то выбрала, не знаешь, я ведь крыса по календарю? Господи, змея в трусах, лифчике! Умора!

Женя меланхолично включила негромко музыку.

– Так ведь следующий год – год белой водяной Змеи. А тебя второстепенная роль, как я уже поняла, ни в чём и никогда не устраивает, только главную подавай. Так что можешь успокоиться, я же тебе сказала: никаких трусов, лифчиков, только татуировка, да и то не настоящая. Да и не одна ты там змеёй решила нарядиться, таких много было. Ну а вообще-то: календари, гороскопы, я не очень в этом разбираюсь. На мой взгляд, чушь это всё, ловушка для дураков, а значит, и неиссякаемая золотая жила для мошенников. Ты что, на самом деле веришь в такие вещи? Вот уж не ожидала от тебя, вроде бы неглупая женщина.

– Приходится верить, – без тени обиды ответила

Ирина. – Такая у меня профессия. Иногда надо человека уболтать, причём любой ценой. А подобные вещи здесь как раз очень подходят. По опыту скажу: вообще, в массе своей большинство людей очень суеверны. Особенно, когда речь идёт о таких важных, даже важнейших вещах, как офис или жилище (я ведь начинала риелторшой, на окна потом переключилась). Если потенциальный покупатель не знает ничего по этой теме, не исключено, что он с удовольствием выслушает человека, который в подобных вопросах разбирается, хотя бы для эрудиции. Ну а если разбирается, то встретить знатока для него хороший подарок, бонус. Кстати, знаешь, чем ты успокоила меня? Ни за что не догадаешься.

– Ну и чем же? – недоверчиво поинтересовалась Евгения.

– Если там было много змей, значит, мне уж точно королевой конкурса стать не грозит. Женщины-Змеи обычно очень красивы, ну а я, как была, так на всю жизнь и останусь неприметной крыской-мышкой. Нам ничего не падает с неба, всё достаётся упорным трудом. Но если уж мы выбираем какое-нибудь дело, то до конца дней своих, и вгрызаемся в него до потрохов.

Евгении по всем приметам их разговор был скучен до боли в скулах от зевоты, но надо было как-то его поддерживать, и она чисто формально поинтересовалась:

— Может, мне тоже риелтором стать? Как ты считаешь, есть у меня способности?

— Нет, у тебя не получится. И не вздумай ослушаться моего совета. Очень многие думают, что тут плёвое дело, а бабки бешеные можно, причём за весьма короткий срок, «нарубить». Вот и сворачивают в итоге такие «рубщики» на криминал или полукриминал, а значит, рано или поздно либо теряют всё, с таким трудом заработанное, да ещё свои кровные приплачивают, либо отправляются в «места не столь отдалённые».

Евгения оживилась. Она, как бывалый водитель, так ни разу и не оглянулась назад, на Ирину, предпочитала периодически посматривать на неё в зеркало.

— Может, ты и меня угадаешь по этому своему календарю?

— Да, конечно, — Ирина откровенно зевнула, даже

не стала прикрывать рот ладошкой. – Хотя с тобой всё не просто. На вид ты совсем девчушка, чуть ли не малолетка. А на самом деле, если учесть, что ты типичная Змея, то даже немного перезрела. И тут сразу возникает масса вопросов. К примеру, почему ты так поздно, в двадцать три года, отправилась завоёвывать Москву? Логичнее было бы лет пять назад на такое решиться?

Женя почувствовала, что её застали врасплох, поэтому предпочла отделаться стандартным:

– Так получилось. Ну и что, Змеи? Что там о них говорится в вашей восточной муре?

– О, очень много. Во-первых, интересно, как вообще возник этот календарь. Есть масса легенд, я не буду тебе все их пересказывать, но суть похожа: однажды Будда (перед тем, как ему пришло время покинуть Землю; в минуту хорошего расположения духа, когда ему не хотелось одному праздновать Новый год; когда на него вдруг напал крокодил, и он нуждался в помощи, чтобы отбиться – выбирай, что хочешь) позвал всех зверей к себе (соответственно, чтобы попрощаться, или развлечься, или на помощь). Так вот, из шестидесяти животных, которых он призывал, прибежали только двенадцать. Крыска-мышка, естественно, была первой, кто явился, ну а змея не спешила, она оказалась шестой, то есть, выбрала золотую середину. Не порола горячку, убедилась сначала, что дело стоит того. Ну а по характеру… перевернёт всё, чтобы достичь намеченной цели. Что ещё: мудра, прозорлива, но очень эгоистична. О красоте я уже говорила тебе, но, что куда важнее, вдобавок к ней обладает бездной вкуса во всём: в одежде, аксессуарах, оформлении жилища. Убедилась теперь, что риелторский бизнес – не твоя стезя?

– Да, пожалуй, – Евгения была окончательно прижата к стенке. – Читаете людей, как открытые книги? И много у вас таких фишек в запасе?

– О, миллион, – с беспечным видом отмахнулась Ирина. – Есть ещё гороскопы, астрология, магии разные, ну там вообще бездна. Я уже не говорю об элементарной психологии. Вот, к примеру, на тебе красная блузка, знаешь ли ты о том, что красный цвет обычно предпочитают люди, которые хотят взять от жизни всё?

– Ну и что в этом плохого? – фыркнула Женя. –

Разве это порок?

Ирина залилась веселым смехом.

— Конечно, не порок, но ты сейчас блестяще выдала себя и выдаёшь всякий раз, когда эту блузку надеваешь. Жёлтый цвет означает, что мужчина или женщина в поиске, ищут секса, любовных приключений. Ну и множество других подсказок, чтобы сразу составить себе представление о человеке. Ну а если уж он (или она) откроет рот, дальше его можно наизнанку вывернуть, узнать о нём вообще всё, что угодно...

Женя кисло улыбнулась, хотя была, по меньшей мере, удивлена познаниями своей новоявленной подруги.

— Ну, если по-твоему рассуждать, ничего не остаётся, как вообще голой ходить, — пробормотала она, с некоторой досадой, себе под нос. — Может, ты всё-таки поспишь или вот: давай лучше сменим тему? К примеру, мне до сих пор непонятно, с чего это ты вдруг так в Германа вцепилась? Видела бы ты его улыбку, хищную, похотливую, когда он смотрел, как ты на сцене змеёй извивалась. Я тебя буквально вырвала из его когтей тогда, сказала, что устрою грандиозный скандал, если он не перестанет тебя провоцировать.

Ирина небрежно махнула ладошкой в ответ.

– А почему ты думаешь, что он провоцировал меня? Может, наоборот, мной любовался! Знаешь, у нас, крысок, есть одна очень неудачная черта: знакомых много, а довериться некому – настоящих друзей, подруг практически не бывает. Так что у меня проблема: не с кем на одну, очень важную для меня, тему поговорить. С тобой бесполезно, ты в подобных вопросах совсем не петришь. А я открыла для себя целый мир и готова на всех перекрестках кричать об этом. Ещё пару дней назад я была в вопросах секса, эротики такой же тундрой, как ты (хотя тебе простительно), а сейчас буквально млею от восторга. В первый вечер было немного не то: я была пьяна, а когда приходила в себя, жутко стеснялась. А вчера я даже сама себе удивилась: очень часто не просто подчинялась, а даже брала инициативу на себя, и рвалось из меня такое, что краснею всякий раз, когда какие-то детали, быть может, слишком необычные, даже шокирующие, вспоминаю. Но тогда мной владело целиком одно только чувство: вернуть человеку хотя бы частицу того наслаждения, счастья, которое он сам мне доставлял. Ладно, и эта тема не катит. Чувствую уже. Как тебе тогда такой случай? Ты, случайно, ничего не знаешь об одной очень своеобразной девушке, Марине Гордеевой? Она представилась мне сотрудницей Вадима.

Евгению буквально передёрнуло.

– Ещё бы не знать, – враждебно ответила она. – Это имя слишком часто всплывает в разговорах двух моих «суррогатных друзей».

Ирина насторожилась.

– И что конкретно они о ней говорят обычно?

– Иначе, как сукой не называют. Насколько я поняла, одной «старой деве» или «девушке», понимай на свой вкус, как хочешь, пришла в голову совершенно бредовая мысль женить на себе Вадима. И она до сих пор не в силах примириться с тем, что он её упорно отвергает, готова растереть его в порошок, лишь бы он не достался никому другому. Надеюсь, ты не особо откровенничала с ней? Я её как-то видела – умеет бабёшка прикинуться невинной овечкой, ничего не скажешь. Впрочем, при твоём знании человеческих душ оплошать здесь ты никак не могла.

Теперь настала очередь Ирине войти в ступор.

– Да, конечно, – соврала она, наконец, после небольшой заминки, – она ведь даже и не маскируется, эта «старушка», но я завела о ней речь совершенно с другой целью. К сожалению, Вадим предубеждён против меня, и не станет к моим словам прислушиваться. Так вот, у меня к тебе большая просьба: предупреди его, расскажи, что эта особа приходила ко мне, предлагала объединиться, обещала доставить ему массу неприятностей. К примеру, очернить его перед шефом, добиться даже, чтобы он потерял работу. И настроена она весьма решительно. У меня создалось впечатление, что если её вовремя не остановить, она непременно добьётся своего.

Женя вздрогнула.

– Не вопрос. Конечно, предупрежу. А ты, если что новое узнаешь, непременно сообщи мне.

– Ладно, – кивнула Ирина, – могу предупредить тебя сразу и еще об одном. Было бы подло умолчать об этом, мы ведь подруги. Герман в разговоре случайно обмолвился, что у твоих неудавшихся «работодателей» сейчас не только нет денег, но ещё и куча совершенно неподъёмных долгов. Так что, увы, должна разочаровать тебя, затея с суррогатным материнством на неопределённое время откладывается. Это из-за их музыкальных планов, надеюсь, ты поняла уже? Не сердись на них, они и в самом деле могли неплохо заработать, но, как говорится, человек предполагает, а жизнь располагает. Вадим ещё не сказал тебе?

Евгения впервые за всю поездку повернула к Ирине побелевшее от неожиданного известия лицо.

— Думаю, скажет. Причём в самое ближайшее время. Вадим честный человек, он не станет долго водить меня за нос. Но всё равно, за информацию большое спасибо.

Они уже приехали, так что поспать Ирине в тот день так и не довелось.

ГЛАВА 3

— Простите, это опять я, Скорочкин Вадим. Хоть я и зарекался дальше общаться с вами, но наш разговор как-то сразу не в ту сторону свернул, и я не разрешил вопрос, который был для меня самым важным.

— Да, слушаю вас.

– У вас есть время поговорить? Не хотелось бы, чтобы нас прервали на полуслове. Желательно было бы хоть в чём-то дойти до конца.

– Похвальное намерение. Насчёт времени... Время пока есть, но как я могу гарантировать? Я ещё на работе. Было бы проще, если бы вы позвонили мне вечером домой.

– Что, дома клиенты вас не беспокоят?

– Беспокоят, конечно. Я только сказала: было бы проще. Но не просто совсем. Я во всём люблю точность, вы, наверное, помните? Так в чём проблема?

– Проблема... (молчание, тяжёлый вздох). Я видел вас в прошлый раз у нас в клубе...

– Да, помню. И замучили СМС-ками. Испортили всё удовольствие, или, как говорит молодежь в таких случаях – обломали кайф. С вас причитается. Я бы с удовольствием посмотрела то, что видела, ещё раз. Вещичка сложная, я к ней оказалась совершенно неподготовленной, и, как результат, слишком многое в ней для меня осталось за кадром.

– К сожалению, это невозможно. «Вещичка» не прошла...

– Что это было? Мюзикл?

– Не могу вам точно ответить. Если честно, в запарке мы и сами не поняли, что у нас получилось…

– …шедевр. У вас получился шедевр. Точнее, мог бы получиться, должен был.

– (После долгого молчания). Вы, действительно… в самом деле, так считаете?

– А что, я и на сей раз в гордом одиночестве? Со мной так часто бывает, но здесь беспроигрышно. Так что с «вещичкой»? Почему невозможно?

– Снова вы ёрничаете. Возвращаетесь к привычной манере? Только что ведь говорили по-человечески…

– Ну а что сейчас? Лаю по-собачьи? У вас как, совсем чувства юмора нет?

– Это не юмор.

– Нет, это юмор. И это шедевр. Но вы так и не ответили на мой вопрос. Третий раз повторяю.

– Но вы же сами видели – был полный провал.

– Ничего я не видела. Народу много ушло, конечно, но те, что остались, все ладоши себе отбили в аплодисментах. Я в том числе. Знаете, когда я увидела своего бывшего мужа в столь неприглядном виде, напомаженного, в женских колготках, я поначалу в ужас пришла, но потом была совершенно потрясена. Столько лет мы прожили вместе, но ни я, ни мои родители, ни тем более Павел (его сын, если вы не забыли), даже не подозревали о чём-то подобном. То, что называется, «получи, фашист, гранату!» Извините, конечно, за подобное сравнение. Так на фронте, говорят, бывало. Самые неприметные люди становились вдруг настоящими героями. А когда Саша запел, я уже не могла сдерживаться, так и проплакала до самого финала. Весь макияж псу под хвост, хорошо хоть на машине была, некому было на меня особо пялиться. Что ещё? Неплохой сюжет, для начала. Но вот слова, музыка совсем ни к чёрту – никуда не годятся. Ещё – аудитория. Эта вещь только для вас, трансов, вы должны понимать это, широкого признания она никогда не найдёт.

– Я не транс.

– Я тоже. Но, благодаря этой «вещице» наконец-то что-то начала в вашем мире понимать. Считайте меня отныне «сочувствующей». Вы себя таковым не считаете?

– Нет.

— Ну да, конечно, вы «в теме». У вас ведь любовь.

— Вы опять за своё?

— Опять. Я неисправима. Что с меня взять? Глупая, смешливая, вздорная бабёнка. Но я уже разгадала ситуацию. И обсчитала. Дело стоящее, можно стать миллионерами, в рублях, конечно. Ну а проблемы… они просто мусор, не стоят выеденного яйца.

— Что вы в этом понимаете!

— В шоу-бизнесе? Ни черта, абсолютно! Тут вы совершенно правы. Но я умею продавать, хотя никогда раньше не подозревала, что я прирождённый менеджер. А для такого человека всё равно, что двигать. Точнее, по-нашему – продвигать: мюзиклы, политиков, пластиковые окна. Ладно, если говорить конкретно, то у меня скопились за три года каторжного труда кое-какие деньжата. Конечно, они не лежат без дела: все вложены, крутятся, работают, но я готова рискнуть. Вы ведь не просто сидите без копейки, но, как я поняла уже, ещё и в долгах, как в шелках?

— (Снова продолжительное молчание, затем осторожный вздох). Может быть.

— Может быть! Господи, а ещё притворялись, что у

вас нет чувства юмора! Долги, они или есть, или их нет. Что ещё за «может быть»? Это всё равно, как если мне или какой другой женщине сказать: «Я немножко беременна!»

— А вы беременны?

— Да, от вас. На меня так действует ваш румянчик, что когда я его вижу, то у меня руки сами тянутся вас раздеть. Однажды я не удержалась, вы помните?

— Конечно. Вот только немножко подзабыл, в какой именно жизни. Может, когда я был собакой? Но при чём тут тогда одежда? У собак нет одежды, да и стыда тоже, подобные дела они делают по-быстрому, никого не стесняясь, у всех на виду. Как бы то ни было, мы немного свернули в сторону. Кажется, вы что-то говорили о деньгах.

— Ну, не о таких деньгах, которые могут нам понадобиться. Но вполне достаточных для того, чтобы довести ваш продукт, точнее, идею, до кондиции и выставить его на продажу.

— Продукт! А что, об искусстве совсем не идёт речь?

— Ну, если хотите знать моё мнение, творчество – такой же бизнес, как и все остальные. Пока вы кропаете (ваяете, малюете) что-нибудь для себя, это ваше личное дело, но если вы хотите вынести свою рукопись (скульптуру, картину) на суд читателей (ценителей, знатоков), то она становится обыкновенным товаром. И уж тогда не зевайте – пусть люди смеются над вами, наживаются на вас – сколько угодно, только не дайте им себя обмануть. Кстати, умение продавать – тоже искусство. То есть, если вы ещё не поняли, что я хотела вам сказать: «всё, что имеет цену – уже товар». Такой афоризм не слышали?

– А что бесценно…

– …то никому не нужно. Что это за идиоты, кстати, которым вы доверили сочинить музыку, либретто?

– Молодые, очень талантливые ребята. Как раз на них практически ушли все наши деньги. Но зато у нас договор, права на три года.

– Выгоните их, немедленно. И никаких пособий, вы с ними достаточно уже расплатились.

– Это невозможно.

– Нет, по-другому невозможно. Мы начнём всё заново. Там была одна замечательная вещица. Не помню только, как она называется. Что-то про «морковь».

– «Однажды я встречу любовь»...

– Да, да, странное название, но вещь совершенно сумасшедшая. Я до сих пор иногда её себе под нос намурлыкиваю. Кто её написал? Она выглядела на общем фоне совершенно инородно.

– Ваш бывший муж.

– Замечательно, значит, он напишет и всё остальное. Просто надо ему помочь. Нанять кучу специалистов: поэтов, мелодистов, аранжировщиков. Не знаю, кого ещё, я ничего не понимаю в подобных вещах. Но это и не обязательно. Разумеется, начнём с того, кто съел собаку.

– Какой-нибудь кореец?

– Без разницы, лишь бы он в своём деле был царь и бог. Но дешёвый царь, никому не известный бог.

– Таких не бывает.

– Ну почему же? Я ведь тоже не со звездой во лбу родилась. Меня разглядели. Так что, по рукам, или будем и дальше воду в ступе толочь? Но сразу предупреждаю: у меня всё то же непременное условие – блоги.

– Нет, это исключено, совершенно.

– Жаль. Значит, мы не договорились.

Молчание. Тяжёлый вздох.

– Да. Но, по крайней мере, поговорили.

– Ну, если вам так нравится пустой трёп…

– Я своих решений не меняю.

– А их и не надо менять. Просто сейчас другая ситуация. Саша может раскрыться полностью лишь в том случае, если он будет писать о себе: своей любви, своей жизни. То есть, творить сердцем. Иначе никаких шедевров не получится. Но мы должны знать наверняка, что он не струсит, и дело будет обстоять именно так.

– Хороший аргумент. Убедительный, основательный. Но зря стараетесь. Вам меня не провести.

– И-ди-от. Клинический. А значит, иди-те-ка вы от меня. Куда-нибудь подальше, может быть, даже поглубже. И вообще, считайте, что этого нашего разговора не было. Ну, вроде как приснился он вам, и мы были в нём не враги. А в реальной жизни будем и дальше бодаться.

– Вообще-то что-то подобное и я вам хотел

предложить, вот только вы меня опередили. Куда мне! С такой реакцией, как у вас, только в теннис играть. Или, по меньшей мере, в пинг-понг. Надеюсь, вы проявите великодушие и не рассердитесь на меня за минутную слабость? С кем не бывает, я давно уже о ней пожалел.

– Ладно, во всех случаях огромное спасибо вам за Тургенева. Наверное, все мы в своё время переболели «Асей», «Первой любовью», но этот пласт, его «Senilia», я открыла для себя впервые. И многое узнала из того, что хотела узнать. В частности то, что у Саши несомненный талант, во всяком случае, вполне достаточный для того, чтобы вложить в него любые деньги.

Минутная слабость. Вадим никак не мог понять, что на него нашло, почему он так разоткровенничался, тем более с врагом, и таким опасным врагом, однако когда он вошёл в квартиру, всё изменилось. Он неожиданно обнаружил, что теперь ему есть о чём с Александрой поговорить и, значит, не зря он, бог знает, в который раз уже, попусту жёг бензин, бесцельно гоняя по городу, не зря столько денег ухлопал на пустопорожний, вроде бы, телефонный разговор.

– Как дела? – весело спросил он будущую Александру Ллойд Веббер. – Что у нас на ужин? Извини, я опять задержался.

Однако Александру было не расшевелить. Она не просто замкнулась, а ушла в глухую защиту, совершенно непробиваемую. Ничего подобного раньше в их отношениях не наблюдалось.

Вадим поспешил сделать вид, что ничего не замечает, он был весел, оживлён. Что-то даже мурлыкал себе под нос, моя руки над раковиной. Наконец, уселся за кухонный стол.

– Извини, я как всегда бестактен. Так сразу: три вопроса подряд… Давай по порядку. Начнём с главного: как дела в клубе?

– В клубе? А что там может быть? – меланхолично пожала плечами Александра, сервируя ужин. – В лучшем случае задвинут теперь в подтанцовку, в худшем – вообще дадут пинка под зад. И что можно в ответ возразить? Ты же сам видел, какой был провал.

– Не видел, – с самым простецким видом ответил Вадим. – Не видел провала. Ты что-то путаешь. Я только что разговаривал с одним человеком, ну из тех, что «едят собак»...

— Кореец, что ли?

— Нет, чистый русак, просто специалист в шоу-бизе. Так вот он сказал мне, что видел шедевр, точнее то, что могло бы стать шедевром. Передаю слово в слово наш разговор. Что ещё? Предложил помощь, деньги, пообещал оплатить наши долги, нанять профессионалов, с которыми мы смогли бы довести дело, начатое нами, до конца.

Александра впервые за вечер прямо посмотрела Вадиму в глаза.

— Вадик, ну зачем ты врёшь, успокаиваешь меня? У лжи короткие ноги, ты ведь знаешь. Пойми, даже если владельцы оставят всё как есть, я не смогу больше выходить на сцену так, как когда-то. Этот провал, он ко времени – помимо всего прочего, он дал мне понять: всё – тут предел, вершина моих возможностей. И расти, совершенствоваться дальше некуда. Зачем тогда продолжать? Только из-за денег? Но ты знаешь, деньги никогда для меня главным в жизни не были. Я понимаю, конечно, у нас долговая кабала, но как только мы из неё выкарабкаемся, я уйду вообще из шоу-бизнеса. Лучше газетами буду торговать. Так честнее, по крайней мере.

Вадим вздохнул, посерьёзнел.

— Саша, вспомни, я когда-нибудь врал тебе? Не собираюсь и сейчас тебя утешать, успокаивать. Просто нам сделали предложение, и я не мог не обсудить его с тобой.

«Господи, какие предложения? Какую чушь я несу? У лжи и в самом деле короткие ноги, обман раскроется мгновенно, и что тогда? Полный разрыв?» Но Вадим уже не мог остановиться.

— Одно условие: музыку ты пишешь сама. Именно это я имел в виду, когда говорил о «корейцах»-наёмниках, ещё их зовут «неграми». Они нам помогут с текстами песен, либретто. В состоянии ты выполнить такую работу? Десять раз подумай, прежде чем ответить «да». То, что мы задолжали людям сегодня, мы ещё в состоянии погасить, хотя в полном смысле окажемся в итоге на улице. Но за новые долги нас просто убьют, размажут по стенке. И это не шутка. Не знаю, как тебе, но мне не хотелось бы умирать, Саша. В моём-то цветущем возрасте. — Скорочкин вздохнул, поковырялся уже без всякого аппетита в тарелке. — Молчишь, ладно, есть промежуточный вариант. Не исключено, что с мюзиклом мы и в самом деле замахнулись слишком высоко. Зайдём с другого края: на «Косынке» во всех случаях свет клином не сошёлся, перейдёшь в клуб попроще, опустишься на ступеньку ниже, и сразу начнём отыгрываться. Пара песен у нас уже есть, будешь дальше кропать потихоньку. Сначала программа, затем альбом. Что потом? Тебе не кажется, что ты вполне могла бы повторить успех, скажем, той же Даны Интернешнл. И даже превзойти её. Что тебе мешает?

Вадим ещё раз поблагодарил судьбу за своё решение позвонить Ирине. Без разговора с ней он ни за что бы не выкарабкался из сложившейся ситуации. А теперь: струсила – сама виновата. Нет таланта? Так зачем лезешь на сцену? В конце концов, сейчас у них положение совсем не то, каким оно было три года назад. Связи, просто знакомства – можно заняться любым бизнесом, не такие уж они бездари, в конце концов. Главное — сегодняшний момент, пик отчаяния, пережить. Надо понимать, что провал для творческого человека – слишком большой стресс, который может привести к самым непредсказуемым последствиям.

– Хорошо, я подумаю.

О, боже, наконец-то проснулась, точнее, очнулась, вышла из ступора. И даже заговорила.

– Ты прости меня, Вадик. Можешь простить? Я, действительно, проявила ужасное малодушие. Но впереди, и в самом деле, был тупик. Я не видела выхода. Меня можно понять. То, что ты рассказал сейчас – просто фантастика. Я совсем забыла о своих «фанах», а ведь они есть у меня. Я решилась, сразу решилась, вот только какой именно из двух путей выбрать, я должна дополнительно обмозговать, прежде чем дать ответ. Это очень ответственно.

– Нет, так не пойдёт, – покачал головой Вадим. – Сначала консультация, сначала всё-таки «кореец». И только потом решение. Хорошо?

– Да, конечно. Как скажешь. Я теперь во всём полагаюсь на тебя.

Александру было не узнать, она буквально светилась воодушевлением. «Господи, и что творческому человеку надо? – подумал Вадим. – Чтобы в него поверили. Остальное приложится. Как там, Ирина, уродина эта чёртова, выразилась: «получи, фашист, гранату!» Это всегда пожалуйста. Запросто!»

– Кстати, – сказал он уже вслух, – тебе не кажется, что нас подставили? Ведь видно было невооружённым взглядом, что вещь сырая, слабая, стопроцентно обречена на провал, почему же тебе всё-таки дали выступить с ней?

– Обыкновенные интриги, – безмятежно махнула рукой Александра, она уже была вся в плену новой идеи, – без них нигде не обходится, а уж наш шоу-биз, как тебе прекрасно известно – редкостный гадюшник.

– Ладно, я разберусь в этом, – задумчиво проговорил Вадим, ещё не веря себе, что всё утряслось, – таких врагов за спиной нельзя оставлять. Слишком опасно. В следующий раз мы можем и не выкарабкаться.

ГЛАВА 4

Неволин с досадой побарабанил пальцами по столу, затем повернул от окна к Вадиму нахмуренное лицо. Видимо, он хотел придать ему хоть немного более приветливый вид, но раздражение было слишком велико и, несмотря на все его усилия, так и рвалось наружу.

– Не догадываешься, зачем я тебя вызвал? – спросил он угрюмо.

– Нет, – пожал плечами Вадим. – Что-нибудь в отчёте напортачил? Неужели настолько серьёзно, чтобы говорить об этом со мной в обход главного бухгалтера, то бишь, моего непосредственного начальства.

– Нет, с работой всё в порядке. Как всегда, – покачал головой шеф. – Кстати, зря ты отказываешься от повышения. Я ведь не раз тебе предлагал.

– Помню, и очень тебе благодарен, – Вадим выигрывал время, пытаясь хоть на несколько секунд раньше, чтобы успеть сориентироваться, предугадать содержание предстоявшего разговора, – но отвечу то же, что и всегда отвечал: моё положение меня вполне устраивает. Да и вообще, давай без предисловий, Олег. Речь ведь пойдёт о моей личной жизни, я правильно понял? Что ж, удивительно, что ты так долго с подобным вопросом тянул, эта тема давно уже висит в воздухе.

Неволин сплёл пальцы в замок, затем снова их разъединил.

– Так ты что, – удивлённо спросил он, – не видел материалы о свадьбе Бородиной?

– Нет, не успел ещё, – столь же недоумевающе ответил Скорочкин. – А что, это так важно? Я как-то неправильно вёл себя? Но я ведь на столь знаменательном мероприятии даже и не был. Меня, собственно, и не приглашали.

– Ну, на фуршет-то звали, – пожурил его шеф. – Ты просто сам не пошёл. А коллектив есть коллектив, нельзя себя так демонстративно позиционировать: мол, вы людишки-муравьишки, а я вроде как лорд Байрон. Даже я не могу такое себе позволить.

Вадим вздохнул с облегчением.

– Ах вот в чём дело? А я уж подумал… Виноват, просто накладка вышла. Очень важное мероприятие на работе у жены. Мы так долго готовились.

Неволин хмыкнул:

– Знаю, знаю, что за мероприятие, там, на сайте, тоже прекрасно отражено. Но фуршет был в другой день, так что объяснение не принимается. Ты ведь в последнее время все наши корпоративные междусобойчики игнорируешь. Это что, из-за Гордеевой, что ли?

Вадим расцвёл. Ну, кажется, действительно, пронесло.

– Да, это так. Не понимаю, что она вбила себе в голову. Но обложила со всех сторон. С какой стати? Я ведь женат.

– Видели, – Неволин снова отвёл взгляд к окну. – Жену твою тоже видели. Была возможность достаточно хорошо её рассмотреть. Вадим, вообще-то я никогда не обсуждал с тобой твою личную жизнь, но, просто для интереса, скажи как однокашнику бывшему, ведь школьная спайка тем и сильна, что её ни из памяти, ни из сердца не удалишь – слишком большая дыра останется. Так вот, как ты дошёл до своей «нетрадиционной ориентации»? Я ведь таким тебя никогда прежде не знал, даже представить себе не мог.

Вадим тяжело вздохнул, он понял, что зря надеялся, тяжёлый, неприятный для него разговор, который, собственно, давно назревал, только на подходе.

– Я и сам не осознал ещё в полной мере, – сказал

он откровенно, как и полагалось ответить другу. – Так получилось. Но и жалеть я ни о чём не жалею. Тебя только это интересовало?

Неволин на некоторое время замолчал, задумался. Как видно, он ожидал другого, более откровенного, развёрнутого, ответа.

– Ладно, – сказал он, наконец. – Не буду юлить, вокруг да около ходить. Что мне в данной ситуации известно? Ролик был выложен на наш внутренний сайт Мариной Гордеевой. Разумеется, с согласия невесты. В том числе в отместку тебе, чтобы немного пожурить за твоё невнимание к ней. Однако вот в чём закавыка: в Марине нашей большого ума я никогда не наблюдал, а ролик весьма неглупо смонтирован. Из всего девичника, где наверняка было немало интересных сцен, взят только минимум, чтобы не дай бог кого-нибудь из начальства не обидеть, подвести, вообще – ни слова о работе, а вот ночной клуб, в котором он завершился, тот на редкость сочно представлен, во всей красе. Особенно ты в нём и твой дражайший супруг. Или супруга, не знаю уж, кто из вас кто. Так вот, чего тянуть кота за хвост, именно этот человек, монтажёр хренов, меня в данном случае и интересует. Я уже спрашивал и Гордееву, и Бородину, они обе в один голос твердят, что давали нарезку, а кто мозаику, пазлик этот, так удачно воедино собрал, понятия не имеют. Кто из них врёт, как ты считаешь? Обе?

Вадим задумался.

– Думаю, что никто. Тому, кто такое проделал, не было необходимости спрашивать у них разрешения. Во всяком случае, я тут совершенно ни при чём. Скорее даже – пострадавшая сторона.

Неволин хмыкнул.

– Ну, я бы так не сказал. Эка ты ловко, друг Вадя, вывернуться хочешь. Ты-то как раз тут первопричина всех зол. Ты же знаешь принцип рикошета: вроде бы против тебя удар был нацелен, а на самом деле шарик ударил по фирме, и даже вполне конкретно по мне. А это уже совсем другая история. Вот почему, далеко не случайно, я и интересуюсь: ты, действительно, «голубой»?

Вадим отрицательно покачал головой.

– Нет, ты не первый и не последний, кто меня об этом в последнее время спрашивает, и я всем отвечаю одинаково, ты меня знаешь, враньё – не по моей части: я убеждённый гетеросексуал, хотя и «голубых», и «розовых», да и ещё много каких других знаю предостаточно.

– Ну а правда, что этот... твой друг... к примеру, не платит алименты своей бывшей жене, не желает видеться со своим сыном?

– Правда, – спокойно ответил Вадим. – Правда, да не вся. Сашина жена – особа та ещё, сама не желает никаких денег от него принимать, да и вообще, делает всё возможное для того, чтобы отца и сына разлучить навеки. Кстати, ты ведь искал человека, «мозаичных дел мастера»? А его и искать не надо. Прошу любить и жаловать: Кулемзина Ирина Алексеевна, топ-менеджер одной известной фирмы по производству и продаже пластиковых окон, собственной персоной. Кто уж из них с Гордеевой проявил инициативу выступать здесь единым фронтом, мне не ведомо, но факт остаётся фактом: теперь они – не разлей вода. Да вы, наверное, Марину и сами в том ролике видели? Не знаю, сколько ещё она будет меня преследовать, но, признаться, уже достала.

Неволин на сей раз задумался надолго, затем сокрушённо вздохнул.

– Ладно, проехали, – кивнул он. – Как бы то ни было, согласен, без Гордеевой дело тут явно не обошлось. Не предположить же вариант взлома? Ясно, что кому-то она нарезку на сторону всё-таки давала, не исключено, что и твоей Ирине. А смонтировать: любого мало-мальски соображающего программиста только попроси, для него это – плёвое дело. Что ж, Ирина так Ирина, Кулемзина так Кулемзина, топ-менеджер так топ-менеджер – подключим службу безопасности, ты даже не представляешь себе, какими возможностями я располагаю дать за подобные манипуляции её нежным ручкам укорот.

Неволин нацепил на нос очки и уткнулся в монитор ноутбука, давая понять, что их разговор с Вадимом на сегодня закончен.

– Ирина, вы не забыли наш разговор?

– Нет, конечно.

– И как, не пора ли нам вновь встретиться?

– Думаю, пока в этом нет необходимости. Что-то набралось, конечно, но явно недостаточно. Так получилось: подвернулся человек интересный, устраивала личную жизнь.

— Жаль. Нет, не подумайте, я не насчёт личной жизни. Наоборот, я очень рада за вас. Просто у меня материал отменный, ручаюсь, он бы вам очень подошёл.

— Да?! Что ж, Мариночка, жду с нетерпением. Но обмен должен быть во всех случаях равноценным. Кстати, вы не могли бы дать мне координаты Вадима в Интернете, хотелось бы попытаться его ещё раз немножко подрастрясти.

— Да без вопросов. Сейчас, только ежедневник достану. Готово. Записывайте.

Здравствуйте, Ирина Алексеевна!

Это, как нетрудно догадаться, Вадим. Да, в знании психологии вам и в самом деле не откажешь — те распечатки, которыми вы меня в прошлый раз снабдили, я, действительно, уничтожил. Тем более рад их вновь сейчас получить — каюсь, мне нелегко далось такое решение, но теперь, уже без тени сомнений, я принимаю вашу версию о том, что уж поскольку мы решили замахнуться на мюзикл, нам позарез необходимы любые материалы для написания либретто к нему.

Особенно меня заинтересовала ваша подборка из произведений мировой литературы, кино, средств массовой информации о ситуации «Б + С» (брат и сестра). Должен признаться (раньше бы ни за что не решился, теперь можно), что меня вообще очень сильно зацепил наш прошлый разговор о том, что мой любимый человек никогда не любил меня и никогда не полюбит. Однако, возможно, вас ждёт разочарование, так как то, что я получил от вас, не только не усугубило моё беспокойство, а, наоборот, в корне устранило его. Размышляя о причинах, я понял, что всё дело в недостатке информации, которой вы владеете (хотя в своё время упрекали меня за это), а оттого и пришли к неправильному выводу в своих умозаключениях.

На основании чего я так решил? Во-первых, Сашин характер открылся мне в данном случае новыми, совершенно неведомыми раньше, гранями: я потрясён, насколько она способна любить и, как результат, перечитывая заново первый блок её набросков (да, да, я помню, вы называете их «невыложенными блогами»), многое в них теперь я с полным правом отношу на свой счёт. Во-вторых, эта (не побоюсь высокопарного стиля) великая любовь (её или их, чисто братская и чисто сестринская), настолько грандиозна, что не может сама по себе вызывать никакого чувства ревности. Тут такой же идеал, как «Р + Д» («Ромео и Джульетта»), «Т + И» («Тристан и Изольда»), только в другой сфере, чистой, незамутнённой, и можно счесть большой удачей, если то, что вдруг, как подарок Бога, выпадает на нашу долю в действительности, хоть немного соответствует им. Значит, мы на верном пути. Ну как компас.

Одно жаль: зачем вы и дальше продолжаете свои происки? Вроде бы, мы нашли с вами общий язык. Как и прежде полны желания во всём разобраться, что-то «понять»? Но ведь то, что вы делаете в последнее время, нацелено совсем на другое – меня и Сашу уничтожить, буквально стереть с лица земли. Может, и вариант с вашим «деловым предложением» тоже обманка? Было бы очень досадно, поверьте.

Неясно? Что ж, мне не остаётся ничего другого, как только вернуться вновь к Сашиным письмам.

Второй блок, тот, что до катастрофы. Сестра ушла с головой в свои новые качества: жена, мать, хозяйка. Забот, проблем у неё появилось не перечесть. Брат, по каким-то неизвестным мне причинам (инфантилизм, одиночество, ревность в хорошем смысле этого слова, то есть, оправданная), упрекает сестру в предательстве, в том, что она его, такого беспомощного, бросила на произвол судьбы.

Третий блок. Вполне естественная реакция на смерть ближайшего родственника. Отчаяние, мир обрушился, ничего дальше не видится. Хоть сестра и не уделяла в последнее время брату достаточного внимания, но она была, жила, в какой-то момент, решив самые неотложные свои проблемы, несомненно, встроила бы его в свою жизнь обратно, как ещё одного, только очень большого, ребёнка. Я хорошо помню, какой я встретил Сашу, наша любовь прошла через множество испытаний, прежде чем мы вышли в ней на должный уровень и по-настоящему стали понимать друг друга. Почему же Вы в своё время не могли прийти к мужу на помощь, заняться его образованием, вытащить его из того узкого мирка, в котором он находился, показать ему всю красоту окружающей жизни?

— Вадим, извините! Ваше послание настолько сильно зацепило меня, что вариант электронной почты показался мне недостаточно оперативным, и я решила прибегнуть к помощи Скайпа. Не воодушевляет, конечно, что Вы отключили видеокамеру и отказываетесь говорить со мной через микрофон, но, может быть, так и к лучшему: как ни странно, заочно мы вроде прекрасно ладим, понимаем друг друга, а вот при встрече буквально пылаем обоюдной ненавистью. Как бы то ни было, переписка так переписка, думаю, и она вполне в состоянии разрешить то недоразумение, которое между нами нежданно-негаданно поселилось, и разбить в пух и прах обвинения, которые Вы столь безосновательно, однако с завидным упорством и постоянством выдвигаете в мои адрес. Один аргумент, быть может первый и последний, во всяком случае, мне он кажется не просто убедительным, а даже сокрушительным: неужели, по Вашему мнению, я и в самом деле произвожу впечатление дуры, которая собирается вложить деньги в то, что сама же собирается стереть в порошок? Пусть в таком случае порошок будет хотя бы стиральным!

– Марина.

– Что?

– Не что, а кто. Марина Гордеева. Признайтесь, Ваша работа?

– Ах вот в чём дело! Что ж, не буду врать, мы, действительно, встречались с Вашей обожаемой сотрудницей. Но только один раз. Причём тут какая-то «работа»?

– И договорились о совместных действиях.

– Да, именно так всё и было. Но Вы не ответили на мой вопрос. Что за «работа»?

– Зачем Вы сказали ей, к примеру, что Саша не платит Вам алименты на сына? Вы же сами в своё время отказались их получать?

– Отказалась. И до сих пор не передумала. Но я никому о таких вещах не сообщала. Тем более, Марине. Только бабушка с дедушкой знают, хотя и не одобряют в данном случае моё решение. Во всех случаях, я сильно сомневаюсь в том, что Саша вообще когда-нибудь вспоминает о Павле. Это не голословное утверждение. Вы же сами мне об этом в нашу первую встречу говорили.

— Да, говорил. Но это не относится к делу. Откуда Марина, иначе как от Вас, могла узнать такие подробности?

— Понятия не имею. А у Вас нет желания самому её об этом расспросить? И вообще, неужели такая мелочь имеет для Вас столь большое значение?

— У меня был разговор с Неволиным, моим шефом.

— И что?

— Вас подозревают во взломе нашего корпоративного сайта.

— Он что, сумасшедший?

— Да нет, вполне адекватен. Значит, Вы, в самом деле, утверждаете, что не имеете никакого отношения к махинациям с нарезкой?

— Какой нарезкой? Неужели я произвожу впечатление идиотки, которая может рыбу, сыр или любой другой продукт брать не куском, а в покромсанном виде? Представляю, что там может быть, особенно в смысле свежести. Насколько я знаю, это лучший способ сбыть залежалый товар.

— Небольшая подсказка: материалы о свадьбе

Бородиной.

– Бородино... Что-то помнится из школьной программы. «Скажи-ка, дядя!»... Но во всех случаях фамилия подобная мне ни о чём не говорит. Кстати, кто я с этой Бородиной, с какой стороны? Наполеон или Кутузов? Если можно, глаз мне оставьте.

– Ну, это уж не от меня зависит. Вами занялась служба безопасности нашей фирмы. А там ребята крутые. Как говорится, круче только...

– ...яйца, побывавшие в кипятке. Ладно, по крайней мере, спасибо, что предупредили. И тут, действительно, Гордеева первопричина? Вы сами уверены в этом? Можете дать голову на отсечение?

– Первопричина – Вы. Здесь я солидарен с Неволиным, хотя и не говорил ему об этом. С какой стати, спрашивается, Гордеева дремала-дремала, и вдруг так резко активизировалась? Как бы то ни было, от меня в данной ситуации ничего не зависит, я уже Вам сказал, даже если бы я очень захотел, выручить я Вас не в состоянии. Отбой!

– Отбой? Стоп! Подождите! Последний вопрос: разве Женя ничего Вам не говорила? Я ведь просила её о визите Гордеевой ко мне Вас предупредить?

– Нет, первый раз слышу об этом.

– О, Господи! Значит, не успела. Вот видите: «а ларчик просто открывался». А Вы там просто ужас какой сыр-бор развели! Так легко было разрулить это недоразумение.

– Хорошо, допустим, но как же тогда Вы узнали мои адреса в Интернете? Значит, была, как минимум, ещё одна встреча?

– Ох, какой же Вы всё-таки зануда! Встречи не было. Был только звонок. Ну я и воспользовалась ситуацией. Хотите на эту тему более подробно поговорить?

– Нет, я же сказал: отбой!

– Ну и чёрт с Вами!

– «In God We Trust». «Мы верим в Бога», так на долларовых бумажках написано.

– Что? Бог – доллар? Рекламный ход!

– «Gott mit uns!», «С нами Бог», так немцы говорят.

– У нас, русских, другая поговорка на сей счёт имеется: «На Бога надейся, а сам не плошай!» Что, своих мозгов не хватает? Тупите, господин Скорочкин, надо бы наслать независимый аудит на вашу епархию, наверняка там полный завал.

– Переходить в споре на личности – явный признак недостаточности аргументов (в лучшем случае).

– Не вижу личностей. Хотя, вообще-то, если быть точной, классик употребил слово «лиц». Помните, наверное, его знаменитое: «Не вижу лиц. Одни свиные рыла».

– Ладно, боюсь, мы далеко зайдём, если на рыла сейчас перейдём. Тем более, свиные. Классиков у нас, русских, вообще не перечесть. Не говоря уже о том, что Николая Васильевича Гоголя бедного Вы просто безжалостно переврали. Городничий совершенно по-другому говорит у него в «Ревизоре»: «Убит, убит, совсем убит! Ничего не вижу. Вижу какие-то свиные рыла вместо лиц, а больше ничего...». Поэтому ограничусь лишь небольшим дополнением к вопросу о долларах. «Time is money», «Время – деньги», как любил повторять один замечательный американский политический деятель, изобретатель, дипломат.

– Что ж, Бенджамин Франклин, действительно, личность, не спорю. От знакомства с ним я, пожалуй, не отказалась бы.

— Что может быть проще? Сходите в обменный пункт.

— Хороший совет. Кого поменять там: Вас или Вашего шефа?

ГЛАВА 5

Ирина кляла себя, на чём свет стоит. Ну надо же быть такой тупицей! Когда, наконец, она избавится от импульсивности – самой отвратительной черты своего характера? Уж и на курсы психологического тренинга ходила, и йогу пыталась освоить, ничего не помогло. Вот и сейчас, какой чёрт её подвиг? Не условившись предварительно о встрече, не продумав до мелочей содержание предстоящего разговора, она сорвалась с работы, вскочила в машину и помчалась выяснять отношения с этим жирным боровом? Надеялась, что застрянет напрочь где-нибудь в пробке, успеет одуматься, остыть? Но не остыла, да и пробок, как назло, не было. Даже в приёмной её не мариновали до бесконечности, как положено обычно поступать с «незваными татарами», приняли почти сразу же, но зато потом просто разделали под орех.

Это был не Вадим, своего противника она явно недооценила.

— Ну зачем вы так нервничаете, Ирина Алексеевна? Да, у нас ЧП на фирме. Однако кто же мог знать, что Вадик таким болтуном окажется? Поднял вас на дыбы. Проверка? Да вы бы и не заметили никакой проверки, у меня профессионалы работают, по большей части бывшие менты.

— Вадим не виноват? Это с вашей точки зрения, а с моей — наломал дров более чем достаточно. Я пять минут у вас, а поняла уже: люди два дня как не работают, только тем и заняты, что без конца перемалывают, как воду в ступе, какую-то ерунду. Вы-то сами, сколько денег уже потеряли, отвлекаясь на подобную чепуховину? Умножьте получившуюся сумму, по меньшей мере, вдесятеро, хоть немного представьте мои издержки.

— Вы, не вы, какая разница, этого шустрягу я всё равно вычислю. И он мне за всё заплатит, можете не сомневаться. Да и вообще, зачем вы во всю эту историю влезли? Муж неожиданно «поголубел», сколько лет уже этой истории? С чего вдруг вас именно сейчас так разобрало?

Ну, если бы он хоть в чём-то оказался подонком: поглядывал бы на неё с наглой ухмылочкой или плотоядно, свидание назначил, хотя бы просто пригласил в ресторан. Да у него таких! Нет, не таких, куда моложе, фигуристей, привлекательней. Ну а она просто мымра, причём на редкость психованная, буквально истеричка.

Ирина вернулась, как оплёванная, на своё рабочее место. Но и здесь дала маху. Надо, просто необходимо было, ей сейчас выговориться, а с кем поделиться? Не с кем! Разве что только с Женей, русалкой этой? Так ведь не поймёт. Вот и хорошо, что не поймёт.

Но Женя поняла. Поняла, что достаточно просто поддакивать, лишь иногда вставлять какие-нибудь, ничего не значащие, реплики, замечания. Возмущаться, удивляться, качать головой. И лишь в самом конце один, но весьма резонный, вопрос, почти как совсем недавно, у Неволина.

— Не понимаю, Ируль, зачем тебе влипать в эти дрязги? Я там несколько раз по работе в твой отдел заходила: клянут тебя, на чём свет стоит. Клиенты звонят, приходят, разыскивают тебя, девчонкам своим ты весь график поломала. Так ведь недолго и законного куска хлеба лишиться. А у тебя ведь Павел. Как жить будешь, на что? И, главное, с чего завелась-то? Для климакса, вроде бы, рановато. Любовничек, опять же, какой-никакой, наконец, появился…

Любовничек. Вот и соломинка.

Ирина вдруг поняла, зачем она Женю от работы оторвала. Не только для того, чтобы выговориться.

– Слушай, подруга, – жалобно протянула она. – Выручи, посиди с Павлом, мне тут материалы одни обещали для мюзикла. Я постараюсь пораньше вернуться. Ей-богу! Можно было бы, конечно, мать подключить…

Евгения посерьёзнела.

– Ир, мне, конечно, не трудно, наоборот – земля и небо в сравнении с моей общагой. Да и Пашка твой – потрясающий пацан, мне с ним интереснее даже, чем с взрослыми общаться. Но ты ведь наверняка такой финт впервые откалываешь? Признайся. Кто я? Практически никому толком не известный человек. Неужто нельзя до субботы подождать? И что я маме твоей отвечу, если она позвонит? А она обязательно позвонит! Но самое главное – Павел, не будет ли для него это травмой? Ребёнка-то зачем в свои похождения впутывать? Ты ведь к Герману пойдёшь, зуб даю. Не станешь же отрицать? И причём тут мюзикл? Вы что, собираетесь воскресить этот протухший труп? Даже у меня под конец от зевоты скулы сводило, хотя я ожидала чего-то совершенно необыкновенного, волшебного. Ну никак они не вяжутся вместе: музыкальный спектакль и ночной клуб. Да и откуда вы деньги возьмёте? Ты же сама меня предупредила: мои наниматели оба на мели. Свои вложить собираешься? А о Павле, опять же, подумала? Это ведь и его деньги, не только твои.

– Подумала, я всё продумала, – Ирина была как одурманенная, хотя сама удивлялась, наблюдая себя как бы со стороны.

Жене ничего не оставалось, как только согласиться.

– Ладно, Бог с тобой!

– In God We Trust! – радостно кивнула Ирина.

– Чего-чего? – не поняла, вытаращила глаза Евгения.

– Ну, так на долларовых бумажках написано: «Мы

верим в Бога». И ещё: «Gott mit uns!», «С нами Бог!», так немцы говорят. Кстати, я просила тебя Вадима насчёт Гордеевой предупредить, ты так и не сделала этого?

— Нет, просто я долго не виделась ни с ним, ни с Александрой, так что не представился удобный случай. А по телефону позвонить… насколько я знаю, ты вела какие-то переговоры со Скорочкиным, вероятно, насчёт мюзикла, я думала, ты ему сама и расскажешь. Что называется, из первых уст. Что, так и не сказала?

— Сказала, но поздновато получилось. Столько от него упрёков услышала в свой адрес, а, собственно, за что?

Руки, нежные, нежнейшие даже. Пальцы, как у музыканта. Никогда бы не подумала, что в отношениях между мужчиной и женщиной главное — руки, а уж потом всё остальное…

— Ну и как там твой вундеркинд?

— Кто, Павел? Да он и не чудо-ребёнок вовсе. Я совсем не то в прошлый раз имела в виду. Просто для своего возраста он необычно серьёзный, однако серьёзность эта вовсе не свидетельствует о какой-то особой прилежности или успехах в учёбе. Понимаешь, не то, чтобы мальчик ленив, но он развивается по какой-то своей, особой, программе, только одному ему ведомой. А так он во всём средний. Но… если эта программа когда-нибудь вдруг разродится целью, то можно не сомневаться, что цель будет достигнута, а если нет, то во всех случаях парень неудачником не останется, я за него спокойна. А что ещё нужно матери? Гений в коротких штанишках? Мне, во всяком случае, такой вариант совсем ни к чему.

«Хороший разговор. Очень ко времени. Мобилизирует, отвлекает. Но не помогает ни черта. Сдвинутая, я просто сдвинутая. Неужели теперь навсегда?»

– Я тут кое-какой материал подобрал по твоей просьбе. К примеру, «травести» – от итальянского глагола travestire – переодеваться…

«Боже, зачем переодеваться, когда давно пора

раздеваться?»

– Есть люди, в основном, актёры, для которых переодевание – работа. Кто они? Тоже трансвеститы? Нет, конечно. Их называют – травести. Есть ещё фетишисты, фемофилы.

«Господи, да когда же он поймёт, наконец? Ну, слава Богу, кажется, начинает догадываться. Ещё чуть-чуть и сам загорится. Тем же сумасшедшим (ну не сумасшедшим, может, чуть потусклее, поменьше, но уж точно безумным) огнём»…

ГЛАВА 6

– Вадим, в прошлый раз мы хорошо поговорили, ты буквально спас меня, – Александра замялась: – Так вот, этот спонсор… Он ещё не исчез?

Вадим не удержался от тяжёлого вздоха. Господи, какой хороший день сегодня – суббота. Прекрасный домашний обед, он даже позволил себе бокал вина, не бог весть что – Божоле Сент-Амур, но настоящее, французское. Обычно он этого не делал по субботам:

конечно, если находиться за кулисами, можно было бы и без особых затрат обойтись, но если сесть за столик, обязательно надо выложиться, хотя бы по минимуму. А как тут без спиртного? Но сегодня ему жизненно необходимо было в очередной раз внимательно просмотреть всю программу, причём от начала до конца. Александра была слишком задумчива в последнее время, не отразилось ли это на качестве её выступлений? Если да, то им полный каюк. Хотя и его мистификация, чем она лучше? Промедление было здесь смерти подобно во всех случаях, но он всё глубже и глубже заводил их обоих в тупик. Конечно, оттянуть, а может, даже и вообще предотвратить, полный крах было необходимо, выигрыш во времени дал очень много, но что теперь?

– Да нет, куда он денется! – сказал он, наконец, с бодрой улыбкой. – Но ты не с того начала. Какой ты сама сделала выбор?

– Я выбрала мюзикл, да это, собственно, и с самого начала было ясно, – ответила Александра. Однако никакой торжественности не было в её голосе.

– Но я понимаю, насколько вопрос тут сложный, возможно, мы просто не потянем такой вариант?

– Ну почему же, – продолжал бодриться Вадим. Врать, так врать. А коли врать, то без запинки. – Откладывать тоже глупо. Собственно, ничего катастрофически страшного пока не произошло: провал, если правильно его использовать, та же реклама. Как иначе в своём новом качестве ты заявила бы о себе? Конечно, досталось это выступление нам большой кровью, и всё-таки чудо, что нам вообще удалось провести его.

– Чудо? – скептически повела бровью Кулемзина. – Чудо – это когда приваливает вдруг нежданно-негаданно слава или сваливается с неба огромная куча денег… Я, конечно, понимаю, что наши финансы поют романсы, но хотелось бы знать, в каком конкретно положении мы сейчас находимся. Только без вранья. Как у тебя дела на работе?

Вадим посерьёзнел.

– Неожиданный вопрос. Мюзикл и моя работа, какая связь между ними? Ты думаешь, наш загадочный благодетель – мой шеф?

Однако Александра не расположена была шутить. Вадим поразился, таким он своего любимого человека видел впервые. Складывалось впечатление, что ангел в кои веки спустился с небес на грешную землю.

— Мы договорились! — терпеливо напомнила ему Александра. — Без вранья, и максимально подробно. Итак, что-нибудь добавилось в последнее время?

— Есть немного, — неохотно признался Вадим. — Но, в принципе, положение рассасывается. Я внимательно проанализировал обстановку, в частности, окружение Марины, и пришёл к выводу, что шеф не прав. Никто не стоит у неё за спиной, она действует в одиночку. Что касается материалов, то да, кто-то, действительно, поработал над ними, но Гордеева вполне могла кого-то нанять, зачем ей с кем-то объединяться? Во всяком случае, проверка продолжается, однако мне нечего её бояться, так как я ни коим боком к произошедшему скандалу не причастен. Насколько я знаю, первая версия, насчёт подруги Гордеевой, не подтвердилась. Копают дальше, глубже. Конечно, девчонки на работе очень разозлены, так как они весьма нелестно в своём междусобойчике отзывались о наших «мужчинках», но ведь сами виноваты – зачем было язык распускать? Урок я извлёк, можешь быть спокойна. Действительно, нельзя так отрываться от коллектива, но ты же сама меня понимаешь, мы и так слишком редко и мало бываем вместе, и менять эти крохи на какие-то кретинские попойки... Итак, надеюсь, я полностью удовлетворил твоё любопытство? Теперь твоя очередь. Извини, но я по-прежнему не понимаю, зачем вообще весь этот разговор?

Александра вздохнула:

— Я к тому, что, как мы и предполагали в прошлый раз, моё положение в клубе сильно пошатнулось. Не открою Америку: шоу-биз не та сфера, где можно было бы обойтись без интриг, завистников, но до поры мне удавалось их натиск сдерживать. Сейчас они прорвались. И уже есть результат. Первое, чего они добились: пересмотра ставок и, как ты сам понимаешь, явно не в мою пользу. Не исключено, что я вообще из клуба вылечу. Ну и крайний вариант: что, если мы вдруг оба потеряем работу?

Вадим собрался. Он понял, что если он сейчас не перейдёт в контрнаступление, хоть чуть-чуть проявит слабину или даст заподозрить себя, мягко говоря, в приукрашивании действительности, всё погибнет: мечта, любовь, хрустальный дворец, который он с такой тщательностью три года выстраивал.

— Ладно, Саша. Давай сделаем так: вернёмся к тому положению, которое у нас с тобой до сих пор было. Ты – артистка, талант, занимайся и дальше своим делом – творчеством. Я твой менеджер, импресарио. Буду и впредь, только может быть, ввиду наших особых, не слишком благоприятных обстоятельств, более ответственно, тщательно, делать свою работу. Однако ближе к делу. Начнём с того, что речь не идёт о каком-либо спонсорстве. Есть человек, который изъявил желание войти в наш проект. Деньгами. Разумеется, получив за участие в нём свой кусок, точнее, долю. Долю в прибылях, которых ещё нет, но которые непременно, по его мнению, со временем появятся. Конечно, он рискует, но бизнеса без риска, как известно, не бывает. То есть, у нас с тобой появляется компаньон, с которым мы должны по всем правилам заключить соглашение, договор. Договор этот нам вместе подписывать, так что без твоего ведома ни одна строчка в нём не будет утверждена, не беспокойся. Моя работа… И в самом деле, немаловажный вопрос. Но Неволин мой друг, как тебе прекрасно известно, я уже не говорю о том, что он поручитель всех моих банковских кредитов, он что, по-твоему, наступит на горло собственным деньгам? Твоё положение в клубе? Ну, на «Красной косынке» свет клином не сошёлся. Особенно теперь, когда ты запела. И так запела. Кажется, всё? Какие у тебя ещё есть сомнения? Только говори сразу, мне тоже сейчас нелегко, тоже совсем не улыбается после стольких лет каторжного труда потерять всё и оказаться на улице.

Александра надолго задумалась. Наконец, как видно, приняла решение.

— Вадик, ты зря считаешь меня человеком не от мира сего, я тоже в делах немного разбираюсь. Но твой тезис о разделении труда в нашем бизнесе, я бы сказала точнее — нашем жизнеобеспечении, я принимаю, однако у меня два очень важных вопроса. Первый — что нам делать с Женей? Нельзя же и дальше обманывать девчонку? А именно так получается — что с некоторых пор мы просто пудрим ей мозги. моё непременное условие — рассказать ей всё как есть, ничего не скрывая, дать отступные, возможно, кому-нибудь из знакомых порекомендовать. И на том расстаться. В нашем положении какие-либо хвосты нам совершенно ни к чему, нужно сразу отсечь всё лишнее.

Вадим коротко кивнул:

– Хорошо. Принимается.

– И второе – я хотела бы встретиться с тем человеком, о котором ты в прошлый раз, да и сегодня тоже, так много говорил, чтобы самой подробно обсудить с ним все творческие, именно творческие, а не финансовые, вопросы. Не исключено, что после этого финансовую сторону придётся пересматривать и, очень боюсь, не в сторону уменьшения.

– Разумеется, как может быть иначе, – пожал плечами Скорочкин. – Но мы уже говорили об этом: договор, твоя подпись под ним основная, и, значит, каждая, пусть даже самая мельчайшая, деталь будет с тобой утрясена. Не понимаю, что ты хотела уточнить сейчас? Ты продолжаешь в этом сомневаться, чувствуешь какой-нибудь подвох?

Кулемзина отрицательно покачала головой:

– Нет, я совсем не о том сейчас. Просто ты сам в прошлый раз говорил о «корейце»… «Сначала консультация, сначала всё-таки «кореец». И только потом решение».

– Ах, это! – мысленно проклял себя за излишнюю

болтливость Вадим. – Это само собой, разумеется. Если хочешь, можем даже выбрать для встречи какой-нибудь корейский ресторан. Наверное, есть такой? Их столько расплодилось в последнее время! Вот только… мы ведь не можем идти к такому человеку с пустыми руками. У тебя готов твой, рабочий, вариант? Нет? Так о чём разговор? Кстати, я тут время даром не терял, и подобрал кое-что. Ну, на ту тему, «Б + С», которую мы собираемся разрабатывать.

Он отлучился и принёс Иринины распечатки. Александра бегло просмотрела их и брезгливо поморщилась:

– Не понимаю, к чему эта пакость? Античка инцестная, «Песнь песней» Джоша Аппиньянези, «Ветер любви» Омори Такахиро, материалы из СМИ. У меня есть своя, достаточно обширная, коллекция. Совсем других, прямо противоположных, примеров. Если твой «кореец» сознательно настаивает на теме кровосмесительства, то я сразу умываю руки, ну а коли речь идёт о любви, нормальной, естественной, но в то же время великой, уникальной, брата и сестры, то эти бредовые материалы нам совсем ни к чему. Выясни точно, и если тут просто недоразумение, можешь не беспокоиться, за неделю я вполне управлюсь. Я не подведу, ты меня знаешь. И вообще, Вадик, я очень благодарна тебе за такой подарок. Ты даже предположить не можешь, как я сегодня счастлива. И поражена, насколько хорошо, даже в такой сложнейшей жизненной ситуации, ты понимаешь меня и, более того – солидарен со мной.

– Опять скрываетесь, не желаете встречаться очно?

– Я ведь знаю вас, вы непременно захотите, чтобы наш разговор происходил в каком-нибудь экзотическом местечке, а я сейчас ещё беднее того знаменитого комика, который пел о себе: «Я бедный Чарли Чаплин, не ем, не пью ни капли…».

– Ну что вы, во-первых, у вас неверные сведения. Чарльз Спенсер Чаплин умер хоть и не в Америке, в Швейцарии, но вполне обеспеченным человеком. Кстати, могу привести вам, связанный с этой темой, прелюбопытный факт: через какое-то время после похорон гроб с телом Ч. С. Ч. был похищен, и за его возвращение преступники потребовали огромный выкуп. Но сэр Чарли и здесь оказался на высоте, в числе прочих своих уникальных способностей он продемонстрировал ещё и провидческий дар, загодя (за год) рассказав о таком варианте своей жене Уне и категорически запретив ей идти на поводу у возможных похитителей. Примерная девочка Уна, которая всегда и во всём слушалась мужа («наплодив» ему, кстати, 8 детей), так и сделала. В итоге зло было сурово наказано, а справедливость восторжествовала. Не подумайте, конечно, что я какая-нибудь чернильная крыса-эрудитка, просто сейчас такой период в жизни моего малолетнего сына – чаплинский, он знает чуть ли не наизусть все его фильмы, ну а я, как образцовая мама, считаю своим долгом все пашкины добрые начинания поддерживать. Кстати, сама просто тащусь от «Графини из Гонконга», за которую «бедного Чарли» в своё время раскритиковали в пух и прах. Это так, моя маленькая месть вам за Гоголя и его Городничего из «Ревизора».

– О, господи, сколько совершенно лишних, ненужных слов! Я ведь не имел в виду самого Чарльза Спенсера, а всего только его героя.

– Тем более, и значит, во-вторых: вот передо мной

сейчас ваше видеоизображение, и на нём лицо у вас ни о какой бедности, а уж тем более, недоедании, не свидетельствует. Кстати, как это вы решились на общение в Скайпе по полной программе? И вообще, таких трусишек-заек сереньких среди мужчин я ещё не встречала. Может быть, вы и не мужчина вовсе? Неплохо бы проверить, всё-таки мы компаньоны, необходимо полное доверие друг к другу.

– Хотите, чтобы я прямо сейчас разделся и что-нибудь вам продемонстрировал?

– Нет, лучше наедине. Всё-таки дальность расстояния. Боюсь подтасовки. Итак, вы хотели мне что-то сказать?

– Только то, что Александра дала согласие. На мюзикл. Как вы сами, ещё не передумали?

– Нет. Наоборот, очень рада. Особенно тому, что всё по максимуму. Когда мы можем начать работу?

– Сначала не мешало бы заключить договор. Саша очень настаивала на встрече с вами.

– И что мы будем делать? Мне замаскироваться, переодеться? Скажем, в мужчину. Как вам такой вариант?

– Я против любого обмана.

— Правда? С каких это пор? Вы думаете, что в прошлый раз Вы хоть в чём-то меня относительно Сашиных блогов переубедили? Ни в малой степени. Моё впечатление: что вы изоврались совершенно. Чуть было не сказала: вконец. Но испугалась, вдруг всё-таки дело дойдёт до демонстрации.

— Вот я и хотел бы положить конец вранью.

— Может, лучше было бы сказать: «не врать больше»?

— Не могли бы вы хотя бы на время отставить свой игривый тон? Мы ведь говорим о серьёзных вещах. Точнее, собираемся. Пока дальше трёпа дело у нас не движется.

Видно было, что Вадим не на шутку разозлился. Но на Ирину его взрыв эмоций никакого впечатления не произвёл.

— Годится. Годится серьёзный тон. Итак, отныне лозунг: «Нет вранью!»?

— Принимается. Принимается: «Смерть вранью!» Так вот, для начала нам нужен «негр»-либреттист. То, что Саша сама набросала, никуда не годится. У вас нет никого на примете из этой братии?

— Что вы! Я даже из русских в таком качестве

никого не знаю, а тут Африка. Или Америка?

– Ладно, попробую взять решение этого вопроса на себя.

– Хорошо, не буду дальше острить. Я потому хохмлю, каламбурю, что очень хотелось бы посмотреть на ваш румянчик. А то нет полной уверенности, вы это или не вы. Как, не покажете?

– Как-нибудь в другой раз.

– Вот вы весь в этом – в другой раз. Испугались? А я думала, что только я такая – «зайка серенькая». Значит, мы стоим друг друга?

– Я пришлю вам либретто. Черновой вариант. Пока только Сашин. Если он вас принципиально не устроит, у вас будет прекрасная, но последняя, возможность взять свои слова обратно.

– Вы мне не верите? Думаете, что я пользуюсь ситуацией, чтобы окончательно вас утопить?

– Конечно, не верю. Но у меня, к сожалению, нет другого выхода, партнёр!

– Партнёр? Может, всё-таки «партнёрша»? Что, опять двусмысленно звучит? Предлагаю встречный вариант: компаньон или компаньонша. Кстати, готовьтесь, многоуважаемый партнёр-компаньон, я настроена весьма меркантильно и собираюсь обобрать вас по полной программе.

– Никогда не сомневался в подобных ваших способностях.

– Что ж, до встречи! Умираю от нетерпения.

– Считайте, что я уже умер.

– Стоп, постойте, не хотелось бы на «это» в морге смотреть.

– На что «это»?

– Ну, на то, что вы хотели мне продемонстрировать. Только не подумайте, что я говорю сальности. Просто мы так договорились – без вранья. Вот и я с вами – предельно откровенна.

ГЛАВА 7

Ирина с минуту смотрела на удручённое лицо Жени, затем не выдержала, поторопила её:

– Слушай, подруга, мы стоим тут с тобой как два тополя на Плющихе. Я понимаю, причина должна быть важная, просто так ты не отвлекла бы меня. Но если разговор долгий, давай лучше спустимся вниз, в магазин куда-нибудь прошвырнёмся, ну а если в пять-десять минут сможешь уложиться, так начинай, давно пора, не тяни резину.

Женя кивнула.

— Я о том, что ты недавно предупреждала меня: ребята разорились, у них совсем нет денег и вполне реально, что они могут меня «кинуть». Так и случилось, Вадим только что звонил.

— И что ты?

— Я сказала, что мне не хотелось бы говорить на такую важную тему по телефону, нельзя ли мне подъехать, чтобы на месте решить вопрос? Мне просто нужно было выиграть время, без тебя я пролечу, «как фанера над Парижем». Что можешь посоветовать? Как мне себя вести?

Ирина задумалась.

— Он говорил об отступных?

— Да, но я как раз и прервала его до того, как речь зашла о какой-либо конкретной сумме. При всех вариантах глупо было бы по телефону торговаться.

— Решение правильное, но ты, чего ты сама хочешь? Срубить побольше бабок? Я же говорила тебе: в такой ситуации ты им больше не нужна. Возьми деньги и попробуй найти других потенциальных клиентов.

Евгения вздохнула:

– Это маловероятно. Слишком много конкуренток. И какие бы прекрасные рекомендации «мои бывшие» мне не дали, никто не поверит, что причина не во мне лично. Просто интеллигентные люди не захотели портить молодой девчонке имидж, а факт всё равно останется фактом: мне самым недвусмысленным образом показали на дверь. А там уж додумывай, как хочешь, насколько позволит воображение: кто я – воровка, наркоманка, страдаю какой-нибудь хронической болезнью? Наследственность хуже некуда? Так как мне всё-таки поступить? Понимаешь – конечно, не в моём положении кочевряжиться, но деньги, репутация – не главное. Есть ещё один нюанс. Проблема в том, что мне очень не хотелось бы уходить из этого мира. Больше в него потом я никак не вернусь.

Ирина снова задумалась.

– Господи, нашла о чём сожалеть, – пробормотала она, наконец. – Мир! Отыскала райские кущи! Извращенцы, склочники, придурки – банка с пауками, террариум. Ладно, некогда мне, поэтому не буду вдаваться в подробности. Если что-то не поймёшь, сразу спрашивай-переспрашивай. Мои предложения: первое – ты оказываешься от отступных полностью и навсегда, ты правильно рассудила – в такой ситуации сумма будет ничтожная, им просто неоткуда будет взять больше. Второе – ты скажешь, что понимаешь их ситуацию, и согласна подождать, так как уверена, что они слишком сгущают краски. Мол, ты веришь в талант Александры, организаторские способности Вадима, так что и ждать не придётся долго. В-третьих, ты заявишь, что согласна на их давнишнее предложение поселиться у них в квартире, так у тебя будет уверенность, что «твою материнскую светлость», действительно, не обманут, и когда дело наладится, не заменят на другую кандидатуру. И ещё, главный козырь: ты предоставляешь в их полное распоряжение свою, пусть крохотную, но зарплату, чтобы всем троим элементарно прокормиться, и даже предлагаешь положить на алтарь общего дела всё своё свободное время: согласна убираться в квартире, кухарить, стирать, помогать в реализации их проекта, там, где ты только можешь им пригодиться. Ну а когда они, наконец, разбогатеют, тогда и будет полный расчёт. Хотя нянечка для будущего ребёнка всё равно понадобится, так что и здесь тебе нашлась бы работёнка. Как, годится?

Евгения покачала головой в восхищении:

– Потрясающе! Я бы в жизнь не смогла так быстро и рационально всё по полочкам разложить. И всё-таки, как твоё мнение: есть у них вообще хоть один шанс?

Ирина вздохнула.

– Наверное, есть. Стала бы я иначе своими денежками рисковать? Но дело не только в этом. Мне тоже из этого мира почему-то не хочется прежде времени сматываться. Во всех случаях ты ничего не теряешь: у тебя будет, где жить, их обязанностью станет тебя одевать, кормить. Глядишь, им и маленький не понадобится. Вот она доченька – здоровенькая, готовенькая, даже взрослая, осталось только документы оформить. Ну а внуки – те же дети, только такой вариант обойдётся им во всех отношениях гораздо дешевле. Да и от основных дел не отвлечёт. Но это уже так: мечты, а вот всё остальное – самая что ни на есть реальность. А уйти ты всегда можешь, никогда не поздно, однако не куда-то в неизвестность, а только, если, действительно, что-то лучшее подберёшь.

— Вы пробрались в мой Скайп? Как вам, интересно, удалось это сделать?

— Ну, вы же попросили меня в прошлый раз раздобыть вам координаты Вадима, почему бы и мне не узнать ваш номер? Просто мне хотелось ясности в наших, так хорошо стартовавших, отношениях, а вы вдруг совсем исчезли из моего поля зрения. Я звоню вам по смартфону – тщетно, отослала обстоятельное письмо по электронной почте – жду до сих пор ответа. Домашний телефон... зачем вы заставляете лгать своего сына? Такие методы воспитания могут вам когда-нибудь выйти боком. Другое дело – секретарша на работе, отсекать нежелательные звонки – одна из её обязанностей. Надеюсь, не основная, иначе у каких-нибудь, особенно потенциальных, клиентов могут возникнуть подозрения в деловой чистоплотности вашей фирмы.

— Я же вам сказала: у меня нет пока никаких новостей по интересующим нас вопросам. И по-прежнему заверяю: как только они появятся, я вас тут же поставлю в известность.

– Нет новостей? Уважаемая Ирина Алексеевна, душечка, зачем же вы так беспардонно врёте? Я слышала, что вы напросились на приём к Неволину, о чём-то с ним говорили. Неужто не о Вадиме? Трудно поверить.

– Разговор был пустой. Просто меня возмутили необоснованные подозрения, будто бы я влезаю в дела вашей фирмы. С какой, интересно, стати – мне бы и в голову такое не пришло! Знаете, необдуманный эмоциональный порыв, который был совершенно спонтанен, и я очень благодарна вашему начальнику, что он обошёлся со мной по-человечески: внимательно выслушал, не оскорблял, не выставил сразу вон.

– И вы не пытались обелить перед ним Вадима?

– Нет, конечно. Но и очернять его у меня никакого желания, да и основания, не было.

– Хорошо, а как же ваши переговоры насчёт мюзикла? Насколько я поняла, вы пробрались с этой идеей в самое подбрюшье к сей экзотической паре? Зачем? Я так поняла, что вы просто хотите отомстить своему мужу, по крайней мере, заставить его платить алименты? С какой целью иначе вы стали бы участвовать в подобной авантюре? Дело ведь абсолютно дохлое. Ну, этих педрил мне не жалко, но вам я могу сказать то, что думает по этому поводу всё их окружение. Именно вас, а не их, считают там сумасшедшей.

— Простите, но это уже моё, сугубо личное, дело.

— Понятно, значит, союза у нас с вами не получится?

— Нет. Да и не могло получиться.

— Может, всё дело в том, что вы поддались чарам одних весьма и весьма «очаровательных глазок» и, стало быть, теперь моя самая опасная соперница?

— Нет. Я «женатиками» не интересуюсь. Тем более что у меня сейчас есть мужчина. Которого мне вполне хватает, я не нимфоманка.

— Случайно, не Неволин? Насколько я знаю, он тот ещё кобелина, ни одной юбки не пропускает.

— А это уже опять мо-я лич-ная жизнь. В которую я попросила бы вас не совать свой излишне длинный нос.

— Так значит, мы даже враги?

— Слишком много чести. Но и не подруги, уж это

точно.

ГЛАВА 8

Ирина внимательно вглядывалась в лицо своего бывшего мужа. Наконец-то произошла их встреча. Она с минуту терпела ужимки Вадима, который мялся, не зная, с чего начать разговор, затем не выдержала, решила, что пора ей самой проявить инициативу.

— Ну как, Саша, ты узнала меня? Давненько не виделись.

Александра кивнула:

— Ну, надо быть полной склеротичкой, чтобы не узнать бывшую жену своего брата. Кстати, как там Паша? Есть успехи в учёбе? Да… кажется, целая вечность прошла. Наверное, неправильно так, что мы даже не созванивались всё это время, но гибель Саши всё разметала, я до сих пор никак после неё прийти в себя не могу. Я развелась, как видишь, с детьми не вижусь совсем, так бывший муж настоял. Было очень тяжело, даже невыносимо, но мне повезло – у меня теперь есть Вадим.

— Интересно, как вы с ним познакомились? В клубе? — Ирина была ошеломлена. То, чего она так боялась, свершилось на удивление просто. Её муж, бывший, но пока единственный и неповторимый, выбрал на редкость удачную тактику — сделал вид, что не узнал её. Что же ей теперь самой оставалось делать? Ему подыгрывать? Сложно. Но... почему бы и нет? Вы хотели спектакль, господа «цвета неба»? Что ж, вы его получите. Какие проблемы? Но, может, он сумасшедший? Тогда всё логично. И «новый муж бывшего мужа», и «Багира», и даже этот дурацкий мюзикл — всё легко объясняется. Боженька, пожалуйста, сделай, чтобы именно так и обстояло дело, иначе она сама сейчас сбрендит. Да, бренди, немножечко бренди! Было бы очень кстати. Ничуть не помешало бы... чтобы не помешаться. Совсем как: «Карету мне, карету!» Может, так и мюзикл назвать: «От горя без ума»?

— Вадим, — хрипло проговорила она, — нельзя ли... Нет ли немножечко коньячку? — Ирина прокашлялась. — Пусть даже бренди. И даже неплохо, если будет именно бренди.

Вадим укоризненно покачал головой, но

промолчал, сходил к бару в стенке, принёс три рюмки, бутылку «Черри», хотя сам коньяк не жаловал, предпочитал виски.

Между тем Александра, видя замешательство своих потенциальных «партнёров-компаньонов», с большим удовольствием захватила лидерство в разговоре, который её единственную по-настоящему интересовал.

– Мы с Вадимом? – залилась она счастливым смехом. – Нет, мы познакомились не в клубе, а после клуба. Но тут не моя тайна, пусть Вадим, если захочет, сам её когда-нибудь раскроет. Но вот чем я и в самом деле потрясена – это такой нашей встречей. Как говорится, гора с горой не сходятся, а человек с человеком… Как бы то ни было, считаю, что подобный вариант на редкость удачен. Мы не просто знакомы, а даже больше – через Пашу состоим в родстве. То есть, можем полностью доверять друг другу. И всё-таки, почему именно ты, Ира? С какой стати ты вдруг музыкой увлеклась? Раньше за тобой этого не замечалось. Кстати, кем ты сейчас работаешь?

Ирина искренне, от души, улыбнулась вопросу.

Теперь её и забавлял и вполне устраивал предложенный бывшим мужем вариант. В данной ситуации он, действительно, выглядел как нельзя более удачным.

— Менеджером. Точнее, топ-менеджером. Специализируюсь на пластиковых окнах. Скопила кое-какие деньжата и, как многие наивные люди, побрякиваю ими в кармане, мечтая приумножить свой капитал. Саша, единственное опасение: надеюсь, наши родственные отношения не скажутся на деловых? Бизнес есть бизнес, хотелось бы, чтобы в том, что мы задумали предпринять, не было ничего личного.

Александра ещё больше расцвела улыбками. Было такое впечатление, что на лице у неё их целый букет. Наверное, профессиональное. Ничего не скажешь – и в самом деле артистка.

— Нет, нет, не бойся, об этом не может быть и речи. Я, во всяком случае, настроена решительно, буду торговаться за каждую копейку.

— Ну вот и ладушки, – Ирина вздохнула с облегчением.

Александра повернулась к Вадиму, всем своим

видом как бы пытая его: ну как я, надеюсь, на высоте?

— Так что, приступим? Итак, где наш «кореец»? Или «негр»? Кого нам предстоит лицезреть? Кстати, бывают чёрные корейцы? Интересно было бы полюбоваться, расширить свой кругозор!

Вадим замялся.

— К сожалению, вынужден вас огорчить: либреттист не смог прийти сегодня. Встреча переносится. Может быть, на завтра. В крайнем случае, на послезавтра.

Багира насторожилась.

— В чём дело, Вадим? «Корейцу» не понравилась моя заготовка?

— Нет, нет, просто я выбрал совсем молодого парня, но он студент, и у него сегодня экзамен. Последний, кстати. Что, тебя не устраивает такой вариант, ты предпочла бы кого-нибудь опытнее, постарше? Ещё не поздно заменить.

Александра пожала плечами:

— Да нет, дело не в возрасте, и даже не в опыте. Но, может быть, ты хочешь сэкономить? Как бы такая прижимистость не вышла нам боком!

— Дело не в экономии, просто не каждый профи

способен отказаться от своего авторства и при этом выложиться на полную катушку. Ну а с халтурщиками мы уже имели дело.

Александра облегчённо вздохнула:

— Что ж, завтра, послезавтра, какая разница? День-два погоду не сделают. Ир, тебя как, такой вариант устраивает?

Ирина кивнула:

— Вполне. Вот только это будет уже будний день, и я, соответственно, предполагаю провести его на работе. А у тебя, Сашенька, как я поняла, по вечерам клуб. Как бы нам это досадное обстоятельство утрясти?

Александра и Вадим переглянулись в растерянности.

Затем Скорочкин развёл руками.

— Что ж, значит, не завтра и не послезавтра, а ровно через неделю. Боюсь, другого выхода не предвидится.

Ирина отрицательно покачала головой.

— Нет, так не годится. «Завтра, завтра, не сегодня — все лентяи говорят», есть такая поговорка. На деловом языке это называется: система проволочек.

Весьма тонкое искусство, нацеленное на то, чтобы завести любые переговоры в тупик. У меня есть другое предложение: я принесла с собой «болванку», типовую заготовку для приведения в так называемый форматный вид нашего совместного проекта. Это бизнес-«болванка», её надо утрясти ещё и в рамках авторского права, точнее даже, в вопросах регулирования творческих взаимоотношений, в чём, честно признаюсь, я совсем ни бум-бум. Поэтому предлагаю разделиться: вы, Вадим, срочно приведёте мою «болванку» в божеский вид, а я, в свою очередь, проведу предварительные переговоры с «корейцем», разумеется, только в тех вопросах, которые касаются меня лично, точнее, моих денежек. Завтра или послезавтра вы трое встречаетесь, обсуждаете свою, творческую, часть нашего протокола о намерениях, затем связываетесь со мной по Скайпу, я буду в это время на работе, либо по смартфону, если волка (то бишь, меня) ноги (которые, как известно, кормят) куда-нибудь унесут, и мы утрясём все детали. Такой вариант вам подходит?

Александра и Вадим слушали Ирину, разинув рот. Александра первой очнулась:

– Вполне.

– Что ж, в таком случае с вас телефончик, – выжидающе посмотрела Ирина на Вадима, – и я отчаливаю. Всё на сегодня.

– Конечно, конечно, – Вадим незамедлительно черкнул на листке бумаги требуемый номер.

– А у вас миленько тут! – громко похвалила интерьер Ирина, когда Вадим пошёл провожать её в прихожую. И лишь у самой двери перешла на свистящий шепот. – Так, быстренько, в двух словах – что случилось?

– Либреттист отказался.

– Причина?

– Не устраивают тема, сюжет.

– И что он предлагает взамен?

– Встречный вариант: никаких «Б + С», просто брат мстит за сестру, проникает в мир трансов, где она обреталась, то бишь, работала и расправляется с её убийцей (убийцами).

– Ну, это уж совсем тривиально.

– Для такого жанра, как мюзикл не нужен слишком оригинальный сюжет, он зрителя лишь отвлекает. Главное – музыка, хореография, вокал, костюмы, спецэффекты.

– Тогда за чем дело стало?

– Я обсуждал такой вариант с Александрой, она категорически против. Или «Б + С», как великое, не имеющее аналогов чувство, соответственно, без грамма грязи и эпатажа, или ничего. В общем, нашла коса на камень. Либреттист, как и следовало ожидать, тоже встал на дыбы.

– Такой молодой и такой разборчивый? Ладно, чёрт с ним, его проблемы, но ведь можно найти другого?

– Другой будет хуже, гораздо хуже.

– Понятно, ну а этот – он что, не из трансов?

– Нет, полнейший гетеросексуал.

– Ясно.

– Ясно? Вы знаете, кто такой гетеросексуал?

– Конечно. «Примерный мальчик». Считайте, что моё невежество в подобных вопросах – в прошлом, я уже не «тундра». Что поделаешь, когда речь идёт о денежках, особенно собственных, всё схватываешь на лету. Сэ ля ви, как говорят французы, нужно переводить?

– Нет необходимости.

– Вот и я так думаю.

Вадим сидел за любимым столиком и внимательно отслеживал номер за номером выступление Александры. Нет, всё в порядке – то, чего он так опасался, не произошло. За прошедшие два года Саша стала настоящей профессионалкой, и была по-прежнему не просто на голову выше всех остальных участников шоу, а уникальной, неповторимой, выкладывавшейся всякий раз по полной программе. И все её фаны нисколько в ней не разочаровались, даже провал по мюзиклу никто на счёт Багиры не относил. Саша сделала всё, что могла, но корова – не лошадь, седлай её как угодно, она всё равно не поскачет. И мюзикл в ночном клубе – та же корова, то же седло. Вот о чём все поголовно жалели – что нельзя услышать вновь Сашин голос. Шоу без вокала – не шоу, закон непреложный, но пара ребят-вокалистов, которые уже были, вписывались в представление идеально, к ним привыкли, так что голос Багиры можно было бы задействовать только в новой программе. Но это опять деньги, большие деньги. Пойдут ли хозяева на такие расходы? Нет, конечно.

Прежняя программа была свёрстана совсем недавно, и ещё даже не набрала пика популярности, хотя все затраты уже с лихвой окупила. Тупик, полный тупик.

Насчёт расценок, собственно, вопрос давно поднимался, тут просто подоспел удачный повод, но рано или поздно их всё равно бы срезали. Но и выгнать Сашу вряд ли выгонят. Такой вакуум трудно будет заполнить. И всё-таки тупик. Тем более, тупик.

Так что же делать? Без мечты, без цели Саша всё равно рано или поздно захиреет, никакой профессионализм тут её не спасёт. Либреттист, несмотря на свою молодость, был прав: тема «Б + С» не пройдёт в качестве сюжета, она не популярна, мало кому интересна, а вот неприязнь во все времена вызывала и будет вызывать у многих. Точнее, у большинства. Мало кто поймёт вариант с какой-то великой братско-сестринской любовью, инерция мышления неизбежно сведёт всё к пошлейшему инцесту. Это только у людей несведущих бытует мнение, будто бы лесбийская любовь и мужской гомосексуализм возникли недавно и только начинают набирать обороты, во многом благодаря своим адептам, которые прочно осели во всех областях культуры и пропагандируют, даже пропихивают эту тему, где и как только можно, а если обратиться к истории, то можно без труда обнаружить, что увлечение так называемой однополой любовью носило тысячи лет подряд чуть ли не поголовный характер, да и вообще, за эти тысячи лет ничего нового в области секса, порнографии практически не было изобретено. Так что настоящие их пласты в прошлом. Трансы? Здесь тоже прошлое. Не перечесть, сколько римских императоров были либо гомосексуалистами, либо, по меньшей мере, бисексуалами. Тот же Нерон венчался сначала с одним, затем с другим своим любовником в качестве жены, и все торжества происходили на полном серьёзе, включая фату, приданое, пышную свадьбу. А ещё в одном браке он с той же серьёзностью и помпезностью выступал уже в качестве мужа, приказав оскопить для начала свою «невесту». А вот Гелиогабал, другой император-извращенец, в своих бесчисленных браках с мужчинами-проститутами, не только всегда выступал в качестве супруги, но даже умолял врачей, чтобы они, за любое вознаграждение, с помощью операции переменили ему пол, вот только тогда медицина ещё не знала подобных высот. Ему бы в наше время.

Итак, вопрос, казалось бы, ясен, однако как быть с Ириной? Она ведь от своей идеи не отступит. По-прежнему потакать ей? Опять пытаться протянуть время? Замкнутый круг. «Думай, Вадим, думай!» Какой-то выход ведь должен быть? Уговорить Ирину заниматься созданием мюзикла чисто формально, не вкладывая большие средства? Вряд ли кого-нибудь это устроит. «Думай, Вадим!»

А что тут думать? Всё очень просто. Распечатки, которыми рассчитывала сразить его наповал Ирина, произвели совершенно обратный эффект: благодаря им, он, Вадим, получил возможность полностью убедиться в том, что никаких проблем в его отношениях с Александрой как не существовало, так и не существует. И хорошо, что у него ещё на старте хватило ума не поддаться эмоциям, и не затеять какие-то совершенно ненужные, но очень опасные разговоры с Сашей. Он не хочет ничего знать о прошлом, «мужском» периоде жизни Александры. Это был другой, незнакомый и неинтересный ему человек. Так поступила сама Саша, так должен жить отныне и он. Надо понять и сосредоточиться на том, что все их проблемы в творчестве, а здесь следует быть реалистом: банк рано или поздно лопнет, никаких денег не хватит, чтобы Сашину мечту воплотить в жизнь. Ирина тоже долго не протянет, скоро испарится в неизвестном направлении. Однако останутся песни, которые имеют все шансы стать хитами, появится возможность сменить площадку травести-шоу на сольную карьеру эстрадной дивы, и тут уже горизонты могут открыться поистине необъятные.

— Алло, здравствуйте, это Ярик?

— Да. А вот ваш номер мне не знаком. Если можно, представьтесь, пожалуйста.

— Я Ирина, Ирина Кулемзина.

— Может, ещё чуть-чуть поподробнее? Мне ваше имя ничего не говорит.

— Я компаньон Вадима и Александры. Точнее, компаньонша.

— Вы феминистка?

— Кто? Ах вот вы о чём? Нет, я просто солидарна с теми людьми, в первую очередь, тут вы правы, женщинами, которые выступают против норм русского языка, запрещающих использовать женский род в обозначении профессий. Считаю, что здесь препятствием может быть только вопрос благозвучия. Ну а компаньонша – вполне нормально звучит. Вот докторша или дикторша – как-то не очень, но может, ухо привыкнет со временем? Вы другого мнения? Было бы интересно услышать суждение профессионала.

– Ну какой я профессионал! Может быть, опять же, со временем им стану. Но пока… только «Мечты и звуки».

– Что-то припоминаю. Кажется, у Некрасова была такая книжка стихов, которую он издал за свой счёт, а потом бегал по книгопродавцам, скупал и сжигал, скупал и сжигал.

– Вы неплохо осведомлены в области литературы для бизнес-леди.

– Ох, как грубо вы мне льстите. Просто элементарные сведения из школьной программы, оттого и запомнились. Знаете, очень много ненужного застревает в памяти по молодости. А вот сейчас, к сожалению, иначе. Ваше любопытство удовлетворено? Между прочим, откуда вам известно про бизнес-леди?

– Так Вадим вас называл в наших неудавшихся переговорах: «одна бизнес-леди», не употребляя имени.

– Почему «неудавшихся»?

– Долго же вы подбирались к существу вопроса. На деловую женщину не похоже.

– У вас много знакомых деловых женщин? Кстати, Ярик – это Ярослав?

– Да, но лучше первый вариант. Предпочтительнее.

– Прочнее запоминается?

– Не только. Ещё возраст. Не дай бог представите себе какого-нибудь дядечку с усами и бородой. Почему-то многие сбиваются на то, что уж ежели Ярослав, то непременно Мудрый.

– Вам больше нравится, чтобы вас считали простачком?

– Вы перешли на личности? Или просто тянете время, чтобы меня лучше изучить? Предупреждаю, времени у меня навалом, а денег ваших совершенно не жалко. Звонок ведь за ваш счёт.

— Вас неправильно проинформировали, Ярик, я не просто бизнес-леди, я топ-менеджер. И значит, время для меня не главное, вообще не главное — промежуточные итоги, важнее всего — результат.

— Понимаю, хотите попытаться переубедить меня, заставить изменить своё мнение?

— Заставить! Как можно?! Вы определённо злоупотребляете просмотром американских фильмов. Впрочем, наши, российские, сейчас ничем не лучше. И тем не менее, вы правы: давайте сократимся немного во времени. Вадим Геннадьевич сказал мне, что причина вашего отказа в том, что вас «не устраивает тема, сюжет». Его решение — поискать другого, более покладистого, сговорчивого, либреттиста. Я иного мнения. Поймите, я ведь вкладываю деньги, причём трудовые, «горбатые», и мне не хотелось бы просто вышвырнуть их на ветер. Скажем так, мне нужна консультация, добротная, исчерпывающая консультация. Естественно, не за здорово живёшь. Это тем более справедливо, что, как я поняла, с вами так и не расплатились за проделанную работу? Моя догадка верна?

— Дело не в деньгах.

– Ну что вы, дело всегда в деньгах. Неужели вы настолько поэт?

– Дело в том, что я не либреттист, тем более, не специалист по мюзиклам. То есть, вообще в данном случае сбоку припека. Да, я поэт. Всего лишь поэт. Хотя не против был бы попробовать себя в каком-нибудь сопредельном качестве. Мне почему-то всегда казалось, что главное в либретто всё-таки стихи. Меня потому и рекомендовали Вадиму Геннадьевичу, что я имел кое-какой успех в качестве поэта-песенника, хотя пара-тройка хитов, к созданию которых я приложил руку, гуляют по России совсем под другими фамилиями.

– Вы оставили два «хвоста».

– Хвосты, да ещё два? Я что, похож на ящерицу?

– Не знаю, по телефону трудно судить, на кого вы похожи. Я просто лишний раз хочу продемонстрировать вам разницу между топ-менеджером и просто бизнес-леди. Хвост первый: вы намекнули мне, что я нерационально трачу свои деньги.

– О, это просто решить. У вас есть под рукой компьютер? Если да, то дайте мне какой-нибудь ваш адрес в Интернете и наша дальнейшая беседа, на редкость приятная, не будет стоить вам ни гроша.

— Уже не второй, а даже третий хвост. Могу ловить вас бесконечно. Вы упоминали о том, что в настоящий момент располагаете неограниченным (мне столько не нужно, вполне устроит — достаточным) количеством свободного времени, и ещё: что наша беседа вам приятна. Значит, сам Бог повелел нам, не откладывая дело в долгий ящик и не тратя время и деньги на пустопорожнюю болтовню, срочно встретиться. Могу предложить вам на выбор несколько уютных кафе.

— Я не хожу в кафе.

— Вы «нищ и наг», как все поэты?

— Ну, не настолько. А что, вы часто встречали голых поэтов? Прямо на улице?

— Нет, как-то не доводилось, причём даже в самых смелых мечтах. Ладно, не подходит кафе, жду вас сегодня к себе в гости. В любом виде, нагим тоже устроит. Попробую угостить вас ужином, хотя, сразу предупреждаю, кухарка из меня никакая, хотя я не отказалась бы «управлять государством» (цитата из Ульянова-Ленина, хотя в вашем возрасте вы просто элементарно можете её не знать).

— Вы нацелились на Государственную Думу? Не пускайте зря слюни, никто вам места там своего не освободит. Но предложение принимается. Диктуйте адрес.

— Может, для скорости, сгонять за вами на машине?

— Потрясающее предложение, так жалко отказываться, никогда себе не прощу. Но не хотелось бы набираться дурных привычек. Здесь только начни. Так что доплетусь как-нибудь на метро.

ГЛАВА 9

«И всё-таки, шизофреник или не шизофреник? Говорят, шизофрения неизлечима, её можно только на время заглушить. Нет, тут что-то другое».

Ирина вздохнула: а как она сама, интересно, в такой ситуации на месте своего мужа поступила бы? Наверное, так же, как и Саша: сделала бы хорошую мину при плохой игре. Так вкладывать или не вкладывать деньги в этот сумасшедший проект? Вообще, настанет ли предел её сумасбродству? Во всяком случае, не сегодня. Может быть, в понедельник? Понедельник день тяжёлый, как раз самое время неотложные решения принимать.

Ярик оказался совсем юным пареньком, лет двадцати-двадцати двух, не больше, во всяком случае, выглядел он даже ещё моложе. Они сидели за столом и, смущаясь под тяжёлым Ирининым взглядом, Ярослав краснел и бледнел, объясняя, что да как, однако можно было не сомневаться, что своего решения он не переменит. И Ирина мучительно соображала, зачем она настояла на их встрече, зная заведомо про отрицательный ответ? Наконец, высказала пришедшую из самой глубины сознания мысль.

— Ярик, можете не продолжать. Вы убедили меня досконально. Спасибо, что согласились приехать. Вы по-прежнему отказываетесь от платы за консультацию?

— Да, не обижайтесь, пожалуйста. Я думаю, в глубине души вы меня понимаете.

А мальчишка с характером. Рубит наотмашь, сплеча. Ладно, даже любопытно будет посмотреть, как она перенесёт своё совсем не феминистское унижение.

— А что, если бы я предложила вам взамен себя? Поймите меня правильно, не буду вдаваться в подробности, но этот ваш румянчик... когда я его увидела, у меня всё просто задрожало внутри. Вы не подумайте, со мной так редко бывает. Практически никогда. Не бывало раньше. У меня сын, но он сегодня на даче. И вообще-то я совершенно зашоренная, да и опыта практически никакого не имею в подобных, любовных, делах. Короче, старая, не избалованная мужским вниманием, дура. Ладно, я так путанно объясняю, попытаюсь выразить в двух словах свою просьбу: если вы мне сейчас откажете, вы меня просто убьете. А может, я сама убью вас. Одна только ночь, это ведь вас ни к чему не обяжет. Подумайте.

Ярик задумался, по инерции продолжая то краснеть, то бледнеть.

— Это ничего не изменит, — выдавил он из себя, наконец.

— Господи, какой вы зануда, — покачала головой Ирина и стала раздеваться. — Лифчик хоть поможете снять?

Она бы и сама прекрасно могла это сделать, но чему-то в последнее время успела научиться: мужчину надо заводить и заводить, бесконечно. Даже если он такой молодой. Даже если уже возбуждён сверх всякой меры. Такое никогда не бывает лишним.

— Вы сошли с ума. Звоните так поздно. Вы хоть знаете, сколько сейчас времени? Третий час ночи.

— Вадим, не пудрите мне мозги, я ведь прекрасно знаю, что вы ещё в клубе. Или у вас там персональный уютный диванчик с любимой подушкой? Не тратьте зря нервные клетки, никакой пустопорожней болтовни, я строго по делу. Как вы уже, наверное, поняли, у меня был разговор с Ярославом, нашим несостоявшимся либреттистом. И, как это ни прискорбно, я пришла к выводу, что он абсолютно прав, во всяком случае, он полностью убедил меня. Но как бы то ни было (не в моих правилах так быстро сдаваться), я ещё пока далека от отчаяния и ищу какой-никакой, пусть самый завалящий, выход. Но мне позарез нужны блоги. Те, о которых я вам уже не раз говорила. Для полноты информации.

— Всё ясно, опять вы за своё. А я-то чуть было вам не поверил. И вся эта комедия только для того, чтобы добыть какую-то ничтожную распечатку? Забудьте! Вообще обо всём, что мы обсуждали! Надеюсь, больше никогда не услышу ваш голос. Приятных снов! По крайней мере, на сегодня.

Ирина рассеянно повертела с минуту в руках смартфон. А чего, собственно, другого она ожидала? Она посмотрела на смятую подушку рядом, как единственное напоминание об убежавшем сломя голову на метро, так и не согласившемся остаться на ночь, Ярославе.

«Ладно, необходимо как-то выбираться из сложившейся патовой ситуации. Ничего не поделаешь, надо уметь проигрывать. Отбой. Но перед этим ещё один, последний, звонок».

— Женя?

— О господи, Ирен, ты совсем очумела. Ночь на дворе, раздвинь шторы. Мне так классно спалось на новом месте, умеешь ты настроение портить людям.

— На новом месте? Я не ослышалась?..

– Ну да, я последовала твоему совету. Фантастика! У меня здесь даже отдельная комната. Та, которой предназначено впоследствии стать детской. Но я надеюсь, что я здесь надолго. Пусть хоть до морковкиного заговения ищут теперь свои чёртовы деньги, мне, чем дольше, тем лучше. Слушай, ты не поверишь: я в пижаме – подарок Вадима, и у меня та-а-кой постельный комплект! Ладно, что стряслось? Что-нибудь на работе? Кому-то что-то надо срочно отнести или отвезти?

– Нет, всё гораздо серьёзнее. Я сегодня встречалась с либреттистом…

– Ага, понятно, почему ты так поздно звонишь. Он там спит рядом, что ли?

– Нет, умотал. Мальчик влюблён в метро.

– Ну и как он? Хоть симпатичный?

– Нет. Обыкновенный прыщавый пацан. Не отвлекайся!

– Ладно, я вся – внимание.

– Мне нужны блоги.

– Что-то новенькое. И за чем дело стало? Этого добра в Сети…

– Блоги Александры, то бишь, Багиры, их нет в

Сети, она их туда никогда не выкладывала, они у неё в ноутбуке.

Долгое молчание, затем неуверенный голос в трубке.

– Ну, так в чём дело? Попроси их у неё.

– Это нереально. Даже не буду пытаться. Вадима я пыталась уломать неоднократно, последний раз буквально четверть часа тому назад, но он мне и в этот раз отказал.

– Ир, ты хоть сознаёшь, о чём меня сейчас просишь? Ты меня на кражу подбиваешь. Как же я могу так поступить? Ребята меня приютили, у меня с ними договор, и я вот так просто залезу к ним в душу?

– Ничего не будет: ни приюта, ни договора. Всё висит сейчас на волоске. Либо мы прём вперёд, напролом, не оглядываясь, либо они оба попадают в долговую яму, из которой хорошо, если живыми выберутся, но бомжами – уж точно. Я никак не могу доказать Вадиму столь очевидный факт, но ты-то должна меня понять? Тот сюжет, что был, никуда не годится, он нас не вытащит, наоборот, только утопит окончательно. Нам нужно что-то другое. Кто знает, может, в этих блогах как раз и есть зацепка? Женечка,

Бога ради, помоги. Боюсь, иначе, мы точно не выкарабкаемся.

— «Мы», «мы», причём тут я? Получается, ты специально меня с ними жить уговорила? Только для того, чтобы достичь своей цели? Я поняла теперь, какая ты подруга. Змея! А ещё крыской прикидывалась.

— Ладно, не ёрничай. Никакая я не змея. Я попросила бы тебя во всех случаях, больше некого. Просто так совпало. И раз уж Бог нам благоволит, почему бы не воспользоваться его благоволением?..

— Обычно ты чёрта поминала, теперь о боге заговорила?

— Жень, давай я заплачу тебе. Любые деньги. Назови сумму. Тут всё нормально, не надо обижаться. Просто я гораздо больше потеряю, если влезу не туда, куда нужно. Точнее, можно. И мне ничего другого не останется, как пойти на попятный. А ведь я ребятам обещала.

— Послушай, вот чего я совершенно не понимаю, почему ты поверила какому-то пацану и так безоговорочно? Можно ведь найти другого специалиста.

– Нет. Он прав. Не буду вдаваться в подробности. Я не слишком-то разбираюсь в сути вопроса, но вполне достаточно, чтобы принять его сторону. Так как? Решайся!

Женя долго молчала, затем глубоко вздохнула.

– Хорошо. Но ведь там должен быть какой-то пароль, код доступа…

– Вряд ли. Если только Вадим инициативу не проявил. Но, насколько я знаю, в дела Александры он никогда не вмешивается. А при мне никакого кода не было. Я читала всё, что хотела и когда хотела.

– Ясно. И когда мне заняться этим?

– Да сейчас же. Чего откладывать? Я звонила Вадиму, он ещё в клубе. Раньше пяти утра вряд ли вернётся.

– Ладно, но у меня два условия: никто и никогда не узнает об этом, и ещё – никаких денег. Поверю тебе, что, действительно, дело требует, но это ещё не означает, что я продажная тварь.

ГЛАВА 10

– Здравствуй, Ярик! Ты говорил в прошлый раз об

экономии. Может, сразу на Скайп перейдём?

— Не могу, я сейчас в институте. Но это не беда, давайте назначим время для связи. Хотя я не понимаю…

— Что именно?

— Мы ведь «в прошлый раз» уже всё обговорили. С тех пор я своего мнения не изменил. И не переменю, это точно.

— Как пишут в дешёвых детективах: «в деле открылись новые обстоятельства». Мне хотелось бы тебя ознакомить с ними. Кстати, не бойся, я не нимфоманка, больше к тебе приставать не буду. Один раз выручил, и на том спасибо. Но, может быть, лучше встретимся с глазу на глаз? Мне бы не хотелось переправлять те материалы, которые я с таким трудом раздобыла, по электронной почте.

Долгое молчание в трубке. Затем недовольный ответ.

— Ладно, назначайте время.

— Вечером, желательно после семи. Но у меня к тебе ещё одна просьба. Я сейчас на работе, и у меня тут запарка. Не мог бы ты, если у тебя появится возможность, побродить в Сети и набрать что-нибудь по одной, очень интересной для нас обоих, теме? Без хорошей запитки нам трудно будет сориентироваться.

– Попытаюсь. Что конкретно?

– Транссексуалы, трансвеститы.

– Не хотелось бы в подобной грязи копаться…

– Ничего не поделаешь, Мудрик, другого выхода у нас попросту нет.

«Мы вновь, дружно держась за руки, выходим на поклон. Я – прима. Думаю, вряд ли вы способны представить себе, сколько времени я шла к этому, не зная ни сна, ни отдыха, однако, несмотря на все затраченные мной усилия, нет никакой гарантии, что завтра я не скачусь в подтанцовку, а то и вообще окажусь выброшенной за ворота.

Я не вглядываюсь в публику. Что я испытываю? Чувство усталости, облегчения, страха, но никак не восторга. Хотя зал рукоплещет, и у моих ног пусть и не море, но вполне достаточное количество букетов цветов.

Сегодня был хороший зал. Я не разглядываю его, когда работаю, просто чувствую, лишь немного сдвигая, время от времени, накал страстей из одной стороны в другую, чтобы попасть точно в цель.

Бывают, конечно, очень тяжёлые моменты, когда я напрягаю все силы, но ничего не могу сделать против царящего за столиками и на танцполе равнодушия и даже всё более нарастающей враждебности. Я понимаю причины, но они зависят не от меня. Обычно к нам приходят люди, которые знают, куда и зачем они идут. Их не отпугивают, а наоборот, лишь привлекают, установившиеся в нашем клубе запредельные цены, куда сложнее, когда от нас ждут экзотику, феерию, как в каком-нибудь цирке-шапито.

Корпоративщики, просто случайно забредшие люди, которых упустил, не отсеял фейс-контроль. Зал во всех случаях должен быть полон, остальное – моя работа. Конечно, не только моя, но целого коллектива (нескольких десятков людей), состав которого довольно разношерстен, как по сущностям, так и отношению к тому, что мы все вместе делаем. Однако если выбирать между профессионалами и единомышленниками, я считаю бессмысленной саму постановку вопроса».

«Враги в зале, враги вокруг меня. Далеко не случайно я остановилась на столь странном псевдониме: Багира, что в переводе с хинди означает леопард, просто такой в один прекрасный момент увидели меня мои фанаты, поклонники (а их хватает), а за ними и зрители. Я не стала возражать. Наоборот, постаралась максимально вжиться в предложенный сценический образ.

Сама себя я называю просто Пантерой, что в переводе с греческого означает «высший зверь», перечитала кучу литературы об этих хищниках, пересмотрела множество фильмов. И нашла много странного. Далеко не каждый, к примеру, знает, что пантер, как таковых (то есть, отдельного вида животных), в природе не существует. Нас, собственно, четверо: Пантера тигрис – всего лишь тигр, Пантера лео – лев, Пантера пардус – леопард, Пантера онка – ягуар. В обиходе чаще всего пантерами называют леопардов, а также схожих с ними барсов и ягуаров. Вся разница в том, что мы чёрные, явление, называемое в природе меланизм.

Причём, что самое смешное: Багира из «Книги джунглей» Редьярда Киплинга, собственно, Багир, то есть самец, однако в русском переводе он почему-то неожиданно стал самкой. Этот кульбит не только извращает во многом смысл произведения великого классика, но и создает мне дополнительные трудности в работе, поскольку в зале наряду с россиянами постоянно присутствуют иностранцы, и как результат, те и другие воспринимают меня по-разному, по-своему. Всё это, естественно, приходится учитывать, закладывать в работу со стилистами, сценаристами. Однако я чуть-чуть отвлеклась в сторону».

«Итак, «враги в зале, враги вокруг меня»...

Они принципиально разные. Враги передо мной – враги моей сущности. Им наплевать, что я думаю, чувствую, даже, что я умею, делаю. Для них важно лишь то, что я транссексуалка, некое насекомое, присвоившее себе право называться женщиной. Может показаться странным, но именно среди женщин здесь у меня больше всего врагов.

Враги вокруг меня – в основном, завистники. Наверное, так обстоит везде в творческом мире, но мне почему-то кажется, что в среде травести эти чувства особенно обострены. Вот так я и существую – в атмосфере незатухающей ненависти, и я должна, просто обязана, быть хищницей, в другом качестве выжить мне совершенно невозможно».

«О чём я ещё забыла упомянуть? О страхе. Уйти домой не одной. Каждый посетитель вправе заказать особое меню, которое нигде не афишируется, но, тем не менее, достаточно хорошо известно среди завсегдатаев: «На голубом глазу». Счёт там идёт на часы, и цены на каждого из нас, артистов, разные.

Полное рабство – перспектива, которая любого может напугать. Ограничения только два: общение может проходить лишь один на один, и «раба» обязательно нужно вернуть к началу следующего представления в том же костюме. Всё остальное... Лучше я промолчу, предоставляю вам возможность включить своё воображение.

Скажем, вот сидите вы в зале, на сцене оглушительная музыка, огромные экраны, мечущиеся из стороны в сторону лучи прожекторов, на участниках умопомрачительные костюмы, бумажник у вас до отказа набит деньгами, и в голову вам приходит какая-нибудь совершенно бредовая идея...

Для нас самих есть лишь одно ограничение: никогда и никому не рассказывать, что с нами было. Гонорар делится поровну с администрацией. Бесовские деньги, конечно, но, коли уж правила игры изменить невозможно, в незавидном нашем положении – неплохое подспорье».

«Я не хочу вспоминать свою прежнюю жизнь. Естественно, она была у меня и, упрятанная сейчас в самые глубины моего сознания, оказывает и будет оказывать до конца дней моих влияние на мою личность. Но я воспринимаю её отныне чисто генетически.

Конечно, странно чувствуешь себя, впервые сталкиваясь с реалией в тридцать с небольшим лет, но что делать с неожиданным подарком Бога, Судьбы, Человека? Отвергнуть его?

Первая моя попытка закончилась Уходом. Ввиду моей полной несостоятельности и усугубившей её *невозможности примириться с неожиданно возникшей пустотой, буквально дырой, в окружающем меня мире. Что же было делать потом? Отказаться от второй?*

Походы по чиновникам, психиатрам, стилистам, ну а самое главное – деньги, деньги, деньги. В моём положении нереально было их заработать, я обивала пороги спонсоров, соответствующих организаций поддержки, просто богатых людей. Стыд, гордость – всё было отброшено за ненадобностью, но всё было реально, понятно, и лишь добившись своего, я ощутила шок».

«Обычно люди решаются на Переход (Transition) из-за того, что они находятся в «чужом теле» и не хотят оставаться в нём до конца дней своих. Собственно, нет ничего удивительного в том, что Природа иногда ошибается, даёт сбои, преподнося нам те или иные сюрпризы. Наши родители рассчитывали, зачиная нас, что мы сможем прожить до ста лет, и вдруг обнаруживается, что у нас порок сердца; или мы слепы, глухи, немы; или наше постоянное пристанище – инвалидная коляска.

Точно так же бывает, когда на вид мы совершенно здоровы, но рождаемся мужчинами, а на самом деле мы – женщины, и наоборот. То есть, рождаемся не просто в «чужом», а даже чуждом нам теле. Что делать в таких случаях? Каждый эту проблему решает сам».

«Да, каждый из нас по-своему приходит в тот мир, о котором я хочу рассказать вам, но у меня нет никакого желания повторяться и перепевать то, что вы и без меня легко можете узнать в тысяче мест. Мой случай особый, он не подходит ни под какие стандарты, однако что это изменило? Я попалась в ту же ловушку, что и все остальные. «Переход» (Transition) казался мне узким и прямым коридором, а цель виделась близкой, как никогда, но я попала в итоге совсем в другой мир, не имевший ничего общего с тем, о котором я так страстно мечтала. Наверное, так и положено, чтобы наши представления о той, другой, стороне Добра и Зла, не совпадали с тем, что нам предстоит увидеть на самом деле, но легче от осознания этого мне не стало».

«Человеку со стороны практически невозможно понять, почему большинство людей, решившихся на Переход, скатываются в итоге к проституции.

И здесь причины могут быть самые разные.

Главная беда в том, что жажда любви в вашем новом гендерном облике многократно возрастает, а шансы обрести её, практически устремляются к нулю. Вам хочется иметь постоянную поддержку, ваши чувства настолько обострены, что сами по себе вы не можете существовать, вам неотложно необходимо о ком-нибудь заботиться, доставлять и получать удовольствие и даже наслаждение.

Вы понимаете, что надо действовать, действовать, действовать. И вы рассчитываете, что отправившись в свой любовный поиск, вы найдёте когда-нибудь свой идеал.

Кому-то везёт. Единицам, буквально. В большинстве своем, даже достигнув «рая», вы попадаете в самые разные ситуации. С удивлением обнаруживая, что столь желанная любовь, достижение своей мечты, не всегда спасают.

Через какое-то время, к примеру, вы

убеждаетесь, что с вами живут, вас обожают, но... лишь как экзотическое (нет, нет уже не уродливое) насекомое, однако кого интересует ваша душа?»

«Действительно, людей, решившихся пройти весь Путь до конца, ничтожно мало, между тем, обрести счастье, семью с обыкновенной женщиной или обыкновенным мужчиной для них практически невозможно. Уже с первых дней, месяцев между вами возникает такая стена непонимания, что вы отчаиваетесь её преодолеть. Ваш любимый мужчина (женщина), тем более, муж (жена), очень скоро начинают ощущать на собственной шкуре те проблемы, которые уже стали для вас самой (самого) привычными. Хотите, чтобы я напомнила конкретно, какие именно? Работа, родственники, друзья, соседи, просто окружающие вас люди. Нужно очень сильно любить человека, чтобы последовать за ним в подобный ад».

«Пытаясь найти себя в окружающем мире, вы должны осознать, что:

во-первых, вы – такие же люди, как все, ничем от

них не отличаетесь;

во-вторых, чувство любви вам столь же присуще и доступно, как и всем остальным людям;

в-третьих, нет, и не может быть никакого обособления вас от других людей, и любовь и жизнь для вас и для них – единое пространство».

«Но вы должны осознать также и другое, порой практически противоположное:

вы – не такие люди, как все. Мало что-то понять, провозгласить самому, нужно ещё, чтобы и окружающие уверились в этом;

любовь... да, и присуща она и доступна, и даже жажда её обострена в вас, доведена до предела, но та душевная боль, которую вы, в результате своих поисков, будете испытывать, вполне может заставить вас забиться в какую-нибудь уродливую скорлупу, и как можно тщательнее маскировать свои чувства».

«Единое Пространство – чаще всего цель, идеал, не более того. На практике сплошь и рядом получается, что и любить вы можете только себе

подобных, и жить жизнью кафкианских уродов, которыми видят вас большинство окружающих вас, порой, действительно, подлецов, маньяков и негодяев, которые, тем не менее, будучи уродами невыдуманными, жизненными, смеются над вами и ненавидят вас.

И тем не менее, Единое Пространство, главная ваша цель, то к чему вы постоянно должны стремиться, чего вы всеми фибрами своей души должны желать, добиваться».

Ирина никак не могла осознать происходящее. Виной всему, конечно, была её полная неосведомлённость в том вопросе, в который она столь неожиданно для себя влезла. Но ведь она сама же хотела «понять», «спасти». Поняла. Что дальше? Спасти? От кого? От чего? Александр – женщина?! Кошмар! Но факт непреложный. Так что же, спасать поздно? И нужно отступиться? И как такое объяснить Павлу? В любом его возрасте. То, что для неё самой выглядело, как полнейшая дикость.

Можно ли в такой ситуации обойтись без психиатра? Но, опять же, что может сделать психиатр? Многое, очень многое, но она сама, Ирина Леонидовна Кулемзина, собственной персоной, тут бессильна. Здесь нужен контакт напрямую, посредники – лишнее, и даже вредное, звено. И психиатр уже был, и даже не один, а наверняка целая комиссия. Ясно, что никакой хирург не взялся бы за подобную операцию без разрешения, и, стало быть, все эти препоны в своё время Александра преодолела. И всё-таки, факт остаётся фактом, сколько ни углубляйся в существо вопроса, её бывший муж, отец её сына – больше не мужчина, причём давно уже, сможет ли она когда-нибудь смириться с этим? Голова просто кругом идёт.

Ирина позвонила по мобильному Жене, пригласила её пообедать вместе. Женя, конечно же, не отказалась, хотя, явившись, была явно не в восторге от их встречи, постоянно отводила глаза в сторону. Ирина и сама чувствовала себя не лучше.

– Спасибо тебе за блоги. Я совершенно потрясена. Ты так много для меня сделала, даже не можешь себе представить. Я по-прежнему о вознаграждении, тебе ведь сейчас деньги наверняка позарез нужны, зачем ты отказываешься?

Женя упрямо покачала головой:

— Я уже сказала: «нет». Ир, не обижайся, но у меня и так хреново на душе, зачем ты дальше её травишь? Только одно меня мирит с этим: вы теперь одна шайка-лейка, так что, думаю, как-нибудь уж разберётесь между собой.

— Ладно, возникнет надобность, по-другому рассчитаемся. Ты знаешь, за мной не пропадёт. Чем сейчас занимаешься? Каковы ближайшие и долгосрочные планы? Может, сходим куда-нибудь?

Женя замялась.

— Ну, теперь мне гораздо сложнее. Нужно отпрашиваться, что-то объяснять. Да и было бы странно, если бы нас с тобой вместе увидели, непременно передадут Вадиму. Он бы и раньше не понял юмора, а уж теперь, после заварушки с Гордеевой…

Ирина вздохнула: разговор явно не клеился. Но, собственно, на что-то другое она и не рассчитывала.

— И что, там, в «Косынке», все такие, как Саша? —

спросила она, чтобы переменить тему.

Женя облегчённо вздохнула. Она тоже была рада уйти в сторону от переливания пустого в порожнее. Что сделано, то сделано, зачем об этом без конца говорить?

— Нет, вообще-то там типичное шоу трансвеститов, то есть, как это чаще употребляется в разговоре: травести-шоу. Но режиссёр решил несколько разнообразить традиционный вариант, добавив в него одну джи-джи, неплохая, кстати, девчонка, и поёт, и танцует прекрасно, одну транссексуалку, небезызвестную тебе Багиру, всеми признанную приму, и даже одного ши-мейла, всё для контраста, но зато ни «голубых», ни лесбиянок, вот их и духа нет.

— Шимейл? Странно! Это что ещё за зверь? — удивилась Ирина. — «Она мужчина», если перевести с английского, второй раз о такой диковинке слышу. Однако понятия не имею, с чем она кушается.

Женя покосилась на подругу.

— Да, помню, в первый раз о «них» Герман упоминал. Слушай, Ир, почему бы тебе его и не расспросить о подобных тонкостях? Он разбирается в них досконально. А что я? Для меня они все едины: ты от меня уже сто раз это слышала – извращенцы долбаные. Когда я тебе говорила о том, что мне не хочется уходить из этого мира, я имела в виду совсем не то, что он мне нравится, или я сама мечтаю в нём поселиться, нет, меня в нём привлекают только возможности, которые он открывает даже для такой букашки, как я, а они здесь и в самом деле безграничны. Ну вот уйду я сейчас из него, и что дальше? Куда подамся? В дворничихи? В бомжихи? Ладно, я отвлеклась, ты спрашивала о шимейлах. Так вот, таких, как твой Саша, называют «переделанными», то есть, они полностью женщины, у них и в паспорте женское имя и женский статус во всём. Они даже замуж могут выходить, им позволено. Но есть люди, которые по разным причинам останавливаются на полпути, то есть, до конца не доходят. Ну, как бы «недоделанные». Сочетают в себе одновременно и женское, и мужское начала.

– Гермафродиты?

– Да нет, гермафродиты – это ошибка природы, а тут люди сами себя уродуют. Поняла?

– Кажется, да. А как, интересно, у них с

ориентацией?

– Да сплошь педрилы. В основном, проститутки. Или проституты, называй, как хочешь.

Они уже поели, Ирина принесла ещё пару чашек кофе, чтобы оправдать своё пребывание за столиком, столовая – не ресторан всё-таки.

Женя между тем не на шутку разозлилась.

– Слушай, Ир. Если честно, то мне уже осточертела эта тема. Может, о чём-нибудь другом поговорим? Вот ты спрашивала: какие у меня планы? Готовлюсь, просиживаю до глубокой ночи за учебниками, хочу поступить в театральный вуз. В прошлом году не сложилось, но в этом обязательно поступлю.

Ирина хмыкнула:

– Понятно.

Женя неожиданно разозлилась, такая позиция подруги уязвила её.

– Понятно? Что тебе понятно? Думаешь, у меня совсем нет шансов? Суюсь со свиным рылом в калашный ряд?

Однако Ирина ничуть не смутилась столь резкой реакции со стороны Жени.

— Откуда мне знать. Только специалист может определить, есть ли у тебя способности. Да и специалист может ошибиться. Одно я знаю точно: если у тебя, действительно, талант, и большой талант, тебя рано или поздно обязательно примут. Во всяком случае, так мне говорили. Ну а если способности средненькие, думаю, тебе, не теряя времени попусту, лучше заняться чем-нибудь поинтереснее да поденежнее. Я судить могу только по своей сфере, здесь, если тебя поднатаскать как следует, ты могла бы далеко пойти. Ладно, последний вопрос, ты «слила» всю информацию, что была в ноутбуке? По моему мнению, там её должно быть гораздо больше.

Женя пожала плечами:

— Ир, у меня не было никакого желания вникать в суть вопроса, я просто скопировала все папки и файлы, которые имелись в наличии. Чисто машинально. У Вадима свой ноутбук, отдельный. Но он наверняка надёжно запаролен, мужик – тот ещё аккуратист.

ГЛАВА 11

Ирина смотрела на Павла, сосредоточенно работавшего вилкой, и не могла избавиться от столь часто посещавших её в последнее время угрызений совести.

«Господи, и что я за мать такая? Куда меня несёт, в какие чёртовы дебри? Ну, погуляла как кошка по крыше, и хватит. Давно пора вернуться к привычному образу жизни, к семейному очагу. В конце концов, что для меня в ней главное? Сын. Зачем же я ввязываюсь в какие-то авантюры? Разыгрываю из себя даму-благотворительницу. Ладно, Пашук, я исправлюсь, я ведь положительная, только чуть-чуть свихнулась, не поняла, что та дорожка, на которую я ступила, наклонная, и можно вниз улететь – глазом не успеешь моргнуть, а вот выкарабкаться потом обратно очень сложно будет».

– Слушай, Павлик, – наконец, начала она не слишком приятный для неё разговор. – Ты прекрасно знаешь, что я всегда, когда прихожу домой, оставляю работу за порогом, но сегодня особый случай, и я прошу у тебя разрешения один раз это наше негласное правило нарушить. Мне нужно поговорить, исключительно по делу, с одним человеком. Он к нам придёт сегодня в гости, и мы проведём с ним переговоры. Просто нужен компьютер, конфиденциальная обстановка. Как я уже сказала, вопрос очень важен.

Павел поджал губы.

– Надеюсь, это не Женя?

– Что за Женя такая? – реакция Ирины была молниеносной, тон резко переменился с разъяснительно-просительного на строго воспитательный. – Я же представила тебе её в прошлый раз: Ев-ге-ни-я Вик-то-ров-на. И что ты имеешь против моей новой подруги? Ты считаешь, что у меня вообще не должно быть подруг?

Павел собрал со стола посуду и понёс к мойке. У них было правило: мужчина должен мыть за собой посуду сам. А если мама попросит, вылизать и всё остальное: сковородки, кастрюли.

– Это не моё дело, – тихо, но внятно проговорил он.

– Так всё-таки, ты не сказал, чем же тебе Евгения Викторовна не понравилась? – Ирину определённо не устроил такой ответ сына, она взяла в руки кухонное полотенце, приготовилась вытирать посуду и ставить её на стойку. Обычный их конвейер, в котором они периодически менялись местами.

– Я не говорил, что Ев-ге-ни-я Вик-то-ров-на мне не понравилась, – невозмутимо парировал Павел. Иногда он бывал совершенно невыносим со своим упрямством.

– И всё же? – не унималась Ирина.

Павел вздохнул, всем своим видом как бы выражая: господи, какая же ты непонятливая мама! Угораздило бога послать мне такую.

– Я просто хотел сказать, что тётя Женя – твоя подруга, а не моя. Если тебе нужно задержаться или отойти куда-нибудь, мне не нужна нянька, я достаточно самостоятелен. Конечно, с тобой быть мне куда интереснее, чем одному, но на других людей, за исключением, конечно, бабушки с дедушкой, это не распространяется. Ты боишься, что я дверь открою бандитам или газ оставлю открытым? Но ведь мне уже девять лет, я не маленький.

– Понятно, – только и нашла, что ответить Ирина.

– Это мой сын, Павел, ему девять лет. Сюрприз для тебя?

— Нет, — Ярослав явно нервничал, но тоже старательно делал вид, что совершенно спокоен. — Здравствуй, Павел. Я – Ярослав.

— А по отчеству? – уточнил на всякий случай Пашук.

— А можно без отчества?

— Мама говорит – нельзя.

— Тогда пусть будет… дядя Ярослав. Годится?

Павел пожал плечами.

— Как мама скажет.

— Годится, — ничего не оставалось, как подтвердить Ирине. – Ладно, давайте ужинать.

Ярослав снял куртку, спросил, где можно помыть руки, как будто был в квартире в первый раз, затем уселся за стол. Павел хотел было помочь маме на кухне, но Ирина остановила его резким движением руки. Впрочем, скоро пожалела об этом. Уже через пару минут она увидела своего сына совершенно другим, не таким, каким привыкла видеть его обычно. Павел самозабвенно болтал о чём-то со своим новым знакомым. По всему чувствовалось, что они прекрасно друг друга понимали. Ярослав принёс в подарок «дитятке» какую-то новую компьютерную игру, и тут уж взаимопонимание стартовало как в гонках «Формулы – 1».

Наверное, это, да ещё непомерный студенческий аппетит помогли «Мудрику» заглотать Иринину стряпню, даже не поморщившись.

– Лихо у тебя получилось, – пробормотала ошеломлённая мама, когда они остались в её комнате одни.

– Что именно? – уточнил Ярослав.

– Вообще-то Павел – довольно сложный мальчик. Как тебе удалось так быстро его приручить?

– Приручить? – недоумённо фыркнул Ярик. – Он что, какая-нибудь экзотическая птица? Обыкновенный пацан. Вы, наверное, в школе его никогда не видели? А друзья его к вам приходят?

– У Павла нет друзей, – сухо прокомментировала, поджав губы, Ирина.

– В таком-то возрасте? – ехидно усмехнулся Мудрик. – Наверное, вы просто их не знаете. Мой дом – моя крепость, как я понял, таков ваш девиз?

– Ну, не совсем, – Ирина поняла, что с Яриком ей не совладать. Как, собственно, и в прошлый раз было.

– Ладно, может, наконец, приступим к делу? К тому,

ради чего мы собрались?

Она взяла со стола заранее приготовленную папку.

— Здесь кое-какие распечатки, надеюсь, десяти-пятнадцати минут тебе хватит, чтобы с ними ознакомиться?

— Попробую, — Ярослав утвердительно кивнул.

Ирина четверть часа слонялась по квартире, не зная, чем себя занять. Заглянула к Павлу, посмотрела, как он делает уроки. Но уроки давно были сделаны, и сын полностью углубился в новую, подаренную ему, игру. Маме ничего не оставалось, как благоразумно промолчать по этому поводу. Позвонила Жене на мобильный, но не получилось, Женя была не одна, и только разговор с матерью выручил её: с бабушкой о Павле можно было разговаривать до бесконечности. Тем более что телефон был городской на этот раз.

— Ну что, готово? — спросила она, вернувшись.

— Готово, — кивнул Ярик, однако особой радости Ирина на его лице не прочитала.

— И что, из этого не получится приличного либретто?

— Вообще, либретто — это из области оперы или оперетты. Применительно к мюзиклу говорят: пьеса. —

Ярик был холоден, невозмутим. – Не понимаю, зачем вы меня опять позвали, что изменилось? Во всех случаях, только не моё мнение. Я же не говорил, что из этого нельзя сшить шубу, но мне как не нравилась здесь канва, так и не нравится до сих пор. Как поётся в одной опереточной арии: «Да, я шут, я циркач, и что же?» Да, я «негр», но, к вашему возможному сожалению, не до такой степени. Просто надеюсь, что не век же мне «негритосить», а оттого в заведомо провальных вещах участия принимать не могу себе позволить.

– Провальная вещь? – Ирина почувствовала, что терпение её истощается. – Ладно, тем более. Ты же можешь меня проконсультировать? За деньги, или просто из жалости, как тебе больше понравится. Вот я тут кое-что набросала. Посмотри. Герой узнаёт, что его сестра погибла. Подходит для зачина?

– Подходит, но что последует дальше? Его переживания, воспоминания, похороны, решение отомстить? Для романа нормально. Но здесь, в пьесе, я применил бы ретроспекцию.

– Ретроспекцию? Нельзя ли проще, конкретнее, подробнее?

– Ну, например, экспозиция застаёт героя в поезде. Он уже переодет в женское платье, так сказать, вживается в новый образ. Разоткровенничался с совершенно незнакомым ему человеком, попутчиком, так часто бывает, рассказывает ему о гибели брата (!), которого он (она!) недавно похоронил(а!). И даже о том, что хочет отомстить его убийцам. Попутчик слушает его сочувственно, но относится к замыслу героя скептически, хотя и не осуждает его. Собственно, зритель пока ещё не знает, что герой – мужчина. И будет не лишним подержать его в подобном неведении некоторое время. Теперь композиция. Собственно, дело вкуса, конечно, но мне очень нравятся в последнее время французские мюзиклы. Например, «Дон Жуан», так вот там только песни, вне их никакого другого текста, вообще действия. Ну, конечно, ещё костюмы, декорации, хореография, это само собой. Так и здесь можно было бы сделать: первый хит – разговор в поезде с незнакомым попутчиком. Дальше герой выходит из купе, стоит у окна в проходе и рассказывает (точнее, поёт), уже зрителю, о своей любви к сестре. То есть, впервые возникает тема «Б + С», на которой вы все помешались. Что дальше? Герой устраивается в ночной травести-клуб, где работала его сестра, расследует обстоятельства её гибели, мстит убийцам (или убийце) и возвращается в родной город. Помогает ему отомстить, как ни странно, тот самый попутчик, с которым он разговорился в поезде. Всё.

Ирина покачала головой:

– Всё да не всё, на основе тех блогов, которые я тебе дала почитать в самом начале, я предлагаю несколько углубить имеющийся вариант, для чего, собственно, и позвала тебя. В финале герой, не имея никакого желания жить дальше, вместо того, чтобы убить себя, решает дать возможность прожить ещё одну, новую, жизнь, своей сестре. Его друг-попутчик, ещё в поезде влюбившийся в его женский облик, очень трудно переживает известие о том, что его любимая – мужчина, но ещё труднее ему пережить то, что тот решил стать транссексуалкой. Однако любовь побеждает все препятствия, они счастливы вместе, героиня к тому же становится признанной звездой травести-шоу. Как тебе такой вариант? Практически, вещь во многом становится автобиографической, но значит и жизненней.

Ярослав долго молчал, затем упрямо покачал головой.

– У нас нет ни малейшего шанса на успех. К тому же и драматургия провальная. Герой становится транссексуалом. Это что, уже вторая серия? Нужно ведь показать тот новый мир, в который он вступает. Иначе зрителю не понять.

Ирина вздохнула.

– Господи, Ярик, кто из нас драматург? Ты же сам говорил о ретроспекции. Тот мир, который ты имеешь в виду, будет показан заранее. И тогда уже не будет никакой загадки в том, куда уходит герой. Просто даётся в финале сцена, когда брат вновь, после долгого перерыва, встречается со своим попутчиком. Вот тут-то и выясняется, что он стал транссексуалкой, выступает в том же ночном клубе, где когда-то и его сестра, с чем его попутчику в итоге приходится смириться. А насчёт успеха – можешь не сомневаться. У нас есть публика, нетрадиционная, сложная, но очень благодарная и благосклонная к тем людям, которые нашли в себе мужество донести миру правду о ней. Задним числом я вспоминаю сейчас два эпизода, которые произвели на меня огромное впечатление, но которые в то время я не поняла совсем. Первый: сюжет по телевизору, в котором затюканный мужик, кажется, скотник, в каком-то драном захолустье, уже давно чувствуя себя женщиной, вдруг понял, что не может в таком обличье дальше жить. Однако когда он пытался реализовать стремление к своему истинному «я», его просто поднимали на смех. И тогда, с отчаяния, он сам себя оскопил. К счастью, дело закончилось благополучно: ему сделали операцию, и освободили закованное внутри него женское начало. Но он, точнее уже она, так и остался жить в родной деревне, без каких-либо надежд на личную жизнь, став предметом бесконечных насмешек со стороны односельчан, но удивительно счастливым от того, что обрёл, наконец, долгожданную свободу. И это ведь не Москва, значит, то, что он сотворил с собой, было не блажью, не результатом пропаганды «нездорового образа жизни». То есть, это имеет право на жизнь и вообще все права, которые человеку положены. Второе: скандальное происшествие с одной африканской спортсменкой, которая что-то там выиграла в беге, поставила какой-то рекорд. Этот рекорд ей был всё-таки засчитан, хотя комиссия долго вычисляла, проведя специальные обследования, насколько она внутри женщина, а насколько мужчина, хотя любому и каждому она могла предъявить в тот момент свои, дарованные ей природой, прелести. Где смысл? Справедливость? Я так и не могу понять до сих пор. Ну а что ты сам накопал по этому вопросу?

Ярик пожал плечами.

– Много, и практически ничего. Такие люди – TS – транссексуалы – действительно, существуют, но представляют собой достаточно редкое явление, да и из них далеко не каждый имеет желание отбросить своё устоявшееся качество, обрести новое обличье, начать новую жизнь. И вместе с тем есть много людей, которые под TS маскируются, по самым разным, чаще всего низменным, причинам: чтобы с большим успехом заниматься проституцией, так как спрос в этом бизнесе на «недоделанных» и «переделанных» очень велик. Ну а ещё, чтобы заполнить образовавшуюся новую нишу в шоу-бизнесе. Ведь, что греха таить, и сама Багира, равно, как и героиня сляпанного нами наспех сюжета, TS вовсе не от природы, а от блажи. Ну а поподробнее об этом, далеко не простом вопросе, вы можете узнать сами.

Ярослав достал из кармана флешку.

– Я не стал делать распечатку, куда вам, прямо на «рабочий стол» скачать?

Ирина кивнула.

– Годится. Я, конечно, очень благодарна тебе за материалы, но в них наверняка нет главного – ответа на по-прежнему очень интересующий меня вопрос: ты берёшься или не берёшься за этот сюжет? Совсем не наспех сляпанный, как ты только что сказал, а сам собой отлившийся. Потому что в нём не выдумка, а жизнь. Другая жизнь. Когда я впервые столкнулась с подобными явлениями, все эти люди казались мне совершенными уродами, теперь я переменила своё мнение. И в таких случаях, как с Багирой, с той же скотницей, даже считаю это нормой. Просто другой нормой.

Ярослав промолчал, не зная, что ответить.

В конце концов, Ирине пришлось отбросить в сторону, мешавшую ей природную стыдливость и попытаться назвать вещи своими именами.

– Может, то, что произошло между нами, тебя

смущает? Так забудем об этом. Не было, ничего между нами не было. Устраивает тебя такой вариант? Снова молчишь? Ладно, признаюсь тебе, как всё получилось. Несмотря на свой немалый опыт семейной, а значит, и сексуальной, жизни, встретившись с одним человеком, я была совершенно потрясена тем миром, который мне нежданно-негаданно вдруг открылся. Миром нежности, смелых, упоительных ласк, миром свободы, точнее освобождения множества желаний, которые раньше представлялись запретными, постыдными, а на поверку оказались просто естественным проявлением чувств. И у меня сформировалась совершенно ненужная мне зависимость от этого человека. С тобой я захотела проверить, действительно ли в нём одном только дело. И ты очень помог мне. Я поняла, что дело лишь во мне самой. Что нет ничего постыдного в этой сфере отношений мужчины и женщины, наоборот, в них — красота, счастье, даже благоговение, освящённые веками. Спасибо тебе за это. Я к тому, что если причина твоего отказа только во мне, я готова отстраниться от дальнейшей работы над нашим проектом и буду наблюдать за его реализацией со стороны.

Ярик вздохнул с облегчением. Должно быть, с его души тоже свалился весьма тяготивший его камень…

– Нет, не надо. Не надо отстранения. Это хорошо, что мы объяснились. Со мной произошло приблизительно то же самое, что вы только что так ярко и точно описали. Я был просто потрясён, и до сих пор нахожусь под очень сильным впечатлением. Но можете не беспокоиться, я вполне в состоянии себя контролировать, и на нашем сотрудничестве этот эпизод никак не отразится. Я вам гарантирую.

Ирина, наконец, ощутила долгожданную лёгкость.

– Господи, бог Ярило, какой же ты всё-таки молодец! Слушай, я даже не ожидала, что ты так верно истолкуешь то, что между нами произошло. Главное – что мы не влюбились друг в друга. Это был просто секс, но очень классный, необыкновенный, секс, и вполне можно было бы даже как-нибудь его повторить, или даже вообще продолжить. Знаешь, вот эти, так заклеймённые в обществе позором, служебные романы, они ведь не случайны. Потребность в эротике у человека столь же органична, естественна, как необходимость в еде, питье. А если ты целыми днями торчишь на работе, то где ещё ты можешь найти себе в этом партнёра? Так и мы с нашим мюзиклом – можем в нём не просто завязнуть, а даже утонуть. И если вдруг бог посылает нам отдушину, да какую!.. Всё, всё, я умолкаю. Главное, что мы помирились, хотя, в общем-то, и не ссорились вовсе. И ничто отныне не препятствует нашей совместной работе. Дело осталось только за одним: ты согласен?

– Да, – кивнул Ярослав. – Да, я согласен. Но как быть с Александрой? Мы ведь залезли к ней в самую душу. Согласится ли она на такой вариант развития сюжета?

Ирина тяжело вздохнула.

– Ну, Мудрик, я тебе скажу, ты и зануда. Наверное, ещё больший зануда, чем я сама. Согласится? Да куда она денется? Вот только я предлагаю пойти на небольшую хитрость: мы не станем раскрывать перед ней все карты сразу. Пусть она полностью выложится сначала по теме «Б + С», ну а потом поздно будет в кусты прятаться. Нам такой сюжетный поворот кровью дался, если он ей не понравится, мы не против: пусть, как следует, поднатужится и «родит» свой вариант.

ЧАСТЬ ТРЕТЬЯ. ИРИНА

FtF (female-to-female): из женщины в женщину

ГЛАВА 1

Ирина смотрела на свою начальницу во все глаза, однако никак не могла понять, что происходит. Наконец, Аде Львовне надоело молчать и она тихо, вкрадчиво, спросила:

— Ирина Алексеевна, ответьте, пожалуйста, так всё же вы или не вы изображены на этом календаре?

Ирина облизнула пересохшие губы и кивнула:

— Я, Ада Львовна, но это просто шутка. Подруга затащила меня в ночной клуб, я там немного расслабилась, приняла участие в каком-то конкурсе, ну вот и результат – победила, на свою шею. Вообще-то по гороскопу я мышь, как вы, возможно, знаете.

Начальница немного приосанилась. И даже подалась вперёд.

— Понятно, так это фотомонтаж? И здесь не ваши... прелести? То есть, мы без всяких проблем можем подать на администрацию клуба в суд, чтобы они уничтожили тираж и возместили лично вам и нашей фирме моральный ущерб, который они нам всем причинили?

Ирина покраснела и потупила голову.

– Нет, к сожалению, это не фотомонтаж, это всё моё родное… ничуть не приукрашенное. Кроме разве что лица, – сокрушённо пробормотала она.

– Так, так… – последние надежды Ады Львовны рухнули. – Жаль. А подругу вашу, случайно… – тут она скосила взгляд в ящик письменного стола, чтобы уточнить, – не Евгенией зовут?

– Да, Женя. А какое это имеет значение?

– Прямое.

Ада Львовна нажала кнопку вызова секретаря и властно спросила:

– Здесь?

А получив утвердительный ответ, прорычала так, как будто дело происходило на арене цирка:

– Впускайте!

– Кого?!

– Кого же ещё?!

Ирина вздохнула с облегчением, увидев входившую в кабинет Женю. Ну, наконец-то недоразумение разрешится, и можно будет спокойно вернуться к своим обязанностям. Как назло у неё именно на этот час были назначены с крошечным интервалом две очень важные встречи.

– Привет, Жень! – поздоровалась она со своей «подругой». – Как видишь, чудеса бывают. Я из крысы стала змеёй.

Евгения сочувственно хмыкнула, продолжая подпирать дверную коробку.

– Да ты садись, садись, Женечка, – покровительственно подбодрила её Ада Львовна. – В ногах правды нет. Так вы и в самом деле подруги, ты подтверждаешь это? Впрочем, хоть время и дорого, расскажи-ка нам лучше всё по порядку, как мне недавно преподносила.

Женя тяжело вздохнула, скромно примостившись на краешке стула и, потупив взгляд, пробормотала:

– Да чего тут рассказывать, обыкновенная история провинциалки, приехавшей «покорять Москву»…

Затем, вроде как, справившись, наконец, с волнением, продолжила:

– Хотя, конечно, ни о каком покорении я, в общем-то, и не мечтала. Просто приехала поступать в

ВУЗ, сдавала в три места, нигде не прошла. Стыдно было с побитым видом домой возвращаться, решила ещё год как-нибудь здесь в Москве перекантоваться, получше подготовиться, а затем вновь попытаться. Работы никакой нигде не подворачивалось, пристроилась у знакомых девчонок в общежитии, до сих пор живу там нелегально. С Ириной Алексеевной познакомилась случайно, поделилась с ней своим горем, она предложила мне помочь и, действительно, сдержала своё обещание: устроила курьером в организацию, которая сдаёт в аренду под офисы, в том числе и вам, помещения этого здания. К сожалению, я слишком поздно поняла, что ваша сотрудница неспроста проявила ко мне такое участие. Сначала намеками, а затем уже и открытым текстом, она склоняла меня сожительствовать с нею, то есть, оказалась извращенкой-лесбиянкой. Я сдерживала её напор, как только могла, поскольку происхожу из простой рабочей семьи, ничего в подобных вещах не смыслю, да и вообще ещё девственница. Не знаю, чем бы всё закончилось, но к счастью в мою судьбу вмешались вы, Ада Львовна, за что я до конца дней своих буду вам благодарна.

Ада Львовна тяжело вздохнула и вполне искренно проговорила, укоризненно покачав головой:

– Бедная девочка. Ладно, иди работать. Не бойся, никто тебя не уволит, как я тебе и обещала, а появится у нас здесь место, считай, что ты на него первая претендентка. Такие честные, открытые девчонки сейчас редкость, буквально на вес золота.

– Так, ну что скажешь? – со вздохом спросила «Адель», когда дверь за Женей захлопнулась.

– Всё клевета, но достаточно умело сплетённая, – задумчиво проговорила Ирина, сражённая коварством своей «подруги». У неё не было никакого желания оправдываться, что-то доказывать. Пока что это было совершенно нереально.

– Да, мне тоже так кажется, – неожиданно согласилась с ней «Адельфина», прозвищ у «Железной Ади» было неисчислимое множество.

– Но... – воспрянула было Ирина.

– Но, – развела руками «Ади», – поправить уже ничего нельзя.

Она выложила на стол в дополнение к календарю какую-то карточку и красноречиво постучала по ней указательным пальцем:

— Беда в том, что вот эти две премиленькие вещицы: плакат, а к нему купон в придачу, получили не только мы, но буквально все клиенты нашей фирмы: прежние, настоящие и даже те, которые возможно могли бы ими стать в ближайшем будущем. Как бы загодя в подарок к Новому году. Я даже предположить не могу, что это за люди, которых вы так настроили против себя, но, судя по размаху, с каким они действуют, мне бы не хотелось становиться у них на пути. Так что всё, что я могу для вас сделать, Ирина Алексеевна: уволить вас по вашему же собственному желанию, или уж, в крайнем случае, по соглашению сторон. Ну а в качестве «бонуса» можете взять там, в углу, сколько захотите таких вот календарей-плакатов, а заодно и купонов на льготное приобретение великолепного, поистине убойного, бестселлера. — Тут «Ади» выложила из «волшебного ящика» своего стола последний аргумент: книгу в изящной глянцевой суперобложке, на которой Ирина с обречённым видом прочитала: «Багира. «Ночи с Пантерой».

— Ну как, вы в трансе? Я, признаюсь, тоже. Хотя слухам о том, что вы принимали самое активное участие в издании этой премиленькой вещицы, я не верю. И последнее, но уже просто любопытства ради: правда, что у вас сейчас сразу два любовника, один из которых совсем молодой парнишка?

Она взяла со стола и перевернула лицом, лежавшую до этого как игральная карта, «рубашкой» вверх, фотографию. Что ж, надо отдать ему должное – неизвестный фотограф на редкость удачно подловил момент: она и Ярик улыбались и смотрели друг на друга такими шалыми, влюблёнными взглядами, что не возникало никаких сомнений в характере их отношений.

– Да, мне бы такого! – мечтательно произнесла «Железная Ади» без тени иронии. – Полжизни за подобное счастье не жалко отдать. Фотографию не просите, оставлю на память.

«Ну что, старая сука! Натешилась? Вдоволь?» – пыталась взъярить себя Ирина, собирая вещи в заботливо припасённую для неё каким-то «добрым самаритянином» (скорее, «самаритянкой») коробку.

Однако как она ни старалась себя взвинтить, злость так и не возникла. Конечно, её начальница далеко не ангел, и крови за годы их совместной работы попортила ей предостаточно, но «Адель» тоже легко понять – было бы глупо ждать от неё самоотверженности. В её возрасте на подобных местах люди давно уже не начальствуют, ещё лет за десять до пенсии списываются в утиль. Ну а она как-то изощряется, ухитряется. Одному богу известно, как ей это удаётся, на какие жертвы приходится идти. Что касается данного случая, то любой бы поступил на её месте куда хуже.

Ужас! Что вообще произошло? Такое впечатление, что даже не из пушки по воробьям, а сразу залпом из установки «Торнадо» выстрелили по ней, маленькой серой крыске. Чтобы уж наверняка, чего мелочиться-то! Нет, на «Ади» не злиться надо, наоборот, нужно всё сделать, чтобы помочь ей восстановить, насколько удастся, былую безупречную репутацию фирмы. «Адельфина» в её, Ирины, проблемах не виновата, так что о какой мести тут вообще может идти речь? Да и... время мести ещё не пришло, если вообще придёт когда-нибудь. Скорее всего, то, что произошло, ещё только начало, в самое ближайшее время грянут новые залпы, вот их-то и надо бы как-то упредить.

Да, потеряна прекрасная работа, но это не предел. Можно ещё очень много что сделать с человеком. Замарать, извратить его кредитную историю, и тогда никакой собственный бизнес для него уже навсегда будет невозможен, до конца дней не отмыться. Отправить небольшую посылочку, да что там посылочка, хватит и бандероли, в адрес родителей: инфаркт, инсульт, хотя бы один на двоих, обеспечен, если они вообще подобное потрясение выдержат. Что ещё? Лучше не продолжать.

Ирина старалась не смотреть в глаза бывшим сотрудникам, упирала взгляд исключительно себе под ноги, покидая своё рабочее место, а затем вообще здание, по которому она столько лет с высоко поднятой головой уверенно цокала каблучками.

И лишь оказавшись в машине, она позволила себе немного расслабиться, передохнуть.

Минуту, не больше, больше никто не даст ей времени. Ирина никогда не возила с собой ноутбук в машине, специально даже планшетом не обзавелась, не хотелось бы, чтобы такая вещь попала в руки каким-нибудь «барсеточникам» или прочей уголовной сволочи, поэтому она достала со дна сумочки, залежавшийся там с незапамятных времен, обыкновенный потрёпанный блокнот. Всё, временно порываем с современной техникой, доверяем пока только бумаге. Да и то с предельной осторожностью. К примеру, не мешало бы обзавестись зажигалкой. Ладно, пора работать!

Ирина вынула мобильный, нажала ставший с некоторых пор самым желанным для неё номер в конце меню.

– Привет! Как ты?

– У меня всё прекрасно. Встретимся сегодня?

– Пока не знаю, ближе к вечеру позвоню.

Убрав мобильный, Ирина расчертила лист блокнота на две части, поставив и подчеркнув слева знак вопроса, а справа восклицательный знак. Да, действительно, в её положении промедление смерти подобно, и всё-таки, начнём не с поисков загадочных «ракетчиков-артиллеристов», а с элементарного: «Знает?», «Не знает».

Ярик, его в оборот пока не брали. Хотя... интересно, почему? Любопытный штрих. Но не будем в сторону отвлекаться, пока важен только один-единственный факт, факт ведения или неведения.

– Привет, ма! Не выручишь с Павлом? Врать не стану: серьёзные неприятности на работе. Да, собственно, я её уже потеряла. Да, да, вот так, в один день, такое тоже бывает. Хочу попробовать зацепить что-нибудь новенькое, да и по старенькому узнать поподробнее. Спасибо, мамуль, что бы я без тебя делала?

И здесь тишина. Значит, есть ещё время, достаточное или не достаточное, но всё-таки имеется что-то в запасе. Потому что в её положении единственный выход – сыграть на опережение.

– Скорочкина можно?

– А кто его спрашивает?

– Егорова (первая пришедшая на ум фамилия) из налоговой (какой бухгалтер не трепещет перед подобной службой?).

– Скорочкин у нас больше не работает. Дать телефон главбуха?

– Спасибо. Он у меня есть. Просто не хотелось по

мелочам через голову обращаться. До свиданья!

– Всех благ!

Это надо же, чтобы так получилось: сразу, буквально с первых минут поиска, нарваться на одну из главных фигур в списке подозреваемых: саму Марину Гордееву. Значит, Вадим тоже «улетел»?

Что ещё? Очень нужна Женя, пока в её списке – гадина № 1. Но гоняться за ней по этажам – глупо, надо попытаться по пути с работы её перехватить.

Нельзя обойтись и без разговора с Мариной. Но за двумя зайцами погонишься... Да и нельзя о таких вещах говорить по мобильному, есть такая услуга в Интернете у хакеров: расшифруют любой разговор с любого номера, только деньги плати. То же и с электронной почтой. Да, нелёгкая задачка... А что, если попытаться наведаться к Вадиму домой и взять его там, что называется, тёпленьким? Но теперь ни одного разговора без диктофона. Во всех случаях нужно съездить домой: посмотреть, нет ли там какого-нибудь компромата, всё лишнее стереть в ноутбуке. Ну, Вадя, не подведи!

Однако выйдя из дома, Ирина решила, что прежде чем ехать к Вадиму, ей настоятельно необходимо решить ещё один, небольшой, но очень важный для неё, вопрос. Оставался кое-какой должок. Во «Флоре и фауне».

Ехать туда днём было совершенно бессмысленно, но работа её научила, что о любой встрече целесообразно договариваться заранее. Тем более что необходимые координаты находились под рукой: достаточно крупным шрифтом были набраны на злополучном календаре – «заказы на допечатку тиража принимаются по телефонам...».

Её ждал сюрприз, случилось то, чего она никак не ожидала.

ГЛАВА 2

– Так, ну и как о вас доложить? – нагло ухмыльнулся дебил-охранник, с наслаждением потягивавший пиво из банки. Видимо, просто позволил себе немного расслабиться перед вечерним наплывом посетителей. А может, наоборот, готовился сдать смену и отправиться, наконец, домой отсыпаться.

– Скажите, что пришла Змея. Новое лицо клуба.

Слова Ирины определённо произвели впечатление, охранник тут же взбодрился: отставил в сторону банку и театрально всплеснул руками:

– Ах, простите, простите, несравненная госпожа, как я мог так опростоволоситься и не узнать вас? Виноват, виноват, виноват, заслуживаю десяти, нет, даже двадцати ударов по пяткам бамбуковыми палками. Но войдите и вы в моё положение: как я мог такое предположить? Вы ведь выбрали для своего визита на редкость неподходящее время! Обычно так рано никто из начальства у нас не приходит. Да и прочий контингент: всё больше совы, ночные бабочки, летучие мыши – ну те, кто днём отсыпается.

Ирине надоело смотреть на кривляния «бамбукового мазохиста», и она указала пальцем на висевший за спиной охранника плакат-календарь. Пока ещё с драконшей.

– Задницу оторвите от стула! Теперь обернитесь. Телефончик там внизу видите, зрение позволяет, надеюсь, ещё способны разглядеть? Так вот, я по нему только что звонила. И… что это может означать? Ну, соображайте, соображайте быстрее, не томите. Совершенно верно – то, что меня там ждут.

Теперь она показала пальцем наверх. Даже не в потолок, а вроде как в самое что ни на есть небо.

Охранник мгновенно переменился в лице и после некоторого раздумья нажал одну из кнопок интеркома. Несколько секунд затем подобострастно кивал головой, затем молча отключил блокиратор на входной вертушке. «Новое лицо» плавно проплыло мимо его широко разинутого рта к лифту.

Ирина, между тем, так сравнительно легко одолев первую преграду, лихорадочно соображала, что ей делать дальше и зачем она вообще явилась в столь экзотическое место? А главное – действительно ли это было так неотложно, ведь счёт по-прежнему шёл на минуты.

Хмурый типчик, сидевший спиной к двери за монитором и тотчас крутнувшийся навстречу Новому лицу в кресле, наверняка вечером выглядел совсем по-другому, но сейчас вид у него был как у интеллигентного, но всё-таки бомжа. Щетина дневной давности на щеках и подбородке; плававший по всей комнате запах алкогольного перегара в гремучей смеси с туалетной водой «Aramis life» («Жизнь Арамиса») и какими-то цветочными духами; костюмчик, в котором всю ночь ёрзали на диване. Не говоря уже о несвежей, к тому же чем-то заляпанной, рубашке и всклокоченной шевелюре.

– Что, так дам не встречают? – лениво ухмыльнулся он, прочитав на лице Ирины своё изображение, как в зеркале. – Но вы сами настояли на срочности нашей встречи, так что уж проявите ко мне снисходительность, примите таким, как я есть.

Ирина, между тем, продолжала просчитывать в голове ситуацию дальше. Ясно, как божий день, что работу ей не вернуть во всех случаях, с какой стати она тогда сюда прикатила? Устроить грандиозный скандал? Но зачем? Просто потешиться, выпустить пар? Ладно, играть, так играть, начнём с пробного шара.

– Вы воспользовались мной без моего ведома. Это незаконно. Я хочу подать на вас в суд.

Типчик даже не поехидствовал в ответ на столь высокопарную тираду. Лишь молча придвинул поближе к Ирине лежавшее на столе небольшое, но весьма красочное объявление. Как видно – бог с ней, с внешностью, но во всём остальном ему вполне хватило времени, чтобы подготовиться к их встрече.

– Считаете нас за придурков? Здесь всё обговорено. Решив принять участие в конкурсе, вы должны были предварительно ознакомиться с его условиями. Ах, вы их даже не удосужились прочитать? Слишком мелкий шрифт, говорите? Ну, ничего страшного, значит, в следующий раз будете внимательнее и не забудете прихватить с собой очки. А что? «Очковая змея» – в этом что-то есть, определённо.

Ирина гневно сверкнула глазами, сжала до боли от маникюра кулачки.

– Эй вы, я из-за вас работу потеряла. И не какую-нибудь. Не советую вам и дальше злить меня. Кстати, у вас есть юрист? Я реалистка, к тому же не дура, и понимаю, что сделанного не воротишь, но совсем оставить меня с носом у вас не получится. Предлагаю мировую сделку. Это во всех случаях обойдётся вам дешевле, чем скандал. Впрочем, о чём я… может быть вы сами, без юриста, в состоянии решить такой микроскопический в масштабах вашего бизнеса вопрос? На какую сумму, по-вашему, я могла бы рассчитывать? Я имею в виду только гонорар, моральный ущерб, так и быть – оставляю чертям в аду, а пока – вашей совести. То бишь, бог велел делиться, а вы ведь предполагаете на мне неплохо заработать, я вас правильно поняла?

Типчик зевнул:

– Милая дама, приятно, конечно, иметь дело с подкованным человеком, но, к сожалению, торг в данном случае неуместен. Здесь, в рекламке конкурса всё достаточно точно обговорено. Но можно оживить некоторые, особо приятные, моменты в памяти, и даже представить в лицах. Итак, что получает победитель?

«Фаун» (или лучше «Флор»?), вдруг вскочил на стол и тотчас, буквально одним движением, преобразился: выудил из кармана невесть каким образом оказавшийся там специальный клоунский шарик красного цвета и нацепил его на свой, чуть менее красный, нос:

– Да просто аттракцион неслыханной щедрости! Внимание, внимание, господа! Зрелище не для слабонервных, предупреждаю заранее, но не отчаивайтесь: у дверей нашего клуба дежурит специально вызванная карета скорой помощи. Тех, кто упадёт в обморок, опытнейшие специалисты, лучшие из лучших по результатам года белого Дракона, тут же приведут в чувство, нашпигуют укольчиками, расщекочут, расшевелят. Дробь, где барабанная дробь, осмелюсь спросить? Маэстро ударник, замечаньице вам, запаздываете! Итак, слушайте, слушайте, слушайте! Вот он, любуйтесь, завидуйте! Годовой входной билет на посещение нашего клуба с дисконтной скидкой 30% (прошу извинить, распространяется только на напитки), ну а ещё… стандартная пачка (целых 50 штук) авторских экземпляров нашего замечательного календаря!

Типчик как-то вдруг схлопнулся, сдулся, убрал обратно в карман, столь удачно оказавшийся там, клоунский нос и буквально растёкся торсом на столе, вроде как совершенно обессиленный, уставившись на Ирину грустным собачьим взглядом. Не то постоянно моргая, не то подмигивая ей.

– Всё. Изволите получить?

Ирина поняла, что партия проиграна, ничего больше от этого сквалыги ей не обломится и высветила на мобильнике фотографию, где они были сняты с Женей в обнимку:

— Два билета. Видите эту девушку? Мы были вместе. Вы же не хотите нас разлучить?

Типчик явно не ожидал, что Ирина так быстро перестроится, точнее – сдастся, но всё-таки решил если и не поторговаться, то хотя бы просто покапризничать.

— Ладно, согласен, только второй билет без дисконтной скидки. Годится?

— Годится, – усмехнулась Ирина. А что ей оставалось делать?

Типчик выписал билет на те имя и фамилию, которые Ирина ему продиктовала, первый у него уже был готов, затем укоризненно покачал головой:

— Ну и зачем было меня разыгрывать? Вместе вы, так и вместе. Мне без разницы. Кстати, купоны льготные практически закончились. Надо бы подвезти.

— Купоны? – недоумённо переспросила Ирина, но тут её осенило. – Ах да, на наш бестселлер. Без проблем. У меня есть там немного в машине, я охраннику сброшу на входе, чтобы снова к вам не подниматься, остальные с курьером в самое ближайшее время подошлю. Кстати, работу я и в самом деле потеряла. У вас ничего, хотя бы на первое время, для меня взамен не найдётся?

Типчик подумал немного, затем вздохнул:

– Ну, любому другому я, конечно бы, сразу отказал. Но с вашей квалификацией… Предлагаю: сами найдите себе у нас работёнку. Десять процентов от любой прибыли, которую вы сумеете нам дополнительно принести.

– Тридцать. Тридцать процентов, – моментально сориентировалась Ирина, такой удачи она никак не ожидала.

– Пятнадцать, и это моё последнее слово, – хмуро ответил типчик. – Но чёрным налом, втёмную, без всякого договора.

Ирина вздохнула. Что ей оставалось? Только пожать великодушно протянутую ей потноватую, но совсем не вялую, а наоборот, крепкую костистую мужскую руку. Значит, Женя! Сучка Женя! И здесь эта лисонька-кисонька хвостиком вильнула. Очень хорошо! Очень! И тем не менее… нельзя бросать дело на полдороге. Как говорится, конец делу венец.

Уходить рано, пока ведь одни догадки, а нужно быть уверенной твёрдо, буквально железобетонно.

– И всё-таки, – уже гораздо более миролюбивым тоном проговорила Крыска-Змейка, усаживаясь обратно на стул, – откройте тайну. Совсем ведь чуть-чуть осталось. Кто конкретно увёл у меня из-под носа такой выгодный договор? Я уже поняла в общем: кто же ещё мог такое сделать, кроме лучшей подруги, но детали, детали, я ведь женщина, не томите душу, не мучайте меня.

Типчик насторожился, тут же изобразил суслика, сучащего лапками, повёл для большего сходства, как бы принюхиваясь, несколько раз по сторонам носом. Затем вынул из-под стола бутылку французского коньяка «Реми Мартен», достал из серванта пару рюмок.

– Я понимаю, конечно, вам нельзя. Утро (ну по-нашему, утро, по-вашему –день) на дворе. Но я налью и поставлю. Ну а сам уж, с вашего разрешения, хоть чуть-чуть приведу себя в порядок.

«Клоун» хотел было уже наполнить рюмки, но Ирина остановила его.

– Нет, так дело не делается, – сказала она, взяла

злополучные рюмки и направилась к выходу, чтобы найти место, где можно было бы их ополоснуть.

– Никуда не надо идти, здесь всё предусмотрено, – с наигранным, но прозвучавшем вполне натурально, смущением в голосе, подсказал ей «фавн».

Ирина быстро переориентировалась, теперь ей достаточно было только взгляда, чтобы выбрать правильное направление. Ну конечно, в ночном клубе, при таких-то возможностях! Даже в деловом кабинете стандартный джентльменский набор: ванная комната, туалет, холодильник, набитый всякой всячиной. Два дивана. Домашний кинотеатр.

Через минуту они уже сидели «голова к голове» (тет-а-тет, как говорят французы; «не разлей вода», как предпочитают говорить русские), прекрасно понимая друг друга.

– Леонид, для друзей просто Лёнчик.

– Ирина. Ирина Алексеевна.

Наконец-то представились.

– Ты извини, Ирен, что я в таком виде. – Лёнчик счёл, что время для церемоний прошло. – С женой, сукой, поругался, застал её с другим. Ну куда, спрашивается, мне было идти потом? Вот и прогужевался здесь, в родных стенах, всё утро (ночь, по-вашему). Ну а за клоуна тоже не кори, я вообще-то цирковое училище окончил. Когда-то. Теперь вот шишка.

– С лучшим другом? – как бы невзначай спросила Ирина.

– Ты о чём это? – встрепенулся Леонид.

– Ну жену застал… С лучшим другом?

«Циркач» тяжело вздохнул, хлопнул ещё рюмку, затем задумчиво пожевал бутерброд с осетриной.

– Слушай, Ир, ты следи за мной. Мне ведь только опохмелиться, больше никак нельзя. Работа. А то получится, как с тобой – выгонят к чёртовой матери, и всё – опять на арену. А я там уже лет десять как не был. А насчёт друга… Близко, но гораздо хуже. Если быть точным: с тем человеком, который меня сюда устроил. Не просто босс – хозяин. Как говорят на Кавказе – человек, из рук которого я кушаю.

Ирина между тем тщательно выбирала момент, чтобы перевести разговор на другую, гораздо более интересовавшую её, тему, но ничего у неё по-прежнему не получалось.

– Утрись! – мрачно посоветовала она.

— А ты, — неожиданно спросил её «клоун», — ты как поступила? Тоже утёрлась? Ты от меня не скроешься, чувствую в тебе товарища (не знаю, можно ли так о женщине?) по несчастью. Просто советы даёшь со знанием дела.

— Нет, — покачала головой Ирина. — Как раз я проявила гордость. Но зато уже четыре года, как одна.

— Понятно, — медленно начал приходить в себя Леонид. — Ладно, нам ещё целый год работать вместе, и я уже понял, как нам с тобой повезло. Но пока ты не за тем приехала. Что ты хотела узнать? Спрашивай. Ах да, кто увёл у тебя договор из-под носа!

Ирина кивнула. Затем привела стол в порядок, принесла Лёнчику из «волшебной комнаты» другой костюм, рубашку, галстук. Тот послушно кивнул и отправился переодеваться. Через десяток минут его уже было не узнать: безупречный вид, осмысленный и даже немного надменный взгляд.

— Леонид Аркадьевич! — заново поздоровался он. — Назван так в честь знаменитого клоуна. Тоже Леонида, только Георгиевича. Леонида Георгиевича Енгибарова. Родители так решили. Я и сам от него тащусь, хотя только по видео— и аудиозаписям знаю.

Он рано ушёл из жизни, такая судьба. Но всё равно самый лучший, никто, даже Олег Попов, до сих пор его не превзошёл.

– Ирина Алексеевна! – охотно «продолжила знакомство в новом качестве» Ирина. – Ничего дополнительно не могу сказать о себе. По календарю я крыса, серая крыска, а вовсе не змея. Ошиблись вы со мной.

– Ну, как сказать... Крыса, она ведь первой прибежала, когда Будда позвал к себе всех животных, которых он только знал, чтобы проститься с ними перед своим Уходом. – А кто увёл? Ну, конечно, как ты и догадалась – лучшая подруга. Вообще-то конкурс мы проводили формально, «новое лицо» было давно выбрано заранее. Любовница одного завсегдатая нашего клуба. И вдруг звонок из издательства, а через полчаса эта девушка...

– Женя, – уточнила Ирина. – Девушку зовут Женя.

Лёнчик помялся немного, затем уточнил на всякий случай:

– Вы с ней лесбо?

– Нет, – отмахнулась Ирина, – обе джи-джи. Среди лесбо подруг не бывает.

Леонид согласно кивнул и с тоской посмотрел в сторону успокоившегося уже за дверцей бара «Мартыныча».

Ирина в ответ лишь молча отрицательно покачала головой.

— Что ж, ты права. Многоуважаемому Роману Мартыновичу придётся немного подождать. Давай лучше о деле, так я во всех случаях гораздо быстрей в себя приду. Так вот, девушка принесла несколько экземпляров книги, пачку льготных купонов и… сделала предложение, от которого невозможно было отказаться. Я метнулся к хозяину, тот понял меня с полуслова. Но вот почему тебя выгнали? Я ведь сам лично звонил твоей начальнице, предложил бесплатно разместить у нас рекламу и координаты вашей фирмы. Она тут же согласилась и даже подписала договор.

Ирина вздохнула.

— Что-то её не устроило по зрелому размышлению, видимо. Если попробует пойти на попятный, справитесь?

Леонид усмехнулся.

— Спрашиваешь! Ухитримся ещё даже заработать

на этом деле и дадим заработать другим.

Ирина решила, наконец, полностью довериться своему новому знакомому, не скрывать ничего.

— Но Женя на их стороне. Ухитрилась даже обвинить меня в «гнусных домогательствах» в свой адрес.

Леонид от души расхохотался.

— Нормально! Нормально для подруги! Ну тогда… такую штучку вообще нечего бояться, в крайнем случае, мы её купим и перекупим. Вопрос лишь в цене.

ГЛАВА 3

Откроет или не откроет? Может и не открыть. Во всяком случае, реакции на звонок никакой не последовало. И что делать дальше? Конечно, от разговора этому фрукту так и так не отвертеться, но время уходит, а промедление по-прежнему смерти подобно.

— Вадим, это я, Ирина. Откройте, нам надо поговорить. Я потеряла работу.

Нельзя было пускать эту заготовку в ход сразу,

нужно было дать человеку время осмыслить ситуацию. Предположим, её сообщение не подействует, и что делать дальше? Продолжать осаду?

Защёлкали замки, дверь, наконец, открылась. Вадим стоял бледный, осунувшийся, почему-то в банном халате.

– Проходите! – сухо сказал он.

Собственно, заготовка Ирины была рассчитана на элементарное чувство любопытства, поэтому она сразу же, как только устроилась на диване, начала повествовать о том, что с ней случилось утром.

Вадим молчал, как ни старалась Ирина, все её усилия оказались тщетны. Наконец, последовала запоздалая реакция:

– Сочувствую вам. Вот только не понимаю, зачем вы мне всё это рассказываете?

– Я знаю, что вас тоже выставили…

– Откуда у вас такие сведения?

– Сорока на хвосте принесла, – не удержалась от сарказма Ирина. – Звонила вам на фирму, спрашивала вас, вот и сообщили. Не могу точно сказать по голосу, но, кажется, всё та же вездесущая особа. Добиласьтаки своего.

Вадим горько усмехнулся:

– Гордеева – на фирме никто. Как она могла меня так бесцеремонно выдворить? Даже Неволин удалил меня чисто формально. На самом деле крылья мне подрезали вы. Были две капли, которые переполнили чашу терпения моего школьного друга: выход книги вашего бывшего мужа и размещение на сайтах «Красной косынки», а затем и нашей фирмы, фотографий и роликов из нашего с Сашей семейного альбома. Кстати, приуроченное к трёхлетию нашего союза. И здесь вы всё рассчитали. Удар в самое сердце. Чтобы наверняка.

Ирина закусила губу, затем спросила:

– Да, но какое к этому я имею отношение? Я пострадала в этой некрасивой истории не меньше, чем вы. У нас общий враг, змея, которую мы все трое на груди пригрели. Кстати, по гороскопу тоже Змея.

Вадим устало вздохнул:

– Не надо врать. Я знаю, кого вы имеете в виду. Но Женя уже во всём мне призналась. Надо отдать вам должное: вы не выворачивали ей руки, просто обманули её. Сказали, что все эти материалы жизненно необходимы для создания мюзикла, что без них просто никак нельзя было обойтись. Вы всех подцепили на уду одной и той же приманкой. Надеетесь и дальше использовать столь удачный приём?

Ирина почувствовала, что теряет самообладание, чего в подобной, и без того сильно запутанной, ситуации, делать явно не следовало.

– Чем же, интересно? Чем я вас подцепила? Тем, что потеряла практически все свои сбережения, оплатив ваши долги и подарив тем новую жизнь, точнее, продолжение прежней, нашему общему делу?

Вадим потёр в задумчивости подбородок, затем отрешённо ответил:

– Я не хочу вникать во всю эту грязь. Но думаю, что никаких ваших вложений попросту не было. Вы всем запудрили мозги: что-то наобещали, в чём-то на явный подлог пошли, теперь остаётся только ждать, когда люди опомнятся от испытанного гипноза и потребуют, чтобы им всем заплатили по счетам.

Ирина даже задохнулась от негодования.

– Так, что же получается? Даже Марина тут невинная овечка?

Вадим ждал только предлога, чтобы прекратить изрядно надоевший ему разговор. Однако повода так и не находилось.

— Зачем ей это? — спросил он, тоже стараясь сдерживаться, не выходить из себя. — Марина уже неделю, а может, и больше, как любовница Неволина. К чему ей я? Сами подумайте, теперь ей никак нельзя что-то предпринимать без воли шефа, никто, и он в первую очередь, её не поймёт. Да и вообще, зря вы так самонадеянны, вам никогда не простят вторжения в святая святых нашей фирмы. Возмездие будет строгим, но справедливым. Что до меня, то как только справедливость восторжествует и зло будет, наконец, наказано, не сомневайтесь — я тотчас вернусь обратно на своё место. И дело тут не только в нашей дружбе, а в том, что моему закадычному дружку никак без меня не обойтись. Только во мне он может быть уверен, все остальные — сплошь лодыри и предатели. Ну а уж я тогда своего не упущу. Дружба дружбой, а урок не повредит — сдеру с него по максимуму за вынужденный простой.

— У меня есть доказательства насчёт Жени. Неоспоримые. И в отношении Марины тоже, —

сделала Ирина последнюю попытку прорваться сквозь казавшееся непреодолимым безумие.

— Ваше время истекло, уходите, — встал Вадим и сделал недвусмысленный жест рукой («пшла! пшла вон!») в сторону двери. — Никому ваши «доказательства» не нужны.

Ирина встала и покачала головой.

— Ладно, а как же всё-таки мюзикл?

Но Вадим сегодня был упрям как тысяча ослов.

— Всё, я уже сказал вам: никого и ничем вы больше не задурите. Конечно, мне будет крайне сложно объяснить Саше, жертвой какого чудовищного обмана мы с ней стали, но у меня тоже доказательств выше головы, я постараюсь достаточно точно ситуацию ей обрисовать.

Ирина после разговора с Вадимом долго сидела в машине, не в силах тронуться с места. Да и не следовало ей никуда в таком состоянии ехать, предварительно необходимо было хотя бы чуть-чуть разобраться в сложившейся ситуации. Вадим… ну с ним не было ничего нового, та же, столь характерная для него, непроходимая тупость, облыжные обвинения кого бы то ни было во всех, в том числе и своих собственных, смертных грехах. Сам же он – ангел во плоти, естественно. Почему, интересно, он так возненавидел её? Ревность? К чему? К прошлому? Опасение, что Ирина разрушит их с Александрой любовь? Но она и так трещала по швам, это было видно невооружённым взглядом. Не разрушала она их отношения, а наоборот, пыталась укрепить, и кому, как не Вадиму, было этого не знать?

Женя... Тоже ничего не понятно. Когда она оговаривала её у «железной Ади», это было логически объяснимо: ей жизненно необходимо было любой ценой удержаться на фирме. Каждому нужна работа, потому что без работы... нет, надо поскорее от этой бездонной темы отползти. Женя... Что ещё сделала Женя? Прочитав материалы, которые Ирина уговорила её похитить, она быстро сообразила, как извлечь из них выгоду. Но так многие поступили бы на её месте, кто же первопричина всех зол? Что ж, Вадим прав – она сама, Ирина. Материалы из семейного альбома? И их бы не было. Женя просто не наткнулась бы на них, а уж тем более не догадалась, как можно их подключить к интриге, которую она затеяла. И тут её, Ирины, прямая вина.

То, что Женя оказалась предательницей… Но ведь сначала предали её. Невольно, но обманули. Охапка сена, за которой она бежала, рассыпалась, и уж коли так вовремя подвернулась другая взамен, кто ж её осудит? Кушать всем хочется. Вот только зачем она разместила материалы из семейного альбома на сайте клуба? По всем параметрам Вадим должен был за это отказать ей от дома. Женя – не самоубийца и не идиотка, чтобы этого не понимать. Значит, опять деньги, опять «очень хочется кушать»? И… чем дальше в лес… Единственный человек, которому она эти материалы могла продать – Марина Гордеева. И можно даже без труда просчитать, когда начали складываться их меркантильные отношения: с того момента, когда Ирина попросила «подругу» предупредить Вадима о её разговоре с его не в меру ретивой сотрудницей. Та же, наоборот: предпочла заключить с Гордеевой союз. Конечно, нужно было в своё время до конца разобраться в том, откуда Неволину стало известно, что Ирина не получает алименты от бывшего мужа. Цепочка была проще некуда.

Но вот вопрос сложнее: что же получается, значит, нарезку тоже сделала Женя? Однако зачем ей это? Чтобы свои отношения с Мариной укрепить? Или был ещё кто-то, третий, кто её действиями руководил?

Дальше больше... Что было дальше? Дальше совсем просто: Гордеева купленными материалами легко и просто осуществила то, что ей столь долгое время не удавалось – нанесла сокрушительный удар по Вадиму. Победа! Конечно, конечно, Женя вовсе не желала ей, Ирине, чтобы её тоже выгнали. Она просто преследовала свои шкурные интересы. Но... могла быть и ещё одна причина: она, конечно, была бы очень не против, если бы поскорее умерла идея с мюзиклом, и дело вернулось на круги своя.

Всё, наконец, полная ясность. Теперь можно ехать. Хотя нет, осталось ещё одно дельце. Всё-таки, хоть она по гороскопу и крыса, но на один год получила возможность перевоплотиться. А значит, вполне может испортить некоторым людям праздник!

– Здравствуйте, Марина! Вы даже представить себе не можете, как я рада за вас. Вы, наконец, достигли того, о чём столь давно мечтали.

Справедливость всё-таки восторжествовала. Есть бог на свете!

Гордеева не была бы самой собой, если бы не ринулась, буквально опрометью, в расставленную перед ней ловушку.

— Да уж, причём, кстати, обошлась без вашей помощи, заметьте. Так что с вас должок, обожаемая Ирина Алексеевна. Я ведь не только Вадима, но и вашего мужа практически утопила. Точнее, утоплю.

Ирина вздохнула.

— Вы ошиблись. Я не настолько кровожадна. К тому же могу лишиться последней надежды на алименты. Этого вы не учли? Так что насчёт «должка», в данном случае – это явно не по мою душу.

Но Марина только начала злорадствовать, не так просто было её остановить…

— Ясно, задницу свою очищаете, чужими руками жар загребли, а теперь – в кусты?

— Если бы… – с притворной грустью промямлила Ирина. – Если бы… Я ведь тоже работу потеряла. Ваша новая знакомая постаралась. Дуплет, так сказать.

Марина хоть и числилась в чёрных злодейках, была на самом деле не настолько безжалостна.

— Ну, я тут ни при чём, поверьте, — смущённо пробормотала она. — Ей-богу, не хотела бы я сейчас оказаться на вашем месте. Да и вообще ничего против вас не имею. И никогда не имела. Просто я влюблена, а человек, которого я люблю, не понимает, что только во мне его счастье. Но раньше и я многого не понимала. Считала, что всё дело в том, что он не свободен. Принадлежит другому человеку, связан с ним узами, пусть и не официальными, и даже аморальными, но всё же. Но потом я прозрела. «Принадлежит», «связан» — вот она, истинная причина. Связан, оттого и принадлежит. Околдован, зомбирован, то есть, вместе не по своей воле. Ни о какой любви здесь не идёт речь. Есть злая воля страшного, могущественного по силе воздействия, человека. Так что у меня теперь только один враг — Багира. И я сделаю всё, чтобы Вадима из её плена освободить.

— Понятно. Вы так Вадима любите? — Ирина приготовилась нанести решающий удар, ради которого она свой разговор единственно и затеяла. —

Зачем же вы тогда изменяете ему с другим мужчиной, своим начальником? Вадим ведь в курсе, вы знаете это?

Однако удар неожиданно пролетел в пустоту, мимо цели.

— Ах, это! — счастливым смехом рассмеялась Марина. Ирина без труда представила себе её состояние: сознание полного триумфа, вот сейчас она свою фамилию наверняка полностью оправдывала. — Ну какая тут измена? Если бы у нас с Вадимом были какие-то интимные, да и вообще, любые отношения, тогда другое дело, а так, даже наоборот, пусть видит, что я не каракатица какая-то, такой мужчина и вдруг мной увлёкся! Вы думаете, на фирме кто-нибудь осуждает меня? Наоборот, все поголовно завидуют. Шеф до этого заводил связи только на стороне, в родных стенах ни-ни, а сейчас вдруг поступил вопреки своим правилам! Что это означает? Что я стою того!

Ирина фыркнула. Вот дура! Поистине непрошибаемая. Ладно, держись, ещё один удар, на этот раз смертельный.

— Я только одного не понимаю, Мариночка: вот вы

добились того, что Вадима уволили, но ведь теперь все ваши возможности относительно него закончились. Он исчез из вашего поля зрения, вообще из пределов досягаемости. И это вы считаете победой?

Марина вновь рассмеялась, буквально колокольчик прозвенел.

– Ещё бы! Вот вы только что упрекали меня за связь с Неволиным, а ведь вы и сами к нему подкатывались, помнится, только он вас не захотел. Значит, что-то во мне имеется, какая-то сила? Так вот, если Вадим одумается, есть кому замолвить за него словечко. Это ли не победа? Кроме того, я ведь вам уже говорила: главное во всей этой истории, что она истину высветила. Думаю, теперь даже Вадим при всём своём ослеплении в состоянии осознать, кто ему друг, а кто враг. Ведь возьмите, к примеру, последние события – променять любимого человека на какую-то сказку о богатстве, славе. Даже я, не бог весть какого ума женщина, в состоянии понять, насколько эта затея бредовая, неосуществимая. И не такие люди – короли нашей эстрады на такой мечте горели, а тут какой-то педик несчастный! Вот чем больше я за ним в последнее время наблюдаю, тем больше мне кажется, что он вообще сумасшедший. Причём клинический. Идиот. Но не тот, что у Достоевского – не юродивый. Патологический идиот.

Ирина дополнила двумя последними именами – Вадим и Марина – левую половину страницы блокнота, ту, что с вопросительным знаком и поняла, что эта часть работы закончена. «Знал» (восклицательный знак) о её полном разгроме только один человек: Женя. Что дальше? Ирина открыла новую страницу и также расчертила её на две части. Слева она написала заголовок: «Враги», справа: «Те, кого можно и нужно защитить». По сути, единственный враг – Женя, но к ней смело можно будет добавить теперь ещё и Марину.

«Идиот. Но не тот, что у Достоевского – не юродивый. Патологический идиот».

«Променять любимого человека на какую-то сказку о богатстве, славе». «И не такие люди – короли нашей эстрады на такой мечте горели».

Сама Марина не обладала такими мозгами и эрудицией, значит, эти мысли были ей внушены со стороны. Но кем? Конечно, Змеёй! Что ж, Женю тоже можно понять. Она ведь сама предупредила её, что у Вадима и Саши нет больше денег. А значит, главное препятствие – всё-таки мюзикл. Не будет его, вновь у ребят зашуршат банкноты в карманах, вновь вернётся идея ребёнка и суррогатной матери.

Дура! Зря надеется. Разбитое уже не склеишь. Как она, к примеру, будет разбираться с Мариной, уже запрограммированной, как Терминатор, ею же самой, на уничтожение Александры? Как преподнесёт Марине Вадима? А если Марина и Вадим «сольются в экстазе», зачем им какие-то суррогаты, когда они вполне могут заиметь собственных детей? Но тут не глупость, тут молодость, незрелость мозгов, которые никакой подлостью, к счастью, не компенсировать.

ГЛАВА 4

– Ириша, нельзя же так! Ты совсем меня не слушаешь. Я перед тобой распинаюсь, буквально выворачиваюсь наизнанку, а ты как будто на Марсе. Отложи, наконец, в сторону свой чёртов блокнот.

Ирина вынырнула из омута своих размышлений и

увидела перед собой раздражённое лицо Ярика.

— Да нет, я слушаю. Всё в порядке. Просто мне нечего возразить, ты так верно всё излагаешь, — бодро попыталась встроиться в разговор она.

— Точно? — с иронией спросил Ярик. — Хорошо. Повтори, что я буквально минуту назад говорил тебе?

Ирина посмотрела на него жалобно. Ничего она, конечно, не помнила. Проще даже сказать, не слышала, полностью сконцентрированная на своих невесёлых думах.

— Ну не злись, Ярослав. Я и в самом деле на какое-то время выпала из нашей беседы. Но к тому есть серьёзные причины, я позже расскажу тебе о них. И тогда ты сам поймёшь, что я не нарочно так делаю.

— Свежо предание... — мрачно пробормотал Ярик. — Давай-ка лучше продолжим. Но предупреждаю, что если ты и дальше будешь так «выпадать» постоянно, я просто перенесу нашу встречу на другой день.

— Хорошо, — со вздохом согласилась Ирина. — Пожалуйста, прошу тебя, повтори, что ты буквально минуту назад мне говорил.

— Ладно, — Ярик ещё не успокоился, в любую минуту готов был вновь взорваться, но как мог попытался преодолеть владевшее им раздражение. – Мы говорили о фильмах, культовых для транссексуалов. Со своей стороны могу сказать, что я пересмотрел кучу всякой ерунды, но некоторые вещицы, действительно, произвели на меня впечатление. Ты успела что-нибудь проработать?

– Не всё, – ответила Ирина, медленно опускаясь с небес на грешную землю. – Наибольшее впечатление получила от двух вещей: «Трансамерики» и «Серпа и молота». Что ты о них можешь сказать?

– То, что основную часть материала ты ещё не видела. Да, действительно, «Трансамерика» – безупречная вещица, но вот «Серп и молот» – по-моему, там чистой воды политика. Во всяком случае, слишком много политики.

Ирина, наконец, уловила внезапно ускользнувшую от неё нить.

– Послушай, мы ведь с тобой не на подготовительных курсах. Надеюсь, ты не настолько вошёл в образ, чтобы начать изучать на практике подобные вещи? Мне, во всяком случае, это совершенно не интересно, поэтому и любые материалы, в которые мы вникаем, я рассматриваю только с одной-единственной точки зрения: пригодятся они или не пригодятся нам в работе. И если брать героя «Серпа», которого, кстати, блестяще сыграл Алексей Смеляков, то больше всего в нём меня поразила одна черта: потребность в любви, счастье, как главная установка в жизни. Когда вождь (Сталин) заставил героя (тогда ещё героиню) перевоплотиться в мужчину (FtM – femail to mail), тот довольно быстро смирился со своей участью, прекрасно понимая, что обратной дороги нет. Однако когда его попытались вновь заставить отказаться от его любви, теперь уже навсегда, он поднял бунт (пытался даже задушить самого товарища Сталина!) и предпочёл самоубийство, в итоге, такой ненавистной, навязанной ему жизни.

Ярослав помолчал немного, пытаясь переварить услышанную необычную трактовку, затем сухо возразил:

– Не понимаю, о чём ты. Это ведь не фильм, не сериал и не бестселлер, в мюзиклах сиквелов, продолжений, то бишь, не бывает. Мы должны высказаться полностью на том материале, что у нас есть. И уже высказались. Сюжет готов полностью и изменить в нём ничего невозможно. Герой, отомстив, буквально стерев с лица земли убийц своей сестры, не видит смысла в своей дальнейшей жизни. И тогда он принимает решение подарить эту жизнь своей покойной сестре, слившись тем с ней воедино.

Ирина вздохнула:

– Но ведь это не любовь, а жертва. Неужели ты не понимаешь? На что он обрекает того человека, которому он якобы решил подарить свою жизнь? На одиночество? И что это будет за жизнь? Серенькое существование? В чём смысл? Я не вижу.

Ярослав засопел от обиды и готов был уже разразиться длинной гневной тирадой, однако Ирина со слезами на глазах вдруг прервала его.

– Ладно, Мудрик, прости меня. Я намеренно несу какую-то ахинею. Не обижайся. Просто мне тяжело сказать тебе правду. Нет больше пьесы, нет мюзикла, наша мечта разбилась о действительность в пух и прах. Мы с Вадимом одновременно потеряли работу, Александра тоже висит на волоске, во всяком случае, ставку ей сильно понизили. Деньги, которые были, давно уже все потрачены, так что пора разбегаться. О себе можешь не беспокоиться. Максимум в три дня я рассчитаюсь с тобой. Вот и всё, что я хотела тебе своими дурацкими рассуждениями сказать. Ну а ещё то, что никогда в жизни я не была так счастлива, как в период нашей совместной работы.

Мудрик на этот раз замолчал надолго. Затем со вздохом проговорил:

– Чепуха! Если дело только во мне, я согласен работать бесплатно. И даже вернуть те деньги, которые от вас уже получил.

– Странно, – нахохлилась Ирина. – Ещё совсем недавно ты считал наш замысел полным бредом, с чего вдруг такие перемены? Может, причиной тому наши личные отношения?

– Нет, – упрямо покачал головой Ярик. – Может, я в твоих глазах и молокососом выгляжу, но я никогда не путаю дело с «личными отношениями». Просто у меня условие, на мой взгляд, вполне справедливое: я больше не «негр», моё имя должно стоять на афише рядом с именем Александры. Отныне и навсегда я и она – авторы пьесы. Музыка – другое дело, а у пьесы два автора.

Ирина не на шутку разозлилась:

– Ах, вон оно что! Долго же ты выжидал момент.

Теперь вот саморазоблачился, волк в овечьей шкуре! Наверное, и со мной неспроста шашни завёл? Забудь! Никто на твои условия никогда не согласится.

– Ну, это уж не тебе одной решать, – сухо ответил Мудрик. – Нас в упряжке четверо, если два голоса будут «за», тебе придётся смириться... или самой выйти из игры. Все твои расходы мы полностью возместим тебе. Причём так быстро, как только ты того пожелаешь.

Ирина даже рот разинула от изумления.

– Вот это да! Что я слышу? Действительно, глас не мальчика, а мужа! Называй уж вещи своими именами: эй, ты, бывшая оконная леди, вон из проекта! Вот она – была и нету. Может, ещё и пендаля хорошего для разгону дашь?

Ярик пожал плечами.

– Зачем же так грубо? И зачем пендаль, если ты сама уже от всего устранилась? «Нет больше пьесы, нет мюзикла, наша мечта разбилась о действительность в пух и прах». Конечно, вполне логично было бы назвать это предательством, но, думаю, никто тебя не осудит, как, безусловно, не осуждаю тебя я. Ты – мать, главные твои обязательства – перед сыном. Ты прекрасно повеселилась, провела с нами время, теперь выходишь сухой из воды. О чём ещё можно мечтать? Я, к примеру, очень рад за тебя.

– Ах вот как! – нервно расхохоталась Ирина, всё ещё чувствую себя на высоте, не видя на горизонте ни одного облачка. – Понятно, курица – не птица… Знакомо, частенько слышала. Только я ведь не курица. Ладно, давай конкретно, мой милый мальчик. Допустим, я согласилась, где вы деньги возьмёте?

Но Ярослава не так просто было выставить за идиота.

– К счастью, или, к сожалению, Ируля, но ты ведь ничего обо мне не знаешь. К примеру, того, что мои родители умерли и оставили мне прекрасную квартиру. Вот её-то я и собираюсь поставить на кон.

Ирина задумалась. Да, действительно, крыть ей теперь было нечем.

– Ты сумасшедший?

– Скорее, сумасбродный. Но не больше, чем ты сама.

– И где ты, интересно, потом жить собираешься? Бомжевать, скитаться по ночлежкам, вокзалам? Долго ведь ты так не продержишься.

Ярик предпочёл не отвечать на этот вопрос, отмолчаться.

– Да, ты, действительно, сумасброд, каких мало, – растерянно пробормотала Ирина. – В принципе, вопрос и в самом деле достоин, чтобы его поставить на голосование. Вот только ты допустил ошибку в своих расчётах, и это сводит на нет все твои старания: двух «за» не будет. Вадим одумался, и теперь настроен категорически против нашего несостоявшегося шедевра. Думаю, ему не составит большого труда убедить в этом и Александру. Во всяком случае, он мне это твёрдо обещал. В смысле, пригрозил.

Ярик вновь, в который уже раз, надолго задумался, переваривая ещё одну, новую, только что открывшуюся для него информацию. Наконец произнёс твёрдо, решительно:

– Не беспокойся, вопрос только в тебе, всё остальное я беру на себя. Смею тебя заверить, Александра никогда не откажется от этого проекта (кстати, я очень рад, что ты воспринимаешь её теперь, как должно, то есть, как женщину). А где Саша, там и

Вадим. Куда он денется? Думаю, пары минут мне будет достаточно, чтобы устранить это препятствие. Ну а у тебя ещё есть время подумать. Точнее, одуматься. Или, как альтернатива… продолжать и дальше сходить с ума. В тёпленькой компании таких же психов, вроде Марины и Жени. Ладно, как я понял, секса у нас с тобой сегодня не предвидится. Придётся удалиться. Если передумаешь, звони.

После ухода Ярослава Ирина долго сидела, не в силах тронуться с места. Надо же, над ней одержал верх какой-то мальчишка! И что делать теперь? В гордом своём одиночестве? Телевизор, что ли, включить? Зря, конечно, она отказалась от секса. Самое лучшее средство было бы, чтобы нормализовать отношения, прийти в себя, да просто нервы разболтанные утихомирить.

«Ну, конечно, – радостно улыбнулась она, услышав звонок мобильника, – не выдержал, мужичок-с-ноготок, хочешь спросить, не передумала ли я? То-то! А вот передумала! Хочу и даже очень хочу! Ну только чуть-чуть, буквально минуту, помариную тебя, дружок, из гордости. Наша крепость укреплена на славу, ей-ей, её можно взять только очень долгим измором. Нет, пожалуй, всё-таки хватит и двадцати секунд. Зачем рисковать?»

– Привет! Что случилось? Не подаёшь признаков жизни, совсем забыла меня.

Такой желанный долгожданный голос. Нет, не забыла. Забыла она тут же Ярика. Как будто его никогда и не было.

– Нет, не забыла, – хриплым, дрожащим голосом выдавила Ирина из себя. Жалобно, очень жалобно прозвучал её голос. – Просто обстоятельства. Работу вот потеряла…

– Да, это серьёзный вопрос. Вполне достойный, чтобы его немедленно обсудить. Думаю, в ресторан в таком состоянии идти нет смысла. Как насчёт того, чтобы снова встретиться у меня? Нет возражений? Тогда я сейчас за тобой заеду. Да, не спросил, может, ты сегодня несвободна?

– Свободна, – всё с той же дрожью в голосе, которой она от себя никак не ожидала, ответила Ирина. – Полностью свободна. Всегда свободна. Для тебя. Только для тебя.

ГЛАВА 5

«Господи, как же хорошо, что мне не надо сегодня идти на работу!»

Первое время Ирина никак не могла привыкнуть к этому ощущению, вскакивала ни свет ни заря, машинально начинала корректировать загодя выстроенный план дня. Затем, за завтраком, вносила уточнения в уже набросанный план недели, сверяя его с пометками, сделанными в ежедневнике.

Собственно, ничего не изменилось, зачем отвыкать от хороших привычек? Вот только ничего из её попыток не получалось, режим времени в корне поменялся, и это вносило невообразимый сумбур в её записи. Приходилось допоздна решать какие-то вопросы, а подниматься ближе к обеду. И к этому изменению она никак не могла привыкнуть, да и не хотела. Хотя пора, пора отвыкать. Не следует тянуть с поисками нового места работы, деньги совсем на исходе. А пока…

Пока… надо осмыслить, что же произошло. Всё было настолько неожиданно… Ну, свечи, шампанское, прекрасно сервированный ужин – это прекрасно, конечно. Герман умел извлекать удовольствие буквально из каждой мелочи, каждого мгновения, и этому у него Ирине больше всего хотелось научиться.

Как он любил повторять: «Я не понимаю, что такое будни. Для меня вся жизнь – сплошной праздник».

Эта его манера одеваться, тщательно продуманная каждая деталь туалета.

Нижнее бельё, частенько женское, постельные комплекты невероятной красоты. Крема, лосьоны для ухода за кожей тела, лица.

Но почему она? Почему именно она? Наверное, ему куда лучше подошла бы какая-нибудь куколка Барби. Ни красотой, ни ухоженностью она, Ирина, никогда не блистала. Неужели именно такая жена ему нужна? Или он рассчитывает изменить её, полностью к себе приспособить? Глупая затея. Вадим вот прекрасно разгадал её. В особенности – гордый, самостоятельный её характер.

«Поверьте, в вас нет ничего мужского. Просто женщина с сильным характером. Активная? Да. Может быть, даже реактивная. Но кто сказал, что это недостаток? Просто индивидуальные особенности.

Собственно то, чем один человек отличается от другого, в данном случае одна женщина от другой».

Хорошее определение. Устроит ли она в таком качестве своего новоявленного жениха? Она не стала в тот вечер ставить ему какие-либо условия, о таких вещах заранее не говорят, но вряд ли стоит ему обольщаться. Нет, нет, и ещё раз нет, она ведь не переменится. И все надежды переделать её заранее обречены на провал.

Что с её стороны? В последнее время Ирина всё чаще возвращалась к былому увлечению диктофоном. Обстоятельства заставили, в работе над мюзиклом важна была каждая деталь. К некоторым из них потом приходилось постоянно возвращаться, катать и катать в голове, принимать или отвергать.

Она не поленилась встать, принесла ноутбук, подключила его в розетку и уложила на колени. Заодно взяла с тумбочки маленькую изящную коробочку и долго, как заворожённая, любовалась преподнесённым ей по всем правилам рыцарской галантности – то есть, встав на одно колено – колечком с бриллиантом. «Красивая вещица!» Собственно, вот с этого все сегодняшние размышления и следовало начинать.

«Я уверен – одиночество ваше долго не продлится. Найдётся человек, который полюбит вас, и которого полюбите вы».

Что ж, и в самом деле, если разобраться, четыре года – не такой уж большой срок. Тем более что к активным действиям она перешла лишь совсем недавно, до этого просто выкарабкивалась из самоизоляции и житейских проблем.

«Вы никогда, ни при каких условиях не сможете полюбить человека, который не любит вас».

Вот это, пожалуй, уже серьёзнее. Уверена ли она полностью в любви Германа, а главное – действительно ли она сама в него влюблена? Ведь, по сути, знакомство их шапочное, возникшее на весьма экзотической почве. Конечно, влияние на неё он уже оказал колоссальное, но…

Хорошо, что там ещё осталось?

«Только два критерия – этот человек не должен подавлять вас собой ни при каких обстоятельствах, и в то же время быть личностью, до которой вам нужно будет тянуться и тянуться практически всю вашу жизнь».

Что ж, если руководствоваться этими ориентирами, то всё в порядке, но с какой стати она вдруг так слепо поверила рекомендациям какого-то заштатного, ничем не примечательного психолога-консультанта? Действительно ли он настолько проникся её проблемами и углубился в её личность или просто попал пальцем в небо, отделался дежурными фразами?

Кстати, она ведь играет с огнём, Александр по-прежнему нуждается в специальной, именно психиатрической, помощи. Собственно, как любой транссексуал, но почему-то помощь эта им оказывается только до того момента, как они перешли Рубикон, а следовало бы поддерживать таких людей до конца жизни. По сути, их ведь не так много, и просто психолог или даже психотерапевт тут бессильны. Половые гормоны, сильнодействующие лекарства, резкое отторжение со стороны общества – тут одними душеспасительными разговорчиками не обойтись. Порой нужно резать по живому. Но если бы одно только это… «Они были дети. И детской была их любовь». Детство ушло, но вот любовь… Это ведь не литература, а жизнь: бывает такая любовь, против которой все ухищрения сюжета, действительности бессильны. А значит, и тактика лечения должны быть построена на том, чтобы изначально признать её, любовь эту проклятую, как неоспоримый факт, не развенчивать её, не противиться ей. Пусть будет культ, непреходящая горечь утраты, из них ведь потом можно, наоборот, сформировать великий стимул, который преодолеет самое глубокое отчаяние, выведет человека из любой депрессии. Одна только волшебная фраза: «Пока я жив, жива память о любимом мной человеке, жива и наша любовь». И таких волшебных, врачующих душу слоганов наверняка есть великое множество, однако ведомы они только специалисту, хороший специалисту. И не пора ли к этому корифею, скажем, через того же брачного консультанта, им всем троим, наконец, обратиться?

«Вот дура! – с отчаянием подумала вдруг Ирина. – В моей жизни только что произошло, быть может, самое значительное, ну после рождения Павла, разумеется, событие, а чем забита сейчас моя, ну очень, на редкость просто, тупая башка?»

Нет, пора, пора заняться делами. К примеру,

враги, их-то уж никак нельзя оставлять за спиной. Вчера Женю не удалось застать после работы, вроде как нашлись дела поважнее, кто знает, как сложатся обстоятельства сегодня? Не стоит рисковать. Обеденное время в самый раз подойдёт для этих целей, вот только успеет ли она? Ирина вскочила было с кровати, но затем вновь улеглась: пару минут, ещё пару минут, не больше. Ещё хотя бы чуть-чуть в мыслях на него полюбоваться. Рыцарь на белом коне…

«– Ты такая грустная, никак не можешь сосредоточиться, прийти в себя. Что случилось? В такой день торжественный, когда тебе сделали предложение, объяснились в любви. Не понимаю.

– Я потеряла работу. Не представляю, как и на что буду жить дальше.

– Ну, это не беда. Я как раз никак не могу решить проблему со свадебным подарком, а тут как нельзя более удачный вариант: небольшая фирма с тем же профилем, в котором ты, как я надеюсь, уже не одну собаку съела… Только там ты будешь уже не менеджером, а полной хозяйкой. Или ты хочешь что-нибудь другое? Нет проблем.

Ирина вспомнила, как она скромно потупила взгляд.

– Ночной клуб.

Герман от души расхохотался.

– Да, губа у тебя не дура. Но как ни странно, мы тут сходимся в увлечениях. Полгода. Надеюсь, потерпишь? Но там не хозяйка, хозяином полным буду я. – Он немного поколебался, затем проговорил со вздохом: – Знаю, есть ещё один вопрос, который тебя мучит. Но будь стопроцентно уверена: я совершенно не против этого пацана, Ярика твоего. Я вообще на такие вещи смотрю современно, во всех случаях Домострой тебе не грозит».

Ирина, наконец, вскочила и тщательно, без спешки, стала собираться. Уроки, полученные от зеркалотерапии, даром не прошли, теперь она уделяла гораздо больше времени и внимания своему внешнему виду.

– Зачем скрывать, это я всё сделала, – Женя и не думала разыгрывать невинность или смущение. – «Блоги»... Да они сами просились на суд общественности. Сколько сейчас издаётся всякой макулатуры, а здесь буквально крик души. Я просто решила попробовать, и всё получилось: первое же издательство, да какое, откликнулось на мой призыв. Мне дали хорошего, опытного редактора, колесо моментально закрутилось. Вот только не понимаю: я что, присвоила себе авторство? Или, может быть, прикарманила гонорар? Не было ничего подобного! А те десять процентов, которые я себе взяла, просто положены мне как литературному агенту. Ну ещё десять процентов пришлось отдать посреднику, но это тоже не конец света? Какие ещё претензии? Насчёт календаря? Но ведь ты сама на сцену полезла, сама разделась там донага. Я уже не говорю о том, что ты там, в общем-то, и не ты, неотразимо привлекательна, а значит, сильно приукрашена, программист просто из кожи вон вылез. Что говорить о славе? Там сплошь знаменитости! Определённого ряда, конечно, но в Москве и такой успех дорогого стоит. Ну а я срубила ещё немножечко денег, только и всего. Что ещё? То, что я Аде Львовне наплела про твои сексуальные домогательства? Но тебе ведь всё равно было уходить, а мне как-то дальше надо жить. Про семейный альбом я вообще могла бы умолчать… он к тебе никакого отношения не имеет, это я для Марины Гордеевой сделала, причём, как тебе это ни покажется странным, совершенно бескорыстно. Считаю, было бы полным бесстыдством с такой лахудры ещё и деньги брать.

Ирина слушала свою недавнюю подругу, нервно кусая губы и непрерывно крутя то в одну, то в другую сторону на пальце подарок – заветное колечко. Наконец не выдержала, взорвалась:

– Слушай, сучка драная, что ты передо мной сейчас невинной овечкой прикидываешься? До тебя что, до сих пор не дошло ещё, что по твоей вине, нет-нет, не глупости, а по злому, холодному расчёту, два человека работу потеряли? Два человека, которые пригрели тебя, пустили в душу, а ты чем им ответила? И из-за чего? Из-за каких-то жалких грошей, Иудиных серебренников?

– Ну, для кого-то гроши… – нервно усмехнулась Женя. – А для меня весьма и весьма неплохие деньги. Я не хочу пытаться тебя разжалобить, Ирен, равно как и вообще портить с тобой отношения, тем более, что знаю: ты со своим характером не угомонишься, пока не найдёшь причину, не влезешь в проблему целиком. А причина проста – на мне не просто большой, а по моим понятиям гигантский, долг висит, и я вынуждена по нему расплачиваться. Тебе в мою шкуру сложно влезть. Ты ведь никогда и никому ничего не была должна в своей жизни, как я понимаю?

– Правильно понимаешь, – хмуро пробормотала Ирина и надолго задумалась. Совсем не такого разговора она ожидала: думала, что Женя станет отпираться или, наоборот, в ногах у неё валяться…

– Долг бандитам? – наконец, уточнила она.

– Нет, банкам, но это сути не меняет.

– Да нет, разница есть и о-чень большая, – язвительно улыбнувшись, покачала головой Ирина. – Оттого и в Москву сбежала, надеялась здесь скрыться? Но не удалось?

Евгения поморщилась:

– Ир, ну сколько можно? Разыгрывать из себя передо мной прожжённую столичную штучку. Я ведь тоже не без серого вещества в голове. Ни от кого я не скрывалась. Просто… где ещё можно хорошие деньги заработать? Не в Озёрах же? Таких, как я, вообще –

море. Да, я не простушка, и во все три ВУЗа, о которых тебе рассказывала, не провалилась, поступила. Но что мне было там делать? Просто доказала самой себе, что я, действительно, чего-то стою. Тем более что к поступлениям этим долго готовилась. Для того и бизнесом занялась, думала – накоплю деньжонок, они потом мне ой как пригодятся. Бизнес верный – в нашем регионе полно девчонок, да и не только девчонок, имеющих педагогическое образование и желающих стать нянями, гувернантками у «новых русских». Перебегать дорогу мы никому не стали, работали по принципу франшизы с одной, уже сложившейся столичной фирмой, специализирующейся на подобных услугах. Я взяла себе в пару свою лучшую подругу, знаю её не то, что со школьной скамьи, буквально с детского садика. Дело у нас сразу пошло, ну а потом, как ты верно заметила, пришли бандиты. Началось с рэкета, отстёжек, заурядного крышевания. Но так все живут. Потом кому-то пришла мысль направить поток в другое, более прибыльное, русло: делать из потенциальных нянь и гувернанток проституток, направлять их сначала в Москву, а потом продавать за границу. Естественно, я не согласилась, хоть и руки мне выламывали до хруста в костях. Естественно, моя лучшая подруга предала меня. Я наскребла кое-какие связи – город-то маленький, до какой-то степени разрядила обстановку: было решено, что если я повешу на себя все долги, в том числе и моей, теперь уже бывшей, «компаньонши», меня отпустят на все четыре стороны. Что мне оставалось делать? Как ни странно, очень хотелось жить, и совсем не было желания, чтобы меня закопали в лесу или подложили вниз под гроб к какому-нибудь покойничку на кладбище. Ты говоришь: хорошо, что всё-таки банк, но сути не знаешь: там те же бандиты, просто порядки другие и всё вроде как по закону делается. Банк, он ведь сам тобой не занимается, он отправляет твои бумаги коллекторскому агентству, с которым у него договор, ну а те уже «прессуют» тебя по полной программе. Звонят, к примеру, по телефону раз десять на дню: вы не забыли, случайно, про денежки, которые одолжили? Или на улице подходит к тебе какой-нибудь очень вежливый и прилично одетый мордоворот и говорит приблизительно то же самое.

Что дальше? Дальше в подобную осаду вовлекают тех людей, которых ты записала своими поручителями, за ними друзей, родителей. Потом таскают по судам, в итоге настаёт черед судебных приставов. Ну, что на эту тему говорить… не мытьём так катаньем, но они всё равно всегда своего добиваются. Я девочка сообразительная, права без толку не стала качать, вовремя, что от меня конкретно требуется, поняла. Сводила дебет с кредитом с большим трудом, но осечки до сих пор ни разу ещё не было. И если бы не ваш чёртов мюзикл…

– Понятно… – Ирина слушала Женины признания с разинутым ртом. Но не знала, что ей ответить.

– Тривиальная история? Знаю, – усмехнулась Евгения. – Но только до тех пор, пока она не случается с тобой самой. А там уж – только успевай поворачиваться.

Ирина хотела что-то ответить, но к ней склонился дюжий охранник.

– Ирина Алексеевна? – спросил он вежливо.

– Да, это я, – ответила Ирина с гонором: тебе-то, мол, бугаю, чего от меня надо. – А в чём дело?

– Я очень сожалею, что вынужден прервать ваш

столь оживлённый разговор, но считаю своим долгом проинформировать вас, что эта столовая ведомственная, и, поскольку вы уволились, вы не имеете права как здесь, так и вообще в этом здании находиться. Как я понял, вы прошли сюда по старому пропуску? Не покажете мне его?

Ирина не стала спорить, достала из сумочки пропуск и безропотно отдала его верзиле:

— Забирайте, только ребят не наказывайте, которые меня пропустили. Я ведь наверняка уже в чёрном списке. Зачем раздувать скандал? Он ни мне, ни вам не нужен.

Охранник кивнул:

— Я тоже так думаю. Кстати, в вашей бывшей фирме очень хотели бы с вами поговорить. Но это уже на ваше усмотрение. Если нет желания, я провожу вас к выходу, если да, сейчас выпишу временный пропуск. Надеюсь, часа вам хватит, чтобы решить все проблемы?

— Хорошо, выписывайте.

Ирина повернулась к Евгении, но поняла, что их разговор исчерпан, что ещё нового она могла узнать или самой высказать?

Добравшись до своего бывшего офиса, Ирина уже совершенно успокоилась и уверенно направилась прямо к двери «железной Ади», ловя на себе удивлённые взгляды своих, теперь тоже бывших, сотрудников.

Их разговор с Адель словно и не прерывался на несколько дней. Ирина сразу решила перейти в нападение, не дожидаясь насмешливого: «О Боже, Ирина Алексеевна, какая встреча, что привело вас в наши края?» или чего-нибудь в том же роде.

— Ада Львовна, здравствуйте, я так счастлива, что вы меня не забываете. Уверяю, с охранником было лишне, я бы и сама не упустила возможности забежать к вам поболтать, по старой памяти. Я вообще-то здесь по делу. Во-первых, поздравьте меня…

И Ирина с восторгом сняла с пальца и положила на стол перед «Адельфиной» своё заветное колечко. У той тотчас загорелись глаза, какая женщина окажется равнодушной перед подобным атрибутом? Ирина решила выложить всё сразу, чтобы не растягивать удовольствие. Её посетило сегодня странное великодушие и ни на кого, даже на Женю, она не держала зла.

— К нему небольшой свадебный подарок – своя фирма, – гордо преподнесла Ирина главную весть. – Но вы не беспокойтесь, Ада Львовна, никого из бывших сотрудников я к себе переманивать не собираюсь, но, тем не менее, если вдруг в кругу ваших родственников, знакомых, найдётся кто-то перспективный, но недооценённый, я бы не отказалась от такого таланта. Ну а ещё, хоть мы и конкуренты, мне очень помогли бы ваши советы, да и посотрудничать мы вполне могли бы на взаимовыгодной основе, не чужие ведь люди.

Это было всё равно, как если бы перехватить змею, изготовившуюся к прыжку и выцедить из неё весь яд.

— Конечно, конечно, Ирина Алексеевна, – поспешила расплыться в улыбке «Очаровашка Адель».

Ну что ж, теперь пора и кинжал вонзить в сердце.

— Остался только один вопрос. Как вы знаете, я теперь не последний человек во «Флоре и фауне», так вот, Леонид Аркадьевич сказал, что вы изначально были не против того, чтобы клуб в своём традиционном календаре рекламировал весь год бесплатно услуги нашей, впрочем, теперь уже не моей, только вашей, фирмы. И даже, как вы помните, наверное, на это был подписан соответствующий договор. Я уж не стала докладывать охраннику подробности своего здесь пребывания, не в его компетенции подобное дело. Так как же нам с вами быть? Считаю, что с моей стороны было бы нечестно не прояснить, уточнить столь важный и щекотливый момент. Сама лично я думаю, что бесплатная реклама никогда ещё никому не мешала, ну а какому-то совсем уж высокому начальству вовсе не обязательно в подобные мелочи вникать…

Начальница что-то промямлила в ответ, чувствовалась, что она была напугана произошедшим разговором до дрожи в коленках. С тем Ирина и гордо удалилась, предварительно отметив у секретарши, как и положено, свой временный пропуск.

Выйдя на улицу, Ирина решила, что если уж так всё в этот день удачно складывается, нужно завершить его по полной программе. Оставалось только одно препятствие – Ярик. Зря она в прошлый раз его не добила. Но просто козырей тогда не хватило. Теперь нужной масти в колоде было более чем достаточно.

ГЛАВА 6

Ярик едва удерживался о того, чтобы не расплакаться. По сути, его первое сильное чувство, и так с ним поступить! Но надо отставить всё личное в сторону, тем более что он этому новому русскому совсем не конкурент. Ничего себе подарочки свадебные: кольцо с бриллиантиком, фирма с нуля. Конечно, куда ему здесь соперничать? Но главное – сам факт, предложение о замужестве. У Павла теперь появится прекрасный отчим, который может обеспечить ему блестящее образование в любой части света, помочь потом с открытием собственного дела: как угодно реализовать себя. Совсем другие возможности. И остаётся только за Ирину порадоваться. А то, что она вела себя так грубо, бесцеремонно с ним в последнее время, быть может, он сам в этом виноват? Своей неуклюжестью как-то спровоцировал её?

Да, ей теперь не нужны компаньоны, денег и так хватает, но зачем же его вообще выпихивать из проекта? Ведь он уже в него столько сил, души вложил.

Нет, он никогда не простит себе, если сейчас позволит так поступить с собой: выкинуть себя вон как какую-нибудь шавку. Надо подумать, что в подобной ситуации можно сделать? Пойти против Ирины при таких её новых возможностях? Рискованно, несправедливо. Но кто она ему? Тем более что в последнее время она пальцем не пошевельнула для того, чтобы их проект развился в полную силу. По сути, давно работали лишь двое: он и Александра, даже Вадим устранился. А значит, в частности, зачем ему разговаривать с Вадимом? Когда он может напрямую все вопросы утрясти с самой Александрой? Ведь кого бы ни строили из себя два других компаньона, как бы ни надували щёки, без Саши их амбиции выглядели, по сути, не более чем шутовскими кривляниями. Они хотят найти другого драматурга? Но своими заготовками он ни за что не позволит им воспользоваться. И только Саша понимает, что друг без друга в этой ситуации им никак не обойтись. А значит, всё, что осталось сделать: высветить в меню смартфона знакомый номер и нажать кнопку «Вызов».

Что ж, надо признать: победа чистая, полная, вот только гладкость, лёгкость её Ирину настораживала. В жизни так не бывает. Где-то непременно притаился подвох и нельзя расслабляться, почивать на лаврах, нужно продолжать и дальше столь успешно начатое наступление. Настраивать себя на то, что победа хоть и не за горами, но ещё не достигнута. Не только интуиция, но и здравый расчёт говорят об этом. Марина? Да она как та унтер-офицерская жена, которая сама себя высекла: Вадим от неё сейчас далёк как никогда. Ярик? Молокосос, огрёб в этот раз по заслугам, вряд ли больше высунется, фирма в его услугах отныне не нуждается. Вон из дела, из сердца вон! Женя? Да, именно здесь она не дожала, своего противника недооценила. Но всё дело не в мозгах, а в недостатке информации.

Ирина снова достала смартфон и набрала номер Леонида. Тот моментально откликнулся. Молодчага!

– Леонид? Это Ирина. Помните меня? Что ж, я очень рада. Все комплименты принимаю, буквально свечусь от восторга. Спешу сообщить также, что я уже кое-что наработала по нашему договору, хоть он и не на бумаге, «на пальцах», но сейчас хотела бы поговорить с вами совсем на другую тему: у меня к вам большая личная просьба. Можно?

Клюнет, не клюнет? Плюнет, поцелует? Да и что, собственно, она теряет, нарвавшись на отказ? Ничего. Связи, любые, пусть даже самые хлипкие, нужно крепить, крепить и укреплять. А лучший способ для женщины обратить на себя внимание мужчины – попросить его о помощи. Ничего более действенного, эффективного ещё никто и нигде не придумал.

– Здравствуй, Иринушка. Не ожидала меня услышать?

– Ну что ты, мир тесен.

– Звоню тебе просто так. Как подруге по несчастью. Всё повторяется, я тоже, как и ты, потеряла работу. Можешь себе представить, этот любовничек-начальничек мой вышвырнул меня за ворота, как драную кошку. Предварительно вдоволь натешившись и попользовавшись мной во всех смыслах, я имею в виду не только физических.

Ирина помолчала некоторое время, пытаясь переварить, хотя бы наспех, неожиданное известие.

— Можем, встретимся? — предложила, не зная как истолковать её молчание, Гордеева. — Ты почему-то постоянно избегаешь меня, но нам наверняка есть о чём поговорить.

— Предложение принимается, но опять немного откладывается. Что если я тебе сейчас быстренько перезвоню? Как я понимаю, у тебя теперь большие трудности с деньгами?

— Ну что ты, — великодушно отклонила её предложение Гордеева. — В материальном плане как раз всё в порядке: я получила подарок на память, не царский, конечно, но вполне сносный; неплохое выходное пособие; ещё девчонки немного скинулись, так что пока — тьфу-тьфу! — проблем нет, особенно, если учесть, что я не обременена детьми, только мать одна. Но она, к счастью, в моей помощи не нуждается, подрабатывает, хоть и на пенсии. Так что, прошу тебя, ради бога, не исчезай. Понимаешь, я никак не ожидала, но мне даже не с кем сейчас на эту тему поговорить. Всё хорошо, когда всё хорошо, а вот когда случается что-либо подобное, люди шарахаются от тебя как от чумы.

Ирина, поняв, что её попытка взять тайм-аут, чтобы хоть как-то в новых для неё событиях сориентироваться, не прошла, лихорадочно пыталась сообразить, как ей вести себя, по ходу дела, не прерывая разговора.

— Мариш, прости, но, если честно, на что ты рассчитывала? Ты ведь успела узнать за годы совместной работы начальничка вашего как свои пять пальцев. Тем более тебе хорошо было известно не только, что он женат, но и насколько серьёзно относится к своему браку, детям. Я всего лишь считанные минуты с ним пообщалась, но успела понять главное: он — классный мужик. Надёжный, работящий, никакой излишней дури в голове. То, что он уволил тебя... ну, в этом я не вижу ничего личного, просто нужно было любой ценой загасить хоть и затухавший, но в любую минуту готовый вспыхнуть вновь, конфликт, так что полумерами тут никак нельзя было обойтись, необходимо было иссечь сразу, целиком всю заразу. Это в лучшем случае, но ведь, насколько мне известно, он проводил какое-то служебное расследование и не исключено, что разобрался в этом деле до потрохов. А значит, что-то с твоей стороны, мягко говоря, некорректное, всё-таки было? Но это так, конечно, общие рассуждения. Во всяком случае, мне искренне жаль, хотя я и не думаю, что такой специалист, как ты, долго будет искать работу.

– Ладно, ловлю на слове, – вздохнула Марина. – Мне сказали, что тебе подарили не только колечко к свадьбе, но ещё и фирму с нуля? Может, ты и найдёшь применение моим, судя по твоим словам, неординарным, способностям?

– Если по договору, то есть за проценты со сделок, то считай, что ты уже в деле, – без колебаний ответила Ирина. – Ну а если в штат, то это можно решить только при встрече. Есть несколько условий.

– Ага, понятно, – разочарованно проговорила Гордеева, подумав: «хороший способ меня устранить и в то же время постоянно держать в поле зрения». – Кстати, а как же Вадим? Выходит, мы больше в отношении него не соперницы?

Ирина едва удержалась от того, чтобы «старой

девушке» не нагрубить.

– Мариша, сколько же можно? Разговор у нас уже был на эту тему. Хоть мой будущий муж и человек широких взглядов, максимум, что я могу оставить из прежней жизни – Ярика. На большее у меня просто ни сил, ни времени не хватит. Соперницы мы в другом: я никогда не дам в обиду моего бывшего мужа, Александру, отца моего ребёнка, и уж тут я не остановлюсь ни перед чем, можешь быть уверена в этом.

Марина вздохнула.

– Ну вот и объяснились. Да так бескомпромиссно, что и встречаться незачем. Примирения не получилось. По-прежнему, война без правил, до победного. Что ж, принимается.

Ирина усмехнулась.

– Да нет, опять ошибаешься, войн без правил не бывает. Даже у женщин. Иначе это всего лишь вражда. Не руби с плеча, Мариша, подумай хорошенько, коли уж так складываются события, я всё-таки, пожалуй, соглашусь встретиться, причём сегодня же, не откладывая дело в долгий ящик. Поверь, я тебя очень уважаю, и это не пустые слова.

Поэтому у меня уже есть к тебе одно очень интересное предложение, от которого, на мой взгляд, ты вряд ли сможешь отказаться. И кто знает, может, оно как раз и решит все твои проблемы? Заодно и наши. Стать моей заместительницей. Во всех случаях, полагаю, не в твоём положении от помощи, тем более, от такой должности, отказываться. Кстати, насчёт матери ты солгала, по моим сведениям у неё инсульт, и в очень тяжёлой форме. Ну а теперь по делу… О том, что я выхожу замуж – Женя тебе сказала?

– Ну, Евгения, конечно. Кто же ещё? – разочарованно протянула Марина. – Это что, такой важный секрет?

– Нет, сам по себе не секрет, секрет – когда именно сорока на хвосте тебе столь интересную новость принесла? Вчера, сегодня? Я ведь знаю твою импульсивность, долго ты не стала бы дожидаться, чтобы дать выход своим эмоциям.

– Что ж, у каждого свои недостатки, – неохотно признала Марина. – Да, это случилось буквально пару часов назад.

– И про Вадима тоже?

– И про Вадима.

— Ладно, подробности при встрече. Повторяю: если хочешь, сегодня же вечером. Можешь приехать ко мне часов после семи, можем встретиться в какой-нибудь кафешке.

— Да уж лучше дома. Только я ничего готовить не стану сегодня. Наверняка заподозришь, что я хочу тебя отравить.

Ирина расхохоталась.

— Хорошо, коли так, давай поужинаем каждая загодя. Даже напитки отменяются. Ну а уж потом можем и отметить, как полагается. Если обо всём договоримся. Единственное условие: никто о нашей встрече предварительно не должен знать. Потом, кто угодно и сколько угодно, ради бога, но только после, а не до.

— Что ж, спасибо за доверие. Последний вопрос: речь шла не только о замужестве, не только о Вадиме, но ещё и о твоей ярко выраженной нетрадиционной сексуальной ориентации. Вроде как у тебя совершенная нимфомания на этой почве. По рассказам Жени, которыми она прожужжала уши всем, кому только можно, ты её долго добивалась, шантажировала, затем всё-таки совратила, но и после этого не отступилась от своего, продолжаешь преследовать до сих пор. Знаешь, мне это всё равно: как говорится, каждый по-своему с ума сходит, тем более что ты сказала, будто твой жених — человек достаточно широких взглядов. Я просто хотела спросить, мне лично ничего не грозит в этом плане? У меня ведь на сей счёт никаких взглядов, ни широких, ни узких, нет, а рука тяжёлая. Надеюсь, ты не за тем так настаиваешь на нашей встрече? Женя в таких красках всё живописала, что просто дрожь в коленках.

Ирина рассмеялась.

— Боюсь, Мариша, ты зря надеешься. Мне подобные вещи и в голову никогда не приходили. А вот к сексу я, действительно, неравнодушна. И мужики, сволочи, этим активно пользуются. Но за информацию всё равно спасибо. Она мне сейчас нужна как никогда.

Смеялась-то она смеялась, но последнее сообщение Гордеевой Ирину совершенно добило. Как же так? Они ведь вроде бы обо всём с Женей договорились. Почему вдруг такая перемена? Идиотка! Чего она добивается? Ладно, война так война, потом разберёмся. Сейчас главное – переманить на свою сторону Марину. И держать её постоянно в поле зрения, причём главным образом не из соображений безопасности, просто помощницы в будущем бизнесе лучше, надёжнее её, ей, Ирине, и в самом деле, не найти.

Неожиданный телефонный звонок внезапно прервал её размышления.

– Привет, доченька! – с добродушной издёвкой раздалось на другом конце провода. – Как ты там? Что случилось? Совсем не звонишь, дитятко своё забросила.

– Извини, мамуль. Я никчёмная дура. Как там Павел? – со стыдом пробормотала Ирина. Хорошо, что напротив не было зеркала. Кто она? Кто о-на? Да просто монстрище!

– Павел в порядке. Да я и сама не в претензии. Герман нам всё объяснил, так что, собственно, звоню я больше, чтобы тебя поздравить. Выбор твой просто великолепен, не зря ты так долго на компромиссы не соглашалась, жених твой нас всех очаровал.

– Герман? Очаровал? – С ума можно было сойти от неожиданности. Ирина плюхнулась без сил на банкетку, чуть не раздавив её. – Он что, был у вас?

– Да, конечно, приходил знакомиться, просил твоей руки по всем правилам. Сказал, что у тебя сейчас нелёгкий период, ты совершенно выбита из колеи своим увольнением. Хотя, на мой взгляд, это тебя совсем не извиняет. Павла он каждый день возит в школу и обратно. А вот кольцо с бриллиантиком показать, да планами на будущее поделиться, ты могла бы – так с родителями не поступают. Мы тут с отцом просто умираем от любопытства.

Да, пожалуй, зеркало сейчас не помешало бы. Но совсем для другой цели. Увидеть себя дурой, буквально ошалевшей от счастья. Куда Вадиму с его румянчиком. Вот он где, румянчик-то.

– Завтра, мамуля! Не обижайся! Всё покажу, всё объясню.

– Здравствуй, Саша! Догадалась, кто звонит? Это Ирина. Как ты там? Надеюсь, всё в шоколаде? Надо бы встретиться, наедине, для меня это вопрос жизни и смерти.

– Нет проблем. Хотя, в принципе, я догадываюсь, о чём пойдёт речь, и можно было бы обговорить «вопрос» по телефону. Так получилось, что я в курсе всех твоих дел. Ты потеряла работу, осталась совсем без денег, а Пашке сейчас так много нужно. Ещё пару дней назад я не знала бы, что тебе и ответить, положение и у нас самих было безвыходное, но сейчас мы, наконец, выкарабкались из долговой ямы и без труда можем все твои расходы возместить.

Ирина растерянно замолчала на какое-то время, затем тихо спросила:

— Выкарабкались? Каким образом?

— Ну, новостей у нас вообще целый ворох. Ты давно не была у нас, поэтому немного отстала. Во-первых, можешь поздравить меня: Вадим случайно наткнулся на мои записи в ноутбуке, они показались ему настолько интересными, что он отнёс их для консультации в издательство. И вот сюрприз: я автор книги «Ночи с Пантерой», получила гонорар и, почти одновременно с ним, весьма приличную сумму за допечатку тиража. Думаю, допечатка эта не последняя: расходится моя книжуленция, как горячие пирожки. Ну а главное – мы с Вадимом подписали договор на продолжение, а там уже совсем другие деньги ожидаются. Не поверишь, но в издательстве так боялись, что мы не согласимся дальше сотрудничать с ними, что выдали нам с Вадиком просто фантастический аванс.

– И что за продолжение? Если не секрет, конечно, – Ирина всё глубже увязала в трясине новостей из какого-то совсем другого, чуждого ей, мира. – И почему «нам с Вадиком»?

– Потому что мы должны написать его вместе. О чём? О самом лёгком для нас – о нашей любви. Оказывается, есть люди, которым это интересно. Причём не только в России, а в Германии, Франции, Англии, Израиле. Дальше пока не знаю. У нас и здесь уже появилось много поклонников, даже фанатов. Но я не буду тебе досаждать, мы слишком отвлеклись в сторону. Главное в другом – у нас теперь появился режиссёр, и мы вот-вот начнём репетиции. Есть сцена, артисты, статисты, подтанцовка. С мечтами покончено, всё предельно реально. У нас просто крылья выросли, ты даже не можешь себе представить, как мы сейчас счастливы. Так жаль, что ты не с нами. Я слышала, ты замуж выходишь?

– Да, это правда.

– Что ж, поздравляю! От всей души! Можешь и

нас поздравить: Вадим уже нашёл новую работу, меня вот в другой клуб переманивают, неплохие деньги обещают, не исключено, что я соглашусь. Приходи как-нибудь на репетицию. Уверена, не пожалеешь – это просто сказка. Ириша, я так счастлива сейчас, о таком везении не осмеливалась даже мечтать. Хотя тут во многом заслуга не моя, а Ярослава и Леонида.

Всё? Или это только начало? Она ведь знала, что дело в скорости, но при всём желании не поспевала за событиями. А между тем её просто вышвырнули на обочину. Сначала с работы, потом из мюзикла, сейчас из личной жизни: ничего себе мать – совсем забыла о ребёнке. Хорошо хоть есть кому её подстраховать. Нет, вот теперь без зеркала никак не обойтись. Как быть? Расписаться по-скромному или опять белая фата, лимузин, банкет? Нет, не настолько она голову потеряла, чтобы решать самой такие вопросы, пусть решает жених. Он ведь не последний человек в столичном бизнесе, а в подобных делах нет личной жизни, всё напоказ. Как Герман скажет, так и будет. Потом, потом можно будет обговаривать какие-то условия. А сейчас условие только одно: она должна распутать или, в крайнем случае, разрубить нежданный-негаданный гордиев узел или он обовьётся вокруг её шеи и задушит.

Все, все предатели!

В особенности, этот шустрый Ярик-Йорик. С каким бы удовольствием сейчас она подержала в руках его скальп, а ещё лучше – череп.

Евгения – простушка-пастушка. Вряд ли она врала в прошлый раз, просто многое не договаривала, а оттого и весь смысл потерялся, а главное – след, и побежала она, Иринушка, как шалая гончая, далеко в сторону от желанной цели.

Леонид. Можно даже не звонить ему, и так всё ясно: деньги, которые сейчас появились у Александры – его работа. Поставил всех там, в издательстве, на уши. И что теперь, претензии ему предъявлять? Он получил сполна за своё рвение, этот клоунишка, шутка ли – режиссёр, она его явно недооценила.

Её хваленые познания в психологии, которыми она так гордилась? Да ничего она в новой для неё сфере, в которую так опрометчиво, легкомысленно, с головой кинулась, не смыслит, все обводят её вокруг пальца с немыслимой лёгкостью, даже эта дурочкапровинциалка, даже этот Йорик-Ярик, совсем ещё молокосос.

И что теперь? Может, отступиться? Зачем она вообще полезла в этот непонятный и совершенно чуждый для неё мир? Чтобы выйти замуж? Что ж, цель достигнута, может, пора и остановиться?

ГЛАВА 7

Евгения чувствовала себя уверенно, не предприняла никаких попыток уйти от нового разговора, да и по телефону была достаточно доброжелательна, хотя и радости особой по поводу звонка Ирины не испытывала. Ирина начала с того, что бросила на колени «подруге» десять банкнот по сто долларов.

— Полагаю, мы в расчёте? — спросила она, уставившись невидящим взглядом в лобовое стекло. — Тем более, как я надеюсь, это не последнее наше сотрудничество. Зачем я просила тебя о встрече? Я очень благодарна тебе за то, что ты была так откровенна со мной в прошлый раз, но сейчас мне хотелось бы услышать то, о чём ты тогда умолчала.

Женя не торопясь собрала зеленые бумажки, тщательно их пересчитала и спрятала на груди в лифчике, не доверяя сумочке.

– Ну, ты так и так всё узнаешь, тут дело времени, вопрос только в том… имеет ли смысл тебе знать её – всю правду?

Ирина пренебрежительно хмыкнула:

– Благотворительность, вообще-то, не мой конек. Даже когда у меня была работа, я нищим не подавала, деньги мне не настолько легко давались, а уж теперь… Хотя, кто знает, может, когда я стану хозяйкой собственной фирмы, я переменю своё мнение? Но, опять же, заставить меня что-либо подобное сделать может только вопрос выгоды. Сейчас мне выгоднее всего знать правду, так что, я уже сказала тебе – за ценой я не постою.

Женя снова замолчала, чувствовалось, что при всей её циничности, ей нелегко было решиться на подобные признания. А может, просто прикидывала в уме, достаточна ли сумма, которую ей предложили, чтобы пойти на них.

– Ладно, – сказала она, наконец. – Зачем я подсела к тебе в тот раз? Просто так, наугад, я тогда ещё не знала, кто ты. Но точка отсчёта автоматически пришла в движение. Мне тогда здорово попало от Вадима, еле удалось оправдаться перед ним. Однако когда ко мне буквально на следующий день подошёл Герман и попросил об услуге, обещая за неё щедро заплатить, я уже была готова на всё, решив, что Вадиму знать о таких вещах совершенно не обязательно. У меня тогда было особенно плохо с деньгами, а два моих козла обо мне и моих нуждах, казалось, напрочь забыли. Да-да, та встреча во «Флоре» была подстроена, хотя я, конечно, не ожидала, что Джози так легко охмурит тебя. Я только одному удивляюсь: ты его что, в прошлый раз, в «Косынке», не разглядела? Он ведь главный соперник Саши, точнее, Саша — соперница, Герман, хоть и талантливый мужик, в подмётки ей не годится. Но зато он — мастер интриги, и немало ребят хороших в сторону оттеснил, чтобы на своё особое место прорваться, однако здесь, как говорится, нашла коса на камень. Герман — талант, но Саша — гений. Казалось бы, перейти Джозефинушке куда-нибудь в другое место, или успокоиться, и всё было бы прекрасно, но не тот характер у человека. Уму непостижимо, сколько он сделал, пытаясь Вадима и Сашу разлучить, но это совершенно немыслимо. Там такая любовь, которая не подвластна ни подлецам, ни негодяям, вообще никому на свете. Тем более что ребята в шоу-бизе уже давно и знают Белокурой Джози цену, во всяком случае, в отношениях с ним постоянно настороже. И, наверное, так и оставалось бы до сих пор всё в состоянии хрупкого равновесия, если бы вдруг, как слон в посудной лавке, не появилась ты. Вот ты наверняка сейчас обвиняешь, ненавидишь меня, считаешь меня первопричиной всех своих бед в последнее время, но кто я? Я – просто пешка, а ты – королева. Я не имею в виду внешний вид. Твои мозги. Хоть они и пытаются сейчас тебя оттеснить за борт, буквально все, кому не лень, но без тебя бы эта сумасшедшая по своей красоте и глубине идея, я имею в виду мюзикл, заглохла бы на корню. Что было до неё? Саша достигла потолка в «Косынке», и Герман рано или поздно всё равно вышиб бы её из неё. Конечно, у ребят была идея пристроиться в какой-нибудь дыре – клубов в Москве пруд пруди, и сделать там из дерьма конфетку, но далеко не факт, что им позволили бы нарушить сложившийся расклад сил. Их могли бы даже просто пристрелить, если бы они уж очень на рожон полезли. И они понимали это. Что дальше? Герман с помощью Гордеевой, о которой, опять же, я ему рассказала, с твоей, как ты помнишь, подачи, выпер Вадима с работы. Он же через Леонида, которого давно знает, пристроил «блоги» Александры в издательство, рассчитывая сильно подмочить её репутацию, но эффект оказался прямо противоположным. Он обрубил все твои связи, чтобы получить тебя готовенькой на блюдечке, хотя его предложение насчёт замужества вполне искренно. Кстати, вот это колечко, которое у тебя на пальчике, мы вместе в ювелирном магазине покупали, он даже советовался со мной. Что тебя ещё интересует? Я подумала, что раз ребятам не нужна моя девственность, вполне логично было бы её продать. Помог мне опять тот же Герман, но не стал предлагать её на сторону, купил для себя. Ну а с тех пор пользуется мной как проституткой, приблизительно по тем же расценкам. В принципе, не так уж мало, если учесть, что я ещё совсем необученная, но кто виноват? Сама, кто же ещё? Конечно, с тех пор я стала настоящей Мата

Хари: рассказывала Джози все твои секреты, всё, что узнавала из разговоров Александры и Вадима. Мне грех обижаться: только с помощью Германа я реально начала выползать из той трясины, в которой, по воле обстоятельств, а может, из-за собственной глупости, оказалась. Что делать, за всё в жизни надо платить. Единственное утешение – что я не самая большая дура на нашей грешной земле. Марина Гордеева, к примеру, вытворяет для Германа то же, что и я, но совершенно бесплатно. Да и тебя, как я понимаю, петушок наш пользует, как ему заблагорассудится. Ну что, есть ещё вопросы? Судя по твоему, совершенно ошалелому, виду, свою тысячу я отработала? Или нет?

Ирина, действительно, была буквально сражена услышанным. Весь мир будто обрушился вокруг неё. Господи, и в самом деле, надо же быть такой идиоткой!

– Есть ещё вопрос! Будем считать, что последний. Почему ты всё это мне, хоть и с запозданием, рассказала? Не только ведь из-за денег?

Женя вздохнула, это признание было самым важным для неё, но всё на продажу – его тоже вполне можно было использовать в своих меркантильных интересах, хотя бы тем, чтобы на жалость надавить.

— Герман был бы не Герман, если бы не поступил и со мной по-своему, то есть, против всяких правил. Он уговорил меня досрочно погасить все свои долги перед банком, с тем, чтобы я была спокойна и должна была только ему одному.

— Дура! — не выдержала, прервала столь интересный для неё монолог Ирина.

— Дура, — согласно кивнула Женя. — Но в тот момент я просто не знала меру подлости этого человека. Он мне казался тогда «добрым феем», теперь до меня дошло, что он в любой момент может перепродать мой долг бандитам, ну а при подобном раскладе мне просто хана.

— Всё зависит от того, как составлен договор, — задумчиво проговорила Ирина. — Ты, как я понимаю, особенно в подробности не вникала? Тем более что самое важное в таких документах пишется настолько мелким шрифтом, что впопыхах и не разберёшь. Шантаж уже начался?

— Нет пока, просто никакого договора нет и в помине, сумма поделена на множество мелких расписок, которые я постепенно у моего благодетеля выкупаю. Но малейшее неповиновение и… петля на шею.

– Понятно. Ты ищешь союзника?

– Не совсем так. Скорее, я ищу защитника. Я готова, за деньги, конечно, отныне держать исключительно твою сторону. Хотя понимаю, что как только Герман увидит, что у меня появилась материальная подпитка со стороны, он тут же заподозрит предательство.

Ирина поморщилась.

– Ну, на всякого хитреца… есть ключик с секретом. Герман не исключение. Теперь, когда я знаю всю правду, ни о какой свадьбе не может быть и речи. Но мне во всех случаях придётся с ним договариваться по самым важным вопросам. В принципе, в число своих условий я могу поставить и тебя. А до тех пор веди себя, как и раньше, только обо всём мало-мальски заслуживающем внимания докладывай мне незамедлительно. Платить буду сдельно. Устраивает тебя такой вариант?

Женя кивнула.

– Вполне. Вот только ты как-то сказала:

«предателей не прощаю». Как с этим быть?

— Ну, подругу во мне ты навек потеряла, уж это точно. Но и мстить тебе я не собираюсь, это не в моих правилах. Только отныне знай: попробуешь вновь хоть в чём-то пойти против меня, огребёшь по полной программе. Я бы всё равно до истины докопалась, ты же знаешь меня, просто ты мне время сэкономила. А это подчас весьма дорогого стоит. Ну, заодно и себя из дерьма вытащила. Герман бы тебя точно утопил. И не считай его каким-то сверхзлодеем. Он всего лишь ставит перед собой цель, а средствами после уже никакими не брезгует. Когда-нибудь непременно погорит на этом. Но мне его проблемы по барабану. Во всяком случае, теперь.

Разговор с Евгенией сильно затянулся, так что на встречу с Гордеевой Ирина запоздала. Слава богу, у той хватило терпения её дождаться.

— Слушай, может, я заморю червячка чем-нибудь? — жалобно попросила Ирина.

— Да ради бога, — Марина была само великодушие. Нашла себе тапочки, даже халатик более или менее подходящий, примостилась напротив Ирины на кухне.

Однако с ужином не получилось. Холодильник был пуст, а времени заскочить куда-нибудь в универсам, как планировалось, у Ирины попросту не было.

— Ладно, давай в комнату перейдём, — вздохнула она, чувствуя ноющую пустоту в желудке. — А то я здесь ещё, не дай бог, в голодный обморок упаду.

— Почему бы и нет? — согласилась Марина с добродушным ехидством и, перейдя в «апартаменты» Ирины, тут же уютно устроилась с ногами на диване.

«Тоже мне хозяйка Медной горы, как же она с ребёнком — тоже на голодном пайке держит? — мысленно поразилась она. — Надо быть совершенно безответственной дурой, чтобы о таких вещах забывать. А вдруг гости придут? Те же мать с отцом».

Но надо было говорить по делу, и уж тут своё отношение к недостаткам человека показывать явно не следовало.

— Так, я вся горю от нетерпения: в чём будут состоять мои обязанности, как твоего заместителя, когда начинаем?

— К сожалению, никогда. Моя фирма уплыла у

меня из-под носа. Только что, буквально час назад, – решилась на откровенное признание Ирина.

– Честно говоря, я ничего из твоих слов не поняла, но как мне кажется, тут просто эмоциональный взрыв, не больше, ещё не всё потеряно.

Тут она многозначительно показала на колечко с бриллиантом, всё ещё красовавшееся на пальце Ирины.

Ирина медленно отрицательно покачала головой, сняла колечко и торжественно положила его перед собой.

– Ну, если тебе интересно, вот об этом как раз и пойдёт сейчас разговор.

Марина ничего не поняла, но интуиция у неё включилась моментально.

– Ладно, голодное брюхо к серьёзным разговорам глухо, – посерьёзнела она. – Я мигом, буквально до первого же магазина и обратно.

Ирина облегчённо вздохнула, когда дверь за Гордеевой закрылась.

«Ладно, Евгеша, не захотела быть полностью откровенной со мной, сама же и прогадаешь на этом».

Не только деньги, не только опасность. «Озёрная девушка» прекрасно рассчитала, какой будет реакция Ирины на её сообщение: и то, что место будущей фрау Сурдоленко вдруг станет свободно, и колечко бесхозно, не говоря уже о «фирме с нуля». Хотя зачем фирма? Куда лучше подошло бы актёрское отделение какого-нибудь престижного театрального ВУЗа. Жена-актриса ничем не хуже жены-бизнесвумен. А значит, настоящее предательство ещё впереди. Другое дело – Марина. Она осталась совсем на бобах, терять ей больше нечего. Итак, кто же всё-таки из них двоих? Ирина не удержалась, достала свой любимый блокнотик. К возвращению Гордеевой вопрос был решён окончательно и бесповоротно.

– Что ж, – радостно потёрла руками Ирина, после того, как был приготовлен и съеден без остатка ужин. – Начну с комплимента: ты чудесно готовишь. Как видишь, я всё-таки рискнула, не побоялась, что ты отравишь меня как свою самую злейшую соперницу, и не прогадала. Как насчёт того, чтобы преподать мне несколько уроков по части кулинарного мастерства? Я была бы признательна тебе по гроб жизни. Тем более, что я поняла уже: хоть твои фантастические произведения кулинарного искусства нельзя назвать иначе, как изысканными, все они приготовлены в рамках так называемого здорового образа жизни, на котором, как мне известно уже, помешаны сейчас Александра и Вадим.

— Принимается. Насчёт уроков. — спокойно ответила Марина. — Но об этом позже. Ты что-то говорила о деле? Я, пока ездила за продуктами и на кухне кудесничала, всю голову сломала, но так и не разгадала ребус: вроде бы мы враги по всем направлениям, какое дело мы можем решать, коли ты такой дурой оказалась и свой шанс упустила? Что вообще нас может теперь связывать?

— Вот тут-то как раз ты и не права, — со счастливой улыбкой проговорила Ирина. — Как насчёт кофе с ликёром? Так сказать, завершающий штрих?

— Почему бы и нет? — пожала плечами Марина. — Только, если можно, лучше с коньяком. И кофе я сама сварю. Если, конечно, у тебя есть турка.

— Есть, конечно, есть. Вот только у меня хоть в турке, хоть в кофейнике самой лучшей фирмы, ничего, кроме бурды, не выходит. Может, как раз и получится первый урок.

– Урок так урок, – не возражала Гордеева, – только смотри и слушай внимательно, два раза повторять я не стану.

Ирина буквально с благоговением наблюдала за свершавшимся на её глазах священнодейством, затем, когда они перешли в комнату, снова радостно потёрла руками:

– Ну, к делу так к делу. Беру сразу быка за рога. «У нас есть жених, у вас – невеста». Как ты смотришь на это?

Марина сразу преобразилась, навострила ушки:

– То есть, мы больше не враги и не соперницы. Ты, наконец, отказываешься от Вадима, я правильно поняла? И что взамен?

– Взамен? Взамен жених, – Ирина сходила за лежавшей в шкафу коробочкой и аккуратно уложила в неё колечко с бриллиантом. – Женя сказала, что они вместе выбирали эту вещицу в ювелирном магазине, как ты оцениваешь её вкус?

– Женя соврала тебе, – холодно ответила Марина. – Да, Герман выбирал не один, вот только Евгении рядом с ним в тот торжественный момент не было.

Кольцо помогала выбирать я. Тебе оно что, не понравилось? Уж извини, если что не так, я не специалистка.

– Нет, как раз с кольцом всё в порядке. Как говорится, простенько, но со вкусом, – одобрила Ирина. – Вещь на каждый день: хороша, и в то же время не слишком бросается в глаза. Так сказать, не провоцирует. Но я не о том совсем. Как насчёт того, чтобы примерить его на свой пальчик?

– Не стоит. Проверено уже. Подходит идеально. – Марина выставила прямо перед Ириной ладошку, та с готовностью наложила на неё свою. – Что, убедилась?

– Да, более чем, – Ирина начала уже испытывать лёгкое раздражение. «Господи, неужели ты настолько тупа, что до сих пор ни о чём ещё не догадалась? Ладно, придётся набраться терпения: буду буквально по кусочкам разжёвывать и в рот класть. До тех пор, пока сама не включишься». – Итак, на чём мы остановились? Есть жених, который в настоящий момент свободен, как ветер, буквально ничей, и есть невеста – замечательная девушка, которая мечтает выйти замуж, нарожать кучу детишек, воспитывать их в нормальных условиях, не думая постоянно о куске хлеба, прохудившихся в самый неподходящий момент ребячьих кроссовках и прочих занудных мелочах. И самой жить в приличных условиях, обеспечив в числе прочего своей матери достойный уход и лечение. Это Вадим?

– Нет, при всём желании не Вадим, – догадалась, наконец, о сути разговора Марина. – Но ты не учитываешь главного – любви. Того, что я люблю Вадима, а раз так, рано или поздно он будет мой.

Лёгкое раздражение внезапно переросло у Ирины в ярость, которую она уже не могла скрыть при всём желании. Да и не старалась вовсе.

– Никогда. Никогда он не будет твой, этот слюнявый слизняк-очкарик. Никогда! – Ирина не выдержала, перешла на крик. – Потому что никогда он тебя не полюбит. Слышишь? Ни-ко-гда! И что? Хочешь помереть старой девой? Да ради бога! Мне то что? Я не возражаю. Вообще не хочу больше говорить на эту тему. Ах, колечко её не устраивает?! Простенькое слишком. Что ж ты на такое пальчиком указала? Ах, Герман тебе не подходит?! Зачем же, спрашивается, ты спишь с ним, причём наверняка не отказываешь ему ни в одном его капризе, которых у него великое множество, уж кому-кому как не мне это знать. Зачем выполняешь беспрекословно все его приказы, даже самые подлые, гнусные? Зачем топишь якобы любимого человека, готова сделать любую пакость людям, которые сами тебе ничего плохого не сделали? Ладно, не могу я больше. Нервов не хватает. Считай, что разговора этого не было. Забудь о нём.

Марина холодно пожала плечами.

— Уже забыла. Я так поняла, что ты хотела предложить мне обмен, и номер у тебя не прошёл сегодня. Верно?

— Считай, как хочешь, — устало махнула рукой Ирина. — Я никогда не скрывала и не собираюсь сейчас скрывать от тебя, что к Вадиму неравнодушна. Успокоилась, наконец? Вот только я не понимаю, зачем я на тебя целый вечер потратила? Ещё должница твоя теперь за такой прекрасный ужин.

— Это хорошо. Хорошо, что должница, — всё так же спокойно ответила Марина. — Вот только я-то и не нервничала вовсе, это ты с какой-то стати раскипятилась. Мы ведь, помнится, начали с разговора о работе, может быть, в самый раз имеет смысл к этой теме сейчас вернуться?

— О, Господи! Дай мне силы! — Ирина уже была близка к истерике. — Мариша, золотце моё, какая работа? О чём ты? С прежнего места меня с позором выперли, с нового я сама кого хочешь выгнать могу, хотя штат ещё и не набирала, да только вот беда — отказаться от нежданно-негаданно привалившего счастья никому не нужной дурёхе-дурнушке придётся, не могу же я с этим монстрищем, пусть даже ради самой распрекрасной работы, жить?

— Понятно. Значит, Герман побоку, только Вадим остаётся, — со вздохом рассудила Марина. — Больше ведь у тебя никого нет?

— Как это нет? — возмутилась Ирина. — Вот тут, голубушка, ты как раз ошибаешься. А Павел? Про Павла забыла. Он что, по-твоему, не человек? Не беспокойся за меня, ангел мой, мне-то как раз, в отличие от некоторых, есть кем и ради кого жить. Да и жених наш один не останется, есть одна девушка, которая спит и видит в его хоромах поселиться. Из озёрной глуши. И уж коли одна невеста отказалась, будем теперь ей помогать.

Ирина помолчала немного, затем брезгливо поморщилась.

– Бредовая идея!

– Бредовая? Насчёт Жени-то?

– Нет, насчёт меня.

– Так проехали уже, – неожиданно успокоилась Ирина. Она вдруг поняла, что хоть и не достигла намеченного, но развлеклась отменно. Будет над чем перед отходом ко сну, да и с неделю потом, не меньше, похохотать. – Что мне в моём положении остаётся? Только саморазоблачиться, признаться – я на редкость коварная особа. Это ж надо же, до какого иезуитства докатилась! Вознамерилась обменять бриллиант чистой воды, хоть и скромненький, на какое-то зачуханное тонюсенькое золотое колечко. Удачливого бизнесмена на безработного бухгалтера. Но, к счастью, или, к сожалению, мои грязные происки вовремя были пресечены. Одной очень бдительной молодой леди. И на том спасибо. Ну а по поводу работы… Охотно побеседую на эту тему. У самой-то нет никаких, пусть самых завалящих, мыслишек? Вполне можно было бы объединиться в поисках.

Марина грустно покачала головой.

– Нет, никаких. Абсолютно. Но если бы ты,

действительно, согласилась на то, чтобы объединиться, устроиться куда-нибудь вместе, шансы мои резко возросли бы. Я не настолько тупа, как тебе кажется.

– Да куда уж там. Тупа! Такие происки разоблачила. Преклоняюсь. И конечно, сочла бы за честь трудиться с тобой бок о бок, если бы появилось хоть какое-нибудь конкретное предложение.

Гордеева задумалась.

– Что ж, такой вариант в корне меняет суть дела. Во всяком случае, вполне стоит того, чтобы мозги, как следует, поднапрячь. Ну а касательно происков, что там разоблачать? Я же сказала: бредовейшая идея. Такого кобеля мне вдруг захомутать? Сказка!

Ирина насторожилась. Так, так, тихо. Теперь только бы не спугнуть.

– Ну почему же? – с наигранным безразличием протянула она вяло. – Это как раз одно из непременных условий, которое обязательно выставили бы мне, но на которое я никогда бы не согласилась: закрывать глаза на все похождения моего суженого, заранее примирившись с ними.

Марина фыркнула.

– Ну и какой смысл? Условия? Герману? Кобель он кобелём и останется. Всё равно рано или поздно испарится.

Ирина кивнула.

– Истину глаголишь, ясна девица! Даже поговорка такая есть: чёрного кобеля не отмоешь добела. Ну да и бог с ним! Пусть испаряется. Разве в нём дело? Нет, нет и нет! Дело в двух-трёх малышах, которые уж точно никуда не денутся, останутся во всех случаях, и прекрасных алиментах, чтобы ангелочков этих воспитать, вывести в люди, да и самой рядом с ними, нигде не работая, процветать. Но это крайний случай. А вот если принять все условия…

– Какие же именно? – Тут уже Марина всерьёз заинтересовалась.

– Ну, например, то, что он родился и умрёт трансвеститом.

– Мелочь, только круглые дуры могут ставить здесь какие-либо условия.

– Ночная жизнь…

– Плевать. Главное, чтобы мне самой спокойно спалось.

– Привычка лезть по головам, добиваться своей

цели, ни на кого не оглядываясь…

– Экая закавыка! Ну, уж если очень насолит кому, превзойдёт меру, убьют, конечно. Так ведь не чужим людям, жене да деткам, как я понимаю, все его капиталы достанутся.

Ирина, вытаращив глаза, с минуту вглядывалась в круглую дуру, только что сидевшую перед ней и внезапно божьим промыслом прозревшую, затем выставила прямо перед собой ладошку. Марина тут же, без колебаний, приложила к ней свою.

– А Вадим… – медовым голосом решила ведьма-искусительница закрепить неожиданный успех. – Вадимчик наш, он ведь никуда не денется. Герман упорхнёт, так у тебя с Вадимом шансов раз в десять больше появится.

Ох, лучше бы она этого не говорила. Ирина тут же пожалела о своих словах.

– Так, значит, не соперницы? – обрадовалась Марина и даже в ладоши захлопала. – Отдаёшь Вадима?

– Да, – вынуждена была уступить Ирина. Больше ей ничего не оставалось. – Но только при одном условии: Александра для тебя отныне персона неприкосновенная.

– Согласна, – с непритворным сожалением ответила Гордеева. – Но за Германа я не могу ручаться. А муж и жена, как тебе известно – одна сатана.

– Ну, с Германом я как-нибудь сама все вопросы утрясу, – тихо, но твёрдо проговорила Ирина, чувствуя, что, наконец, начинает обретать твердую почву под ногами. – Сейчас для меня главное – договориться с тобой. Кстати, фирма с нуля, сама-то не потянешь ведь, непременно правая рука понадобится?

Только сейчас, казалось, Гордеева поверила в реальность наполеоновских планов, только что развёрнутых перед ней.

– Ну это само собой, – с готовностью подтвердила она, не сумев на сей раз скрыть торжествующий блеск в глазах.

ЧАСТЬ ЧЕТВЕРТАЯ. БАГИРА

MtF (male-to-female): из мужчины в женщину

ГЛАВА 1

«Ну что ж, во всём, по крайней мере, теперь полная ясность».

Утро было хмурое, бледное, как поганка, но Ирина, как была – в ночной рубашке на голое тело, сходила на кухню, заварила чаю с жасмином, сделала несколько бутербродов с сёмгой и сыром, затем отключила оба телефона: мобильный и стационарный. Затем снова легла, не поленившись достать с антресолей ещё пару подушек под спину. По правую руку положила блокнот с авторучкой, ноутбук, по левую – поднос с едой, и приготовилась к сражению.

Нет, она, конечно, не Наполеон, но и не первоклашка какая-нибудь.

На листке бумаги в самом верху Ирина вывела большое сочное «Г». Итак, враг у неё, по сути, единственный, все остальные – лишь его сателлиты. Хотя, в принципе, Герман не считает её врагом – не более как подпоркой, одной из многих, которые надо устранить, чтобы растереть в порошок Сашу.

Зачем? Моцарт и Сальери, за столько лет ничего нового так и не придумано.

Что она должна срочно предпринять? Причём не просто срочно, а безотлагательно, незамедлительно? Разоблачить коварного интригана, сорвать с него все маски, кинуть ему злополучное колечко в лицо. Какие могут быть сомнения? Конечно, справедливость тут же восторжествует, все враждебные действия прекратятся, злобный монстрище, посрамлённый и израненный, уползёт обратно в свою нору.

Жаль, но жизнь не похожа на сказку. Судя по тому, как легко совсем недавно размазал её по стене этот подонок, ума ему не занимать. Что у неё было? «Мой дом – моя крепость»? Цитадель, неприступная твердыня. Сейчас одни развалины. Всё, в принципе, можно выстроить заново, достаточно просто уйти с пути этого обезумевшего идиота, превратившегося буквально в бульдозер. Слава богу, чувство мести ему не присуще, только холодный расчёт. Что она хотела вообще, ввязавшись нежданно-негаданно в эту драку? Да не в драку даже, а избиение. Понять, помочь.

Поняла? Да, разобралась вроде бы достаточно, но никого не возненавидела, как ни странно, а наоборот, готова сейчас всё, что у неё есть в жизни, поставить на кон для того только, чтобы выкупить, вывести из мрачного подземелья когда-то самого любимого и дорогого для неё человека. Вернуть его к нормальной жизни, вернуть ему эту нормальную жизнь даже в том состоянии, в котором он в настоящее время (к сожалению, во многом уже необратимом) находится. Пусть не мужское, а женское, но счастье. Живую, тёплую, а не надуманную, призрачную, то и дело исчезающую в нереальности, вот-вот готовую испариться совсем, любовь. Жизнь. Не прошлым, а настоящим. Вообще все человеческие слабости, глупости, известные ещё под другим словом, куда более высокопарным, но как ни странно, «в яблочко» точным – жизненные ценности.

Однако под силу ли ей такое? Да и много ли у неё самой есть из этого? Павел, конечно, Павел. Но сколько на свете матерей, которые, сделав для себя пупом земли собственного ребёнка, на самом деле уродовали, обесценивали и обесцвечивали его, не жизнь, нет-нет, в данном случае просто существование?

Любимая работа? Но где она? И почему она не ломала, даже срывала, ногти, цепляясь за неё? По сути, ничего не сделала, чтобы её вернуть? Хотя могла бы.

Ну а тот, Бульдозер, он не ведает сомнений. По сути, он только начинает строить свою жизнь, и, без тени сомнения, сметёт на своём пути всё, что только может помешать ему в этом. Начинает? Но почему так поздно? Копил силы, средства, долго искал, готовился? Нет, так не бывает. Были неудачи, печальный опыт. А значит, есть, где покопаться. Есть возможность отыскать его уязвимые места. Однако любое сражение – неизбежные потери, которые порой столь дороги и невосполнимы, что обесценивают самый смысл триумфа, об этом тоже не следует забывать. Лучший вариант – мировая сделка, но готова ли сейчас она, Ирина, её провести?

Нет, конечно, сначала нужно подтянуть тылы. Что здесь самое важное? Дом, который вновь должен стать крепостью. И, конечно, мюзикл. Не только она нашла самое чувствительное место Александры, враг тоже знает о нём. Что может ещё преподнести Саша любимому человеку, в которого она таким странным образом вползла буквально? То, что движет каждым из нас: любовь, счастье, но главным образом – воплощение, реализацию той сути, точнее даже уникальности, с которой мы являемся на свет.

А значит, главное сейчас для неё, Ирины – любой ценой вернуться обратно в проект, из которого её столь легко, беспардонно вышвырнули. Как это сделать? Вот над чем надо думать, а вовсе не о жестокой схватке с безжалостной тварью, вставшей вдруг неодолимым препятствием на её пути.

Начнём с Александры. Действительно ли она больна? Вот здесь самое важное, ведь шизофрения, как известно, неизлечима. Но кто она, Ирина, чтобы ставить самой человеку столь страшный диагноз? И что произойдёт, если вмешать в этот процесс специалиста? Да и где подобного специалиста, психушника-психоведа, сыскать?

Как же, однако, странно – от Саши в этом проекте зависело буквально всё, но, по сути, она в нём ничего не решала. Да, она не может и никогда не захочет отказаться от него, но именно в силу этого и бессильна, не в состоянии принимать какие бы то ни было кардинальные решения. Ведь что греха таить, их разговор в прошлый раз окончился для Ирины неудачей. Попросту оттого, что ничем другим он и не мог завершиться.

Вадим. Сумеет ли она когда-нибудь разрушить стену враждебности, непонятно с чего, но по сути неприступную и неодолимую, возникшую между ними? Вряд ли. Вадим влюблён, он весь в данной ситуации соткан из чувств и бывшей жене своего любимого человека никогда не поверит. Ревность, чувство опасности, личная неприязнь – целый клубок, который, как бы Ирина ни старалась, ей никогда не удастся размотать. Если только потратить на это всю оставшуюся свою жизнь.

Леонид. Ах, как легко он влез в их союз, этот хитренький клоун! Втёрся в доверие ко всем, как в издательстве, так и среди её партнёров, настолько ловко, что теперь он и режиссёр, и компаньон. По сути, занял её место.

Кто ещё остаётся? Только Ярик. Вздорный мальчишка, которого она безжалостно унизила, попыталась вышвырнуть из ЕЁ мечты – увидев, какую силу он в ней набирает, к чему он рвётся – как слепого, беспомощного котёнка. Что ей тогда руководило? Ревность? Жадность? Ах, да, ну, конечно же, она ведь была в то время удачливая невеста, перед ногами которой лежал практически весь мир! И всё-таки, Ярик! Стыдно, не просто стыдно, ужасно стыдно. Всё попрано: женская гордость, деловой нюх, элементарные знания мужской психологии, но что бы она ни делала, как бы ни изворачивалась, без Ярика ей сейчас никак не обойтись.

Ярослав в который уже раз скользил взглядом по любимым стенам, иногда поднимался и переходил из одной комнаты в другую, топтался в прихожей, смотрел, всё ли готово к приходу важной гостьи на кухне. Он уже понял, что совершил ошибку, назначив Ирине свидание именно здесь, у себя дома. Что он хотел? Показать ей, какой серьёзный шаг он совершает, какую жертву приносит, вырывая себя из родного, можно даже сказать – родового, гнезда? Но ведь всё кончится тем, что он не выдержит, расплачется или ещё как-то его развезёт. Да и вообще: ей не понять, она всегда сыном или родителями прикроется, во всех случаях никогда не решится на столь безумный поступок.

Безумный? Именно безумный, иначе и не назовёшь. Здесь выросли его родители, дедушка с бабушкой провели большую часть жизни. Он знал в этом районе каждое дерево, все проходные дворы. Что взамен? Дырка от бублика? Даже вопрос с пропиской – невероятная сложность, а без прописки кто он? Просто бомж.

Он не заметил, как задремал, поэтому приход Ирины застал его врасплох. Ирина в свою очередь, наоборот, с первых же минут пребывания в его обители повела себя на редкость бесцеремонно, так, как будто находилась у себя дома. Почему? Потому что дом практически был уже без хозяина и не мог от подобной бесцеремонности защититься?

«Ничего, мы ещё поборемся!»

Ярослав тоже не стал особо деликатничать, не предлагал Ирине коньяк, кофе, которые были припасены у него для исключительных случаев, ограничился чаем, который сервировал в самой большой и привлекательной комнате своей квартиры, которую он называл залой. Но Ирина и дальше продолжала вести себя беспардонно. В ней как будто проснулся давно дремавший где-то глубоко в недрах памяти риелтор. Бизнес, с которого она начинала, и который освоила в своё время в совершенстве.

Ярик ждал, когда Ирина закончит осмотр, попивая чай из чашки, хотя в своём нервном ожидании наглотался его уже предостаточно.

– Злишься на меня? – наконец, спросила Ирина, внезапно почувствовав, что оттягивая разговор по существу, за которым она пришла сюда, она мучает больше не Ярослава, а самою себя.

– Злюсь? С какой стати? – равнодушно ответил Ярик. Бесцветный вопрос, бесцветный ответ.

– Это хорошо, что ты настоял на том, чтобы мы встретились именно здесь, в твоей квартире, – всё-таки нашла верный тон Ирина. – Сначала мне показалось, что ты этим хочешь унизить меня: вот, мол, смотри, какую жертву я приношу, а ты? Сейчас я поняла, что это только плоды моего перегруженного за последнее время всякого рода жизненными проблемами воображения. Наоборот, ты хотел показать мне то, что практически невозможно выразить в данной ситуации словами: что наши отношения с твоей стороны не поменялись, и я поступаю глупо, если они изменились с моей.

Ярослав поджал губы. Не так, совсем не так он представлял себе этот разговор. Инициатива и в самом деле как-то сразу, буквально в один миг, выскользнула из-под его контроля. Кто он против холёной, не знающей в себе сомнений, тигрицы? Жалкий котёнок. Нет, проводить какие бы то ни было переговоры здесь, дома, всё-таки было не просто большой, а непоправимой ошибкой. Родные стены в данном случае не помогали, как он рассчитывал, а наоборот, обессиливали его. Куда лучше было бы встретиться на нейтральной территории: на улице или в какой-нибудь кафешке, хотя на кафешку денег вряд ли бы наскреблось.

Ирина, между тем, наконец, отпила глоток чаю из чашки и тут же, не удержавшись, выплюнула его обратно.

— Господи, Ярик, как ты можешь пить такую бурду? Ладно, пойдём посмотрим, нет ли у тебя чего-нибудь получше. Да и заваривать ты совсем не умеешь. Такой сервиз у тебя прекрасный, и что толку?

Ярослав поплёлся за «тигрицей» на кухню,

понимая уже, что злиться ему бесполезно, из него теперь будут веревки вить до тех пор, пока дело не упрётся в какой-нибудь слишком уж важный пункт. И вот на нём он сам встанет в позу, как самый что ни на есть упрямый осёл, вопреки любым доводам, вообще – здравому смыслу, и уж тогда никто с ним ничего не сделает – он и с места не сойдёт.

Ирина между тем открывала одну за другой дверцы шкафов на кухне, бормотала: «Подделка», «Опять подделка», «На редкость дурацкая подделка» и отправляла содержимое в мусорное ведро с такой скоростью, что оно переполнилось в мгновение ока.

– Ярик, – в отчаянии, наконец, сказала она. – Ну нельзя же быть таким идиотом! Если на коробке написано: «Made in China», то можешь быть стопроцентно уверен, что трава-мурава эта «сделана» где угодно, но только не в Китае. А если чай, действительно, китайский, то будет написано название компании, которая его произвела, а их там, в огромном, буквально необъятном, Китае, как ни странно, буквально наперечёт. И каждая компания представляет свой чай, особенный, о котором даже по тому минимуму информации, которая имеется на коробочке, можно рассказывать часами. Если же написано, что чай выращен в Китае, а расфасован в России, шансы получить что-нибудь достойное, конечно, не в пример увеличиваются, но только шансы, гарантий, опять же, никаких. И что самое смешное – настоящий чай сплошь и рядом не только не дороже, а чаще всего значительно дешевле подделки стоит. О прочих твоих «продуктах питания» вообще умолчу. К примеру, как ты можешь жрать эту лапшу быстрорастворимую? «Доширак», «Ролтон», вообще любой фаст-фуд? Именно «жрать», слово «есть» тут никак не применимо. Да и вообще, зачем ты собрался продавать эту квартиру? Совсем из ума выжил?

Ярослав понял: вот он, решающий момент.

– Ирен, ну за советы насчёт чая – большое тебе спасибо, я обязательно ими воспользуюсь, а вот что касается квартиры – тут вопрос решённый. Хотя я тоже, конечно, не отказался бы здесь от твоих советов. Никому не хочется, чтобы его объегорили, но как её взять, разумную цену, если опыт нулевой в подобных делах? Я и комиссионные мог бы заплатить.

Ирина зло фыркнула, но благоразумно промолчала.

– Ладно, мне то что? Делай, как знаешь! На дураках, как известно, воду возят. Что же, оставлять мир без воды? Давай лучше перейдём к делу. Я разговаривала с Александрой и узнала, что меня фактически выперли из проекта. Одна из причин, как я думаю, в недостоверной информации, которой ты до отказа Сашу напичкал. Дальше всё наросло, как снежный ком. Кстати, ты знаешь… можешь верить мне или нет, но только благодаря приходу сюда я поняла, почему вела себя во время нашего прошлого разговора с тобой так по-хамски. Я хотела предотвратить подобную жертву с твоей стороны. Но делала это в тот раз интуитивно, неосознанно, сейчас в состоянии достоверно разобраться в ситуации. Ты уже предпринимал какие-нибудь шаги, чтобы выставить своё «родовое гнездо» или, если по-современному, «фамильную берлогу» на продажу?

Ярослав упрямо покачал головой:

– Нет пока, но я сказал: вопрос решённый. Пока в этом просто не было необходимости, но она тут же возникнет, когда придётся возвращать тебе твои деньги. То есть, я ещё не компаньон, но тотчас им стану, как только ты освободишь своё место. Ещё мы хотим взять в партнёры Леонида, тогда будет, кому оплачивать всё, что связано с постановкой мюзикла: аренду помещения, зарплату статистам, актёрам, подтанцовке, бэк-вокалу, рабочим сцены и прочее. Мы пока к этому ещё не приступали, но начинаем буквально на днях.

– Договор уже подписан? – настороженно спросила Ирина.

– Нет пока, – отрицательно покачал головой Ярик. – Мне хотелось бы, чтобы и моя подпись там фигурировала, а я пока ещё никто и родом ниоткуда. Но заготовка уже имеется.

– Ах вот оно как! – с интересом подалась вперёд корпусом Ирина. – Покажи!

Ей хватило минуты, чтобы разобраться в сути дела.

– Ой, дураки! Ну, полные идиотусы! На профессиональном языке это называется – имбецилы. Трудно даже представить себе, каких вы могли бы без меня дров наломать. Итак, что скажешь? Я снова в проекте? Вместе с тобой, конечно. Ты не только соавтор пьесы, но ещё и полноправный, как и мы остальные трое, без Леонида, разумеется, компаньон. И не юли, не прикрывайся мнением «коллектива», я ведь к тебе пришла, не к кому-то ещё, понимаю, что в данный момент только от тебя всё зависит. И вообще, мой милый Йорик, тебе предстоит сейчас принять очень важное, можно сказать определяющее в твоей жизни, решение: либо ты держишься отныне всегда и во всём моей линии, без аргументов, комментариев каких-либо, просто на веру, либо я сосредоточусь исключительно на спасении Александры, а что с тобой, Вадимом дальше произойдёт, мне станет глубоко безразлично. Я могу, конечно, тебе всё по полочкам разложить, пройтись буквально по каждому пункту вот этой пачкотни, которая вас может не только до сумы, но даже и до тюрьмы довести, но толку нет в этом: если я начну сейчас тебя в курс дела вводить, ты просто не поймёшь ничего. Ты – человек творческий, вот и занимайся творчеством, моё дело бизнес, и с этой точки зрения я сделаю всё, чтобы воплотить наш проект в реалии. Как ни крутись, по-другому ничего не получится.

Ярик задумался.

— А как же твоё замужество, «фирма с нуля»? Кому как не тебе знать, что наш проект бездонная бочка не только по деньгам, одновременно два таких дела ты вряд ли потянешь, зачем обманывать нас и себя? Я в прошлый раз не поверил в это, и сейчас не изменил своего мнения.

Ирина тяжело вздохнула. Ах, Герман, Герман! Да, подлец. Да, негодяй, каких мало. Полнейшее безумие связывать с таким человеком свою судьбу. Но какие перспективы перед ней открывались! Не говоря уже о том, что это всего только второе предложение руки и сердца, которое она когда-либо получала в своей жизни. И с каким вкусом, размахом оно было сделано! Представилась вдруг белая фата, лимузин... Ладно, помечтали и хватит. Значит, не судьба.

— Нет больше замужества, и «фирмы», естественно, тоже. Но это пока секрет. Большой секрет, не дай бог тебе оказаться трепачом – закопаю. Так тебя устраивает? Квартиру ты, по дарственной, переписываешь на моё имя. Оценка по рыночной стоимости. Захочешь, в любой момент можешь её потом обратно выкупить. Ну а пока целесообразно было бы сдать «гнёздышко» твоё-моё-наше внаём.

Тут Ярик сориентировался моментально, глаза у него сразу заблестели.

– Устраивает! Ещё как устраивает! Вообще всё устраивает. Но у меня одно непременное условие: я буду жить у тебя. Ну, на время реализации нашего проекта, разумеется. Потом съеду. Я уже понял: в общаге я не смогу выкладываться по полной, а квартиру снимать – это такие бешеные бабки, которые неизбежно все мои жертвы в итоге сведут к нулю.

Ирина задумалась.

– Интересно, и что же, по-твоему, я скажу родителям? Как им такую новость преподнесу?

– Твои проблемы. – Ярослав тут же вновь стал тем беспечным молокососом, каким он на самом деле всегда и был.

– Ладно, – после долгих прикидок кивнула, наконец, головой Ирина. – Только слушай мои условия: во-первых, как я уже говорила, во всём мне беспрекословно подчиняться – иначе на вылет; во-вторых, отныне и навсегда я стану продюсером, или по-другому – директором проекта, как раз та должность, на которую Леонид сейчас нацелился, и которую мы с тобой у него из-под самого носа должны как можно ловчее увести, иначе, как я опять уже говорила, нам всем хана. Ну и, конечно, первое, с чего я начну – буду искать спонсоров. Что касается компаньонства Леонида, то по нему возражений нет, пусть вкладывается как все мы и тут же получит право голоса. Как, мы договорились?

– Конечно, – обрадовался Ярик. – Ну а вообще-то ты как теперь, совсем одна? Ты понимаешь, надеюсь, что я имею в виду?

– Ну ты и наглец! Ладно, я подумаю, – без особых эмоций ответила Ирина. – В принципе, это возможно, но только до тех пор, пока я не встречу действительно любимого человека.

– О, этого хватит, как я понимаю, не на одну, а, по меньшей мере, на две моих жизни! – Ликованию Ярослава не было предела. Чувствовалось, что руководительские функции изрядно уже ему обрыдли. И он безумно рад был сбыть их, наконец, с рук. Да ещё на таких, идеальных для него, условиях.

Возвращение в проект... Ирина задумалась. Главное сделано, теперь всё будет зависеть от её поведения на собрании дольщиков, пайщиков, компаньонов – можно назвать это как угодно. И победа по всем прикидкам должна быть за ней. Пять голосов. Ярик переговорит с Александрой, та заставит, как надо проголосовать Вадима. Итого получается: четверо против одного. А нельзя ли вообще избавиться от Леонида? Ведь если начать с этого и провести всё удачно, дальнейшей борьбы просто не предвидится. Но как это сделать? Найти настоящего режиссёра с именем, который согласился бы работать за чисто символическую плату? Ну из тех, что по каким-то причинам вышли в тираж. Такой человек и на компаньонскую долю претендовать не будет, где ему деньги взять? Или… пожертвовать любой фигурой, лишь бы выиграть партию? Ладно, бог с ним, с Леонидом. Ну какой из него, клоуна в отставке, режиссёр? Опростоволосится наверняка, покажет свою несостоятельность, а может, и капиталы его – чистый миф? Нос у него и свой достаточно красный, ходят слухи, что хоть и не алкаш, но «керосинит» прилично. Надо бы поподробнее о нём разузнать. Что ж, с основными вопросами покончено, давно пора позвонить обожаемому женишку. Заждался, наверное.

ГЛАВА 2

— Ириша, ты куда делась? — Герман был в ярости. — Мобильный не отвечает, дома тебя застать невозможно. Что случилось, скажи?

Ирина перевела дух и тут же начала плести несусветную чушь, полную ахинею, каким только могла медовым голосом:

— Всё в порядке, милый! Какие упреки? Невеста к свадьбе готовится. Ты хотел бы в процессе поучаствовать? Но как же тогда сюрприз? Вести о тебе я получаю регулярно: родителей моих ты просто обаял, даже к Павлу ключик подобрал, мне бы такое взаимопонимание с ним. Уже начала подбирать сотрудников для новой фирмы. То есть, вся в делах. Осталась только одна закавыка: меня, пользуясь удобным случаем, выперли из проекта, в который я слишком много сил и денег вложила, чтобы подарить его каким-то неумёхам, придуркам. Вот и просьба к тебе: наверняка ты знаешь Леонида Суханова, ну из «Флоры» который. Мне нужна информация. Что ты можешь о нём рассказать?

Герман насторожился, все его претензии к легкомыслию невесты были тут же забыты.

– Леонид? Он что, тоже к вам рвётся?

– Да не просто рвётся. Уже влез без мыла. Сашу мою, во всяком случае, просто обаял. Вообще наобещал им всем золотые горы: даёт помещение клуба днём для репетиций в аренду и практически весь свой штат в помощь. Как тебе? Причём сам всё оплачивает, деньгами сыплет как из мешка. А мне сказали, что он алкаш или что-то вроде того.

Герман явно не успевал переваривать услышанное, отвечал скомкано, не оттачивая формулировки.

– Алкаш? Не совсем. Скорее из тех, про кого говорят: «сбитый лётчик». Просто работа такая была – тяжёлая, напряжённая, и стрессы надо было снимать чем-то. Он ведь по шапито всё больше болтался. Как профессионал к десятке лучших так и не подобрался. Не знаю, что помешало, может, то, что он бисексуал? Ну, из тех, что трахают всё, что движется. Ну а цирк есть цирк, там на многое могут глаза закрыть, если у тебя талант непомерный, ну а если середнячок – всеядность подобная кончается неизбежным крахом.

Ну, был бы он хоть просто голубой: как говорится, с кем не бывает, а тут... Короче, подставили его, хорошо подставили. Захотел выпендриться, трюк очень сложный для клоуна включил в программу, да не на арене, а аж под куполом. Закончилось дело травмой позвоночника. Но, может быть, так и к лучшему. Сейчас в полном шоколаде, не то, что раньше был – голь перекатная. Насчёт мешка не знаю, кое-какие деньги у него точно имеются, но совсем не те, что нужно. Короче, вряд ли он здесь на себя работает, кто-то стоит за ним. Помощь нужна? Противник опасный, сам по себе я не стал бы с ним связываться, но ради любимой готов скрестить клинки.

Ирина постаралась придать голосу предельную беспечность.

– Нет надобности, милый, не тот случай – как-нибудь сама вопрос утрясу. Кстати, пару-троечку дней ещё дашь? И я вся твоя. Ужин за твой счёт в любом ресторане. Хотя согласна, в принципе, даже на пиццу, если сочтёшь, что нам нужно теперь экономить. У меня, как ты понимаешь, ни гроша.

Герман, довольный, усмехнулся:

— Успокойся, надеюсь, время пиццы и экономии для нас никогда не настанет. Больше того, чуть-чуть приоткрою тебе великую тайну: та часть «Косынки», о которой я тебе говорил, считай, уже у меня в кармане.

Нажав «отбой», Ирина облегчённо вздохнула. Кажется, пронесло, и её «любимый» даже не догадывается, какой неожиданный подарок она собирается ему преподнести. Ну а с Леонидом — вопрос решённый, с её стороны было бы безумием сейчас сражаться на два фронта. Дадим шанс шуту-неудачнику, посмотрим всё-таки, какой из него получится режиссёр.

И тут вопрос решён, слава богу. Что ещё осталось? Забрать Павла и восстановить дом-крепость. Родные стены, без которых она всё-таки слишком слаба. Вот только надо бы подзаработать хоть немного деньжонок. Без «презренного металла» Ирина чувствовала себя сейчас крайне унизительно. Она вообще не могла припомнить в своей жизни ни единого случая, когда она оставалась бы совсем без денег. Вот только на сей раз дело застопорилось.

Пакет улучшений в работе «Флоры» был свёрстан и сдан ею давно, и он определённо руководству понравился, некоторые из её предложений тотчас же были реализованы, вот только насчёт оплаты… ну не было никакой оплаты. Её просто прокатили, и пора бы уже понять это, однако Ирина с таким откровенным нахальством смириться никак не могла. Хотя пока сделать ничего нельзя было. В конце концов, пришлось тряхнуть старыми связями и пойти на поклон к Аде Львовне с довольно обширным списком потенциальных клиентов. Здесь, слава богу, соображения выгоды действовали, как положено, то есть, безотказно. Ирина и «Адель» хоть и не помирились, но деньги поделили моментально на взаимовыгодных условиях. Ирина и на будущее осталась пусть и внештатным, но очень ценным и желанным сотрудником. Ещё бы, за свою работу она не получила в этот раз и трети того, что могла бы получить прежде. Что ж, теперь можно и к родителям, хоть и с повинной головой, но зато с полным багажником продуктов, заявиться.

К счастью, мать оказалась одна, это значительно

упрощало дело.

– Ну что, дочка, заставила ты нас поволноваться, исчезла и никаких признаков жизни, только редкие звонки. Конечно, работу не каждый день в жизни теряют, и всё же… Слава богу, хоть Герман держал оборону, постоянно помогал нам. Вообще, я хочу тебя поздравить. Как я уже говорила – мы с отцом выбор твой полностью одобряем. Наконец-то ты нашла себе достойного мужика. Надо сказать, я всегда на это втайне надеялась, оттого и закрывала глаза на твои постоянные отлучки. Павел тоже словно ручной стал, такой энтузиазм во всём проявляет! Кстати, как там твоё колечко? Ты же обещала продемонстрировать. Слышала я – простенькое, но со вкусом. Ну а фирма как, новая? Уже набрала штат, оформила документы, приступила к работе?

Ирина не знала, как ей преподнести суть дела матери, которая буквально сияла от счастья.

– Мам, ты только прими всё спокойно, – решилась она, наконец. – Знаешь же эту мою чёртову личную жизнь: всегда вроде бы что-то налаживается, а потом неожиданно, но закономерно летит в тартарары. Причём нельзя сказать, что я какая-то совсем уж неудачница, скорее наоборот, но просто с мужиками мне катастрофически не везёт.

Мать долго молчала, осмысливая услышанное, затем сухо поинтересовалась:

— Так, ясно, и чем тебе на сей раз очередной кандидат не угодил?

— Ну, во-первых, он травести, этого недостаточно?

Мать растерялась:

— Если можно, поподробнее, я в таких вопросах ничего не понимаю. Это которые и с мужчинами, и с женщинами, так что ли?

Ирина вздохнула.

— Нет, Германа мужчины никогда в жизни не интересовали. Просто он любит переодеваться в женское платье и в таком виде выступает на сцене. Вообще, ночная жизнь – это его мир. Он один из лучших травести-танцоров Москвы. Собственно, у него прекрасный, отлаженный бизнес, неплохие деньги скоплены, но это для него не главное, главное, как ни странно – вертеть задом под музыку с помадой на губах. Снова спрашиваю, тебе этого достаточно? Или и дальше продолжать?

Мать растерялась:

– А что, есть ещё что-нибудь?

– Сколько угодно. Ещё он законченный негодяй. Сделал так, что Вадим, «друг» Саши, и я потеряли работу. Но главное – он хочет Сашу буквально стереть с лица земли по одной простой причине – в том ночном клубе, в котором он выступает, Саша – его главная конкурентка, причём такая, что в своём ремесле как минимум на две головы его выше.

Мать замахала рукой.

– Подожди, подожди, я хоть сяду, а то так и инфаркт может хватить. Что, Саша – тоже травести?

– Да, тоже, – кивнула Ирина, – причём самая лучшая. Наверное, не только в Москве, а может быть, даже во всей России. Но она ещё и транссексуалка, то есть, фактически давно уже не мужчина, а женщина. У неё даже в паспорте женское имя. Что, опять мало?

Мать растерянно моргала глазами. Ирине было жалко добивать её, но ничего другого ей не оставалось.

– Ладно, ну а как тебе такое? У твоего любимого Германа ещё две женщины, одну из них ты знаешь – это Женя, от которой, насколько мне помнится, ты тоже без ума. Представь себе «их» нравы: она продала ему свою девственность, а он купил, и до сих пор за деньги пользуется ею, содержит. Как, хороший пример для Павла?

Впрочем, тут Ирину ожидал сюрприз: мать её была женщиной весьма своеобразной и была бы не самой собою, если бы в подобной ситуации во всех грехах мира не обвинила свою дочь.

– Господи, Ирина, ну только ты одна могла в такое вляпаться! И этот гад ещё меня в щёки целовал, часами с Пашкой общался: аттракционы, Интернет-кафе и прочее? Ну, ты, девочка, совсем без глаз. А вдруг он, ко всему прочему, ещё и педофилом проклятым оказался бы? Как ты могла подобному извращенцу сына доверить? Ты в своём уме? Хотя… Две женщины ещё у него, видишь ли! А у тебя самой, что за студентишка в квартире сейчас обретается? Как, не пример для Павла? Насколько мне известно, Пашук тоже от него без ума.

Ирина смутилась.

– Мам, я знаю, ты меня не поймёшь, но поверь мне на слово: так надо.

– Да нет уж, договаривай, – ответила мать сухо и кинула перед Ириной пачку журналов желтой прессы с портретом Александры на глянцевых обложках и даже её книгу. – Не сама собирала, постарались доброжелатели. Теперь вот вникаю, точнее, влипаю в это дерьмо на седьмом десятке лет.

Ирина вздохнула.

– Это из-за Саши. И из-за Павла.

Мать уставилась на неё с недоумением.

– Павел-то тут при чём?

– Ну, я подумала, что неизбежно придёт момент, когда твой внук захочет узнать правду, причём подробную, о своём отце. А что я смогла бы ему ответить, если сама всё до конца до сих пор не понимаю? Саша – большой талант, и я подумала – лучший выход вывести её из тупика, дать ей возможность полностью раскрыть себя. Вложила в неё все свои деньги, точнее, мы трое решились на авантюру: я, Саша и её «муж» – Вадим Скорочкин, но там просто пылесос. Не знаю, сколько это ещё может продлиться.

Мать смахнула слёзы, навернувшиеся на глаза, но решила по-своему.

– Не знаю, как хочешь, но пока этот мальчишка в твоей квартире, Пашку я тебе не отдам.

Терпение Ирины лопнуло. Она разозлилась не на шутку. «Господи, уж эти мне «продукты социализма», когда хоть у них только дурь из головы выветрится!»

— Мама, «пока» в данном случае означает «никогда». Ярослав собирается продать прекрасную трёхкомнатную квартиру в центре, которая досталась ему от родителей, для того только, чтобы мы могли продолжать работать над нашим проектом. Где прикажешь ему ночевать после этого: на улице, на вокзале? Ярослав – автор пьесы, Саша – исполнительница главной роли и композитор. Они просто не могут обойтись друг без друга. Им нужны условия для работы. А мы с Вадимом, соответственно, не можем обойтись без них. Если свернуть работу сейчас, наши деньги пропадут без следа, нам их никто уже не вернёт, понимаешь? А это не только мои деньги, а ещё и Павла.

Мать была обескуражена полностью, но быстро сориентировалась.

— Ты можешь мне пообещать хотя бы, что свою квартиру оставишь в целости?

– Да, клянусь, – ответила Ирина.

— И как мы преподнесем всё это отцу?

– А никак. Просто не станем с ним говорить на эту тему.

Ладно, пора откланиваться. Ирина торопилась успеть забрать Павла до того времени, когда за ним заедет Герман, чтобы не столкнуться с «любимым женишком» нос к носу, а для этого следовало либо улизнуть с Пашуком другим ходом, либо отпросить его на десять-двадцать минут пораньше.

К счастью, к моменту их приезда с Павлом Ярик уже был дома, и руки у Ирины неожиданно оказались развязаны. Завтра или послезавтра у неё решающая схватка с человеком, который ей был явно не по зубам. Что она может добавить сегодня к тому, что уже сделано в преддверии великого сражения? Пожалуй, только одно: навестить своих информаторов, чтобы ещё хоть чуть-чуть обезопасить себя с флангов.

ГЛАВА 3

– Есть какие-нибудь новости?

Ирина решила с Женей поговорить по телефону.

– Есть, но не значительные. Александра и Вадим

постоянно созваниваются сейчас с Леонидом Сухановым из «Флоры и фауны», он там то ли топ-менеджер, то ли совладелец. Обговаривают, утрясают детали начала работы над мюзиклом уже на сцене. Человек этот вызвался быть режиссёром, и заодно вместо тебя решать все финансовые и организационные вопросы. О тебе речь только один раз зашла: как передать тебе твою долю. То есть, ребята выставили тебя вон, и шансов обратно втереться, как я поняла, у тебя никаких. Ярик теперь только автор, его просьбы о компаньонстве тоже отвергнуты. Да он особо и не настаивал.

— Ясно, а как Герман?

Женя замялась, но больше для того, чтобы набить себе цену.

— Герман? Есть одна новость, но как там с деньгами? И ещё вопрос: ты говорила, что с Германом порвать собираешься, а пока я вижу, что вы, как и были, не разлей вода…

— Ну, я готовлюсь к разрыву. Герман не тот человек, чтобы можно было легко от него отвязаться. Нужны серьёзные аргументы. Разговор намечен на завтра, в крайнем случае, послезавтра, но он ничего не должен заранее знать. Обещаешь? Это в твоих интересах. Так в какую сумму ты оцениваешь свою новость?

– Опять в тысячу долларов.

– О, господи, Евгеша, кисонька, ну и аппетиты у тебя. Надеюсь, оно того стоит? Ладно, говори, я могу через полчаса деньги подвезти. Как-нибудь отбежишь, ухитришься, с работы, моя машина будет стоять напротив, у входа в строительный рынок.

– Хорошо, договорились. Новость проста: Герман в ближайшее время должен стать совладельцем «Косынки». Ему совсем немного осталось для этого сделать, коготком там он давно уже зацепился. Как, я себя пока окупаю? Кстати, как там Марина?

– Марина в полном порядке. По-прежнему спит и видит женить на себе Вадима. Недавно устроила мне жуткую сцену ревности на этой почве. Считает меня своей главной соперницей. Насколько я поняла, твои козни? Отводишь удар от себя?

Женя довольно ухмыльнулась.

– Так надо. Мы ещё поговорим с тобой на эту тему. Кстати, очень и очень интересный предполагается для тебя разговор.

Ирина ухмыльнулась:

– Было бы интересно, но пока ни о какой тысяче не может быть и речи. Всё, что ты мне преподнесла, я давно уже знаю. Про «Косынку» Герман сам мне похвастался. Кстати, не «в ближайшее время» – он уже туда влез. Про Леонида Суханова – другой человек начирикал. Кто – не суть важно. Так что работай, подруга, работай, пока что я с тобой одни пустышки вытягиваю.

Гордеева явно запаздывала, однако Ирина была даже рада этому обстоятельству. Новость, которую ей сообщила Евгения, действительно устарела, но в прошлый раз как-то мимо её сознания проскочила, хотя должна была навести на глубокие размышления. Герман – совладелец «Косынки»? Это огромные деньги. Скорее всего, ему придётся либо полностью продать свой бизнес, либо сильно сократиться в нём. Стройматериалы, что может быть прибыльнее? И что взамен? Очередной призрак? Ночная жизнь – лотерея, слишком много крутится в ней не просто грязных, а именно бандитских денег. Хоть Ирина и недавно заинтересовалась этим миром, но такие вещи даже ей были понятны. Но бог с ним, с Германом, чем это конкретно грозит Саше? Тем, что с работой своей ей придётся во всех случаях распрощаться. Стопроцентно. И что дальше?

— Тук, тук, я твой друг! — Перед Ириной неожиданно возникло лицо Марины Гордеевой.

Ирина открыла дверцу машины, судорожно пытаясь переключиться. Ладно, начнём с того, что она Марину не знает. Все, в том числе и она, привыкли считать её круглой дурой, сложившийся стереотип. Но последний по времени трёп между ними посеял сильные сомнения в таком образе. Из чего же теперь в расчётах своих исходить? Если Марина, действительно, глупа как пробка, а в особенности то, что она не просто дура, а дура упёртая, любое сотрудничество, а паче того объединение с ней не только бесполезно, но даже и опасно. Кроме того, в прошлый раз они вроде бы обо всём договорились. Как, на чём в этот раз строить разговор?

— Какие новости? — стараясь казаться как можно более равнодушной, закинула она наугад удочку.

— Да практически никаких, — так же спокойно проплыла мимо наживки Марина. — Кроме одной — я подумала и решила согласиться на твоё предложение.

Ирина едва сдержалась, чтобы не выпустить наружу внезапно обуявшую её ярость. Даже помолчала некоторое время, чтобы прийти в себя. Наконец, сказала со вздохом.

— О чём это ты? Никакого предложения с моей стороны не было. Я что, на блаженненькую похожа? Речь шла о взаимовыгодном сотрудничестве. Как говорят в таких случаях: «ты мне, я тебе».

— Да, верно, — так же хладнокровно ответила Марина. — Считай, что я просто недостаточно точно выразилась. Одна закавыка — я практически безостановочно катаю в голове этот вариант, но он никак не вытанцовывается. Если взглянуть на вещи здраво — у меня ведь нет ни одного шанса. Да, ты убедила меня, я согласна на все условия, которые бы мне мой потенциальный муж ни поставил, до, потом — не имеет значения, но что толку в этом? Я ведь не красавица, не молодка свеженькая, умом особенным тоже не блещу. Ну, готовлю неплохо, так ведь для этого кухарки есть; в постели пытаюсь, как бы это выразиться — «соответствовать», но женщин ярых, искусных сейчас пруд пруди, тем более что при деньгах Германа, он может позволить себе любую профессионалку.

– Ну а Вадим, – решила Ирина прервать внезапно хлынувший на неё «поток сознания». – Чем ты Вадима хотела привлечь? Не буду употреблять слова: «покорить», «соблазнить».

– Ну, Вадим… – мысль подобная для Марины оказалась неожиданной и застала её врасплох.

– Да, Вадим… – безжалостно продолжила дальше развивать возникшую тему Ирина. – Он что, на помойке обретается? Или, если помериться с Германом, меньше женщин, которые на его румянчик западают, причём буквально с первого взгляда? Да, денег нет у него, но мало ли в Москве сейчас баб одиноких да богатеньких? Вагон и маленькая тележка, уверяю тебя. Дальше продолжать?

Марина откинулась на сиденье, по-прежнему в глубокой задумчивости.

– Нет, не обязательно продолжать. Просто здесь любовь. Вот и вся разница.

Ирина вдруг поняла, что с этой безмозглой коровой ей всё-таки не совладать. «Мочало, начинай сначала». Причём так можно по новой до бесконечности каждый раз начинать. Хотя, нет, слишком всё просто, должна быть другая причина. Наверняка эта «корова» сама стакнулась с Германом, рассказав ему всё до мельчайших подробностей об их прошлом разговоре. И сейчас просто качает из неё дополнительную информацию, точнее, пытается качать. И надо отделаться от неё, причём как можно быстрее.

— Ну а что насчёт работы? — перевела она разговор на другую тему. — Не появилось ничего на горизонте?

— Нет пока, — грустно покачала головой Марина, — но я уже начала поиски. У тебя тоже никаких зацепок?

— Абсолютно, — в тон ей вздохнула Ирина.

— Жаль, — грустно посетовала Гордеева и уточнила, уже взявшись за ручку дверцы: — Кстати, а как ты планировали начать... вот это, с Германом?

Ирину вдруг осенило.

— Ну, главное для меня было и остаётся твоё согласие. Дальше, я считаю, самым разумным было бы обратиться к специалисту. Конкретно по брачным вопросам. Как говорится, «два ума хорошо, а три лучше». Как ты сама понимаешь, за бесплатно сейчас никто не работает, поэтому предлагаю принцип такой: если ничего не получится и Герман с нашего крючка всё-таки сорвется, расходы оплачиваю я. Если дело выгорит, придётся тебе самой раскошелиться. Ну там будет с чего. Как, подходит тебе?

Марине ничего не оставалось, как только согласиться:

– Да, вполне.

Ирина достала смартфон. Она понимала, что затея её – чистейшей воды авантюра. Где он, её «консультант»? Может, давно каким-нибудь фирмачом, а то и охранником работает, или вообще «переквалифицировался в управдомы». Брак и семья? Кому сейчас подобные консультанты нужны? И что за деньги при подобной профессии можно заработать? Не говоря уже о том, что хоть она и на стационарный телефон звонит, там уже десять раз мог смениться номер.

– Дмитрий Артемьевич?

– Да, слушаю вас? Вы обращаетесь ко мне впервые? Незнакомый номер.

Ага, вон оно что! Тоже в ногу со временем. Даже определитель поставил!

– Нет, я уже была у вас. Но очень давно. Вы наверняка меня забыли. Это Ирина, Ирина Кулемзина.

– Не беда, у меня в компьютере файл с картотекой. Если подождёте минутку-другую или перезвоните чуть позже, я без труда вас там откопаю. Впрочем, не надо перезванивать, я уже нашёл искомое. Слава технике! Да, действительно, давненько всё было. Так что, сбылась ваша мечта, нашли вы своего принца?

– Нет пока, но тут подруга со мной. Нужна ваша помощь, вопрос не терпит отлагательств.

«Консультант» замолчал, что-то соображая. Наверняка набивает себе цену, вроде как пытается «вклинить её в свой график посещений». Наконец, откликнулся.

– Вопрос по моей теме?

Ирина вздохнула с облегчением: кажется, повезло.

– Исключительно.

– В принципе, я уже закончил приём, собрался уходить с работы. Но если поспешите, готов вас подождать.

– Годится. Вас всё там же можно найти?

– Ну да, та же улица со странным названием: Ленинская слобода, та же НИИ-шка бывшая…

— Можете не продолжать. При современной технике… Если не увязнем в какой-нибудь пробке дурацкой, будем через двадцать минут.

Ирина обернулась к Гордеевой:

– Ну так что, едем?

Та кивнула:

– Ты на своей, я на своей.

К счастью, от пробок бог уберёг. «Консультант» поджидал их у ворот. Как видно, он доплачивал охраннику, и тот беспрепятственно пропустил обе машины на территорию.

Все трое поднялись на второй этаж. Табличка под золото всё с тем же текстом: «Дмитрий Артемьевич Ваганов, консультант по вопросам брака и семьи». Небольшая комнатка, перед ней крохотная приёмная. Секретаршей явно не пахло. Как видно, приём строго по времени. Да и есть ли он, этот приём? Аренда вряд ли дорого стоит, хотя метро вроде бы недалеко. Впрочем, Ирина никогда не заморачивалась чужими проблемами, её интересовали сейчас только два вопроса: возьмётся ли и насколько дорого возьмёт?

«Ну как?», – взглядом спросила она Гордееву, та

лишь неопределённо пожала в ответ плечами.

– Итак, в чём проблема? – спросил Дмитрий Артемьевич, когда они уселись в удобные офисные кресла.

– Проблема выеденного яйца не стоит, – лучезарно улыбнулась Ирина. – Есть жених, и есть невеста. Осталось только их поженить.

Ваганов оказался на редкость деловым человеком, он сразу принялся вникать в суть задания. Ирина тоже старалась держаться на высоте: позвонила Ярику, чтобы тот скачал ей все необходимые материалы по электронной почте. Ваганов читал, уточнял, анализировал. Марина тоже включилась в процесс: на своём планшете заполняла анкеты, отвечала на тесты, не спрашивая подсказок. Ирина через смартфон сбрасывала Ваганову пересказ событий последнего месяца небольшими порциями, обрисовывая их, однако, во всех подробностях.

Наконец Ваганов с удовлетворением откинулся в кресле.

– Поймите меня правильно, – сказал он, – я, конечно, не ворожея, и не сваха. Да и вообще ко мне в первый раз обращаются с такой необычной просьбой…

«Всё врёшь, – мысленно возразила ему Ирина. – Ручаюсь, ты прекрасно приспособился к новым условиям, Дмитрий свет наш Артемьевич. Хоть и не процветаешь, но зато продолжаешь заниматься любимым делом и ради этого готов и в брачное агентство человека направить и к какой-нибудь колдунье-прорицательнице, да к кому ни попросят, без разницы».

– …но в данном случае всё реально. Я могу взяться за ваше дело, единственное условие – выполнять беспрекословно все мои указания. Если попытаетесь проявить самостоятельность, считайте, наш контракт расторгнут, а аванс – половина суммы – без которого я, кстати, пальцем не шевельну, чтобы начать работать, полностью останется у меня.

– И что за сумма? – поинтересовалась Ирина.

Дмитрий Артемьевич что-то нацарапал на бумажке и протянул её ей.

– Ого! – сделала вид, что удивилась Ирина, хотя сумма её более чем устраивала. Затем она показала бумажку Гордеевой и кивком опять спросила её: «Как, устраивает?» Та молча удовлетворительно кивнула в ответ.

– Ещё один момент хотелось бы утрясти, – с капризной гримаской скривила губы Ирина. – Договор обязательно должен быть на бумаге?

– Как вам удобнее, – пожал плечами Ваганов. – Но… не забудьте насчёт аванса. Деньги вперёд!

– Хорошо, – кивнула Ирина и покопалась в кошельке, что там можно было выкроить, чтобы слова сразу подкрепить делом. С сожалением посмотрела на набравшуюся сумму: эх, ребята, с каким трудом вы заползаете сюда и как легко прочь улетаете! Нет никого на свете вероломнее вас, безбожных тварей. Вы принадлежите всем и никому в отдельности, хоть вас в землю на пять метров закопай и бетонной плитой сверху прикрой, хоть в самый надёжный банк пристрой.

Гордеева с ехидной усмешкой понаблюдала за её усилиями, затем достала из сумочки карточку «VISA»:

– Не знаете, – спросила она Ваганова, – есть в этом районе какой-нибудь банкомат поблизости?

– Да прямо здесь, в институте, – ответил Дмитрий Артемьевич, с готовностью отлипнув от кресла. –

Только надо спросить разрешение у охранника. Но если что, я вас к метро провожу, там проблем никаких уж наверняка не будет.

Марина вернулась буквально через пять минут и попросила, выложив деньги на стол:

– Если вас не затруднит, хотелось бы получить от вас самые неотложные ЦУ, чтобы мы немедленно могли включиться в процесс.

Ваганов не спеша пересчитал купюры, занёс цифры в компьютер и, опять же, через электронную почту начеркал Ирине письмо, затем отпечатал его на принтере.

– Что там? – сгорая от нетерпения, спросила Марина, когда они выходили из здания.

– Всего три совета. Буду читать на ходу, если уж тебе совсем невтерпёж. Первый: «Мужчина – как деньги, очень тяжело заманить его в свои сети, даже окольцевать, но куда труднее – удержать потом».

– Ну, это мы с тобой уже обсуждали.

– Совет № 2: «Сейчас или никогда. Нет такого мужчины, в котором не взыграла бы гордость, когда, сделав предложение какой-нибудь женщине, он наталкивается на безоговорочный (слово «безоговорочный» подчеркнуто) отказ. В этот момент он вполне может совершить поступок, которого не предполагал ранее, лишь бы себе и этой особе, «выдре», то бишь, доказать, что он, действительно, чего-то стоит. Ведь он не один год выбирал, рассчитывал, готовился, намечал какое-то определённое число (из своего возраста, естественно), как крайний предел. Что отсюда следует? Остаётся только быть в этот момент постоянно рядом, и надлом, о котором я говорил, не упустить».

– Логично!

– На десерт (или, как говаривали когда-то, во времена социализма – на третье): «Ирина Алексеевна, как ни странно, я хорошо помню вас, но поначалу не узнал сегодня. Не буду гадать, сколько у вас ушло времени, чтобы так измениться, как внутренне, так и внешне, но с вашей подругой подобная таинственная метаморфоза должна произойти буквально в течение двух-трёх дней».

– Нужны дополнительные разъяснения, или и так всё ясно? – спросила Ирина, когда «подруги» подошли к своим «железным лошадкам».

– Ну я же говорила: я не дура, – холодно ответила Гордеева. – Когда начнём? Если я правильно мыслю, всё реально, но промедление смерти подобно.

– Когда? Сегодня же, – пожала плечами Ирина. – Не сейчас конкретно, а часика через два или лучше три, когда вернёмся каждая к себе домой. Поужинаем, душ примем, приведём нервы и мозги в порядок, тогда и свяжемся друг с другом по Скайпу. Все материалы, которые у нас только есть по интересующей нас теме, друг другу через электронную почту перекачаем. Если будут появляться по ходу дела какие-то нестыковки, заторы, будем тотчас же связываться с нашим «свахом», адрес его электронной почты я тебе подгоню. Ну а насчёт, как он там выразился – «десерта», сложный вопрос… Как у тебя с деньгами? К сожалению, я в настоящее время совсем на мели и помочь тебе здесь просто не в состоянии. А прикид, макияж и прочее из того, что нам может понадобиться на том уровне, на который мы собираемся выйти с тобой, милая Золушка, недёшево, ох как недёшево, стоят. А без этого к делу, действительно, и приступать нет никакого смысла. Чтобы стать своей в том мире, в котором ты собираешься обосноваться отныне и навсегда, ты должна ему соответствовать, а тут провести никого невозможно: с первого взгляда люди определят, где, когда и за какую цену что куплено; в каком салоне и у какого мастера ты себя в порядок приводила. Город огромный, но у них, этих долбаных трансов, свои, излюбленные, прикормленные, места. Трахать – сколько угодно, но чтобы в каком-то другом виде к сердцу своему подпустить... на это даже не надейся, Герман тебя никогда такой, какая ты есть сейчас, не примет.

– Ну, я скопила немного, – с замиранием сердца ответила Марина. – Не знаю, хватит ли?

– Уже лучше, – с облегчением вздохнула Ирина. – Потому что есть ещё и четвёртое, чего в нашем заветном письмеце не было, но между строк прозвучало: если, конечно, ты не упрёшься сдуру опять во что-то недоступное, недостижимое, как в случае с Вадимом, можешь забыть о своём девичестве и готовить хоть завтра белую фату. На Германе нашем свет белый клином не сошёлся. Можешь ещё хоть десять раз прикинуть, подумать, главное – знай: с человеком, который только что снизошёл до тебя, без мужа ты никак не останешься, только слушайся его во всём, как прилежная ученица-пятёрочница, больше ничего от тебя и не требуется.

– И это я поняла, – пробормотала Марина.

Она буквально дрожала от нетерпения. Цель, впервые перед ней появилась конкретная, реальная цель, и всё теперь только от неё самой зависело, а уж упорства ей, слава богу, было не занимать. Хватило бы изобретательности, изворотливости.

– Прости меня великодушно, Ирунчик, никогда не говорю по мобильному за рулём, да и вообще не звоню людям, зная, что они в этот момент в дороге, но мы так увлеклись с тобой, что я тебе самое важное не сказала, упустила: Герман готовит новый удар по Багире. Он нарыл сведения, копии документов, что Александра в обход практически всех законов и постановлений на сей счёт, слишком быстро стала транссексуалкой. Самой Саше это ничем не грозит, поскольку обратно её уже не переделаешь, а вот людей, которые ей в этом помогали, причём не бескорыстно, скорее всего, она может очень и очень здорово подвести.

– Вот сучка! – не удержалась, зло выругалась Ирина, убрав в сумочку смартфон. Ярость не просто переполняла, а буквально душила её. – В самый последний момент такую новость сообщила, а ведь могла бы и вообще утаить. Тут каждая значимая карта на руках сейчас на вес золота, и на тебе – такой козырь! Ладно, лучше поздно, чем никогда. А что же Евгеша, интересно, неужто ничего такого не знала? Обычно она ведь во все дырки нос свой длиннющий суёт. И значит... опять ты, дурочка, без барашка в бумажке окажешься. Молодая ещё! Соплячка! Кому вознамерилась голову дурить?

ГЛАВА 4

Итак, всё же, с чего начать? Что прежде: разрыв с Германом или собрание акционеров? Ирина задумалась. Таких ответственных решений ей принимать ещё не доводилось, а уж о предстоящих сражениях не стоило и говорить. Кто она? Наполеон? Суворов Александр Васильевич? Или, может, Жанна д'Арк?

Герман... Сложный человек, ума, изощрённости

ему не занимать. Размажет её, как муху по стеклу, но вопрос сейчас не о том, бороться или не бороться Голиафу с Давидом, вопрос всё тот же – что прежде? Быть может, логичнее было бы выбрать – что важнее? Если сначала собрание, Герману не придёт и в голову участвовать в предстоящей интриге, если сначала разрыв – он тут же вклинится в игру. А игрок он искуснейший. Но вот только… новость, которую ей сообщила Марина. О том, что Джози готовит новый удар. Она не даёт времени ждать, выбирать…

Герман долго смотрел на коробочку, в которую вернулось после недолгого отсутствия пресловутое колечко с бриллиантом.

Как же так могло получиться, что он не предусмотрел подобный вариант? Дура! Ей делают честь, приглашают в совсем иной мир, решают все её проблемы. А она…

Что она перед этим бормотала?

«Я не могу принять такой характер отношений. Я моногамна по натуре, быть даже самой любимой женой в гареме – совсем не по мне».

«Я не верю тебе, и теперь уже никогда не поверю,

мне хотелось бы чего-нибудь более понятного, надёжного».

«С меня вполне хватит и Александры, твой весьма и весьма своеобразный мир глубоко мне чужд и родным не станет никогда».

«Давай начистоту: ты ведь никогда не согласишься на то, чтобы пойти мне навстречу? Я должна принять тебя таким, как ты есть, или... не принять. Что я как раз сейчас и делаю».

— Ладно, давай сначала, — Герману удалось, наконец, взять себя в руки. «Чепуха! Что она о себе вообразила? Ничего, парочка хороших оплеух (нет, нет, никакого физического насилия, разумеется, вполне будет достаточно и слов) быстро приведут её в чувство, мигом шёлковой станет». — С того эпизода, который до сих пор довлеет над тобой: твой муж перед зеркалом с губной помадой в руках, одетый в женское платье. Как видишь, я хорошо всё помню. Прошло столько лет и что, это до сих пор тебя бесит? Даже теперь, когда ты вошла в наш мир, не только поняла, но и приняла его? И только не говори, что он глубоко тебе чужд и «родным никогда не станет». Из-за чего, собственно, сыр-бор разгорелся? Муж – трансвестит, ну и что дальше? Мы что, трансы – не такие же люди? Может, я трахаюсь с мужиками или есть вероятность, что меня когда-нибудь вдруг потянет на что-то в этом роде? Например, секс с шимейлом, чем не экзотика? Но ведь нет этого, и никогда не предвидится. Я оттого и транс, что женщины для меня – богини. Я боготворю их с детства, понимаешь, боготворю. Да, я не только транс, я травести и очень горжусь этим. И моя профессия, увлечение, понимай, как хочешь – они, как человеку творческому, диктуют мне свой, особенный, не просто стиль, а именно уклад жизни. Или, может, ты боишься, что я когда-нибудь брошу тебя, увлекусь другой? Глупость! Никогда этого не случится. Вот в этом я тебе могу с лёгким сердцем поклясться. Измена – не замена, знаешь такое выражение? Измены – да, но не замена. Семья, дети, жена – для меня святое, я это с молоком матери в себя впитал. Когда я тебя впервые увидел – у нас в «Косынке», меня как током ударило: вот оно, вот человек, которого я искал, теперь вся моя жизнь наполнится смыслом, все мои мечты сбудутся. И что же? Что делаешь ты? Вонзаешь мне нож в сердце?

«Господи, о чём он? И это аргументы? Это знаменитый макиавеллевский ум? Да нет, скорее какое-то баранье блеянье!»

Ирина почувствовала, как в ней опять, пожалуй, слишком часто в последнее время, закипает ярость, хотя до этого она была настроена достаточно миролюбиво. Что, такой удар по мужскому самолюбию? Других женщин мало вокруг? Впрочем, надо быть осторожнее, точнее – деликатнее. Ну да, конечно, мужское самолюбие. Смешно! Но надо уважать подобные чувства. Хотя, к сожалению, редкая баба сейчас такие вещи понимает. Однако, опять же, понимать, не значит принимать.

– Слушай, Герчик, я тебе предложила: давай начистоту, ты мне ответил: давай сначала. Я не возражаю ни против одного из этих двух вариантов, мы можем построить наш сегодняшний разговор как угодно, но есть одно непременное условие: мы должны прояснить всё, от начала и до конца, именно сегодня. Я не стану употреблять слово «любовь», оно в данном случае как та монета, которая не в ходу. Так и пусть себе полежит до поры до времени. Но между нами было и есть чувство, и мы должны постараться сохранить его. Нам нельзя возненавидеть друг друга. Да, ты прав, я неточно выразилась: волей-неволей, но мы уже не можем уйти из этого странного мира, законы которого мы безоговорочно приняли, а в нём и так слишком много вражды, ненависти, зачем же нам ещё дальше, больше их плодить? Ты хочешь вернуть меня к началу, к тому эпизоду, который якобы до сих пор довлеет надо мной? Но что на самом деле было вначале? Именно в наших отношениях? Я ведь знаю теперь: наше знакомство было не случайным, ты специально, с помощью Жени, подстроил его... Опять же для того, чтобы использовать меня в своей интриге, в очередной раз дать выход ненависти, вражде, о которых я уже говорила.

Герман не удержался, ударил кулаком о столик в запале:

— Но я же тебе объяснил — ты понравилась мне, когда я тебя увидел в «Косынке» и попросил потом Женю познакомить нас. Да, признаюсь, встреча, в самом деле, была подстроена, ну и что с того? Это преступление, подлость? Всё остальное — лишь твои измышления.

Ирина осторожно огляделась по сторонам. Столик на двоих в приличном экзотичном ресторанчике, как раз в таком, какие она любила, Джози за сравнительно короткий срок успел хорошо изучить её вкус. И публика спокойная, вроде как на них совсем не обращают внимания, но, несомненно, ещё пара таких сцен и перед ними невесть откуда возникнет фигура метрдотеля с вежливой просьбой покинуть их долбаное заведение.

— Хорошо, пусть будет уж совсем по нулям. Ты продолжаешь отстаивать свой вариант. Но ведь можно и несколько по-другому истолковать ход событий? У тебя маниакальная идея – уничтожить Сашу, ты узнал, что я её бывшая жена и счёл, что удар с этой стороны в твоей бескомпромиссной войнушке окажется далеко не лишним. Я проявила себя круглой дурой, лёгкой добычей, увлеклась, забыла о женской гордости, вообще о приличиях. Но ты в итоге вроде как реабилитировал себя. Хотя войнушка на самом деле не затихала ни на минуту. И не затихнет, будет продолжаться до победного конца. Не стану спорить, надо отдать тебе должное – твой нюх не обманул тебя: я, дура, не просто оказалась кладезем идей, но и быстро сделалась послушным орудием в руках врага человека, которого я вознамерилась понять, спасти, ко всему прочему – отца моего ребёнка. Но, может, ты дальше сам продолжишь? С моим освещением событий ты ведь наверняка не согласен? И отметёшь их во второй раз как мои «измышления»?

Герман ненадолго задумался, затем решительно кивнул:

– А что, мне наш разговор всё больше начинает нравиться. Муж и жена – одна сатана, в этом, я считаю, одно из главных условий любого брака. Я недооценил тебя, Ириша, а сейчас просто восхищён твоей инициативой устранить между нами все барьеры: недомолвки, недопонимания. Ладно, приступим. Начнём с того, что ты не угадала, правилен всё-таки мой вариант: в тот момент, когда я решил познакомиться с тобой, я ещё не знал, что ты бывшая жена Багиры. Это мне Женя при расчёте сказала: вроде как я мало ей за её рвение денежек заплатил. Пришлось добавить. И даже заключить долговременный союз. А тебя я в тот момент просто хотел добиться, не более того. Такое у меня правило: если мне чего-то хочется, я всегда своего добиваюсь.

Но уже первая ночь всё изменила. Ты меня приручила, как это ни смешно звучит. Так что события дальше развивались параллельно: с одной стороны я всё больше увлекался тобой, с другой – интуиция не подвела меня: в мои руки благодаря тебе попал уникальный материал.

– Которым ты, конечно, не упустил случая воспользоваться, – понимающе хмыкнула Ирина.

– Ну… кто бы упустил такое? Естественно, не я. Однако тут я здорово прогадал: вместо того, чтобы очернить Багиру, я, наоборот, в разы увеличил её популярность. Да ещё и помог ей материально, а ведь перед тем, вроде бы, полностью обесточил в этом отношении их с Вадимом. Буквально обчистил донага.

– Ну, предположим, помог им не ты, а Леонид, пусть даже с твоей подачи. Именно он выбил деньги из издательства, ты здесь и пальцем не шевельнул.

– Всё-то ты знаешь… – хмуро пробормотал Герман.

– Ещё бы! – зло фыркнула Ирина. – В чём ты ещё хотел признаться? Я не просила Женю копировать для меня фотографии из семейного альбома Саши и

Вадима…

Герман разозлился уже не на шутку, буквально рассвирепел:

— Послушай, ты ведь сама всё знаешь, чего же ты хочешь от меня? Факта признаний? Таков наш мир, пойми, в нём без интриг, без подковёрной борьбы никак не обойтись. Затопчут. А мир артистический, да ещё такой специфический, как шоу травести, коварен вдвойне. В нём только одно право — право сильного. И победителей здесь, как и везде, не судят.

— Ты так уверен, что победил? — недоверчиво спросила Ирина.

— Абсолютно! Осталось сделать лишь несколько телодвижений, чтобы от всех вас в том пространстве, которое я для себя наметил расчистить, не осталось и следа. — Герман был вполне искренен в своём статусе триумфатора и всё больше терял к их с Ириной разговору интерес.

— Да нет, — задумчиво проговорила Ирина, — до победы ещё далеко. Но суть в том, что никто из нас от дальнейшей борьбы не выиграет. Мы просто увязнем. Наши военные действия будут носить всё более и более затяжной характер, и результатом станут лишь невосполнимые потери. Больше того: ставка на измор закончится тем, что поверженной стороне нечем будет платить контрибуцию. А так не воюют, вообще – бессмысленных войн на свете не бывает. Так что моё предложение: давай попробуем договориться.

Герман помолчал какое-то время, затем спросил как бы из интереса, не придавая словам Ирины большого значения.

– Так, и что же конкретно ты хочешь?

– Вот это другое дело, – Ирина взбодрилась. – Во-первых, никаких обид по поводу колечка. Ты сделал предложение, я обещала подумать, по зрелому размышлению пришла к выводу, что мы разные люди и создать нормальную семью у нас никак не получится. Я, конечно, очень благодарна тебе за всё, что у нас было, но факт остаётся фактом: брак по расчёту – не моя стезя, совершенно. Если я всё-таки выйду во второй раз замуж, то только по любви, точнее – опять по любви. А нет – и так проживу. Главное – ребёнок – у меня есть, а мужиков вокруг, на ночь, на час – только свистни. Второе – ты перестаёшь нас преследовать: меня, Вадима и Сашу. И заключительное, третье: ты не станешь посягать на наше общее детище – мюзикл. Теперь твои условия. Что ты хочешь взамен?

Герман радостно блеснул глазами.

– Да, не ожидал. Столько я времени, усилий, денег ухлопал, а оказывается, можно было просто договориться. Ладно, попробуем. Первое: естественно, ты свободна. Зачем мне здесь рогом упираться: мне нужна жена друг, а не враг. Конечно, моя гордость уязвлена, мне очень обидно, но как-нибудь переживу. Третье: ваш мюзикл. Бредовейшая идея! Ты думаешь, кто настоял, чтобы его в прошлый раз, совершенно незрелым, показали? Я, кто же ещё! Я уже тогда входил в совет акционеров. И я до сих пор не изменил своего мнения. Мюзикл ваш! Бездонная помойная яма, в которой все вы утонете. Зачем мне самому топить вас, строить козни, пакостить вам, если вы и так самоубийцы? Так что вопрос только во втором. О тебе я сказал уже: утрусь. Вадим? Слизняк этот? Да зачем он мне? Саша? Стереть её в порошок? Веришь или нет, но у меня никогда такого желания не было. А значит, условие лишь одно: Саша должна уйти из «Косынки». И тогда всё. Всё успокоится. Я стану примой. Именно примой, а не премьером. Все, наконец, увидят мой талант в полной мере. Саша! Саша давно уже выдохлась, а я буквально переполнен идеями. И что в итоге? По секрету скажу, знаю, что ты не болтлива – свершилось, «Косынка» уже полностью моя! И не только «Косынка». Эти уроды ничего не понимают в нашем бизнесе, просто отмывают здесь свои деньги бандитские, а между тем, его можно вознести на недосягаемую высоту. Кстати, ты могла бы найти у меня блестящее применение своим способностям. Подумай! Возьму на любую должность, возможности карьерного роста просто фантастические.

Ирина, наконец, успокоилась, она явно не ожидала, как и Джозефина, что они так быстро обо всём договорятся.

– За меня не беспокойся, – усмехнулась она. – Я без работы никогда не останусь. А уж в такой омут меня никто не затащит. Ты назвал наш мюзикл бредовейшей идеей, но бездонная помойная яма – это не мюзикл, а как раз то, что ты только что мне с такой напыщенностью преподносил, расписывал. Герчик, пойми, тут другой бизнес, совсем не тот, которым ты занимался раньше. Но это твои проблемы. Мои, с нашими договорённостями, закончились, я надеюсь, ты человек слова? И ещё: мне очень хотелось бы, чтобы мы остались друзьями. Я уверена, что ты найдешь, в конце концов, своё место в жизни и раскроешься в полную силу, талантов у тебя не перечесть. И искренне желаю тебе успеха. Так что, по рукам? Ты хорошо подумал?

– А что тут думать? – ликованию Джозефины тоже, казалось, не было предела. – Осталась только одна задачка, которую надо решить – как мне такое эпохальное событие отпраздновать.

Рукопожатие его было сильным, искренним.

– Может, вместе закатим пиршество? – расшифровал подробнее Герман своё предложение. – Оторвёмся по полной программе в последний раз?

– Не думаю... – покачала головой Ирина. – Не думаю, что это удачная идея. Я бы на твоём месте не стала попусту время терять. Лучше поломай голову над конкретными вещами: как в старую программу в новом качестве встроиться, либо предложи свой – радикальный, революционный вариант, ты же сам говорил: Саша – вчерашний день.

Герман задумался, мыслями он уже был далеко, на

сцене любимого клуба.

– Что ж, может, ты и права: дело так дело.

– Стоп! – Ирина с трудом, но нашла место для парковки, прижавшись к обочине, и продолжила: – Я на машине, теперь готова выслушать тебя. Вот только та новость, которую ты собираешься мне сообщить (если я её имею в виду) об очередной пакости, которую Джози приготовил для Александры, уже протухла. Я не спрашиваю, почему ты не рассказала мне её в прошлый раз, мне глубоко безразлично также, играешь ли ты в моей команде, на моих врагов, сразу на два фронта или просто на саму себя, это твоё дело. Но у меня нет лишних денег, так что платить я могу только за свежую, добротную, достоверную информацию. К счастью, нашлась одна добрая душа, которая вовремя меня просветила, иначе бы мне тяжко пришлось. Могу сама поделиться секретом: у нас с Джози совсем недавно был долгий задушевный разговор, во время которого мы обо всём договорились. Так что теперь у нас мир. Не могу сказать, что vor ever – навсегда, но пока выгода обоюдная. И, спрашивается, зачем нам вновь враждовать? Кстати, колечко я уже отдала.

Женя помолчала некоторое время, затем медленно, тщательно выговаривая каждое слово, спросила:

— Почему из нас двоих ты решила помочь именно Ирине? Почему не мне?

Ирина насторожилась.

— Откуда знаешь?

— Сорока на хвосте принесла.

— Понятно. Значит, из первых уст. И в самом деле, сорока. Но зачем тебе Герман, тебе что, Вадима мало?

— Вадим? – зло усмехнулась Евгения. – Зачем мне Вадим? Какая с него корысть? Я даже не про то, что он подкаблучник у Александры, просто он так устроился, что ему ничего не интересно: ни женщины, ни информация. Работу вот новую нашёл, счастлив безмерно. Тряпка. Не знаю, что ты в нём нашла. Но готова в любой момент совершить обмен.

Ирина рассмеялась:

— Ну это не ко мне, к Марине. Вот и договорись с ней. Чего уж проще, вы по-прежнему подруги, раз она с тобой о таких вещах советуется. – Ирина злорадствовала в душе: она не предложила Жене прервать разговор, чтобы самой ей позвонить, как обычно делала. Ничего, пусть девочка потратится, в следующий раз десять раз подумает, прежде чем из пустого в порожнее воду переливать.

— А может быть, такой вариант предложишь ей ты? Ты ведь пока Мариной крутишь, как хочешь. И всего-то охапка сена перед мордой осла, точнее — ослицы, а какой результат! Такую тигрицу приручила!

Ирина вздохнула:

— Нет, sorry — извини. Честно говорю: не могу. Для меня ведь главное — Саша, а она тут как меж двух огней. Ты же помнишь: Марина обещала стереть Багиру в порошок. Меня такой вариант никак не устраивает. Хотя бы из-за мюзикла.

— Да, но потом ведь они всё равно объединятся. Так что перемирие во всех случаях временное. А муж и жена… сатана даже не в квадрате, а в кубе.

— И что, с тобой было бы иначе? Ладно, заканчиваем, и откажись от привычки меня дальше шантажировать. Я-то отбрешусь перед Германом, а об ответном ударе ты подумала? Все дела отложу, но такое изобрету — мало не покажется.

Женя рассмеялась:

– Напугала ежа! Я уже не та дурочка, какой приехала сюда. Быстро учусь. Так что, поможешь или нет? Я ведь и без тебя добьюсь своего. Кстати, могу сообщить кое-что бесплатно, так сказать, в порядке благотворительности: из проекта тебя точно выперли. У нас дома только об этом и разговор.

– «Слепой сказал – посмотрим», – спокойно ответила Ирина. – Ждать недолго осталось – завтра всё выяснится.

– Ну-ну, глухой сказал: услышим. Завтра, послезавтра. Говорят, надежда умирает последней. Или как в одной песне поётся: «разденься и жди, вся жизнь впереди».

– Здравствуй, Ириша! Как мои дела?

Господи, и эта тут как тут, легка на помине.

– Не знаю, – хмуро ответила Ирина. – Всё от тебя зависит. Я ведь не пастушка, чтобы пригнать тебе скотинку хворостинкой. Нам даны были три совета, что-нибудь из них ты начала выполнять?

Гордеева растерялась.

– Сейчас, подожди, бумажку найду. Ага, вот! «Мужчина – как деньги…».

– Ну, до этого ещё как до Северного полюса, – раздражённо оборвала её Ирина. – Дальше…

– «Сейчас или никогда…».

– Здесь, слава богу, вопрос решённый. Если ты, конечно, не передумала. Я только что разговаривала с моим наречённым, мы всё отменили, расстались, как добрые друзья.

Марина вздохнула с облегчением, она начала приходить в себя после холодного тона, на который неожиданно наткнулась в разговоре со своей собеседницей.

– Ну что ж, прекрасно. Я тоже – не передумала. Даже, наоборот, на пике азарта, жажду действия. Что там третье? «Таинственная метаморфоза»… Может, с неё и начнём? Я ещё раз всё обсчитала, позвонив предварительно в несколько мест – всякие там СПА-салоны и прочее, цены умопомрачительные, конечно, но с денежками надеюсь уложиться.

Ирина немного отмякла: что толку злиться на столь непроходимую дуру? Есть исходный материал, каким бы он ни был, с ним и надо работать. Теперь это не просто шутка какая-то, а вопрос принципа.

– Всё будет, не изволь беспокоиться. И без

денежек здесь, естественно, никак не обойтись. Но сначала тебе придётся сесть за парту. Упереться в Интернет и изучить всё, что ты сможешь там найти о TV – трансвеститах. Пойми, ты ведь замуж собралась не за обычного человека, вот и вникай. Только… боюсь, что вникать незачем, со вчерашнего дня многое изменилось…

Гордеева насторожилась:

– Изменилось? Что именно?

– Начнём с того, что у тебя появилась сильная конкурентка. Хотела я тебе передать женишка прямо из рук в руки, уже колечко ему обратно всучила и вдруг… втиснулась нежданно-негаданно между вами одна настырная особа. Которой ты сама же обо всём и проговорилась. Зачем? Похвастаться захотелось?

Марина смутилась:

– Но Женя… У неё ведь Вадим. Зачем ей ещё Герман понадобился?

– А зачем ей Вадим?

– Ну как же, ты говорила…

– Это у тебя любовь, а Женю совсем другое интересует. То, чего у Вадима отродясь не было. Большие деньги. И за них она глотку, кому хочешь перегрызёт.

До Гордеевой, наконец, стала доходить вся глупость её поступка.

– И что, она прямо так и сказала? – спросила она сухо.

– То, что глотку перегрызёт? Боюсь, это не самое страшное, – вздохнула отрешённо Ирина. – Она собирается разоблачить перед Германом все наши происки. И стало быть, проискам этим конец. Так что ты теперь свободна, как ветер. И денежки останутся целы, о времени уж и не говорю.

Марина на какое-то время замолчала, затем удручённо спросила:

– Понятно. И что же мне теперь делать? Вернуться к Вадиму?

– Зачем? Без Германа ты – букашка, и никакого вреда теперь уже не сможешь ни Вадиму, ни Саше причинить. Просто потреплешь себе лишний раз нервы, и в итоге опять вытянешь пустышку. Так ведь недолго и в старых девах застрять навеки. Если хочешь совет – у тебя только одна надежда: Дмитрий Артемьевич. С ним ты без белой фаты, как я уже говорила, никак не останешься, можешь уже сейчас начать к свадебным нарядикам присматриваться. Да и за Германа мы ещё вполне могли бы побороться, но опять же, без помощи «доктора Димы» из этой затеи ничего не выгорит. Давай я созвонюсь с ним, обрисую ситуацию, назначу встречу, тут дело откладывать в долгий ящик никак нельзя.

— Хорошая мысль, — тут же воодушевилась Марина. — Только знаешь, я, пожалуй, схожу к нему сама. У тебя и без меня дел хватает, что ты меня постоянно за ручку будешь водить? А потом я тебе всё доложу, и дальше вновь будем действовать вместе. Идёт?

— Идёт, подруга! — с облегчением воскликнула Ирина, видя, что дело в их разговоре, который грозил затянуться до бесконечности, наконец, идёт к финалу. — Вот только желательно было бы в следующий раз не по телефону такие вещи обсуждать. Личный контакт прежде всего.

— Так мы… всё-таки подруги? — осторожно спросила Гордеева.

Ирина усмехнулась:

— А что, у тебя есть ещё кто-нибудь? Ладно, Жене только сцен не устраивай, договорились? Будь хитрее

– какой смысл зря воздух сотрясать? Ну а если спросит, скажи, что обзавелась другим кавалером, а Герман тебе вообще не пара. Мол, нужно быть реалисткой. Короче, ссылайся везде и во всём на «доктора Диму», раз уж ты его ей, как и меня, «продала». Только ври побольше, напряги фантазию, а не выбалтывай то, что он тебе на самом деле подскажет.

Марина помолчала, затем удручённо проговорила:

– Прости меня за всё, Ирен. Я тебе столько зла причинила. Сможешь простить?

– Да ты тут ни при чём, – совершенно искренне отмахнулась Ирина. – Просто люди, как обычно, воспользовались тобой... Точнее, твоим прямодушием. Но кто знает, быть может, это не недостаток, а как раз лучшее, что в тебе есть?

Ладно, времени много потеряно, но не зря, слава богу. Теперь всё было готово к завтрашнему собранию. Осталось только тщательно, до мелочей, расписать с Ярославом сценарий предстоящей битвы. И, к счастью, бог Ярило тут под боком, дома, не надо нигде его искать.

Однако самое легкое, как это частенько бывает, оказалось самым сложным: Мудрика просто невозможно было настроить на серьёзный лад. Он шутил, смеялся, травил анекдоты, дурачился, как только мог, поддразнивая Ирину. Уверяя её, что никаких сценариев не требуется, дело уже на корню выиграно и не стоит выеденного яйца. Ирина долго злилась, пыталась переломить ситуацию, но у неё так ничего и не получилось. Тем более что Павел был у родителей, а разгрузка бедной, замотанной девочке была ой как нужна. А поговорить… можно и потом, на любую тему.

Вот только сил своих она явно не рассчитала, и в итоге заснула так крепко, что Ярославу с трудом удалось растолкать её за час до знаменательнейшего события, которое ей предстояло, и подготовкой к которому она всю ночь так активно занималась.

ГЛАВА 5

Ирина безнадёжно опаздывала на встречу, но старалась не гнать напропалую, держать себя в руках. Всё же, хоть и мимолетным взглядом, она глянула в зеркало. Ярик подрёмывал на заднем сиденье. Ох, уж этот пацан! И почему она в итоге всегда ему поддаётся? Такой молодой, но уже мужчина? Почему не помогает ей разница в возрасте, житейский опыт, почему в итоге он всё равно обыгрывает её, добивается своего? Вот и едет она сейчас в такой ответственный момент совершенно не подготовленная: наспех причёсанная, не накрашенная. Полная выдра, а должна бы быть, наоборот, при полном параде: холодной, расчётливой, безукоризненно выглядящей. Может, даже немножечко стервой.

Ирина задумалась. Насколько такое было возможно для неё за рулём автомобиля. Пробки эти ещё! Вот он – момент истины. Ещё не поздно, пока не поздно, выйти ей сухой из воды. Вернуть все вложенные деньги, вышвырнуть из квартиры Ярика, найти новую работу, да, в конце концов, можно и своё дело открыть. На первых порах сбережений хватит, а там... как говорится, бог не выдаст, свинья не съест. Что нужно для этого? Всего и осталось только: весь сор, который занесло в её жизнь в последнее время, вымести из неё обратно поганой метлой.

Нет, не получится, её дурацкий характер: не привыкла отступать. Конечно, опять потеряно время, как в их браке с Сашей… Впрочем, потеряно ли? А как же Павел? Да, был бы другой муж, другой сын или дочка… но Павел? Нет, ничего не потрачено впустую. Она многому научилась. Даже у этой пустоголовой Марины, даже у сучки Жени. Но главное – в другом: всё у неё сейчас так в жизни, как ей хотелось, вот только берега слишком извилистые да течение сильное, но по-другому редко бывает.

«Ладно, вернёмся к тому, что есть, а не будем тратить время на пустые размышления о том, что могло бы быть».

«Мой дом – моя крепость», «…одни развалины». Всё прекрасно, её дом вновь обрёл прежние очертания. Да, родители не хотят даже видеть Ярика, не то, что общаться с ним. Но Павел благодаря этому молокососу резко рванул вперёд в развитии, с чем её даже поздравила, специально позвонив, его классная руководительница. Он стал коммуникабельнее, активнее, но главное – эрудированнее, интереснее, как собеседник, в том числе и для своих одноклассников.

Она что-нибудь потеряла здесь? Нет. Наоборот, обрела.

«Любимая работа»… Настолько ли она была любима? Действительно ли она занималась своим делом? Ёе ли это масштаб, размах?

«Вернуться обратно в проект, из которого её столь легко, беспардонно выперли»…

— Нет, ребята, шиш с маслом, ничего у вас не получится. С тем, чтобы от меня так легко избавиться. Потому что ничего не получится у вас вообще без меня.

Конечно же, все были в сборе. Леонид многозначительно переглянулся с Вадимом, как бы посмеиваясь: «Ну, что я говорил?» Возможно, и начали бы без неё давно, да не было Ярика. Естественно, и внешний вид её не остался незамеченным. Даже Александра удивлённо подняла брови – такого она от «невестки» явно не ожидала.

Кто поведёт собрание? Ирина даже мысли не дала возникнуть, что кто-то другой, кроме неё. Она уселась в кресло, лениво придвинула к себе чистый лист бумаги, авторучку. Чем она всех буквально убила:

тем, что у неё ничего с собой не было. Никаких заготовок, набросков – на такое важное мероприятие она ухитрилась явиться буквально с пустыми руками.

– Ну так как, начнём? – спросила Кулемзина самым что ни на есть будничным голосом и оглядела тех, кого ей предстояло сегодня либо убедить, либо убить (шутка, конечно!).

Ответом ей, естественно, было обескураживающее молчание, которое на Ирину совсем не подействовало. «Молчите, господа? Молчите, молчите, вот только вы, ребятушки, элементарную вещь забыли: молчание – знак согласия. Каким бы оно ни было: язвительным, снисходительным, враждебным, счёт всё равно уже не в вашу пользу: 0: 1. Ну а теперь держитесь: главное – инициатива, молите бога теперь, чтобы я дала вам хоть слово вымолвить».

– Друзья, соратники, партнёры, давайте честно посмотрим друг другу в глаза и признаем: мы слишком давно не собирались вместе, и вообще – пустили дело на самотёк. А между тем, не всё у нас гладко и просто. Среди нас сейчас три акционера и два участника без права голоса. Предлагаю для начала послушать Вадима Геннадьевича. Он коммерческий директор, а финансы, как известно, главное в любом проекте. Итак, Вадик, мы всё внимание. Как обстоят на сегодня наши дела?

Вадим даже рот разинул от Ирининого нахальства, да и не только он один. Однако, несмотря на то, что его опередили, Скорочкин, прекрасно к собранию подготовившийся, тотчас ринулся в бой.

— Да, действительно, нас в деле трое, — сосредоточил он внимание на мониторе ноутбука. — Мы вложились в равных долях, и денег до сих пор хватало, однако подготовительная часть проекта в общих чертах закончена и пора, причём давно уже, начать обкатывать его, хотя бы по частям, на практике. То есть, если говорить конкретно: мы хорошо потрудились, и вот он, долгожданный результат — настало время готовить спектакль. Но... одна незадача — материально мы выдохлись. К счастью, выход временно найден: хоть денег у нас на балансе кот наплакал, зато есть многое другое — сцена, артисты, статисты, подтанцовка, даже режиссёр.

Александра подняла руку.

– Слушаем, – успела сказать Ирина прежде, чем за неё это сделал Вадим.

– Что я хочу сказать? Вадим прав: со своей стороны, творческой, мы с Ярославом практически вышли на финишную прямую, но не в состоянии дальше продвигаться вслепую. Нам нужно оттачивать наши заготовки на деле. Вопрос, как это сделать? Да, денег нет, но положение осложняется ещё и тем, что человек, с которого, можно смело сказать, и началась всерьёз работа над тем, чем мы сейчас занимаемся, что перестало быть мечтой и воплотилось в реальности, вынужден по семейным обстоятельствам уйти из проекта. Это для нас, конечно, невосполнимая потеря, но не понять Ирину Алексеевну в данном случае было бы бесчеловечно. Она – женщина, мать, и в настоящее время осталась не только без работы, а вообще без каких-либо средств к существованию, так что её просьбу мы просто обязаны удовлетворить. Самый элементарный выход, который мы, два оставшихся акционера, нашли в данной ситуации: принять в наш состав человека, который выкупил бы у Ирины её долю и занял вместо неё достойное место в нашем проекте. Тем более что этот человек не со стороны, он нам всем хорошо известен. Вы прекрасно знаете, о ком я говорю. Ярослав, встань, пожалуйста!

Ярик встал, благодарно раскланялся во все стороны и снова занял своё место.

– Ну и конечно, – продолжил Александр, – мы должны вернуть автору его авторство. Точнее, соавторство. Теперь имя Ярослава, в том, что касается пьесы, не музыки, естественно, будет стоять на афише равноправно рядом с моим.

Вадим оторвался от компьютера и оглядел присутствующих.

– Я полагаю, прений не предвидится, все согласны? Осталось проголосовать?

Ирина даже разинула рот от удивления. Ну вот и всё! Вот что значит быть легковерной дурочкой. Кому она поверила? Ярику! Да он воспользовался ею, чтобы на её спине, если не на чём-то другом, если говорить конкретнее, въехать в рай! Он и не думал переманивать на свою сторону Александру, а тем более – просить, чтобы та убедила Вадима. Два голоса против одного, проще некуда. И человек за бортом. Её даже пожалели, бросили спасательный круг. Предоставили возможность уйти достойно, с честью.

Нет, ребята, не получится так. Я же говорила. Не по-лу-чит-ся.

– Согласны не все, голосовать пока рано, – Ирина с трудом, но успела вклиниться в ход рассуждений Александры и Вадима… Секунды промедления в данном случае вполне хватило бы, чтобы совершилось непоправимое.

«Ладно, Ярило, коварства тебе не занимать, как видно, но обманул в данном случае ты только себя самого. Готовься, голубок, ночевать сегодня на вокзале. Если это то, чего ты так добивался, значит, не исключено, что тебе придётся теперь изрядно побомжевать».

– Я полагаю, что вышло какое-то недоразумение, – спокойно разъяснила свою мысль Ирина. – У меня даже и в голове не было выходить из проекта. Более того, я вполне могла бы пойти на то, чтобы увеличить объём своего пая, однако не буду этого делать, так как вполне согласна со всем, только что сказанным в отношении Ярослава. Его доля, действительно, нам не помешала бы в создавшихся условиях. Кроме того, по предварительному нашему разговору с Яриком, он вызвался вернуть те деньги, которые были выплачены ему, когда он числился среди нас в скромной роли «литературного негра», и это справедливо – теперь ведь его положение меняется: он становится нашим компаньоном и, стало быть, полноправным участником проекта. Итак, кто за то, чтобы принять Ярослава в состав учредителей?

Все были ошеломлены, но проголосовали, как положено. Не мог же Ярик, к примеру, голосовать против самого себя, а Александра против Ярика? Во всех случаях три голоса против одного лучше, чем два. Так они, по всей видимости, решили. Так что борьба была ещё не окончена. Как бы то ни было, нельзя было дать им всем время опомниться.

– Хорошо, – кивнула Ирина. – Значит, насколько я полагаю, проблема с деньгами у нас теперь временно отпала. Я слышала тут предложение относительно Леонида Аркадьевича, попрошу высказаться: вы уверены, что Леонид Аркадьевич, действительно, справится со столь легкомысленно возложенной на него миссией? Насколько я понимаю, у него нет ни специального образования, ни вообще какого-либо опыта в режиссуре, а ведь речь идёт не о самодеятельности. Пока, во всяком случае, уровень, нами достигнутый, достаточно высок, чтобы покорить не только Москву, Россию, но и повыше замахнуться. Туда, где мюзикл – не экзотика, как у нас, а неотъемлемая часть культуры. В данном случае, музыкальной культуры.

Ярик поднял руку. Он был взволнован и необычно серьёзен.

– Мы уже пробовали с Сашей: прогоняли куски, читали постановочные разработки. У Леонида Аркадьевича несомненный талант. А образование, опыт – у кого из нас они в наличии? Мы все тут из одного теста.

– Хорошо, – опять легко согласилась Ирина, чего от неё никто не ожидал. – Будем голосовать или и так всё ясно?

– Ясно, – неохотно кивнул Вадим.

Ирина облегчённо вздохнула.

– Что ж, дело идёт, мы на удивление быстро решаем вопросы. Однако осталось ещё несколько очень важных моментов, которые хотелось бы обговорить. Как я поняла, Вадим Геннадьевич, у вас уже готова смета предстоящих расходов.

Скорочкин ехидно улыбнулся. Его буквально

распирало от гордости.

– Не только смета, но даже и договор. Если мы подпишем его сегодня, можем хоть завтра начинать репетировать.

Беглого взгляда Ирине вполне хватило, чтобы понять, где собака зарыта. Захлопнув папку, она ещё раз оглядела присутствующих. Саша и Ярик никак не могли играть против себя, их просто облапошили, но Вадим, он-то должен понимать? Чего он хочет? Прежний курс на то, чтобы утопить корабль? Но ведь ситуация в корне изменилась. Потонут все четверо. Или пойдут все вместе бомжевать? Неплохая компания. Может, он оказался хитрее других и зажилил приличный капитальчик? На это рассчитывает? А может, получил хорошую взятку: задорого, очень задорого свои акции втихомолку продал? Нет, Вадим твёрдый орешек, сколько ни пыжься, никогда ей, Ирине, по всей видимости, так и не удастся его разгадать.

– Дорого. Безумно дорого, – наконец, выразила она своё мнение. – И не рационально. Могу предложить практически то же самое, но, по меньшей мере, раз в десять дешевле. Как, устраивает вас такой вариант?

Все дружно промолчали, настолько они были ошеломлены.

— Значит, устраивает, — опять поспешила истолковать в свою пользу принцип «молчание – знак согласия» Ирина. — Осталось выполнять. Последний вопрос. Если мы так решили, что быть Леониду Аркадьевичу режиссёром, мы просто обязаны предложить ему войти с нами в долю. То есть, стать полноценным нашим компаньоном. Деньги пока есть, нашлись уже, но не обольщайтесь, «презренного металла» нам понадобится очень много, и лишний пайщик нам совсем не помешал бы. Как, Леонид Аркадьевич, вы не против?

Леонид покраснел. Не было никаких сомнений, что он спал и видел проникнуть в святая святых проекта, но чтобы честь такую предложил ему враг? Подобного он никак не ожидал.

— Мне нужно позвонить, — пробормотал он, наконец, хрипло. – У меня самого нет таких средств, я должен знать, дадут ли мне взаймы подобную сумму?

— Конечно, звоните. Хотя формально мы должны предварительно проголосовать.

Она первой подняла вверх руку. А когда её примеру последовали и остальные, широко улыбнулась бывшему клоуну:

– Ну что ж, Леонид Аркадьевич, мы с нетерпением ждём результатов вашей консультации.

Ирина боялась, что теперь, когда она ослабила вожжи, её компаньоны посовещаются и непременно изобретут в ответ какую-нибудь пакость. Саша, Вадим и Ярослав, действительно, не преминули воспользоваться появившейся возможностью выйти в коридор и перемыть косточки неожиданной воительнице, их оживлённую перепалку смог прервать только запыхавшийся, вернувшийся Леонид. Он дождался, когда все снова расселись по своим местам, затем сказал немного устало:

– Да, я согласен. Дало «добро» и моё начальство на аренду сцены и аппаратуры по другим, гораздо меньшим, расценкам. Но почему только эти два пункта? Мы могли бы и во всём остальном подвинуться?

– Есть одна мысль, – уклончиво, с ехидной улыбкой проговорила Ирина. – Думаю, этот вопрос мы вполне в состоянии решить в рабочем порядке.

Сейчас гораздо важнее другое.

Ирина внимательно оглядела своих компаньонов. Зачем они выходили шушукаться? Ни в чём никого она не убедила? А значит, победа её Пиррова: в любой момент они могут за её спиной собраться и всё-таки выпереть её из проекта? Было два голоса «против», теперь станет даже не три, а четыре? Ладно, пора.

– Я сказала, что вопрос с членством Леонида Аркадьевича – последний. Но я поторопилась. Остался ещё один важный момент. Причём настолько важный, что его и в самом деле необходимо при всех условиях рассмотреть отдельно.

Приятно было хоть на некоторое время ещё раз ощутить свою власть над этими четырьмя весьма и весьма неглупыми мужиками. Ответный ход, точнее – удар, несомненно, последует, но сейчас триумф за ней, Ириной, и больше ни за кем.

– Мне удалось выяснить, что увольнение Вадима и моё собственное – звенья одной цепи. Точнее, козни, интриги затаившегося в тени, но, тем не менее, хорошо известного вам человека. Хотя он не один, конечно. Он сумел привлечь на свою сторону также небезызвестных вам Евгению и Марину. Кстати, Вадим, все манипуляции с вашим внутренним корпоративным сайтом, в частности, «нарезка», которой вы так интересовались – его рук дело. Саша, имя этого человек не тайна для всех, здесь сидящих. Да, да, именно он, и только он – Герман Сурдоленко, спит и видит стереть тебя в порошок и занять твоё место. Именно он через Леонида вёл переговоры об издании твоей книги и только благодаря твоему таланту, из зла эта некрасивая история превратилась во благо для тебя. Он и никто другой сделал нашу мечту посмешищем для всей Москвы, настояв на том, чтобы запустить ваш с Вадимом вариант мюзикла в куцем, незавершённом виде. В его арсенале припасено ещё немало подобного рода пакостей, поэтому я взяла (каюсь, без предварительного разговора с вами, моими дражайшими компаньонами) на себя миссию провести с этим весьма и весьма опасным для нас человеком, переговоры. Но, может, у кого-то из вас есть предложения, кто-то в состоянии найти другие пути и средства, как нам злополучную «Белокурвую» Джози укротить?

Ответом ей было тягостное молчание. Наконец

Леонид решил взять на себя миссию выразить общее мнение.

– Вряд ли кто-то возьмётся нам здесь помочь. Во всяком случае, я – пас, определённо. К сожалению, у этого подонка большие связи! Причём в самых разных кругах. Кто-то говорил о переговорах, каков же результат?

Ирина потупилась:

– Только одно условие – Саша должна уйти из «Косынки». Сама. Тем более что решение о её увольнении – лишь вопрос времени. Вряд ли кто из вас успел узнать эту новость, но скоро она перестанет быть тайной: Герману удалось не просто стать совладельцем «Косынки», в его руках отныне контрольный пакет. Но ему и этого мало, нет никаких сомнений в том, что в самое ближайшее время он станет полным её хозяином. Если уже им не стал.

Вадим так и взвился на стуле:

– И что, вы ей верите, этой злобной сучке? Она же невеста Германа, наверняка они действуют здесь заодно! О чём вы? Что за нелепый вопрос поставлен сейчас на обсуждение? Саша – не просто талант, она – гений, никому даже в голову не придёт от неё избавляться. А «Косынку» сожрать – любой подавится, так что это блеф, не больше того. Я предлагаю другой вариант: в связи с тем, что мы существуем теперь в ином, более расширенном, составе, переизбрать директора нашего проекта, а лучше – вообще выставить госпожу Оконную леди вон за те пакости, которые она постоянно преподносит нам и нашему детищу. «Человек, с которого, можно смело сказать, и началась всерьёз работа над тем, чем мы сейчас занимаемся, что перестало быть мечтой и воплотилось в реальности»… Саша, о чём ты? Да она просто примазалась, вражина эта. Что она в «нашу мечту» вложила? Деньги, ничего больше. Вы уверены, что это деньги не Германа, что через свою будущую жёнушку он не влез уже без мыла к нам в душу? Нет? Правильно! Ни у кого нет, и не может быть такой уверенности. Так что долой змею, которую мы по излишней доверчивости своей на груди пригрели. Мы справимся, сами прекрасно со всем справимся. Смета ей, видите ли, не понравилась, слишком дорого! Да люди нам в трудную минуту протянули руку помощи, тем более что дают они всё это нам в рассрочку, под ничтожный процент, даже меньше банковского. Где в это время была сама наша обожаемая Ирина Алексеевна? Пыталась избавиться от Ярослава, попросту вышвыривала его, как котёнка. Слава богу, у Ярика характер твёрдый оказался, он выстоял, хотя атака была невероятно мощной. К Саше тоже подкатывалась, но номер и здесь не прошёл. Я уже не говорю о Леониде. Образования у него, видите ли, соответствующего нет. Да благодаря Леониду Аркадьевичу, и только Леониду Аркадьевичу, мы смогли самый трудный период в нашей совместной задумке пережить. Женя, Марина… Как, от кого Герман узнал о них? Они что, с неба ему упали? И с Женей, и с Мариной Ирина Алексеевна до сих пор в тесном контакте, водит их за нос, подкупает, как и чем только может. Ну так что, голосуем, или кто-нибудь ещё желает высказаться?

Александра подняла руку. Ирина опустила взгляд:

«Ну всё, мне конец, – подумала она. – Что поделаешь, если кругом одни предатели и недоумки? Опять начнёт сейчас разводить ту же бодягу: «Ирина – женщина, Ирина – мать»…

– Ребята, мы все – живые люди, – начала издалека

Багира, внезапно преобразившись и явив свою кошачью хватку. – Поэтому не следует обращать слишком большое внимание на эмоциональность, которой сейчас пропитана здесь вся атмосфера. Дело, которое мы затеяли, слишком серьёзное, чтобы решать его чувствами. Чувство уже лежит в основе – наша общая с вами любовь к детищу, которое уже родилось, но первые шаги ещё только начинает делать. Поэтому давайте поступим так: эмоции – личное дело каждого, но вместе мы должны руководствоваться только трезвым расчётом. Да, у нас практически нет друзей, даже просто сочувствующих, а врагов предостаточно, но что с того? Нас было трое, сейчас – пятеро, и как можно делать из этого повод для раздоров? Думаю, мы стали вдвое сильнее. Если это не так, то должно быть так. Поступило предложение – переизбрать директора, продюсера, но у нас уже сложилось распределение функций и ролей. Мы с Яриком занимаемся творчеством, и только творчеством, Леониду Аркадьевичу предстоит воплотить задуманное нами в жизнь, сделать его понятным и дорогим каждому потенциальному нашему зрителю. Вадим контролирует расходы, кому ещё этим заниматься, как не профессиональному, причём высокопрофессиональному, бухгалтеру? Остаётся кто-то, кто всем этим сможет руководить. Повторяю: по-моему, человек этот есть, он на своём месте и прекрасно со своими обязанностями справляется. Так пусть и дальше нами руководит. Итак, кто «за»?

Конечно, все, кроме Вадима. Александра, между тем, продолжила свою, неожиданно длинную для неё, речь:

– Уйти из «Косынки»? Я думаю, для меня – это неплохой выход. Ну, побуду какое-то время без работы. Кстати, хорошая возможность проверить, действительно ли я чего-то стою, достаточно ли востребована в своём ремесле. Конечно, деньги нужны нам сейчас как воздух, но в моём, теперь уже бывшем, клубе, я давно уже повторяю себя, проще говоря: задыхаюсь. И было бы очень неплохо попытаться подняться на новую ступеньку. Сил и способностей для этого у меня, слава богу, в избытке.

Ирина никак не могла поверить неожиданному финалу, но медлить и здесь нельзя было.

– Ладно, надеюсь, повестка дня полностью

исчерпана? Будем руководствоваться в нашей сегодняшней встрече общим порядком: отчёт и перевыборы – через год. Если, конечно, не будет форс-мажора. Например, у нас вновь закончатся деньги. Но, надеюсь, до премьеры теперь нам их должно хватить. А там видно будет. Вся надежда потом – на выгодный контракт. Ну а для этого пусть каждый в своей области выложится по полной программе. Есть вопросы?

– Да, – поднял руку Леонид. – Мне снова нужно позвонить.

«Уйдут или не уйдут?» – гадала в ожидании Ирина. Но никто не ушёл. Компаньоны спокойно ждали. Александра всех убедила. Наконец Леонид явился, сверкая лицом, как начищенный до блеска медный пятак.

– Есть работа для Александры. Мои хозяева приглашают её в наш клуб. Заработок тот же, что был раньше у неё в «Косынке», разумеется, до «революционных перемен». Как ты, Саша, не против?

Вадим тут же вскочил, хотел вновь разразиться гневной тирадой, но Кулемзина резким жестом остановила его:

– Почту за честь. Согласна приступить хоть завтра. Если, конечно, мне будет предоставлена хоть какая-то самостоятельность.

Леонид улыбнулся.

– О чём ты, Саша? Твори, выдумывай, пробуй. Развернись в полную силу. Зачем же иначе мы берём тебя? Статистов у нас и так хватает. Единственное условие – не ломай наш стиль.

Вадим опять ринулся было в атаку, но его вновь утихомирили.

– На редкость удачный вариант, – выразила общее мнение Ирина, но не удержалась от шпильки в адрес Скорочкина: – я не говорю уже о том, что у нашей замечательной пары в кои веки появится, наконец, возможность постоянно быть вместе. Даже на работе. Гип-гип!..

«Ура» было нестройным, но, в принципе, вполне достаточным.

– Гип-гип! Не слышу, – не удовлетворилась всё-таки Ирина.

На этот раз отклик был оглушительным.

– Тогда к победе, – радостно заявила «воительница». – Ровно через неделю первая репетиция, точнее, читка. Большая просьба к господам участвующим хорошенько подготовиться.

ГЛАВА 6

– Предатель! – зло прошипела Ирина, вцепившись в руль своего автомобиля так, что у неё побелели костяшки пальцев. Она еле дождалась момента, чтобы выразить обуревавшие её чувства.

– А что, дома нельзя на эту тему поговорить? – холодно поинтересовался Ярик.

– Нельзя! – буквально рассвирепела Ирина. – Я и так терпела столько времени, больше нет сил.

– Тогда лучше следи за дорогой, – пожал плечами Ярик. – Мне на небеса ещё рановато, да и для Павла это будет большой удар.

Ирина промолчала, не зная, что ответить – ничего не поделаешь, как практически всегда и во всём этот молокосос был прав.

– Ладно, – сказала она, наконец. – Свои эмоции я попридержу, хотя впервые в жизни мне ужасно хочется подраться, ну а пока, так и быть, послушаю тебя, подлый интриган.

Ярик недовольно поморщился. Он с куда большим удовольствием расслабился бы, возможно, даже подремал, отложив на потом совершенно ненужные разборки. Только сейчас Ирина заметила, насколько вымотал Ярослава прошедший марафон. Ей и в голову не приходило, что происходившее было так важно для него, на вид он был совершенно спокоен.

– Что я могу сказать? Поздравляю с победой! А то, что без подготовки, так ведь по-другому настолько мастерски нельзя было разыграть. А так... с твоей стороны была даже не злость – ярость. Ты просто всех порвала. В клочья. И я тебе ни мешал, ни помогал, просто наблюдал в восхищении. Но это эмоции, важнее всего – результат. Ты добилась всего, что тебе было нужно. Хотя... я многого до сих пор не понимаю. Ну, с Александрой всё ясно, но вот зачем ты отказалась от помощи Леонида? Дешевле качественную обслугу ты всё равно нигде не найдёшь. А здесь готовый коллектив: люди спелись, станцевались, без слов понимают друг друга. Ничего удивительного – годами вместе. Я уже не говорю о том, что они все «наши», то есть, трансы. Как видишь, я уже весь сленг ваш усвоил, хотя сам, надеюсь, до такого маразма никогда не опущусь.

— Я тоже, — процедила сквозь зубы Ирина, чтобы выиграть время. Она не знала, что ответить Ярославу. Пока он был опять во всём прав.

— Ты? — засмеялся Мудрик. — Да ты стопроцентная TV! Никто тебя другой уже не воспринимает. Ну ладно, брюки, но ты и платья теперь носишь, как переодетый мужик. Мне, конечно, трудно судить: я тебя знаю недавно, понятия не имею, какой ты раньше была, но за тот срок, что мы вместе, ты изменилась кардинально.

— Что? — Ирина буквально вскипела и от греха подальше повернула машину к обочине. — Я трансвеститка? Мальчик, думай, о чём ты говоришь! А, ладно, — вдруг неожиданно успокоилась она, — что взять с пацана безмозглого? К счастью, нашёлся человек, который мне загодя, ещё до того, как я вошла в этот мир, всё объяснил, разъяснил обо мне. Могу практически дословно привести его вердикт: «Поверьте, в вас нет ничего мужского. Просто женщина с сильным характером. Активная? Да. Может быть, даже реактивная. Но кто сказал, что это недостаток? Просто индивидуальные особенности.

Собственно то, чем один человек отличается от другого, в данном случае одна женщина от другой». Ну как? Кстати, ты ни за что не поверишь, чья это характеристика. Вадим Скорочкин, собственной персоной, один из злейших моих врагов. Уж его-то в необъективности ты никак не сможешь обвинить. Так что оставь меня со своими дурацкими измышлениями в покое.

– Ну-ну, – усмехнулся Ярослав. – Видел я только что, как четверо мужиков сидели перед тобой словно тигры перед хлыстом укротителя. Я, кстати, в том числе. Так не скажешь, не откроешь тайну, как ты собираешься выходить из положения? Я ведь не из пустого любопытства спрашиваю, у меня создалось совершенно чёткое впечатление, что ты блефовала перед Леонидом. Пойми, Ирен, для всех нас это очень серьёзно: у нас пока ничего нет за душой, кроме идей и набросков, а их предстоит ещё обкатывать и обкатывать.

Ирина вздохнула. Она вдруг совершенно успокоилась. Самое страшное, чего она боялась – что после такого жесточайшего, кровавейшего сражения, она окажется одна на поле битвы в полной растерянности: что делать теперь, после победы? Как исцелить страждущих, напоить жаждущих, накормить изголодавшихся, дать всем, буквально каждому, уверенность в себе и ясность перспективы? Она ведь не Иисус Христос. Но сейчас она всё увидела, будущее выстроилось у её ног ровной дорожкой до самого горизонта. «Эх, пацан, с кем ты связался? И всё-таки Мазепа, мать родную готов продать за собственный шкурный интерес. Ладно, сказала: прощаю, значит, прощаю».

– Времени нет, Ярило, на пустые разговоры. Александре даю неделю, чтобы встроиться в новый коллектив, освоить оборудование, новую сцену. Ко всему прочему она обязательно должна там, во «Флоре», запеть. Так что тебе тоже работёнка найдётся. У тебя как с юмором-то, надеюсь, всё в ажуре? Там ведь, у «фавнов», совсем другая специфика. А вообще, предлагаю завтра уехать куда-нибудь вместе, спустить пар, потом такой возможности у нас с тобой долго не появится. Ну что рот разинул? Я ведь не приказываю, предлагаю, решай сам. Через неделю первая репетиция, дальше всё на полном серьёзе. Ты уж прости, но на обкатки какие-то просто нет времени, будем сразу готовить спектакль. А насчёт Леонида… будь осторожней с ним. Представь себе хотя бы такую ситуацию: вот обкатали мы всё, и что дальше? Хозяева откроют кингстоны и затопят «Флору», как крейсер «Варяг»? А весь коллектив, стало быть, с нами, как на фронт, уйдёт? Нет, конечно, я думаю, ты не до такой степени наивен. И тогда всё придётся начинать заново, а где взять такие деньжищи? Надеешься, что тут же появятся спонсоры, на готовенькое-то? И решат все проблемы? Ладно, я и так тебе открыла достаточно. Ну, так как насчёт завтра?

Ярик покачал головой:

– Заманчивое предложение, ничего не скажешь, но ты забыла, что завтра нам предстоит феноменальное зрелище, я просто в отчаянии, что не могу разорваться надвое: дебют Германа в качестве примы в «Косынке» и Саши в «Фавне». Что, интересно, ты сама выберешь?

Ирина пожала плечами:

– Конечно, «Косынку», но «Фавном» закончу. Однако я не про вечер, а про день говорила. Причём тут «Косынка», причём тут «Фауна»? Ну что с тобой поделаешь, мозгов совсем нет. Пацан, ты и есть пацан.

Да, и здесь победа. День по всем приметам должен был закончиться великолепно, если бы не ждавший дома Ирину сюрприз. Кулемзина сразу почувствовала что-то неладное, завидев буквально лоснившуюся от удовольствия физиономию Марины. Зачем явилась? Продемонстрировать начинающееся преображение? Только то? Ладно, надо хоть чем-то воспользоваться из свалившегося «счастья», хоть что-то обратить во благо.

— Поможешь? — спросила она задушевно. — А-то мы все трое с голоду умираем.

Марина радостно блеснула глазами.

— Запросто! Холодильник, как я поняла, опять пустой?

— Да нет, что-то там было.

Марина сходила на кухню, затем осуждающе покачала головой:

— Пашук, предлагаю тебе сейчас же, не сходя с места, написать заявление, чтобы тебе срочно выдали новую маму, у этой устаревшей, да и вообще во многом недоработанной конструкторами, модели в голове половины то ли шариков, то ли роликов определённо не хватает. Ладно, я быстро, слава богу, я на машине.

– Возьми Ярика, – облегчённо вздохнула Ирина, – он поможет. Сумки таскать.

– Возьму, – охотно согласилась Гордеева. – Грубая мужская сила ещё никому никогда не мешала.

Ярик воспринял перспективу «грубой мужской» работы с воодушевлением. Во-первых, по причине непомерного аппетита: как почти все «задохлики» он постоянно чувствовал себя голодным, а во-вторых, чтобы оттянуть предстоявшее объяснение с Ириной насчёт предателей и как поступают с ними «настоящие партизаны».

Но Ирине вскоре стало не до Ярослава. Марина, с которой она уединилась после её возвращения на кухне, и ей и Ярику по части шариков и роликов могла сто очков вперёд дать.

– Что? – не выдержала, в конце концов, даже не закричала, а заорала она. – Слушай, ты хоть думаешь, о чём ты говоришь?

– Да всё о том же, – спокойно ответила Марина, –

не по-настоящему всё будет, понарошку. Объясняю ещё раз, чувствую, что ты своими проблемами настолько перегружена, что совсем меня не слушала. Повторяю: я тут ни при чём. Ты же сама меня послала к «дяде Диме». Прикид, вообще внешний вид мой он одобрил, даже несколько дельных советов дал. Ну и главная заготовка: я должна буду объяснить как-то Герману причину своего неожиданного перерождения. А что по-настоящему может подвигнуть женщину на такое? Только страс-с-с-ть! Я увлеклась другим мужчиной, буквально порхаю в воздухе, но с Германом пока не порываю отношений, хотя такое, безусловно, может произойти в любой день и час. Так что у него вроде как есть ещё время одуматься. И, соответственно, предложить мне руку и сердце. Что и требовалось доказать! Тебя что-то не устраивает в подобном сценарии?

Ирина пожала плечами. Что её может не устраивать? Она даже не могла припомнить, с кем из нормальных людей она общалась в последнее время. У всех поголовно в башке тараканы.

— Хорошо, только поговори с ним сама. Согласится – его воля. Но никакого секса между вами

– это непременное условие.

Гордеева кивнула:

– Разумеется, как иначе?

После ужина Ирина занялась Павлом, хотя проверять там было нечего: даже внешне комната сына кардинально переменилась – всё сияло чистотой, стены были увешаны постерами, календарями, плакатами. Даже цветы появились, хотя и, преимущественно, кактусы.

Когда Ирина закрыла за собой дверь, то увидела, что «голубки» уже нашли общий язык. Собственно, Ярик мог разговорить кого угодно – необыкновенные способности в коммуникабельности, да и Гордеевой она дала «добро», но укол ревности оттого был ничуть не менее сильным.

Марина, пряча взгляд, но загадочно улыбаясь, поспешила исчезнуть. Ирина не выдержала, уже от дверей зло прошептала:

– Предатель. Дважды, трижды предатель.

Ярослав лишь недоумённо пожал плечами.

– Ну ты сегодня совсем не в себе. На тебя не угодишь. Сама меня к этой мымре спровадила, теперь ещё и попрекаешь.

Ирина устроилась с ногами на диване и устремила на Ярика испепеляющий взгляд:

— Ладно, рассказывай, чем она тебя, прохиндейка эта, охмурила?

— Ну, во-первых, тем, что у нас не будет секса. Дамочка определённо старовата для меня и, хоть и не уродина, но страшновата, не станешь же ты отрицать? И тут не только моё мнение, мой дружок, ну тот, что в штанах, высказался по сему поводу гораздо категоричнее. И образнее. Если хочешь, дословно переведу. Во-вторых, у меня будет отдельная комната, чего мне очень не хватает после того, как я съехал со своей квартиры. Развешу постеры, технику свою расставлю. А то я здесь даже фильмы не могу смотреть, как надо, о музыке уж и не говорю.

— Ну а в-третьих, наконец, наешься до отвала. Со мной-то можно и коньки отбросить от истощения… — поддакнула Ирина.

— И то правда, — миролюбиво согласился Ярослав. — Кстати, пора уже, пора тебе в этом отношении перестраиваться. Не из-за меня, конечно, из-за Павла. Всё-таки молодой растущий организм.

— Ладно, — прервала его излияния Ирина, — ради

бога, не вмешивайся в наши отношения с Павлом. А в остальном… Особенно не скрывай свой новый образ жизни, но и в подробности не вдавайся. График простой: день живёшь у меня, день у Марины. И чаще улыбайся, просто мартовский кот, да и только. Чтобы было постоянно неземное наслаждение на лице.

ГЛАВА 7

– Ну и как, что вы решили? – голосок по телефону у Марины подрагивал, чувствовалось, что она очень опасалась, что Ирина «взбрыкнёт».

– Что решили? Да, конечно, всё так, как ты и хотела. Завтра с утра жди своего Ромео. Подробности он сам тебе объяснит. Кстати, у меня к тебе встречное предложение… Почему бы нам не поработать какое-то время вместе?

Марина презрительно фыркнула:

– Кем? По договору? Торговым агентом?

– Ну а что? Чем не работа? Потом перейдёшь на постоянную должность. У тебя-то «хвостов» нет, как у меня. Будет тебе как испытательный срок.

Марина замолчала, затем вздохнула:

– Ирина, ты не обидишься? Мне тут Неволин звонил, спрашивал, как Вадим поживает. Я ответила, что знать не знаю и ведать не ведаю, что от этого дурацкого чувства он сам же меня полностью излечил. И у меня теперь новый друг, который во мне души не чает. Ни за что не угадаешь, что он мне ответил.

– А чего тут догадываться, – скисла Ирина. – Предложил, если есть желание, вернуться на прежнюю должность. Ты, надеюсь, сразу согласилась, не стала просить времени на раздумье?

Марина обрадовалась, что её правильно поняли:

– Вот именно так всё и произошло, слово в слово буквально: и «если есть желание» и «Хорошо, я согласна, очень вам благодарна». Ты же сама знаешь, какой аппетит у этого парня, безработной мне его не прокормить. Но ты не только за этим звонила, я чувствую, всё-таки должно быть у тебя какое-то условие. Такой царский подарок мне сделала.

– Да, ты угадала. Я вижу, ты достаточно хорошо изучила мой характер. Хочу предложить тебе должность бухгалтера в нашем проекте. Естественно, пока без оплаты, как пашем все мы.

— А как же Вадим? — тихо спросила Марина, чувствуя какой-то подвох в предложении Ирины, но не понимая, в чём он.

— Вадим — коммерческий директор, тем более — он так занят в «Фауне», что две такие должности ему просто не потянуть. Дополнительный плюс: ты могла бы быть весьма полезной Герману, постоянно держа его в курсе, как обстоят наши дела. Естественно, поддерживая нашу линию.

— Хорошо, но только до замужества, потом — ты знаешь правило…

— «Муж и жена — одна сатана». Знаю, но, думаю, к тому времени ты уже станешь директором фирмы и забудешь всю флору и фауну на свете, как страшный сон.

— Логично, — согласилась Марина. — И когда?

— Завтра же. Вообще-то мы начинаем через неделю, но тебе сначала надо в дело вникнуть. А там авгиевы конюшни, как я думаю. Будем расчищать.

«Косынка» без Багиры? Очень интересно! Такое зрелище никак нельзя было пропустить. Ирина не понимала, откуда вдруг в ней открылись такие способности, но в голове уже само собой складывалось множество вариантов, которые ей предоставлял ошеломительный промах её врага.

Герман – враг? Разумеется. Перемирие между ними было не только временным, оно просто фикция, не более того. Так, во всяком случае, он сам полагает, а значит, так должна думать и она. Травести-бизнес – грязный бизнес, как и вся ночная жизнь города. Намывать золотой песок в этой клоаке невозможно в белых перчатках. Что ей больше всего сейчас нужно? Небольшой скандальчик. Осталось только решить, как его организовать.

Кулемзина перебрала в памяти своих компаньонов. Первый вопрос: с кем бы она могла пойти сегодня в «Косынку»?

Александра исключается: у неё сегодня первое выступление в «Фауне». Вадим, естественно, там же, где и Александра. Как может быть иначе?

Леонид? Вряд ли он станет ради такой чепухи отпрашиваться с работы, ну а ещё та же причина: справится или не справится Саша, для него нет сейчас ничего важнее, он ведь за неё поручился.

А значит, остаётся только Ярик, который эту тему

как раз первый начал зондировать. Вот только придут они трое, надо убедить Марину, что её визит в «Косынку» очень важен, причём исключительно в их компании.

— Стыдно, конечно, но денег нет ни гроша, — честно признался Ярик. — Если только эскорт, то есть, если платит дама.

— Принимается, — сухо ответила Ирина. — Очень надеюсь, что платить будут две дамы. Вскладчину.

— А как насчёт моего предложения: успеем в два места?

— Ты хочешь нас разорить?

— Нет, конечно, — разочарованно вздохнул Ярик, — но было бы здорово, согласись?

— Хорошо, но при одном условии: ты сам договоришься о столике с Леонидом, в такое время там обычно столпотворение.

— Пару раз плюнуть.

— Ну вот и плюнь.

Ирина, довольная, что так удачно всё складывается, тут же позвонила Гордеевой.

— Мариш, нашему Малышу неудобно тебе сказать

об этом, но ему очень хочется посмотреть сегодня сразу два (!) выступления: Германа и Александры. Я понимаю, конечно, билеты дорогущие, но ему это нужно для дела, а не для забавы. Как насчёт того, чтобы поменяться вечерами? Я с ним побуду сегодня, зато потом целых два дня подряд твои?

О, господи, гореть ей в аду, не иначе, откуда вообще в ней столько изворотливости появилось? Ирина представила, как Гордеева всю ночь или по меньшей мере утро, рисовала в своём воображении, как они вместе с её молодым красавцем кавалером ездят по магазинам, затем праздничный ужин при свечах, и кто знает... чем это всё может завершиться? Ирина почувствовала сначала легкий, затем посильнее, укол ревности. Обещания? Да кто всерьёз исполняет подобные обещания? Ясно, что эти двое уже в первую ночь будут трахаться, как кролики. Собственно, на кого обижаться, сама им такое счастье подарила.

Марина выдержала паузу, затем ответила, не в силах скрыть разочарование:

– Ну что ж, раз так нужно для дела...

– Собственно, ты могла бы с нами вместе пойти. С

Германом потом гораздо проще было бы объясняться, но, как я говорила, и билеты очень дорогие, да и не интересны тебе такие зрелища.

Рыбка клюнула, Марина тотчас оживилась:

– Ну почему же? Если ты не против… И с Германом, действительно, на редкость удачный вариант, да и раз ты пригласила меня на работу, я досконально должна изучить, что она собой представляет. Вот только… у Ярика, насколько мне известно, совсем нет денег. Может, мы с тобой сложимся, заплатим за него?

– Как скажешь, – вроде как неохотно ответила Ирина. Теперь у неё не оставалось больше никаких сомнений относительно сегодняшней ночи. Да, в принципе, бог с ними. Главное – что у них сложился небольшой, но очень тесный коллектив.

Контраст был настолько сильным, что у Ирины пропало всякое желание рассказывать о том, что она видела несколько часов назад. Перед ней было что-то невероятное. Начать с того, что места за столиком им удержали с огромным трудом. Вадим и Леонид вздохнули с облегчением, когда «троица», наконец, появилась. Из желания поделить вечер пополам ничего не получилось, Германа и на полчаса не хватило, затем ощущение провала передалось как по цепной реакции его партнёрам, и тут уж их так удачно сложившейся троице ничего не оставалось, как только покинуть зал. А вот здесь... трудно сказать, как новость настолько быстро распространилась, но «Флора», и без того никогда не пустовавшая, была загружена на сей раз буквально под завяз. Просто обычно люди попозже приходили, больше для того, чтобы не представление посмотреть, а себя показать, а здесь не только сидели, но даже и стояли: в проходах, перед сценой, где только можно, и смотрели на то, что у них на глазах происходило, разинув рот.

– Не понимаю, – шепнул Ирине Леонид, – как она так легко, не просто влилась в коллектив, но взяла лидерство. Обычно новичков, варягов, у нас, как и везде, встречают в штыки, редко кто приживается, но здесь такой класс высокий, что просто нельзя не соответствовать, не очень-то приятно чувствовать себя на обочине. А Саша твоя такое выдаёт, что создаётся впечатление, что перед нами каким-то непонятным образом воскресший Леонид Георгиевич

Енгибаров, вот только не «грустный клоун», не «клоун с осенью в душе», как его обычно называли, а совсем в другом амплуа. Я вообще не верил, что она так легко впишется в наш стиль, надеялся, что она просто оживит общую обстановку, разбавит какие-то отдельные номера, а тут столько юмора! Откуда? Может, ты знаешь, ты ведь с ней столько лет прожила?

– Я? – покачала головой Ирина. – Да я вообще первый раз в жизни Сашу такой вижу. Но я очень рада за вас, что вы с ней не прогадали.

И только Вадим, загородив лицо ладонями, старался не смотреть на сцену, упершись взглядом в стакан с каким-то уж совсем экзотическим пойлом.

– Эх, Саша, Саша, что же ты делаешь, – тихо шептал он. – Нам из этого болота теперь никогда не выкарабкаться.

Что было потом, Ирина смутно помнила. В какой-то момент, как и в прошлое посещение «Фауны», у неё отказали тормоза. О чём она больше всего жалела – что не было никакой возможности увести у Марины Ярика. Та не стала дожидаться полного разгула веселья, схватила Ярослава в охапку и была такова.

ГЛАВА 8

Ирина на минуту задумалась, а что будет, когда этот титанический труд, наконец, завершится (победою, только победою, не бедою же!), их малыш вырастет и пойдёт гулять по миру сам по себе? Что станет с ними, с теми, кто породил его? Скорее всего, это будет уже совсем другая история. Грустно, конечно, но до сего знаменательного события ещё, слава богу, так далеко!

Какие сюрпризы озадачивали её больше всего сейчас? Удалось собрать прекрасную команду, создать весьма талантливую и оригинальную вещицу, нет никаких сомнений, что удастся воплотить её на сцене, но что потом? Потом речь неизбежно зайдёт об очень больших деньгах, и вот тут всё их, невероятными усилиями выстроенное, здание рассыплется. Во-первых, тема. И во-вторых, тема. Не популярна, и никогда не станет понятной в России. Выход один – отправиться в вечные гастроли по Европе. Америка… Америка чужое отторгнет. В лучшем случае поставит уже свой, адаптированный, американизированный, вариант. Азия… снова тема, во-первых, во-вторых, и даже в-третьих. Если только поставить на основе их детища какое-нибудь аниме? Так что выход один, но он всё же есть. Однако где взять деньги на оборудование, костюмы, транспорт? По сути ведь получается небольшой цирк шапито. И ещё: нужна англоязычная версия, кто станет слушать, смотреть эту вещь, если выехать за пределы России, на русском?

Дворец культуры, в котором когда-то проходили концерты музыкантов-изгоев, на которые стекалась вся Москва… Потом здесь была самая известная аудио-видео барахолка и снова группы, ансамбли: андеграунд, матерщинники-скандалисты, металлисты и прочая отмороженная братва. «Лабухи», как они себя гордо называли. Свой сленг, конечно: лабать, берлять, си-бемолить. И опять всегда полный зал. Потом всё затихло, точнее, приобрело лишь эпизодический, точечный характер, но аппаратура, сцена были пока ещё на вполне сносном уровне. Словом, идеальный вариант.

Идея Ирины была проста, как всё гениальное:

конкурс. Хотите попробовать себя? Пожалуйста! Приглашаем всех желающих. Но денег не платим. Пока. До первого представления. Плата за аренду была минимальной, а очередь выстроилась чуть ли не до метро. Ирина сразу наметила три состава с жёсткой ротацией: много репетировал, стало лучше получаться – вскарабкиваешься повыше; разочаровался, начал халтурить – тут же сорвался вниз. Реклама была неброской, ну а заметки в прессе, телесюжеты вообще без вливаний – только по инициативе самих господ журналистов. Ну и, конечно же, несколько специалистов достаточно высокого класса: хореограф, аранжировщик, музыкальный руководитель.

Компаньоны, партнёры были просто в шоке. Особенное недовольство выказывали, естественно, Вадим и Леонид. Ну, с Вадимом всё ясно, он, как и во всём желал высшего качества: заключить договор с хорошим музыкальным театром или даже любой театральной площадкой, и с её составом тут же начинать возвращать расходы. Леонид был более реалистичен, но Ирина давно заподозрила в нём не просто врага, а врага № 1, серьёзнее даже, чем Сурдоленко. Кто-то стоял за ним. Какая-то акула, которая должна была приплыть на готовенькое и слопать их всех с потрохами. Даже те деньги, которые Леонид внёс, были не его. Не тот он был человек, чтобы иметь за душой хоть сколько-нибудь серьёзные деньги. Они просто утекали у него сквозь пальцы. Куда? Неизвестно. Но выяснится со временем. В таком маленьком тесном коллективе, как их, трудно что-то о себе надолго утаить. Но пока главное, что его идея с удорожанием проекта, раздуванием расходов, курсом на банкротство полностью провалилась. Что было самым интересным, но и настораживающим одновременно – Лёнчик смирился на время со своим поражением, не интриговал, даже не протестовал.

Александра и Ярик «улетели на небеса» при первых же аккордах своих будущих шлягеров. Читка прошла прекрасно. Их дитя что-то залопотало, загугукало, и голос его креп день ото дня. Чего им ещё было нужно?

К счастью, загружены были только дни, по вечерам и Александры не было, и концертная стихия их новоявленного храма искусств неожиданно рванула как лошадь-фаворит на скачках. Директор был в восторге, буквально молился на своих постояльцев, так что, к счастью, им никто не мешал.

Народ на «конкурс» приходил самый разный, в основном совсем бездарные, безголосые, но попадались и настоящие таланты. Как-то быстро сформировалось вокруг каждого из составов свои группы фанатов, кто с традиционной, кто с нетрадиционной ориентацией.

Была и ещё одна идея, которую Ирина пока держала в тайне: всё, что только можно, фиксировалось на цифровые видеокамеры: не только конкурсы, репетиции, но даже их история. Снимали все, кому не лень, но результаты сливались в общую копилку. Как ни странно, самого лучшего оператора Ирина нашла в своём сыне. Они вместе выводили всё на компьютер и пытались компоновать. Некоторые куски получались настолько безупречными, что хоть сейчас на телевидение посылай.

Ирина сделала выводы и из первого своего провала, точнее, упущения, в пиаре. Она вдруг вспомнила о дышавшем на ладан сайте Александры в Интернете. Он был организован по инициативе издательства, чтобы вызвать больше интереса к Сашиной книге, а затем, понемногу, начать раскручивать загодя их новый совместный проект с Вадимом.

Ярик быстро согласился на реанимацию. Слухи, информация о скандалах, сюжеты из жизни московских трансов, вообще элементарные сведения об этой, незнакомой многим, сфере расходились на «ура!». Особенно, если учесть, что Ярик на выдумку был просто неистощим. Настолько, что издательство возобновило интерес к своему детищу, размещало там рекламу, давало на отзыв книги, посвященные всё той же известной теме. Ярик отвечал на все вопросы, задаваемые легендарной Багире её поклонниками, да и просто любопытными, Александра против этого не возражала.

«Багира. «Ночи с Пантерой» успешно выдержала ещё одно, очередное, издание. Интерес к нему не ослабевал, что очень радовало Ирину: значит, она на верном пути. Она ещё раз примерила на себя, а затем окончательно утвердилась в образе трансвеститки, потихоньку начиная обретать известность не просто, как бывшая жена Багиры, а ещё и сама по себе, чему немало способствовали несколько её интервью и, в особенности, фотографии в прессе. На какое-то время она сделала своим кумиром знаменитую Коко де Шанель, выучила о ней всё, что только смогла достать в Интернете, в прессе.

С самым большим страхом Ирина ожидала момента, когда тема перевоплощения, конкретно MtF (из мужчины в женщину) возникнет в мюзикле, однако Саша восприняла это событие и пропустила его сквозь свой творческий механизм совершенно отстранённо, ей и в голову не пришло, что происходящее на сцене каким-то образом относится к ней самой лично.

Женя… Евгеша на время выпала из поля зрения, и это обстоятельство очень беспокоило Ирину, ничего хорошего от этого непредвиденного затишья она не ожидала.

Марина…

– Хочу доложить: всё идёт на редкость удачно, как раз так, как ты и предсказывала. Вот только с нашим обожаемым знакомым творится что-то непонятное. Я уже прикидываю, не придётся ли мне самой содержать своего будущего муженька, а не кормиться за его счёт, как это обычно бывает, и как я рассчитывала. Я давала обещание до поры не встревать в твою игру, но, может, мне всё-таки попытаться открыть моему любовничку (не женишку пока, предложения выйти замуж я ещё не получала) глаза на то, что происходит? Сам он в полном восторге: достиг, наконец, желанной цели и совершенно ослеплён. Тут ему компаньоны и сотрудники на цифрах и фактах с утра до вечера не устают доказывать, что фирма вот-вот пойдёт ко дну, причём он и только он виновник провала, ну и что бы ты думала? Вместо того чтобы попытаться объективно оценить состояние дел, он, наоборот, ударился в другую крайность. Ему вдруг пришла идея, что причина здесь не в нём, а в том, что идущее представление зрителям уже изрядно надоело, да и сверстано оно было исключительно под Александру, а вот если он сделает новое шоу, уже целиком под него подогнанное, народ просто валом повалит, и все затраты не только окупятся, но и тут же начнут приносить буквально фантастический доход. Ясно, что никто не согласился войти с ним в долю, и он вынужден был вложить исключительно собственные средства. Более того, даже проговорился мне, что, мол, специально раньше топил «Косынку», чтобы скупить доли других хозяев за бесценок, а теперь начнёт играть на повышение и вознесётся как на дрожжах. Вот я и боюсь, что он не только без гроша в кармане останется, но и обвешается такими долгами, которые никогда не сможет погасить. В этот момент, как я чувствую, он и сделает мне предложение. И что потом? Вечное рабство? Раз муж и жена, долги тоже общие? Я надеюсь, ты меня вовремя предупредишь, чтобы я успела соскочить с поезда?

– Можешь не сомневаться, – ответила Ирина, вне себя от счастья. «Конец тебе, Джози, из такого дерьма тебе уже никогда не выплыть. И поделом». – Ну а в остальном как дела? – спросила она чисто формально, чтобы замаскировать тот интерес, который она проявила к Марининому сообщению.

– Всё нормально, я достигла больших успехов. Хожу с Ярославом по клубам, везде примелькалась, стала своей в доску. Вот только один вопрос меня смущает.

– Какой же? – с интересом спросила Ирина.

– «Доктор Дима» отказывается брать с меня деньги за свои услуги, откладывает всё на потом, до успешного завершения намеченного нами плана. Он что, со всеми так, или только ко мне благоволит?

— Боишься, что обдерёт потом, как липку? — расхохоталось Ирина. — Ну, признайся. Так?

— Кто его знает, может и так, — со вздохом ответила Гордеева. — Я вообще-то предпочитаю всегда заранее рассчитывать свои силы.

— Не беспокойся, всё будет по-божески, — ответила Ирина. — Но я с ним всё-таки на эту тему поговорю.

Положив трубку, Ирина задумалась. Есть идея! И нельзя её упускать, если волею судьбы так на редкость удачно всё складывается. Что, если уговорить «доктора Диму» стать психологом в их коллективе, который всё разрастается и разрастается? Люди самых разных возрастов и, что самое главное, сексуальной ориентации... не исключено, что в какой-то момент, тем более, работая даром, они расплюются, разбегутся. Но тут важна не только идея, а ещё и хороший предлог: Александра никогда сама не обратится за столь необходимой для неё помощью к психиатру, а вот так, незаметно, работая локоть к локтю с прекрасным специалистом, будет незаметно эту помощь получать. Конечно, Вадим быстро этот ход её разгадает и выведет на чистую воду, но Вадим всегда и во всём против, что бы ни исходило от Ирины, их конфронтация и так достаточно хорошо всем известна. Так что вряд ли кто-нибудь по-настоящему серьёзно станет возражать.

ГЛАВА 9

— Подожди, но как же так получается: никто тебя за язык не тянул, ты сам говорил, что у тебя только одно условие: «Саша должна уйти из «Косынки». И тогда у тебя больше вовек не будет никаких к нам претензий. Всё успокоится». – Ирина никак не могла прийти в себя от шока. – И что теперь? Где тот «человек слова», на которого я тогда уповала?

Герман холодно рассматривал Ирину, как некую экзотическую зверушку. Он не захотел говорить по телефону, настоял на личной встрече. Для чего? Не было никаких сомнений: только для того, чтобы насладиться её растерянностью, бессильной яростью.

— Есть такое понятие, – спокойно и даже несколько назидательно ответил он на всплеск эмоций Ирины, – форс-мажор. Когда никакие обязательства не действуют, поскольку внешние обстоятельства полностью их опрокидывают. Тебе ли, как бизнес-леди, не знать этого? Ни ты, ни я – никто не мог предположить, что так получится. Из-за какой-то бездарности, урода «переделанного», рушится годами строившееся здание. Так не должно быть.

– Но это же твои расчёты, твоя ошибка. – Ярость, всё больше овладевавшая Ириной, как ни странно, помогла ей быстрее прийти в себя. – И вообще, не надо пытаться запудрить мне мозги – нет, даже на горизонте не просматривается, никакого форс-мажора. Есть просто комплекс Нерона, когда человек приписывает себе какие-то, совершенно не присущие ему, способности, не ценя то, в чём он, действительно, силён и что уже имеет.

– Причём тут Нерон? – криво усмехнулся Герман. – Будем считать, что сравнение неудачное. Эк, куда тебя вообще занесло: Древний Рим, императоры, изуверы-диктаторы. Мои таланты куда скромнее, но они вполне достаточны, чтобы покорить тот маленький мир, в котором я обитаю. «Косынка» – моя, я со всеми за неё расплатился, более того – вложил кучу денег в новое представление, равного которому нет, и не было во всей Москве. Ночной Москве. Ты не веришь в меня, но нашлись люди, которые поверили. Если хочешь знать, у меня сейчас нет отбоя от спонсоров. Но мне нужна Саша, я не могу переломить годами сложившийся в нашей тихой гавани стереотип: к ней просто привыкли. Обещаю, у нас не будет примы, мы во всём с ней будем на равных. Это будет честная игра, пусть зритель сам нас рассудит. Так что десять раз подумай, прежде чем обвинять меня в коварстве. Я выступаю сейчас с открытым забралом, да и с точки зрения бизнеса – это прекрасный ход, за нашим поединком будет следить вся Москва, и не только ночная. У меня есть ещё более конкретное предложение, но я не могу сказать о нём раньше времени, сначала нужно решить основной вопрос. А насчёт того моего условия, что в прошлый раз было поставлено... это секрет Полишинеля, все знают о нём, но я тебе подтвержу, чтобы устранить между нами последние кривотолки, но только без передачи: ничего личного, только бизнес – прежде чем «Косынку» купить, нужно было её утопить.

Ирина криво усмехнулась:

– А ты не боишься?

– Чего?

– Что за такой финт с тобой расквитаются?

Герман от души рассмеялся, испытав облегчение. Начиная разговор, он был недостаточно уверен в себе, теперь в своей победе уже не сомневался.

– Я не один в этом деле. Ты не поняла, когда я тебе про спонсоров говорил? Так что ты мне ответишь? Не только я, ЛЮДИ ждут.

Ирина пожала плечами:

– Ты же знаешь, я одна ничего не решаю, нужно посоветоваться. Во-первых, у Александры контракт, во-вторых, у нас совсем другие планы – мы подведём практически сотню человек.

– Понятно, – радостно кивнул Сурдоленко. – Саша ответила мне приблизительно то же самое. Теперь я вижу: в принципе, вы согласны, а детали… любые можно утрясти.

– Саша? – насторожилась Ирина. – Ты говорил с Сашей?

– А почему бы и нет? – фыркнул Герман. – Почему не с ней в первую очередь? Она что – твоя рабыня? С каких это пор, интересно? Ты не понимаешь главного, Ирен – мы с Багирой одной крови, в отличие от тебя. То есть, прежде всего, мы артисты, по-твоему – нероны, а уже потом всё остальное. Ладно, буду ждать твоего звонка.

– Постой, допустим, мы откажемся, – осторожно спросила Ирина. – Что дальше?

– Дальше – целая папка материалов, из которых следует, что Сашино перевоплощение произошло слишком быстро, в обход всех существующих на сей счёт норм, положений, сроков и законов. Так что она не только людей, которые ей помогали, подведёт, но и через суд (не сомневайся, я добьюсь этого) будет лишена возможности эксплуатировать полученный мошенническим путём образ. А что может быть страшнее для артиста, чем запрет на лицедейство? Только смерть. Ты хочешь убить её?

Ирина промолчала. Что ей оставалось делать?

– Мир, Ириша, peace for ever – мир навсегда, мы сегодня весь вечер толчём воду в ступе, а нам давно пора пойти на мировую. Ты пойми, я совершенно не заинтересован, чтобы то, что я нарыл, достигло цели. Если Саше запретят выступать, вышибут со сцены, мои потери будут ничуть не меньше твоих. Даже больше: они будут невосполнимы, я буду разорён вчистую. И ради бога не думай, что я затаил какую-то обиду на тебя за то, что ты отказалась соединиться со мной. Я уже осознал: ты была полностью права, мы никогда не были бы счастливы вместе. А жениться я всё равно женюсь, у меня есть прекрасная кандидатура. Кстати, приглашаю на свадьбу. Придёшь?

— Почему бы и нет? — пожала плечами Ирина. — Всё-таки, не чужой человек. А насчёт сегодняшнего, уверяю, я сделаю всё, чтобы тебя выручить. Но тут уж, сам понимаешь: куда кривая кобыла вывезет.

К счастью, Ирине не нужно было собирать как в прошлый раз своих компаньонов, чтобы сообщить им столь необычную и важную новость. Практически все они были на месте, то есть, на очередной репетиции. С удивлением она увидела в зрительном зале даже Женю, о чём-то оживлённо беседовавшую с «Доктором Димой».

— Нам надо поговорить, — сказала она, встав перед нею.

«Доктор Дима» тут же ретировался, пересев на несколько рядов назад, чтобы им не мешать.

— Как дела? — спросила Ирина. — Есть какие-нибудь новости?

Женя загадочно усмехнулась.

— Ира, не издевайся надо мной. Какие у меня могут быть новости? С Германом мы видимся через пень-колоду, конкурентка по всем показателям меня обошла, буквально ни одного шанса не оставила. У Александры с Вадимом денег по-прежнему ни гроша. Ты уж открылась бы мне, появятся ли они вообще когда-нибудь, эти проклятые деньги, чтобы я даром время не теряла?

— Зачем зря обнадёживать? У нас сейчас один лотерейный билет на всех сразу. Видишь, сколько здесь народу? Все они в деле, но ни один из них не получает ни гроша. Выиграем — каждому хватит, никто в накладе не останется, проиграем — разбежимся, утрёмся, каждый опять будет пытаться, стараться, каждому (включая меня и тебя) всё по новой придётся начинать.

Ирина ещё посидела немного — её не покидало чувство, что Женя владеет какой-то не просто важной, но даже чрезвычайно важной, информацией, однако по столь же неизвестным причинам предпочитает её не раскрывать. Ну да бог с ней.

«Доктор Дима» оказался куда разговорчивее.

– Слушай, Ириш, наконец-то дождался случая выразить тебе свою безмерную благодарность. Ты в буквальном смысле слова подарила мне вторую жизнь. Я не в том смысле, что я совсем оказался без работы, но в вопросах брака сейчас больше материального, чем морального. Да, конечно, я парень не промах, тут же обзавёлся вторым дипломом: юридическим, но люди всё равно бегут к адвокату, да и вообще эта сфера не по мне, я человек не практического, а больше романтического, склада. А тут, неожиданно, для меня открылась ниша: возможность стать уникальным специалистом, причём не просто нашего, сермяжно-российского, а международного уровня. У людей, с которыми я сейчас работаю, свои проблемы, и как раз понятия любовь, психологическая совместимость для них – не пустой звук. Я готовлю курс лекций, чтобы прокатиться с ним по Европе, задумываюсь даже об Америке, на что же иначе моё знание языков? Набросал уже несколько статей для научных журналов, не наших, конечно, а тех, что там, за бугром. Вот сейчас ты опять подарила мне уникальную возможность. Здесь столько связей дополнительно можно завести! Не поверишь, я даже фильм один во Франции консультировал, оказывается, меня уже в Европе знают, благо все свои «корочки» я давно уже в международный стандарт перевёл. Ну, я разболтался, ты что-то хотела узнать конкретно?

Ирина потупила взгляд в смутной надежде:

– Удалось что-нибудь с Сашей?

Дмитрий рассмеялся.

– Здесь всё нормально, только одна проблема: этот её «муж», Вадим, постоянно встревает между нами, не даёт по-настоящему поговорить. Но я нашёл главное: как преодолеть раздвоение. Конечно, процесс будет долгим, но я подарю этому человеку всё, что ему не хватает. Можешь быть уверена. Или я в своём деле совсем дурак дураком.

Леонид не стал дожидаться, когда Ирина подойдёт к нему, он сразу по её поведению догадался, что произошло нечто экстраординарное, и при первой возможности устремился ей навстречу.

– Что случилось? – тихо спросил он. – Никогда не видел тебя в таком состоянии.

Ирина коротко, буквально в двух словах, рассказала ему суть проблемы.

Леонид задумался надолго, диалога не получалось, пришлось Ирине самой дальше продолжить начатый разговор.

– Я так понимаю, это касается и вас тоже. Ваш клуб сейчас вышел по рейтингу на первое место, и вдруг… Никому не понравится такая чехарда. Герман что, действительно, в такую силу вошёл, что может уже ни с кем среди вас не считаться?

– Ладно, – наконец, со вздохом ответил Леонид, – понятия не имею, зачем тебе понадобилось вникать в такие подробности, ты даже не представляешь, в какие дебри тебя это может завести. Но… сама напросилась. Так вот, Герман никто в нашем мире, и так навсегда и останется в нём – никем. Если бы он сунулся в него без денег, его бы давно уже просто закопали. Живьём. Ну а с деньгами… Останется в итоге с голым задом, ну а если будет упрямиться, всё равно закопают, просто чуть позже. Сама пойми, когда и где отмывать деньги, если не ночью? Самый удобный вариант. И кто позволит выйти из-под контроля такой лавочке? Слишком много людей с неё кормятся. Конечно, у Джози свои цели, но нельзя же быть таким идиотом? Чего он добивается? Чтобы на него навешали кучу всякого рода махинаций, а потом концы в воду? Ехал по набережной, не справился с рулевым управлением, машина перескочила через парапет. И никаких снайперов с оптическим прицелом. Самые крутые киллеры сейчас следов не оставляют, без шума действуют. Скажем, подстерегли человека у его подъезда, избили, внешне ничего и не заметно, а через несколько месяцев вдруг почки или что-то другое отказывает напрочь... Был человек, и вдруг не стало, тихо усоп.

— Грустная история, но я не могу ждать столько времени, — развела руками Ирина. — Одно я поняла из твоих слов, Лёнчик: Александру во всех случаях придётся отдать. А Герман выкрутится, я этого гада достаточно хорошо изучила: в последний момент сработает инстинкт самосохранения и наплюёт он на свои деньги. Главное для него сейчас — его творческие амбиции, а вот на это как раз всем остальным наплевать. Ты вывалил передо мной сейчас кучу самого разного дерьма, в котором у меня нет ни желания, ни необходимости ковыряться. Но суть ясна: Александру ты отдаёшь. Точнее, твоё начальство.

Леонид многозначительно выставил перед собой указательный палец:

– Один маленький штришок, но очень важный: у меня нет начальства, только хозяева. А Саша... кто мог предположить, что она настолько многогранна и одарена сверх всякой меры? Как бы то ни было, она, сама того не желая, нарушила баланс, который был до неё сложившимся, устоявшимся и всех устраивал, так что почудили и хватит. Тут ваши интересы с нашими полностью совпадают. Пусть всё вернется к тому, что было. Образно выражаясь: на круги своя. Но... есть вариант. Моя собственная игра. Если ты меня поддержишь, Саша твоя. Не быть ей ни во «Флоре», ни в «Косынке», только в мюзикле. Деньги? Она, при своей известности, гораздо больше может заработать на всякого рода вечеринках, корпоративах. Если не по тебе такое, сам всё устрою за хороший процент.

Ирина на какое-то время задумалась. Не слишком ли широкий жест со стороны Леонида? Такое за ним раньше не наблюдалось.

– Годится, – кивнула, наконец, она. – Но только при одном условии: ты раскроешь все свои карты сразу, до конца. Вопрос простой: ответь – кто за тобой стоит и хочет с твоей помощью заглотать, даже не облизнувшись, наше детище?

– Смотри-ка, обо всём уже догадалась! – искренне восхитился Леонид. – Да, девочка ты та ещё, пальца тебе в рот не клади. Но чего ты от меня хочешь? Чтобы я пошёл против своих хозяев? Ты понимаешь, чем это может для меня закончится?

– Конечно. Теперь о деле. Насколько я поняла, речь идёт о твоём «друге», Фаиле Ибадове. Но он ведь гей, а в «Косынке» никогда не было геев.

– Я тоже гей, – тихо проговорил Леонид, – и, кстати, во «Флоре» тоже никогда не было геев. Да и речь в данном случае идёт не о «друге», а о любимом человеке. Ты что, гомофобка, ненавидишь геев, считаешь нас, как многие, маргиналами, отбросами общества?

– Отнюдь, – покачала головой Ирина. – Мой бывший муж заставил меня на многое изменить взгляды. Но не перемениться самой.

Леонид достал из-под рубашки небольшой

золотой медальон на тонкой цепочке. Старинный, из тех, в которых сентиментальные дамы прошлых столетий любили хранить от нескромных глаз рисунки или фотографии любимых.

– Показать, кто здесь?

– Фаиль, кто же ещё, – пожала плечами Ирина. – Ну, может, в каком-нибудь экзотическом виде: в ползунках или в костюме Мальвины... О, Господи, – воскликнула она, увидев пожелтевшую от времени чёрно-белую фотографию: Жан Кокто и Жан Маре, – эти-то зачем здесь? Я помню, каким для меня шоком было узнать, что один из моих самых любимых киноактеров в образе самого любимого из всех литературных героев – Эдмона Дантеса, только на экране любил свою Мерседес, а в жизни предпочитал мужчин.

– Просто это самая великая любовь, которую я знаю. Теперь ты можешь представить себе, как я люблю Фаиля...

– ...а он изменяет тебе направо и налево. У двух Жанов было совсем по-другому. Они полюбили друг друга с первого взгляда и практически не расставались всю жизнь.

– Да, это так. Но я однолюб, как твоя Саша. А то, что мой любимый человек не сходит по мне с ума, так судьба распорядилась. Или, если уж быть точнее – так было угодно богу. Так что, мы вместе?

– Конечно, – кивнула Ирина. – Я видела этого мальчика. Как человек он, по моему разумению, сволочь, каких мало. Но талант уникальный. Вот только снизойдёт ли он до ночного клуба? Ты уверен?

– Вполне. Да, действительно, его везде зажимают. И не из-за ориентации вовсе, в этих кругах нашего брата хватает. Просто талант, а времени ждать совсем не осталось. Он поздно начал, приехал из провинции, даже в статистах Большого театра побывал, но классика – не его стиль. Лучше всего он прижился в Америке, но всё-таки вернулся. Сейчас прозябает в подтанцовке.

– Ладно, раз ты за него ручаешься... но тебе самому придётся беседовать с Германом. Я поприсутствую, конечно, но контракт ваш, и только ваш, я здесь никаких зацепок не имею.

– Мне большего от тебя и не надо.

Ирина поднялась с места.

– Ладно, если хочешь, подожди меня здесь.

Буквально пять-десять минут. Может, мне удастся ещё какую-нибудь информацию зацепить.

Ну, Александру во всех случаях не стоило беспокоить. Позвонить Вадиму? Зачем? Вот Гордееву, действительно, можно было тряхнуть, авось что-нибудь да высыплется.

— Привет, подруга, как ты там? Можно поздравить? Я тут только что с Евгешей общалась, ты её просто напрочь выдавила из зоны своих интересов, но что самое любопытное: известный тебе человек буквально пару часов назад сам лично сказал мне, что нашёл женщину, на которой он мечтал бы жениться, даже на свадьбу приглашал. Вот я и гадаю сейчас: кто эта счастливица? Надеюсь, не вклинилась третья лишняя, ты зорко следила?

— Да, практически можешь меня поздравить. Я уже купила белое платье. Точнее, мне его преподнесли в подарок. Вот только колечко всё то же. Но что поделаешь, финансовые трудности. Моего женишка в очередной раз провели.

— Он звонил мне, добивается, чтобы Саша вернулась в «Косынку». Бредовейшая идея. В чём причина?

– Думаю, в том, что мой Джози полный ноль в сравнении с Багирой, хотя сам до сих пор упрямо не желает признавать этого. Но общее мнение не переломить. Его «компаньоны»…

– Компаньоны? Какие компаньоны? «Косынка» ведь вся его.

– Ну, «Косынка»… «Косынка» – только стены. А представление? А люди, которые в нём участвуют? Когда он раскусил сей орешек, кинулся в другую крайность: в рекордно короткие сроки, не считаясь ни с какими расходами, сделал новый спектакль.

– Да, но там же спонсоры, своих денег он вложил мало. Он сам мне только что этим хвастался.

– Ну ладно, не нравится слово «компаньоны», пусть будут – «спонсоры», так вот, эти «компаньоны-спонсоры», а проще говоря – мошенники и бандиты, так прямо и сказали ему, что на месте Саши хотели бы видеть транссексуала. Если он готов пойти на это, согласны заключить с ним пожизненный контракт. Мол, никто не спорит: танцор он, безусловно, неплохой, но кое-что ему мешает. А «если это кое-что удалить, он просто воспарит и всех сразит в одночасье». Иначе, так и прозябать ему на вторых ролях. Видела бы ты, в каком мой Гера сейчас находится бешенстве. Просто рвёт и мечет.

– Да, дела. И что ты будешь делать, если твой женишок и в самом деле останется без яиц?

– Не знаю, право. Задумаешься, поневоле. Так что можешь считать, что я в состоянии полной просрации.

– Прострации. Так надо говорить.

– Ну да, просратции. Просто я хотела сказать, что нахожусь на грани того, чтобы оказаться в полном дерьме. С колечком на пальце и в свадебном платье. И как, точнее, чем, я тогда буду с вами расплачиваться?

– Серьёзный вопрос.

– Ладно, хочешь последнюю новость?

– Конечно.

– Неволин лично звонил Вадиму и предложил ему вернуться на фирму обратно.

– И что же Вадим?

– А что можно было ожидать от этого идиота недоделанного? Конечно же, отказался. Не смог, видите ли, переломить свою гордость. Я вот – утёрлась и счастлива до безобразия, а он выёживается, строит из себя принцессу на горошине.

Видела таких?

Леонид, заметив, что Ирина закончила разговаривать по смартфону, тут же подскочил к ней и нетерпеливо спросил:

– Ну, и что за новость сорока на хвосте принесла? Я весь внимание.

Ирина расхохоталась.

– Джозефине компаньоны, а если пользоваться твоей терминологией – хозяева, условие поставили: договор с ним будет подписан, если он согласится стать транссексуалкой. Не думаю, чтобы этот жеребец даже для такой великой цели пожертвовал своим уникальным «хозяйством». Так что готовь своего «друга».

Леонид не смог и не захотел скрыть своё ликование:

– Спасибо! Спасибо, подруга. Можешь считать, что я теперь твой должник на всю оставшуюся жизнь.

– Ловлю на слове, – усмехнулась Ирина. – На щедрость мою не надейся -должок востребую обязательно, причём долго тянуть не стану.

ГЛАВА 10

Ирина в который раз оглянулась на дверь. Но та оставалась закрытой, Скорочкин явно запаздывал. Специально, или, действительно, не успевал? Наконец, Вадим вскочил в зал, быстро оглядел присутствующих, понял, что с таким составом можно не церемониться и даже не счёл нужным извиниться за то, что заставил себя ждать.

– Мы с женой хорошо обдумали ваше предложение, – заявил он, едва усевшись на стул. – Оно нам не подходит. Саша сейчас на своём месте, она обрела новые горизонты для раскрытия своего таланта, её популярность и так росла не по дням, а по часам, а сейчас и вообще взмыла под небеса, так что ни о каком возвращении её в прежний гадюшник не может быть и речи.

Всё! Ирина не верила своим ушам. Лишних полчаса они этого идиота ждали только для того, чтобы услышать от него за полминуты ничем не обоснованный, бредовейший, отказ. Ладно, придётся, как всегда, брать инициативу на себя.

– Хорошо, Вадим Геннадьевич, ваша позиция нам ясна. Продолжим обсуждение. Леонид Аркадьевич, вам слово.

Леонид был не из тех, кого можно легко сбить с толку. Видя, что ситуация резко изменилась, он тут же, как и условлено было про запас с Ириной, перестроился.

— Не знаю, зачем мы здесь сегодня собрались, — пробормотал он задумчиво. — Казалось бы, вопрос предельно ясен: нашим клубом, хорошо известной вам «Флорой и фауной», с обоюдного согласия сторон совсем недавно был заключён контракт с госпожой Кулемзиной Александрой Игоревной (сценический псевдоним Багира). Могу вас твёрдо уверить, что ни у кого в нашем руководстве нет желания его в настоящее время расторгать. Мы обсуждали этот вопрос со спонсорами нового спектакля, премьера которого сегодня должна состояться в «Красной косынке», во всём нашли с ними взаимопонимание, что позволяет мне с полной ответственностью заявить, что в данный момент речь идёт исключительно о личной инициативе господина Сурдоленко, ко всему прочему решившегося ещё и на гнусный шантаж. У нас нет никаких сомнений в том, что Герман Геннадьевич уже обманул однажды своих, теперь уже бывших, компаньонов, сыграв на понижение, так как, с уходом Багиры, доходы некогда благополучнейшего из благополучных в Москве клубов резко упали. Теперь он, насколько я понимаю, осознал свою ошибку и хочет тем людям, у которых он за бесценок скупил, пользуясь возникшей ситуацией, акции, вернуть их обратно, но обеспечив им предварительно прежнюю полновесную стоимость. Мы можем только приветствовать такое намерение, что поделаешь – бизнес есть бизнес, однако категорически ещё раз заявляем, что ни о каком возвращении госпожи Кулемзиной в «Косынку» не может быть и речи. В данном случае мы имеем дело с уникальным талантом, который просто некем заменить. Наши доходы растут не по дням, а по часам, зачем, спрашивается, нам их терять? Но в принципе, конечно, в нашем мире, мире шоу-бизнеса, всё продается и покупается, и мы согласны рассмотреть подобное предложение от наших многоуважаемых коллег, хотя и предупреждаем, что сумма, которую мы намерены запросить в качестве компенсации, будет фантастической.

Ирина, на всём протяжении этой длинной,

отполированной ею до блеска вместе с Леонидом, речи, смотревшая в стол, решилась, наконец, взглянуть на Сурдоленко. Тот сидел с разинутым ртом, ошарашенный, впервые за всё время своей внешне бравурной и победоносной наполеоновской эпопеи заподозрив что-то неладное.

– Хорошо, – не оставив всё же прежнюю высокомерность, заявил он. – Вы что-то там говорили о замене. Явите же миру ваше необычайное дарование. Я согласен на него посмотреть.

– Речь не шла о замене, – продолжил разговор Леонид. Ирина, ещё пять минут назад совершенно заворожённая уверенным, хладнокровным тоном этого человека, понявшая, что явно его недооценивала и уже прикидывавшая в воображении, чем – плюсом или, наоборот, огромнейшим минусом может для неё обернуться впоследствии этот её промах, увидела вдобавок ещё и совсем другую личность – хищную, безжалостную, готовую порвать глотку любому, кто вознамерился бы на что-то, ей принадлежащее или для неё дорогое, посягнуть. Безумием в такой момент было становится на её пути. – Я просто хотел предложить вашему вниманию одного талантливого мальчика, которого повсюду затирают, и которому пришла пора, как вы правильно выразились, Герман Геннадьевич, явить миру свой необычайный талант.

Фаиль вышел из тени, в которой он сидел в глубине зала, дожидаясь своего часа, и молча поклонился.

— Но он же гей, — не удержался от пренебрежительности в тоне Герман. — Насколько мне помнится, в «Косынке» никогда не было геев. И, надеюсь, эта традиция сохранится и впредь. У нас своя, строго выверенная, клиентура, что будет, если мы потеряем собственное лицо? Это может грозить нам непредсказуемыми последствиями.

— Вопрос согласован, — всё так же спокойно ответил Леонид. Казалось, не было вообще в природе такого удара, который он в данный момент не смог бы отразить.

— Хорошо, пусть покажет, на что он способен! — буквально завизжал от уязвленного самолюбия Герман. — Что он там уселся? Дайте фонограмму, с любого места, он всё равно не был ни на одной репетиции.

— Стоп! — поднял руку Леонид, окончательно

Джозефину добивая. – Никаких фонограмм. Сегодня премьера, Саша должна была выступать без подготовки, Фаиль читал сценарий, видел окончательный прогон в записи, он считает, что подготовка ему тоже ни к чему.

– Но ведь мы провалимся, это же будет на всю Москву позорище. Вы этого добиваетесь?

– Никто не провалится, – усмехнулся Леонид, – вы просто будете смотреть на Фаиля и стараться под него подстроиться, чтобы совсем не упасть в грязь лицом. У вас всё получится, Герман Геннадьевич, зря вы так мандражируете, мы верим в вас, вы же опытный танцовщик.

Да, они долго готовились, но Ирина никак не ожидала, что разгром будет настолько полным. Того, например, что Герман сам приползёт к ней, беспомощный и растерянный, она уж точно не ждала.

– Слушай, Ирен, по старой дружбе можешь мне объяснить, что только что здесь произошло?

– Надеюсь, отрезвление. Нерон умер, да здравствует Нерон. Гера, пойми, в твои годы танцовщики, тем более без многолетней, сызмальства, профессиональной подготовки, карьеру не начинают, а в лучшем случае заканчивают, если не вылетают из неё бимбером. Ты возомнил себя королём травести-шоу, но талант твой совсем не исключительный, он чуть выше среднего, я бы так сказала. Я понимаю, тебе тяжело примириться с подобным открытием, но все рано или поздно через это проходят. Да я и не вижу здесь никакой проблемы, нужно просто найти себя в нашем деле в новом качестве. Ты запаниковал, заподозрив что-то неладное, кинулся в администрирование, но это опять не твоё. Твоё дело сцена, так не отходи от неё слишком далеко. Я уже представляю, что произойдёт сегодня: ты тут же ринешься в бой, обретя новый объект для своих привычных интриг. А зачем? Пацана, которого ты только что видел, бесполезно топить, единственное, что тут возможно — воспользоваться моментом и заработать на нём большие деньги. Ну и флаг тебе в руки. Потому что если этого не сделаешь ты, сделает кто-нибудь другой.

– Но…

– Герман, прости, но я не могу тебе весь вечер качать информацию. В конце концов, положение не изменилось и никогда не изменится — мы с тобой по разные стороны баррикад. Так и быть, ещё один вопрос — последний, и мы расходимся, никому из моих друзей не нравится, что мы с тобой здесь столько времени шушукаемся.

— Ладно, последний так последний, — неожиданно успокоился Сурдоленко. — Почему мои компаньоны…

— Не компаньоны, хозяева. Пока ты не усвоишь разницу, любой разговор на эту тему бесполезен.

— Хорошо, хозяева. Почему они так легко согласились на замену, хотя этого пацана даже в глаза не видели? Они что, сумасшедшие? Никогда раньше за ними такого не замечал.

— Ну, тут как раз совсем просто, — вздохнула Ирина. — Речь идёт всего-навсего о мировой сделке: Александра должна уйти из «Фауны». Ты нарушил равновесие, утопив «Косынку» и излишне возвысив «Флору», теперь оно должно восстановиться. Никто не хочет терять свои деньги, но что куда опаснее: получать их ни за что, невольно забирая чужое. Всё. Вечер вопросов и ответов закончился. Благодарности не жду. Но не суйся больше ко мне никогда со своим свиным рылом. Я ведь и разозлиться могу.

СОДЕРЖАНИЕ

www.ingramcontent.com/pod-product-compliance
Lightning Source LLC
Chambersburg PA
CBHW061325050726
47504CB00013B/123